ATRIUM

In der Klein-Karoo unter der Sonne Südafrikas zaubert die begnadete Köchin Tannie Maria köstliche Gerichte auf den Tisch, deren Rezepte sie in einer Lebenshilfe-Kolumne an ihre Gemeinde weitergibt. Was niemand weiß: Tannie könnte selbst etwas Hilfe gut gebrauchen, da sie mit dunklen Erinnerungen ringt. Kurz entschlossen tritt Tannie einer Selbsthilfegruppe bei, deren Leiter sich als »Mechaniker des Teufels« vorstellt und Verbindungen in die satanische Szene hat.

Als wäre das nicht schon genug, wird Tannie auch noch Zeugin eines grausamen Verbrechens, als ein einflussreicher Buchautor auf einem Festival ermordet wird. Tannies Freund Detective Henk Kannemeyer übernimmt die Ermittlungen und bittet sie, sich aus der Polizeiarbeit herauszuhalten. Als jedoch ein zweiter Mord geschieht, gibt es für die Hobby-Detektivin kein Halten mehr. Tannie beginnt, auf eigene Faust zu ermitteln, und gerät dabei schon bald in größte Gefahr.

»Vergnüglich, spannend – und äußerst appetitanregend!«
Freundin

»Dieses Debüt überrascht auch routinierte Krimileser.«
Petra

Sally Andrew lebt in Ladismith in der Provinz Westkap, Südafrika, zusammen mit ihrem Mann und verschiedenen Wildtieren (darunter eine hochgewachsene Elenantilope und ein geheimniskrämerischer Leopard). Ihre Krimireihe mit Tannie Maria ist ein internationaler Erfolg.
www.sallyandrew.com Twitter: @TannieSall

Sally Andrew

Tannie Maria und der Mechaniker des Teufels

Roman

Aus dem Englischen von
Andrea Fischer

Atrium Verlag · Zürich

Von Sally Andrew außerdem im Atrium Verlag erschienen:
Tannie Marias Rezepte für Liebe und Mord

MIX
Papier aus verantwortungsvollen Quellen
FSC® C014496

Ungekürzte Taschenbuchausgabe
1. Auflage 2018

Die Originalausgabe erschien 2016 unter dem Titel
The Satanic Mechanic: A Tannie Maria Mystery
bei Canongate Books, Edinburgh

Aus dem Englischen von Andrea Fischer
Lektorat: Petra Müller, Berlin
Umschlaggestaltung: Hauptmann & Kompanie Werbeagentur, Zürich
Satz: Dörlemann Satz, Lemförde
Druck und Bindung: GGP Media GmbH, Pößneck
Printed in Germany
ISBN 978-3-03882-103-8
www.atrium-verlag.com

Ich widme dieses Buch meinem Liebsten,
Bowen Boshier.

1

Manchmal wünscht man sich etwas so sehr, dass man es kaum erwarten kann, doch wenn man dabei zu bemüht ist, kann es passieren, dass das Ziel in umso weitere Ferne rückt. Oder man stattdessen etwas bekommt, womit man nicht gerechnet hat. Vielleicht war ich zu hungrig nach Liebe, denn am Ende wurde mir ein Mord serviert.

Es war ein warmer Samstagnachmittag im März, und ich bereitete das Abendessen für Detective Lieutenant Henk Kannemeyer vor. Ein Bokmakiri trällerte in meinem Garten, ein anderer Vogel antwortete von einer Akazie in der Savanne, dem südafrikanischen Veld. Woanders war Frühling, wir waren mitten im Herbst.

Ich stellte eine Schüssel auf den Verandatisch und lobte den Salat darin: »Ach, bist du schön!«

Ich hatte drei Salate und zwei Desserts gemacht, obwohl wir nur zu zweit waren. Vermutlich ein Symptom dafür, dass ich zu bemüht war.

Henk hatte versprochen, den Potjie mitzubringen, den Feuertopf. Kartoffel- und Krautsalat warteten im Kühlschrank, und auf dem Tisch draußen stand Salat Nummer drei: ein Rucolasalat mit Brie, Feigen und Granatapfelkernen. Am Vortag hatte ein sanfter Regen die Luft so sauber gemacht, dass man die roten Felsen des Rooiberg und die violetten Falten der Langeberge sehen konnte. Doch ich hatte keine Zeit, den Blick von meiner Veranda zu genießen. Ich musste noch Butterklöße machen und die Glasur für den Kaffeeschokokuchen.

Dieser Abend war etwas Besonderes, weil Henk bei mir übernachten würde. Wir hatten uns vorher darauf geeinigt, wo sein Lämmchen Kosie schlafen konnte. Es war ein Geschenk von seinem Onkel Koos, einem Schaffarmer, und eigentlich nicht als Haustier gedacht. Henk aß zwar gerne Lammbraten, brachte es aber nicht übers Herz, Kosie zu einem zu verarbeiten. Bei ihm zu Hause schlief das Lammetjie in der Küche, doch wir waren beide der Meinung, dass sich das Tier allmählich an das Leben draußen gewöhnen musste. Deshalb sollte es mit meinen Hühnern im Hokkie hinter dem Haus bleiben. Es verstand sich gut mit den Hennen.

Die Vorstellung, dass Henk bei mir übernachtete, machte mich nervös. Ich naschte vom Kartoffelsalat mit der Soße aus Sahne und Minze. Noch immer sang der Bokmakiri im Garten. Die meisten Vögel haben nur eine Hitsingle, doch dieser Würger hatte genug Lieder für ein Doppelalbum. Bei meinem Lieblingssong wirft er den Kopf in den Nacken, pumpt seine kleine gelbe Brust auf und schmettert drauflos. Und genau dieses Stück flötete er, als ich die Kuchenglasur aus geschmolzener Schokolade und Kaffeepulver auftrug. Mit so viel Hingabe singt sonst nur die Pfeifnachtschwalbe, bei Vollmond manchmal die ganze Nacht lang. Es ist ein wunderschöner, sprudelnder Klang, so erfüllt von Verlangen, dass man allein beim Zuhören rot wird.

Mit den Fingern wischte ich die Schüssel aus. Nun musste ich mir die Hände waschen, bevor ich meine weiße Spitzenunterwäsche anzog. Weiß, als wäre es mein erstes Mal.

Und es würde tatsächlich das erste Mal sein, seit mein Mann Fanie gestorben war.

Henk kam kurz vor Sonnenuntergang in seinem Toyota-Pick-up. Er brachte einen Sack Holz für das Feuer, den dreibeinigen Potjie, sein Lamm und die blaue Decke des Lamms mit. Kosie stakste zu meinen Hennen am Komposthaufen hinüber und bediente sich mit ihnen am Büfett. Henk trug den gusseisernen Topf zu der offenen

Feuerstelle vor meiner Veranda. Ich blieb auf der Stoep stehen und sah zu, wie er sich die Hände rieb, an der Jeans abwischte und zu mir hochschaute. Er schenkte mir sein breites Lächeln, die Sonne fing sich in seinem kastanienbraunen Schnauzer. Die obersten Knöpfe seines weißen Baumwollhemds waren geöffnet, sein Brusthaar schimmerte silbrig und kupferfarben zugleich. Womit hatte ich bloß einen Mann wie ihn verdient?

»Hallo, Henk!« Ich trug mein cremefarbenes Kleid mit den blauen Blumen und stemmte lächelnd die Hände in die Hüften.

Statt zu antworten, stieg er die Treppe hinauf und legte mir die Hand unters Kinn. Er beugte sich vor (Henk ist groß und breit, ich bin klein und rund) und küsste mich. Es roch nach frischem Brot und Zimt und nach dem Bienenwachs in seinem Schnurrbart.

Mit seiner großen Hand in meinem Kreuz drückte er mich an sich. Am liebsten hätte ich ihn sofort ins Haus gezogen, und wenn sich das wilde Blut meines Vaters in mir durchgesetzt hätte (er war britischer Journalist), hätte ich es auch getan. Doch meine Mutter war eine anständige afrikaanse Hausfrau; sie hatte mich nicht nur mit gutem Essen, sondern auch mit ihrer strengen Moral großgezogen.

»Ich entzünde mal besser das Feuer«, raunte Henks warme Stimme in mein Ohr.

»Ja«, sagte ich.

Damit der Potjiekos perfekt wird, muss er ein paar Stunden bei niedriger Hitze schmoren.

2 Die Frösche und Kröten veranstalteten hinter dem Haus ein Konzert wie eine Marimba-Band. In den Swartberge, den Schwarzen Bergen, entspringt eine Quelle und wird zu einem Fluss mit kleinen Tümpeln, in denen die Frösche Liebeslieder für ihre Angebetete singen.

Der Potjiekos war unglaublich lecker. Das Fleisch und die Zwiebeln unten im Topf waren gut durchgeschmort, und die Gemüseschichten darüber hatten das typische Feuertopf-Aroma.

»Lass noch Platz für den Nachtisch«, mahnte ich Henk. »Ich habe einen ganz besonderen Schokokuchen und Botterkluitjies mit Brandysoße gemacht.«

»Jinne, ich habe seit meiner Kindheit keine Butterklöße mehr gegessen! Einmal habe ich mich mit meinem Bruder so sehr um den letzten Kloß gestritten, dass er mir ein blaues Auge gehauen hat.«

Wir saßen nebeneinander auf der Veranda, lauschten den Fröschen, hielten Händchen und schauten aufs Buschland. Meine Hand verschwand in Henks großer, warmer Pranke. Der Mond war noch nicht aufgegangen, aber die Sterne leuchteten am Firmament.

»Der Himmel wird nachts immer so riesig«, sagte ich.

»Tagsüber ist er auch riesig.«

»Ja«, bestätigte ich, »aber dann fällt es mir nicht so auf. Jetzt ist er so voll und belebt. Die ganzen Sterne. Und die Planeten.«

»Guck mal da, über dem Hügel, da geht die Venus auf.«

»Ach, das ist also die Venus. Wenn ich nicht schlafen kann, sehe ich manchmal zu, wie sie untergeht, am frühen Morgen.«

Das Lamm stieß mit seinen kleinen Hörnern gegen Henks Bein

und bekam ein paar Blätter Rucola. Die Zeiten der Flaschenfütterung waren vorbei.

»Hast du immer noch Albträume, Maria?«

»Ich koche uns einen Kaffee, ja?«

»Was dieser Mann mit dir gemacht hat …«

»Ich weiß«, gab ich zurück und dachte dabei an Fanie. Doch Henk sprach von dem Mörder, der versucht hatte, mich umzubringen. Wir hatten uns bei diesem Fall kennengelernt. Henk hatte die Ermittlungen geleitet, aber über meinen Ehemann wusste er nicht allzu viel.

»Du kannst dir doch Hilfe holen«, sagte er. »Psychologische Beratung oder so.«

Sicher, das konnte ich. Aber meine Probleme waren größer, als Henk Kannemeyer ahnte. Und dabei konnte mir niemand helfen.

»Mir geht's gut«, sagte ich.

»Aber manchmal …« Henks Handy klingelte. »Entschuldige«, sagte er und meldete sich.

Von der Küche aus, wo ich die Klöße mit der Brandysoße vorbereitete, konnte ich ihn sprechen hören.

»Ach … Wurde sie gefasst? … Sie ist nicht geflüchtet? … Ja, sie kommt nach Swellendam. Vielleicht zur psychologischen Begutachtung …«

Als ich mit den Kluitjies nach draußen trat, schaute Henk in die Dunkelheit.

»Was ist passiert?«, fragte ich.

Henk schüttelte den Kopf. Er vermied es, mit mir über die Arbeit zu sprechen.

»Ging es um diese Frau?«, fragte ich. »Die ihren Freund erstochen hat?«

Jessie hatte in unserer *Klein-Karoo Gazette* über den Fall berichtet. Ich war dort zuständig für »Tannie Marias Liebes- und Kochrezepte«, sie für die großen Knüller. Die Täterin kam aus unserer Stadt, aus Ladismith, doch der Mord hatte in Barrydale stattgefunden. Der Mann hatte gerade im Barrydale Hotel mit einem Freund zu Abend gegessen, als seine Freundin hereinkam und ihm das Messer mitten ins Herz stieß. Während die anderen versuchten, sein Leben zu retten, war sie einfach gegangen.

»Hat man sie gefunden?«, fragte ich.

»Ja. Sie ist einfach ins Barrydale Hotel zurückgekommen und hat sich im Restaurant an denselben Tisch gesetzt …« Henk schüttelte den Kopf.

»Glaubst du, sie wollte gefasst werden?«

»Sie muss verrückt sein«, sagte er. »Ihn da vor allen Leuten zu erstechen …«

»Ich frage mich …«, setzte ich an.

»… und dann wiederzukommen.«

»Ich frage mich, was er ihr angetan hat«, sagte ich zum Nachtisch und gab ihn auf unsere Teller.

»Dazu fällt ihren Anwälten bestimmt was ein«, erwiderte Henk. »Aber jetzt ist es vorbei. Für Barrydale ist die Polizei von Swellendam zuständig. Also lass uns über etwas anderes reden, an so einem Abend.« Er machte eine ausholende Handbewegung von den Blumen auf meinem Kleid zu den Sternen am samtblauen Nachthimmel.

Die Botterkluitjies setzten unserem Gespräch ohnehin ein Ende, denn wenn man diese Butter-Zimt-Klöße mit der Brandysoße im Mund hat, will man nur noch genießen. Anschließend wartete der Kuchen auf uns. Ich hätte nicht gedacht, dass mein Buttermilch-Schokokuchen noch zu toppen wäre, doch irgendwann hatte ich eine andere Version probiert, mit Kaffee im Teig, einer Schicht Erdnussbutter und Aprikosenmarmelade in der Mitte, dazu eine Glasur aus geschmolzener Schokolade mit Kaffeepulver. Das

Ergebnis war so umwerfend, dass man dachte, es wäre nicht von dieser Welt.

»Jinne!«, stieß Henk nach langem Schweigen aus. »Was ist das für ein Kuchen?«

»Ein Venuskuchen.« Ich tupfte ein wenig Glasur von seiner Lippe. Er leckte meinen Finger ab.

»Kosie«, rief er dann. Das Lamm lag unter dem Tisch, den Kopf auf seinem Fuß. »Es ist Zeit fürs Bett.«

3

Kosie lag auf seiner Decke im Hühnerstall, ich saß auf meiner Bettkante, die Füße auf dem Boden. Henk kniete vor mir, fuhr mit den Händen durch meine wilden braunen Locken und küsste mich sanft. Dann wurde sein Kuss heftiger. Er sah mir in die Augen und öffnete lächelnd den obersten Knopf meines Kleides. Bei diesem Lächeln kam jedes Mal mein Herz aus dem Takt. Henks Augen sind blaugrau wie das Meer an einem Regentag. Sie ließen mich den Toten vergessen und die Mörderin, die im Gefängnis saß. Sogar meine eigenen, in meinem Inneren gefangenen Probleme verblassten.

»Moment.« Ich stand auf und knipste die Deckenlampe aus.

Blasses Sternenlicht fiel durch das Fenster herein.

»Ich möchte dich sehen.« Henk machte die Nachttischlampe an. »So, die ist nicht so hell.«

Er knöpfte sein Hemd auf und zog es aus, legte seine starken Arme um mich und drückte mich an seine warme behaarte Brust. Er roch nach Gewürzkuchen und Muskatnuss. Sein gegen meinen Bauch gepresstes Becken verriet mir, dass er bereit war. Ich fühlte mich auch bereit, wollte aber nicht, dass er mich sah. Ein Teil von mir musste im Dunkeln bleiben.

»Ich bin ein bisschen befangen«, sagte ich. »Das Licht …«

»Ich möchte nur dein Gesicht sehen«, erwiderte Henk.

»Gut«, lenkte ich ein. »Es ist ja auch der Rest von mir, der befangen ist.«

»Hmm«, machte Henk, beugte sich vor und küsste mich aufs Ohr. »Wie wär's, wenn …« Seine Hände wanderten an der Rückseite meines Kleids hinab und blieben auf meinem runden Po liegen. Er war ein bisschen zu rund, aber Henks Hände schienen anderer Meinung zu sein. »Wie wär's, wenn du dein Kleid anlässt?«

Er tastete weiter nach unten, hob den Saum ein wenig an. Und noch ein bisschen. Seine Finger fuhren am Rand meines weißen Seidenhöschens entlang.

Ich machte Geräusche, die ich gar nicht von mir geben wollte. Sie kamen ganz von selbst.

»Das verstehe ich als ein Ja.« Henk hakte den Finger in den Saum und zog meinen Slip hinunter.

Wir hörten Kosie blöken, ein einsames Klagen. Henk löste den Ledergürtel seiner Jeans. Es war ein großer, schwerer Gürtel, an dem viele Dinge befestigt waren, unter anderem ein Holster. Alles an Henk war groß; ich bemühte mich, nicht hinzustarren, als er seine Jeans auszog.

Wieder blökte Kosie. Dann noch mal. *Bääăh! Bäääăh! Bääääăh!*

»'tschuldigung«, sagte Henk. »Das macht er manchmal, selbst wenn er in der Küche ist. Warte kurz, sonst wird es nur schlimmer.«

Ich setzte mich aufs Bett, Henk ging ans Fenster und rief: »Kosie! Jetzt wird geschlafen, Lammetjie! Lamtietie, damtietie, doe-doe.«

Kosie verstummte. Henk kam zu mir zurück, und ich konnte aus nächster Nähe miterleben, wie er sich ein Kondom überstreifte. Dann zog er mich hoch, küsste mich auf den Scheitel und beugte sich vor, um meinen Hals zu liebkosen. Seine Hände schoben mein Kleid bis zu den Hüften hinauf. Er umklammerte meine Taille, hob mich an und küsste mich auf die Kehle, dann auf die Lippen. Ich bin klein und alles andere als zart; doch bei ihm fühlte ich mich leicht und zerbrechlich.

Auf einmal begann Kosie Krach zu machen, er blökte wie von Sinnen. Wir hörten ein Geräusch, einen rauen, kratzenden Schrei. Dann lärmten die Hühner, schlugen regelrecht Krawall.

»Ein Leopard.« Henk setzte mich ab.

Ich fühlte mich fast ein wenig verschmäht. Doch ich liebte meine Hühner, und der Stall konnte vielleicht eine Rooikat oder einen Luchs abhalten, aber keinen Leoparden. Henk zog seine Jeans über und ging zur Tür.

»Du solltest nicht unbewaffnet sein!« Ich sah mich suchend um, fand aber nur meine Bürste.

»Leoparden sind sehr scheu.«

»Nicht, wenn sie es auf ein Lamm abgesehen haben.«

»Ich hab meine Pistole.« Henk klopfte auf das Holster an seinem Gürtel, nahm aber trotzdem meine Bürste mit.

»Sei vorsichtig!«, rief ich ihm nach und spürte im selben Moment, dass er mir mehr bedeutete als meine Hennen. Viel mehr. Und ich liebe die Hühner wirklich.

Das Lamm und die Vögel schrien immer noch um Hilfe. Ich lehnte mich aus dem Fenster in die Dunkelheit und versuchte, den Leoparden zu verscheuchen: »Hau ab! Voetsek!«

Ein Lichtstrahl fiel auf den wilden Kampferbaum vor meinem Fenster, dann sah ich Henk, bewaffnet mit Taschenlampe, Pistole und Bürste.

Kurze Zeit später kehrte er ins Schlafzimmer zurück, ein zitterndes Lämmchen auf den Armen.

»Schon gut, Kosie«, sagte er. »Alles gut, Lammetjie. Der Leopard ist weg.«

»Hast du ihn gesehen? Sind noch alle Hühner da?«

»Ja. Vor dem Stall sind Spuren, aber er ist nicht reingekommen. Ich habe ein Rascheln in den Büschen gehört und die Bürste reingeworfen, das hat ihn vertrieben. Er ist übers Veld davongelaufen.«

Henk legte Kosies Decke auf den Boden, um das Lamm darauf zu betten. Doch es blökte hysterisch, sobald er auch nur den Versuch unternahm. Also behielt er das bibbernde Tierchen im Arm und setzte sich seufzend aufs Bett. Das Lamm drückte seinen Kopf in Henks Achselhöhle. Ich hockte mich neben ihn und legte den Kopf auf seine Schulter.

Doch Henk ist kein Mann, der schnell aufgibt. Irgendwann gelang es ihm, Kosie von seinem Schoß zu schieben und mich hinaufzuziehen. Nicht viel später lag ich im Bett und Henk beugte sich langsam über mich.

»My hartlam«, sagte er und sah mir in die Augen. Mein Herzlamm.

Auf einmal war Fanie über mir. Ich musste an Dinge denken, die ich nicht denken wollte. Eine schwarze Woge von Übelkeit schlug über mir zusammen, meine Arme stemmten Henk von mir, mein Mund schrie etwas, ohne dass der Rest meines Körpers davon wusste.

»Was ist?«, fragte er. »Hab ich dir wehgetan?«

»Mir ist schlecht.« Zitternd wand ich mich unter ihm hervor. »Tut mir furchtbar leid.«

Ich stürzte ins Bad. Die Bilder, die ich nicht sehen wollte, die Geheimnisse, die ich nicht teilen wollte, wirbelten durch meinen Kopf. Ich kniete mich vor die Toilette und übergab mich. Bis ich mich völlig leer fühlte.

Henk klopfte an die Badezimmertür.

»Maria …«

»Warte einen Moment«, sagte ich. »Geht gleich wieder.«

Ich bringe dich um, hatte ich geschrien, als ich ihn von mir stieß.

Als ich aus dem Badezimmer kam, bot mir Henk ein Schlückchen Brandy an, doch ich schüttelte den Kopf. Wir legten uns wieder ins Bett, er drückte mich fest an seine Brust und zog die Decke über mich, weil ich noch immer zitterte. Nach einer Weile begann er zu schnarchen. Die Frösche sangen, aber nun leiser, als wäre die Party vorbei. Vorsichtig wand ich mich unter Henks Arm hervor und schlich in die Küche. Ich wusste, was ich brauchte. Keinen Brandy, sondern etwas Süßes.

Ich nahm den Deckel von der Tupperdose und starrte auf den glänzenden Kuchen.

»Jislaaik, siehst du gut aus!«, sagte ich.

Ich aß, bis ich keinen schlechten Geschmack mehr im Mund hatte. Bis das Zittern aufhörte. Ich aß, bis die Leere in mir mit Schokokuchen vollgestopft war.

Doch obwohl es einer der leckersten Kuchen war, die ich jemals gebacken hatte, und ich fast die Hälfte davon verschlungen hatte, fehlte mir etwas. Etwas anderes. Und dann stand er in der Küche, der Mann, den ich lieben und mit dem ich Liebe machen wollte.

»Maria …«, sagte er.

Abwechselnd schaute er mich und den Kuchen an. Tränen liefen mir über die Wangen. Ich wandte den Blick ab, Henk sollte mich nicht mit Zuckerguss und Tränen im Gesicht sehen. Doch er legte die Hand unter mein Kinn und drehte es zu sich.

»Es tut mir leid«, sagte ich. »Ich werde versuchen …«

Aber ich wusste nicht, was ich versuchen konnte.

4

Am Montagmorgen fuhr ich über den Feldweg von meinem Haus zur Route 62 und dann die zehn Minuten bis nach Ladismith. In meinem kleinen Nissan-Pick-up, einem himmelblauen Bakkie mit wolkenweißem Dach. In diesem Jahr hatten wir Glück mit dem Regen gehabt. An den Berghängen leuchteten violette und gelbe Kleckse von blühendem Heidekraut, und in der Savanne dominierten Grüntöne: das Graugrün duftiger Büsche, das Braungrün des Grases, das tiefe Grün der Kareebäume, Gwarriebüsche und Baumfuchsien, das strahlende Grün des Spekboom. Ich finde, jeder Grünton sollte einen eigenen Namen haben.

Der Himmel war von einem blassen Türkis, ein freundlicher Herbsthimmel nach dem langen, heißen Sommer. Es war ohne Zweifel ein herrlicher Tag, aber ich konnte ihn nicht wirklich genießen.

Ich parkte wie immer im Schatten eines Jacarandabaums vor dem Büro der *Klein-Karoo Gazette* und hielt einen gesunden Abstand zum Heck von Hatties weißem Toyota Etios. Ihre Fahrkünste waren im Rückwärtsgang noch schlimmer als im Vorwärtsgang.

Die prallen Blätter der Vetplantjies in den Blumentöpfen schimmerten silbergrün. Die *Gazette* hatte ihre Räume, zusammen mit einem kleinen Kindergarten und einer Kunstgalerie, in einem prächtigen viktorianischen Herrenhaus. Es war, genau wie mein Haus, vor über hundert Jahren gebaut worden, mit Wänden aus Lehmziegeln und Böden und Decken aus Eschenholz. Aber das Herrenhaus war natürlich viel größer und eleganter als mein

Bauernhäuschen. Säulen mit Zierelementen und die berühmten »Ladismith Eyes« – runde Belüftungslöcher mit filigranem Muster – schmückten die Fassade. Das Redaktionsbüro der *Gazette* belegte einen Raum im Erdgeschoss. Als ich zwischen den Blumentöpfen hindurch zur offenen Tür ging, hörte ich Jessie und Hattie reden. Ich hatte Buttermilch-Beskuit dabei – eine meiner Lieblingszwiebacksorten – und eine Tupperdose mit den letzten Stücken vom Venuskuchen.

»Das ist der Typ, den ich in Oudtshoorn treffen will«, erklärte Jessie gerade und zeigte auf das Titelblatt der *Weekly Mail*, die auf Hatties Schreibtisch lag. »Slimkat Kabbo.«

»Slimkat … das klingt nicht gerade nach dem König der Löwen«, bemerkte Hattie.

»›Slim‹ bedeutet auf Afrikaans ›schlau‹, nicht ›dünn‹, Hattie. Den Mann werde ich morgen interviewen, falls er nicht vorher umgebracht wird. Er hat Morddrohungen erhalten.«

»Uiuiui!«, rief Hattie. »Ganz nach deinem Geschmack, Jess. Kannst du das Interview denn mit deinem Bericht über das Kunstfestival verbinden? Du hast doch gesagt, er würde dort sein Buch vorstellen.«

»Ja, *My Land, my Siel*, also: Mein Land, meine Seele. Ein Buch über den Kampf der Buschmänner um ihr Land.« Jessie schaute mir entgegen. »Oh, hallo, Tannie M!«

Jessie ist deutlich jünger als ich, deshalb spricht sie mich meistens mit ›Tannie‹, Tante, an. In ihrem dunklen Gesicht machte sich ein Lächeln breit. Es wurde noch breiter, als ich ihr die Tupperdose mit dem Kuchen reichte. Jessie ist so klein wie ich (allerdings nicht so rund) und hat ihr Haar meistens zu einem Pferdeschwanz zurückgebunden. Wie immer trug sie ein schwarzes Top, eine Jeans und einen Gürtel mit vielen nützlichen Dingen in den Taschen.

»Maria, meine Liebe«, begrüßte mich Hattie. »Wir haben gerade über das KKNK gesprochen.« Das Klein-Karoo Nasionale Kunstefees, das alljährliche Kunstfestival in Oudtshoorn. »Fährst du auch hin?«

»Ich weiß noch nicht genau ...«

»Menschenskind, was ist denn mit deinem Haar passiert?«

Hattie ist die Herausgeberin und Chefredakteurin der *Klein-Karoo Gazette*. Sie ist groß, blond und blauäugig, spricht ein feines Mary-Poppins-Englisch und ist immer perfekt frisiert. Heute trug sie ein makelloses cremefarbenes Top und einen faltenfreien Rock in Apricot. Jessie ist Anfang zwanzig, Hattie Mitte fünfzig, also nicht viel älter als ich, aber manchmal kommt es mir so vor, als wäre nur sie erwachsen und Jess und ich wären die Kinder.

Ich fuhr mir durch meine braunen Locken, die wuscheliger waren als sonst. Mein grünes Kleid mit Blumendruck passte halbwegs zu meinen Augen, war aber schon jetzt zerknittert.

»Henk hat mit meiner Bürste einen Leoparden vertrieben«, erklärte ich.

»Was?!«, rief Jessie. Dann öffnete sie die Tupperdose und vergaß den Leoparden wieder. Sie stopfte sich ein Stück Kuchen in den Mund.

»Bitte sehr!« Hattie reichte mir eine Bürste und einen Taschenspiegel.

»Danke.« Ich versuchte, meine Haare so gut wie möglich zu bändigen. »Das ist ein Venuskuchen.«

»Wahnsinn!«, stieß Jessie aus. »Total der Hammer!« Sie strich über einen der auf ihren Oberarm tätowierten Geckos. Das macht sie immer, wenn sie glücklich ist. »Überirdisch!«

Ich stellte den Wasserkocher an, der seinen Platz auf meinem Schreibtisch neben der Beskuit-Dose hat, und bereitete Kaffee für sie und mich sowie Tee für Hattie zu. Unsere Chefin hat nicht viel für Essen übrig, wenn es nicht gerade meinen Milchrahmkuchen gibt. In dieser Hinsicht ist sie seltsam.

Auf meinem Tisch lag ein ansehnlicher Stapel von Briefen. Die Rubrik »Tannie Marias Liebes- und Kochrezepte« war von Anfang an sehr beliebt. Die Leser schildern mir ihre Probleme, und ich gebe ihnen Ratschläge, die hoffentlich helfen. Es kostet oft eine Menge Zeit, das passende Rezept zu finden, und ich arbeite nur halbtags. Man sollte meinen, dass ich bei so vielen Ratschlägen in der Lage wäre, meine eigenen Probleme zu lösen. Aber das ist ja ein bekanntes Phänomen: Sein eigenes Auto repariert der Mechaniker zuletzt.

Ich schlug meine Kolumne in der letzten *Gazette* auf. Dort war mein Rezept für Soetkoekies abgedruckt, das sind schlichte, traditionelle Plätzchen. Ich hatte das süße Gebäck einer Frau empfohlen, die wegen ihrer Schwiegermutter verbittert war. Neben meiner Antwort prangte eine kleine Anzeige in einem rosa Kästchen: »Beziehungsprobleme? Fällt es Ihnen schwer, Nähe zuzulassen? Kostenlose FAMSA-Beratung in Ihrer örtlichen Klinik.« Dazu die Telefonnummer der Gesellschaft für Familie und Ehe in Südafrika, kurz FAMSA. Ob die mir bei meinen Schwierigkeiten helfen konnten? Ich tunkte einen Zwieback in den Kaffee, biss ab und fühlte mich sofort besser.

Jessie und Hattie sprachen noch immer über den Zeitungsartikel und diesen Mann namens Slimkat. Ich ging mit meinem Kaffeebecher zu ihnen, um einen Blick auf den Artikel zu werfen. »Buschmann aus Kuruman siegt im Streit um Landrechte« lautete die Überschrift. Ich musste sofort an Tannie Kuruman vom Route-62-Café und ihre unglaublichen Hühnerpasteten denken.

Ein Foto darunter zeigte eine große Menschenmenge auf den Stufen des Obersten Gerichtshofs in Bloemfontein. In der Mitte des Bildes wurden zwei Männer auf Schultern getragen. Der eine sah wie ein Anwalt aus: ein Weißer mit akkuratem Haarschnitt und Nadelstreifenanzug. Er hatte den Mund weit aufgerissen, als würde er jubeln, die Arme vor Freude in die Luft gereckt. Der zweite Mann war kleiner, trug ein T-Shirt und eine ordentlich gebügelte Hose. Er saß ein wenig vornübergebeugt und hatte den Blick abgewandt, als sei er schüchtern oder wolle von den Schultern hinunter.

»Das ist Slimkat«, erklärte Jessie mir. »Einer der Anführer der Buschmänner.«

»Heißt es jetzt San oder Buschmann?«, fragte Hattie. »Was ist momentan der politisch korrekte Ausdruck?«

»Offiziell heißt es ›San‹, aber die meisten nennen sich ›Buschmann‹ beziehungsweise ›Buschmannfrau‹«, erwiderte Jessie. »Ich denke, beides ist in Ordnung.«

»Also haben sie doch noch gewonnen«, bemerkte ich. »Der Prozess hat sich ja lange hingezogen.«

»Stimmt, aber die Anwaltskosten wurden zum Teil von internationalen Organisationen getragen. Jetzt hat der Oberste Gerichtshof zugunsten der San entschieden.«

»Das freut mich«, sagte ich. Die Buschmänner waren wirklich schlecht behandelt worden.

»Die Vertreter von Hardcore, der Diamantmine, sind nicht gerade begeistert«, wandte Hattie ein und wies auf einen großen Mann in einem dunklen Anzug, der weiter oben auf der Treppe stand und auf die Buschmänner hinabschaute.

»Agribeest ebenso wenig, das Viehzuchtunternehmen.« Jessie tippte auf den dicken Bauch eines Mannes mit verschränkten Armen und zusammengezogenen Augenbrauen.

»Beide Firmen haben Anspruch auf das Naturschutzgebiet am Fluss Kuruman angemeldet, aber es wurde den Buschmännern zugesprochen, weil es das Land ihrer Vorfahren ist«, resümierte Hattie.

»Anführer der San feiern ihren Sieg« war in der Bildunterschrift zu lesen. Der Anwalt sah tatsächlich so aus, aber die Buschmänner freuten sich eher still. Manche lächelten zurückhaltend, doch keiner hüpfte ausgelassen herum.

Unter den Zuschauern waren auch ein alter Mann und eine Frau in traditioneller Buschmanntracht: Lederschürzen, Ketten aus Straußeneiperlen, als Kopfschmuck Federn und Stachelschweinborsten. Die Alte hatte einen kleinen Jungen an der Hand, der nur einen Lendenschurz trug; sie hatte das Gesicht von der Kamera abgewandt und schaute auf das Kind. Eine junge Frau in einem schicken Kleid himmelte Slimkat mit großen Augen an.

Einer der Buschmänner sah sogar alles andere als glücklich aus. Er starrte auf etwas außerhalb des Bildes, die Fäuste geballt, als sei er zum Kampf bereit.

»Sie sehen so bescheiden aus«, bemerkte Hattie.

»Ja, Prahlerei liegt den San nicht«, bestätigte Jessie. »Wenn sie auf der Jagd ein großes Tier erlegen, erzählen sie den anderen, es sei klein gewesen. Außerdem sind sie sehr vorsichtig. Aus gutem Grund.«

Sie las aus der Zeitung vor: »Caitlin Graaf, die Sprecherin der Internationalen Organisation der indigenen Völker, sagte in einem Interview: ›Die Anführer der San wurden in den letzten Monaten terrorisiert und mit dem Tod bedroht. Wir werden diese Vorkommnisse genauestens untersuchen und nicht zögern, rechtliche Schritte einzuleiten.‹ Auf die Frage, wie sich die San nach diesem bahnbrechenden Sieg fühlten, antwortete Ms Graaf: ›Natürlich sind wir alle froh, dass die San in Frieden in das Land ihrer Vorfahren in Kuruman zurückkehren können, aber sie sind kein Volk, das einen Sieg laut bejubelt.‹«

Ich betrachtete den Anwalt mit den emporgereckten Armen und Slimkat, der sich klein zu machen schien.

»Einem Sprichwort zufolge«, zitierte Jessie weiter Ms Graafs Kommentar, »wird der Hahn, der morgens am lautesten kräht, abends vom Schakal geholt.«

5

Am nächsten Morgen saßen Jessie und ich an unseren Schreibtischen, Hattie war bei der Bank. Ich arbeitete mich durch meinen Briefstapel.

Liebe Tannie Maria,
mein Freund möchte mit mir schlafen, aber ich weiß nicht, ob ich schon so weit bin. Ich bin siebzehn und mag ihn sehr, aber fühle mich einfach emotional noch nicht bereit dazu. Ich habe Angst, dass er mit mir Schluss macht, wenn ich nicht mit ihm schlafe. Was soll ich tun?
Janine

Ich fühlte mich nicht in der Lage, den Brief zu beantworten, und griff zum nächsten. Ich hatte Henk seit vorgestern Abend nicht mehr gesehen. Er müsse arbeiten, hatte er gesagt. Ich gönnte mir noch einen Zwieback und bot auch Jessie die Dose an.

»Slimkat kommt zum Interview hierher.« Sie nahm einen Zwieback und wischte die Krumen vom Tisch. »Mit seinem Cousin. Sie setzen jemanden hier in der Gegend ab und schauen bei der Gelegenheit vorbei.« Draußen knallte die Fehlzündung eines Autos, das auf der Elandstraat hielt. »Wahrscheinlich sind sie das schon.« Jessie stand auf und wartete in der Tür. Ich stellte den Wasserkocher an.

Bevor ich Slimkat sah, hörte ich ihn. Mit ruhiger, aber kräftiger Stimme sprach er mit Jessie. Sie führte ihn ins Redaktionsbüro, und er stellte uns seinen Cousin Ystervark vor – übersetzt: Stachelschwein. Dann gab er mir die Hand.

»Das ist meine Kollegin, Tannie Maria«, sagte Jessie. »Sie ist zuständig für die Kolumne mit den Liebes- und Kochrezepten.«

Slimkats Hand war trocken und warm, doch ich spürte sie kaum, weil ich nur seine Augen wahrnahm. Sie waren groß und schwarz, wie die einer Kudu-Antilope, und schauten tief in mich hinein. Es war sehr sonderbar ... Ich hatte das Gefühl, er könne mich sehen. Mein wahres Ich. Nicht nur meinen Körper, sondern mich in meiner Gesamtheit. Als wären meine Augen Fenster ohne Vorhänge. Er sah alles, selbst die Dinge, die ich vor mir selbst verbarg.

Ich wandte den Blick ab und hantierte mit den Tassen herum.

»Kaffee?«

»Rooibostee?«, fragte Slimkat zurück. Ich nickte. »Ohne Milch«, sagte er, »aber für Yster mit viel Zucker.«

Stirnrunzelnd betrachtete Ystervark die zahlreichen Taschen an Jessies Gürtel. Er war genau wie sein Cousin sehnig gebaut, doch sein ganzer Körper schien zum Sprung bereit, während Slimkat total entspannt wirkte. Ystervarks Hände waren zu Fäusten geballt. Genauso hatte ich ihn schon in der Zeitung gesehen. Bereit zum Kampf. Vielleicht sogar bereit zu töten. Er sah Slimkat an, dann Jessies Gürtel und wieder seinen Cousin.

»Entschuldigung«, sagte Slimkat. »Wir möchten nicht unhöflich sein, aber könnten wir vielleicht sehen, was in dem Gürtel ist? Es gab in letzter Zeit ein paar ... Zwischenfälle, und Ystervark ist lieber vorsichtig.«

»Klar.« Jessie leerte sämtliche Taschen auf dem Tisch aus. Es kam einiges zusammen, unter anderem ihre Kamera, das Notizbuch, Stift, Handy, Taschenlampe, ein Strick, ein Messer und Pfefferspray.

Ystervark nahm das Spray und das Messer und sah Slimkat nachdrücklich an, als wollte er sagen: Hab ich's doch gewusst.

»Tut uns leid«, wiederholte Slimkat. »Wir geben die Sachen zurück, wenn wir gehen. Aber wir können ohnehin nicht lange bleiben.«

Jessie holte zwei Stühle für die Gäste, doch Ystervark stellte sich neben die Tür. Dann ging er nach draußen zur Straße und kam wieder zurück, Messer und Pfefferspray in den Händen. Als ich Tee und Zwieback herumreichte, stopfte er sich die Gegenstände in die Taschen.

»Soll ich euch allein lassen?«, fragte ich Jessie.

»Nein«, sagte Slimkat, »nicht nötig.« Wieder fixierte er mich mit seinem Blick.

Ich stieß meine Tasse um, der Kaffee ergoss sich über meinen Schreibtisch und die *Gazette* der letzten Woche. Es gelang mir gerade so, die Briefe zu retten.

Jessie griff zu ihrem Notizbuch. »Ich weiß, dass ihr euch nicht gern selbst lobt«, begann sie, »aber es muss ein gutes Gefühl sein, zwei so große Firmen besiegt zu haben. Normalerweise sind es die Diamantminen und Viehzuchtunternehmen, die sich durchsetzen. Und trotzdem habt ihr gewonnen.«

»Ja, aber ich bin nicht unbedingt froh«, sagte Slimkat. »Es war nicht richtig zu kämpfen.«

»Was soll das heißen?«, fragte Jessie. »Das Land gehört doch euch. Seit zigtausend Jahren leben eure Vorfahren dort. Ihr konntet es euch doch nicht von diesen Firmen wegnehmen lassen!«

»Nein«, entgegnete Slimkat. »Das stimmt nicht. Das Land gehört nicht uns. Wir gehören dem Land.«

Jessie blinzelte, öffnete den Mund und schloss ihn wieder. Es kam nicht oft vor, dass ihr nichts mehr einfiel.

Dann fand sie ihre Sprache wieder. »Aber«, wandte sie ein, »wenn ihr euch nicht wehrt, setzt sich das Unrecht fort. Immer und immer wieder.«

»Das ist wahr«, erwiderte Slimkat. »Manche Menschen kämpfen gerne.« Er trank einen Schluck Tee und warf einen kurzen Blick auf seinen Cousin, der mit dem Rücken zu uns an der Tür stand.

»Ich nicht. Kämpfen macht bitter. Dennoch ist es manchmal unvermeidbar. Aber dann soll man mit sanften Händen und Vergebung im Herzen kämpfen.«

Er tunkte seinen Zwieback in den Tee und sah mich lächelnd an.

Ich betupfte die nasse *Gazette* mit einer Serviette. Auf der rosa Anzeige für Hilfe bei Beziehungsproblemen prangte ein brauner Fleck.

»Ich habe gehört, dass es Morddrohungen gab?«, fragte Jessie.

Slimkat nickte und kaute seinen Zwieback.

»Was glaubt ihr, von wem die kamen?«, hakte sie nach. »Von Agribeest oder Hardcore?«

Slimkat wedelte mit der Hand, als würde er Rauch vertreiben. »Kann sein«, sagte er. »Oder von neidischen Menschen. Das spielt keine Rolle.«

»Wie kann das keine Rolle spielen? Natürlich spielt es eine Rolle, wenn jemand dein Leben bedroht!«

Slimkat lächelte. »Nicht unbedingt«, sagte er. »Yster will, dass ich mich verstecke. Nach der Devise, Antilopen, die im Schatten grasen, würden nicht im Kochtopf landen. Aber ich glaube, dass meine Zeit kommt, wenn es so weit ist. Ich werde mich nicht vor der Sonne verstecken.«

Ystervark zuckte zusammen. Er stellte seine Tasse auf den Boden und holte das Pfefferspray heraus.

»Mein Leben ist ein unbedeutendes kleines Sandkorn«, fuhr Slimkat fort. »Es ist nicht wie das Leben eines Flusses, der Erde oder der Sterne. Es macht nicht viel aus, wenn ich sterbe.«

Vielleicht hatte er recht, doch am liebsten hätte ich gerufen: »Sei nicht verrückt, natürlich macht es etwas aus!« Aber es war nicht an mir, das zu sagen. Stattdessen notierte ich mir die Telefonnummer der kaffeebefleckten Anzeige.

6 Das Interview dauerte nicht lange, aber ging weit in die Zeit zurück. Slimkat erzählte Jessie von der jahrtausendealten heiligen Beziehung der Buschmänner zur Erde und zu den Sternen. Dann sprach er davon, dass Menschen, Tiere und Pflanzen heutzutage auf vielerlei Weise getötet werden.

»Wir müssen raus aus dieser Achterbahn des Todes«, schloss er. »Weg von dieser Straße des Hasses und zurück auf den Weg der Liebe.«

Als sie fertig waren, begleitete Jessie Slimkat und Ystervark nach draußen. Ich rief die Nummer der FAMSA an und vereinbarte einen Termin.

Wieder im Büro, erzählte Jessie, dass Ystervark ihr das Messer nicht zurückgegeben hatte.

»Es war komisch«, sagte sie. »Er hat die Straße hoch und runter geguckt, als ob sie verfolgt würden. Ich durfte mich ihrem Auto nicht nähern. Auf der Rückbank saß eine Person mit Kopftuch, ich konnte sie nicht genauer erkennen. Das Pfefferspray habe ich wieder, aber als ich mein Messer haben wollte, hat Ystervark den Kopf geschüttelt.«

»Was hat Slimkat dazu gesagt?«

»Ich glaube nicht, dass er das mitbekommen hat. Wir hatten uns schon verabschiedet, und er war gerade beim Einsteigen.«

Ich schnalzte mit der Zunge. »Er kann doch nicht einfach so dein Messer behalten!«

»Vielleicht braucht er es dringender als ich.«

Nur ein paar Stunden später saß ich auf einem weichen orangefarbenen Sessel in einem kleinen Raum des Krankenhauses von Ladismith.

»Sooo …«, sagte die Beraterin von FAMSA, die ebenfalls auf einem orangen Sessel saß. Sie war jung, hatte große Augen, blonde Locken und trug ein blaues Oberteil mit passendem Rock, wie ein kleines Püppchen. Eine Poppie. Sie schaute auf ihr Klemmbrett. »Ich möchte Sie vorab darüber informieren, dass ich noch in der Ausbildung bin, aber ich bin absolut qualifiziert, um Ihnen zu helfen.«

Sie schaute mich strahlend an, dann klatschte sie in die Hände wie eine Kindergärtnerin am ersten Tag.

Die Wände in ihrem sauberen Zimmer waren zitronengelb. Darin standen außerdem eine orangefarbene Couch, ein weißer Plastiktisch und eine Kiste mit Kinderspielzeug. Vor einem langen, schmalen Fenster am oberen Ende der Wand wehten sanft weiße Vorhänge im Wind und gaben einen graublauen Ausschnitt der Swartberge und ein Stückchen vom Himmel frei.

»So. Wie kann ich Ihnen helfen, Mrs … ähm«, sie sah wieder auf ihrem Klemmbrett nach. »Mrs van Harten.«

»Aah …«, begann ich.

»Englisch oder Afrikaans?«, fragte die Poppie.

»Ähm …«

Was für komplizierte Fragen! Ich blickte zum Fenster hoch.

»Ist Ihnen kalt? Soll ich das Fenster zumachen?«

»Nein«, antwortete ich. »Nein, danke. Ich mag frische Luft.«

Ich riss mich zusammen, setzte mich aufrecht hin; der Sessel schien mich verschlucken zu wollen. Die Beraterin hockte auf der Sitzkante, den Kopf seitlich geneigt, wie ein Vogel. Ihre Puppenaugen blitzten, doch ich hatte nicht das Gefühl, von ihr gesehen zu werden. Wie sollte ich so jemandem von den dunklen Seiten meiner Vergangenheit erzählen? Und von meinen sehr persönlichen Problemen mit Henk?

»Was geht Ihnen durch den Kopf?«, fragte sie.

Ich schaute auf meine Hände.

»Wie wäre es«, schlug sie vor, »wenn ich Ihnen zum Aufwärmen ein paar abstrakte Bilder zeige, die Sie sich ansehen. Dann sagen Sie mir, was Ihnen dazu einfällt.« Sie zog mehrere Blätter unter der Klemme hervor und reichte mir drei. »Nehmen Sie sich Zeit für das oberste und sagen Sie mir, an was es Sie erinnert.«

Das war einfach. »Das ist ein Kürbispuffer mit viel Sirup und Butter.«

»Aha. Und wie fühlen Sie sich dabei?«

»Hungrig.«

»Gut. Dann schauen wir uns mal das nächste Bild an, ja? Was sehen Sie dort?«

»Menschen, die um ein Feuer herumtanzen. Auf dem Feuer steht ein Potjie mit Lammfleisch. Und mitten in den Flammen sind zwei große schwarze Augen, die mich anstarren. Die gucken tief in mich hinein.«

»Und was sehen diese Augen?«

Ich zuckte mit den Schultern.

»Hm«, machte die blonde Frau. »Was halten Sie vom dritten Bild?«

Ich betrachtete es eine Zeit lang.

»Arme, Beine und Blut«, sagte ich dann. »Ich sehe eine in Stücke gerissene Frau und einen Mann mit einem Stich im Herzen. Hier, da ist das Messer. Beide wurden von einem Traktor überfahren, das sind die Reifenspuren. Beide sind platt und matschig, wie Kürbispuffer.«

»Schön!«, sagte die Beraterin und rückte auf dem Sessel so weit nach vorne, dass ich Angst hatte, sie könnte hinunterfallen. »Und was löst das bei Ihnen aus?«

»Hunger?«, versuchte ich es. »Es ist Mittagszeit, oder?«

»Hmm.« Sie notierte etwas auf ihrem Klemmbrett.

Ich schluckte. »Mein Freund …«, setzte ich an. Das Wort klang seltsam aus meinem Mund, in meinem Alter.

»Ja?«

»Henk. Er will, dass ich mir Hilfe suche. Er glaubt, dass ich ein Trauma habe. Durch die Entführung. Eine Frau wurde ermordet …«

»Sie wurden entführt?«

»Ja, und in einen Kühlraum gesperrt, aber ich bin entkommen, obwohl mich der Mörder fast mit Pfeil und Bogen erlegt hätte.«

»Mein Gott!«, stieß die Poppie hervor.

»Aber daran liegt es gar nicht. Das ist nicht der Grund für meine Probleme.«

»Was für Probleme?«

»Albträume, Zittern und so. Ich wollte es Henk nicht sagen, aber ich weiß, dass das nichts mit dem Mörder zu tun hat. Der ist tot. Die Schwierigkeiten habe ich durch ihn, durch Henk, seit er in meinem Leben ist. Durch die Nähe und so.«

»Fällt es Ihnen schwer, Intimität zuzulassen?«

»Nein. Ja. Was meinen Sie mit ›Intimität‹? Ich möchte unbedingt, dass es mit uns klappt. Aber es wird ständig schlimmer. Ihm nahe zu sein, macht es für mich schlimmer. Es löst die Probleme aus. Besonders wenn wir … wenn wir …«

»Ja?«, fragte sie.

»Sind wir nicht schon über die Zeit?«

Die Beraterin schaute auf ihre kleine silberne Uhr. »Nein, ganz und gar nicht.«

Sie sah mich an, ich schwieg. Sie hob die Augenbrauen, um mich zum Weiterreden zu ermuntern, doch ich blieb stumm. Es war einfach nicht richtig, diesem jungen Ding von meinem Privatleben zu erzählen. Ich schaute hoch zum Fenster. Die Vorhänge waren nun ruhig. Still und schwer.

»Mrs van Harten«, sagte das Püppchen. »Vielleicht erzählen Sie mir, welche unangenehmen Gefühle Sie haben. Und ob Sie feststellen konnten, wodurch diese Gefühle verbessert oder verschlechtert werden.«

Ich saß da und dachte nach. Ein Karoo-Heckensänger flog draußen am Fenster vorbei.

»Das ist eine interessante Frage.«

Ich versuchte erneut, mich wieder aufzurichten, doch meine Füße reichten nicht ganz bis auf den Boden, und der Sessel wollte mich nicht loslassen, also lehnte ich mich wieder zurück.

»Wenn ich Sorgen habe«, begann ich, »geht es mir deutlich besser, wenn ich Kartoffelsalat esse, mit Sahne und Minze. Trotzdem fühle ich mich manchmal einsam, auch wenn es eine andere Art von Einsamkeit ist als früher, vor Henk. Auf gewisse Weise ist sie schlimmer, weil er da ist, aber … Egal. Kuchen. Schokoladenkuchen ist gut gegen Einsamkeit. Und bei Enttäuschung, aber nur wenn es ein guter Kuchen ist, der richtig sättigt. Mit Erdnussbutter. Kuchen hilft bei vielen Problemen. Es gibt so viele verschiedene Sorten. Aber wissen Sie, wenn ich es recht bedenke, muss man doch vorsichtig sein. Wenn man zum Beispiel Schuldgefühle hat und Schokoladenkuchen isst, können sie schlimmer werden. Und zum Feiern sind Kuchen natürlich perfekt. Aber Sie haben ja nach unangenehmen Gefühlen gefragt …«

Jetzt war ich ganz bei der Sache und gestikulierte begeistert mit den Händen herum. Das waren entscheidende Fragen. Und sehr hilfreich für meinen Rezeptratgeber. Ich sollte mir eine Liste machen, welche Gerichte zu welchem Kummer passten.

»Scham … und Schuld, das ist am schlimmsten«, sagte ich. »Dann liege ich zitternd im Bett, kann nicht schlafen und denke an … früher. Ich sehe Dinge, die vor langer Zeit passiert sind, und es ist, als ob sie direkt vor meinen Augen geschehen.« Ich schloss die Lider, atmete tief durch. »Ich habe Angst vor dem, was vielleicht noch kommt.«

Ich schob mich auf meinem Sessel so weit nach vorn, bis ich die Füße auf den Boden stellen konnte.

»Ich muss noch mal darüber nachdenken. Ich habe bisher Schokoladenkuchen gegessen, wenn ich mich geschämt habe, aber das ist wahrscheinlich nicht richtig. Ich glaube, dafür brauche ich etwas Leichteres.« Ich betrachtete die orangefarbenen Sessel und gelben Wände. »Was mit Zitrusfrüchten. Vielleicht eine Zitronenbaisertorte …«

»Mrs van Harten …?«

»Sagen Sie ruhig Maria«, unterbrach ich sie, nun froh darüber, wie hilfreich diese Beratung war. »Tannie Maria.«

»Tannie Maria, ist das Essen für Sie vielleicht eine Flucht vor Ihren Gefühlen?«

»Nein«, erwiderte ich. »Nein, keine Flucht, sondern eine Hilfe. Ich versuche, meinen Gefühlen zu helfen. Damit es mir besser geht.«

Die Poppie senkte den Blick auf ihre schlanken Beine und taxierte dann meine Größe und Breite.

»Haben Sie schon mal eine Diät gemacht, Tannie Maria?«

7

Ich saß an meinem Verandatisch, das erste Diätgericht meines Lebens vor mir: Gurke, Salat, Tomaten und ein gekochtes Ei. Kein Dressing. Musste ich die Diättabletten vor oder nach dem Essen schlucken? Ich hatte sie auf Empfehlung der Therapeutin gleich auf dem Heimweg in der Apotheke gekauft. Ich beschloss, sie hinterher zu nehmen, wie einen Nachtisch.

Kopfschüttelnd studierte ich die Rezepte, die sie mir gegeben hatte. Niemals würde ich so was in meine Kolumne aufnehmen; sie waren kein Trost, sondern eine Strafe. Eine Strafe für alle, die Essen lieben und etwas besser gepolstert sind.

Ich schnalzte mit der Zunge und schaute nach draußen auf den Rasen. Zwei Hühner pickten im Komposthaufen herum, mit aufgeplusterten rostbraunen Federn suchten sie nach Leckereien. Die anderen drei lagen im Schatten des Zitronenbaums. Es war warm, aber nicht zu heiß – genau das richtige Wetter für einen überbackenen Käsetoast. Ich betrachtete das gekochte Ei auf meinem Teller; wie gut es zu einer Scheibe gebuttertem Toast mit einer cremigen Soße aus Cheddar schmecken würde!

Bei einem solchen Essen war Ablenkung gut. Ich konnte einen der Briefe beantworten, den ich mit nach Hause genommen hatte. Er war in einer schönen, aber zittrigen Schrift verfasst, und das Papier war dünn, fast durchsichtig.

Liebste Tannie Maria,
es geht um einen Mann, den ich nett finde und der ein ganzes Stück jünger ist als ich. Ich glaube, er mag mich auch. Auf jeden Fall mag er meine süßen Shortbreads.

Spielt das Alter für die Liebe eine Rolle? Oder ist es nur eine Zahl?
Da der Mann eine Schwäche für Süßes hat, bräuchte ich noch mehr Ideen, was ich für ihn backen kann. Vielleicht auch etwas Pikantes?
Je größer die Abwechslung, desto öfter besucht er mich, oder?
Ich schicke Ihnen das wunderbare Shortbread-Rezept meiner Mutter. Sie konnte sehr gut backen.

Mit freundlichen Grüßen,
eine fast verliebte Schottin

Hm, dachte ich, nichts sagt »Kom kuier weer« – komm bald wieder – so schön wie Hertzoggies, die Kokosnusskekse mit Cremefüllung, die der burische General Hertzog so gerne mochte. Ich bedankte mich bei der Schottin für das Plätzchenrezept ihrer Mutter und schickte ihr die Backanleitung meiner Mutter für Hertzoggies.

Dazu schrieb ich, dass das Alter unwichtig sei (natürlich nicht, wenn der Junge unter sechzehn ist, dann darf man ihn nur oberhalb der Tischkante verwöhnen). Außerdem gab ich ihr eine Anleitung für die Zubereitung von Käsegebäck mit reifem Cheddar. Je älter der Käse ist, umso besser sind Qualität und Geschmack. Ihrem jungen Freund ging so vielleicht auf, wie viel köstlicher etwas mehr Reife ist.

Die Diättabletten gaben ein armseliges Dessert ab, aber das Lesen und Verfassen der leckeren Rezepte half ein bisschen darüber hinweg. Das Telefon klingelte. Es war Henk. Seine Stimme war süß und warm wie heiße Schokolade und ließ ein Lächeln durch meinen gesamten Körper wandern.

»Alles in Ordnung?«, fragte er.

»Ich hatte heute ein Beratungsgespräch … Die Frau hat mich auf Diät gesetzt.«

»Ach, Quatsch, du brauchst keine Diät-Beraterin, sondern einen Therapeuten. Wir haben hier welche auf der Polizeidienststelle. Sie helfen Verbrechensopfern.«

»Ich bin kein Opfer«, erwiderte ich. »Und die Frau ist Therapeutin. Sie meint, das Essen wäre eine Flucht vor meinen Gefühlen. Und dass ich dick bin.«

»Blödsinn, du bist wunderbar.«

»Sie hat mir geraten, Sport zu machen. Findest du nicht, dass ich abnehmen sollte?«

»Du bist die beste Köchin, die ich kenne, und dein Körper ist genau richtig. Tut mir leid, ich muss auflegen. Soll ich heute Abend zu dir kommen?«

»Ich weiß nicht, was ich kochen soll mit der Diät und so …«

»Vergiss die Diät«, sagte Henk. »Bis später, Bokkie.«

Er hatte mich Bokkie genannt. Kleines Böckchen. Und er fand meinen Körper »genau richtig«. Einem Mann wie Henk nahe zu sein, war jede Mühe wert. Ich konnte zumindest versuchen, mich an Poppies Ratschläge zu halten. Vielleicht konnte ich mich durch einen Spaziergang vom Essen ablenken?

Ich zog meine Veldskoene an – die bequemen Feldschuhe aus Leder – und verließ mein Grundstück durch das Gartentor. Es führte hinaus aufs Veld. Ich nahm einen schmalen Trampelpfad zwischen kleinen Büschen und Sukkulenten. Die Sonne war doch so heiß, dass ich bereute, keinen Hut aufgesetzt zu haben. Bald gelangte ich zu meinem alten Freund, dem Gwarriebaum. Ein wenig atemlos setzte ich mich auf einen niedrigen Ast in seinem Schatten.

»Hallo, Gwarrie«, sagte ich. Es war ein sehr alter Baum, vielleicht tausend Jahre alt, mit einer dicken, groben Borke und runzligen dunklen Blättern.

Ich musste an das denken, was Slimkat gesagt hatte: »Das Land gehört nicht uns; wir gehören dem Land.«

An den kleinen Häufchen glänzender Köttel auf dem Boden konnte ich ablesen, dass der Baum regelmäßig Besuch bekam. Die kleinen Bokdrolletjies sahen aus wie schokoladenüberzogene Erdnüsse. Das musste die Kinder dazu gebracht haben, sie in den Mund zu nehmen und den Sport des Bokdrolletjie-Weitspuckens zu erfinden.

Ein Schwarm Mausvögel landete in den oberen Ästen. Sie hatten lange Schwanzfedern und eine fächerartige Haube. Als sie mich entdeckten, flogen sie zwitschernd davon. Meine Sorgen schienen mit ihnen davonzuschweben.

Eine sanfte Brise kam auf und trug einen ungewöhnlichen, süßen Geruch heran. Ich schaute mich um, woher er kommen mochte, und entdeckte mehrere graugrüne Büsche mit kleinen gelben Puscheln. Ich ging hinüber, bückte mich und roch an den Blütenbäuschchen. Der Duft erfüllte meine Nase und kitzelte in der Kehle. Er ähnelte dem von Zitronen, war aber gleichzeitig süß wie Honig. Ich zermarterte mir das Hirn, woher ich den Geruch kannte. Vielleicht war es eine vage Erinnerung an jene fernen Tage, als wir noch jagen und sammeln gingen wie die Buschmänner. Schließlich gab ich es auf und machte mich auf den Heimweg.

An den Vygie-Büschen hingen Unmengen getrockneter Samenkapseln, nur hin und wieder entdeckte ich kleine Blümchen auf dem Boden, die nach dem Regen hervorgeschossen waren: eine blasslila Orchidee, ein kleines Büschel violetter Teppichblumen.

Vielleicht weil ich aufgehört hatte, mir den Kopf zu zerbrechen, fiel mir plötzlich ein, woran mich der süße Geruch erinnerte: an Japie se Gunsteling – Japies Leibspeise –, jene berühmte Dessertcreme mit Orangen- und Zitronengeschmack aus *Kook en Geniet*, dem Kochbuch meiner Mutter. Die würde ich heute Abend für Henk zubereiten. Der Heimweg ging deutlich schneller. Als ich durch den Garten kam, pflückte ich eine Zitrone vom Baum.

8

Nachdem ich mit dem Kochen fertig war, duschte ich und zog hübsche Unterwäsche an. Ich tupfte mir einen Spritzer Parfüm hinter die Ohren und zwischen die Brüste.

Das Telefon klingelte, es war Henk. Ich war lediglich in BH und Höschen und wurde rot, obwohl er mich gar nicht sehen konnte.

»Hier wartet ein Pudding auf dich«, sagte ich. »Ich habe aus Japie se Gunsteling Henks Leibspeise gemacht. Da ich nicht genug Orangensaft hatte, habe ich selbst gemachten Naartjie-Likör genommen.« Ich wusste, dass Henk verrückt nach meinem Mandarinenlikör war.

»Es tut mir leid, Maria, aber ich schaffe es heute Abend nicht.«

Ich setzte mich auf den Stuhl neben dem Telefontischchen.

»Ich muss für ein paar Tage weg«, erklärte er.

»Oh«, sagte ich. »Was ist passiert?«

Einen Moment herrschte Schweigen, dann sagte Henk: »Wir waren uns doch einig, dass du nicht mehr in meine Ermittlungen verwickelt werden solltest. Du weißt, wie ich mich fühle, wenn du in eine gefährliche Sache hineingerätst …«

Ja, wir hatten das schon einige Male diskutiert. Nach dem Tod seiner ersten Frau konnte Henk die Vorstellung nicht ertragen, mich ebenfalls zu verlieren. Er ist fast durchgedreht, als mich dieser Mörder beinahe umgebracht hat.

»Gibt es einen Toten?«, fragte ich.

Er antwortete nicht. Inzwischen wurde es dunkel, die ersten Kröten begannen mit ihren knatternden, tiefen Stimmen zu rufen.

»Ist in Oudtshoorn etwas passiert?« Ich roch, dass der Zucker auf dem Orangenpudding karamellisierte.

»Maria, genau das wollte ich vermeiden. Es tut mir leid, ich muss jetzt auflegen.«

In Unterwäsche und Ofenhandschuhen zog ich den heißen Pudding hervor. Er war perfekt, mit einer goldbraunen Kruste obendrauf.

»Es tut mir schrecklich leid«, sagte ich zu Henks neuer Leibspeise.

Dann rief ich Jessie an und erzählte ihr von Henks Anruf. »Ich mache mir Sorgen um Slimkat«, gestand ich.

»Das geht mir genauso«, gab sie zu. »Ich habe gerade versucht, ihn anzurufen, aber er geht nicht ran.«

»Hat Reghardt dir irgendwas erzählt?«, wollte ich wissen. Reghardt war Officer in Henks Team und Jessies Freund.

»Nur dass er heute Abend arbeiten muss«, antwortete sie. »Ich fahre sofort morgen früh nach Oudtshoorn. Zu dem Festival. Wenn ich weiß, was da los ist, sage ich dir Bescheid.«

Ich aß meine Diätspeise und lauschte einem Frosch, der nach seiner Partnerin rief. Dann stellte ich den abgekühlten Pudding in den Kühlschrank.

Die Frösche und Grillen sangen mich in den Schlaf, aus dem ich von meinen Albträumen geweckt wurde. Ich hörte meine eigenen Schreie: »Nein! Nein!«

Ich kann von Glück sagen, dass meine Nachbarn so weit weg wohnen, sonst wären sie sicher gekommen, um nachzusehen, ob jemand umgebracht würde.

Nachdem der Schweiß getrocknet war, blieb nur das Schamgefühl zurück. Mein Körper erinnerte sich an Dinge, die mein Kopf vergessen wollte. Im Bad fuhr ich mir mit einem feuchten Lappen übers Gesicht. Dann ging ich in die Küche, denn sie war meine beste Freundin.

Obwohl meine Hände noch zitterten, gelang es ihnen, den Pudding vom Kühlschrank in den Ofen zu bugsieren. Meine Finger und mein Kopf fühlten sich an, als hätten sie nichts miteinander zu tun, aber zum Glück machte ich nichts kaputt. Während ich darauf wartete, dass der Pudding warm wurde, sah ich die Venus aufgehen. Der Planet war so unglaublich weit entfernt.

Als Henks Leibspeise fertig war, setzte ich mich auf die Veranda und aß den warmen Orangenpudding, bis mein Mund, die Hände und der Bauch wieder zusammenfanden; selbst Venus rückte ein Stückchen näher. Schließlich war ich wieder ganz, und das Zittern hörte auf.

9 Am nächsten Morgen fuhr ich in aller Frühe in die Redaktion. Im Licht der Dämmerung wirkten die Berge der Karoo ruhig und sanft, als schliefen sie noch. Der Sonnenaufgang malte Babyblau und -rosa in den Himmel. Beim Fahren sah es aus, als würden sich die Hügel in ihren Feldbetten noch einmal umdrehen. Mit Sicherheit waren sie ausgeruhter als ich.

Die Probleme meiner Vergangenheit lasteten schwer auf mir, obendrein machte ich mir Gedanken um Slimkat. Wäre doch wunderbar, wenn man alle Sorgen und Nöte einfach aus dem Fenster werfen könnte. Ich spürte die kühle Morgenluft im Gesicht und seufzte. Der Wind blies den Seufzer zurück in meinen Mund.

Als ich die Tür zur *Gazette* aufschloss, fiel mir als Erstes die Dose mit Buttermilchzwiebäcken auf meinem Schreibtisch ins Auge. Hatte es überhaupt einen Sinn, Kaffee zu trinken, ohne dazu Beskuit zu essen? Der Orangenpudding war ein kleiner Ausrutscher gewesen, aber ich wollte dennoch weiter Diät halten. Zum Frühstück hatte ich lediglich einen Obstsalat gegessen.

Hattie hatte mir einige E-Mails ausgedruckt und auf den Tisch gelegt. Außerdem wartete der Brief des jungen Mädchens auf mich, die noch nicht bereit war, mit ihrem Freund zu schlafen, und Angst hatte, dass er sie verließ. Es ist normal, dass ein Mann von seiner Partnerin erwartet, mit ihm zu schlafen. Sonst wären sie ja nur gute Freunde. Eine Weile mochte er Geduld mit ihr haben, doch wie lange? Aber das konnte ich unmöglich einer Siebzehnjährigen antworten.

Ich nahm den nächsten Brief in Angriff, eine E-Mail vom Vortag.

Liebe Tannie Maria,
vielleicht erinnern Sie sich ja an mich …
Sie haben mit Ihren Briefen den Anstoß für unseren Straußen-Kochclub gegeben. Sie hatten angeregt, dass wir uns in der Farmer-Kooperative Oudtshoorn treffen, und das haben wir gemacht. Früher war ich so schüchtern (wegen der Narben, die ich nach meinem Unfall im Gesicht habe), aber der Kochclub hat mir ungemein geholfen. Mittlerweile fühle ich mich fast normal, ich bin sogar mit jemandem aus dem Club zusammen.
Beim diesjährigen Kunstfestival in Oudtshoorn hat unser Kochclub einen kleinen Stand, der von mehreren Straußenfarmern gesponsert wird. Wir haben eine Broschüre mit Straußenfleischrezepten herausgegeben (darunter einige von Ihnen!) und veranstalten morgen Abend eine kleine Kochvorführung mit anschließender Verkostung in der Nähe des Bierzeltes. Vielleicht kommen Sie ja zum KKNK, dann wäre es wundervoll, wenn Sie unser Ehrengast sein würden. Schließlich haben Sie das alles in Gang gesetzt, und wir sind große Fans von Ihrer Kolumne mit Liebes- und Kochrezepten. Entschuldigen Sie diese sehr kurzfristige Einladung; wenn es ums Planen geht, sind wir leider ein bisschen chaotisch. Essen, plaudern und Rotwein trinken liegt uns deutlich mehr.
Unten steht meine Telefonnummer. Sie sind herzlich eingeladen, einen Freund oder Begleiter mitzubringen.
Mit den besten Wünschen
Annemarie van der Walt
(mein richtiger Name!)

Der Vorschlag, einen Freund oder Begleiter mitzubringen, erinnerte mich erneut an den Brief des jungen Mädchens. Doch ich beschäftigte mich lieber mit dem Kochclub. Vielleicht sollte ich wirklich zum KKNK fahren. Aber die Strecke nach Oudtshoorn war ziemlich lang. Ich gähnte und sah auf die Bürouhr. Erst acht, und ich war schon müde.

Quietschende Reifen und ein aufheulender Motor kündigten Hatties Ankunft an. Einen Augenblick später klackerten ihre forschen Absätze über die Steinplatten. Ich stellte den Wasserkocher an, um ihr Tee zu machen.

»Hallo, Tannie Maria!«, grüßte sie. »Du bist früh dran.«

»Morgen, Hats.«

»Du liebes bisschen, Maria, was ist denn mit dir passiert? Du siehst ja grauenhaft aus!«

Ich betastete meine Frisur.

»Nein, nicht deine Haare! Der Rest von dir. Du siehst aus, als hättest du seit einer Woche nicht geschlafen.«

»Mir geht's gut«, sagte ich. Zumindest versuchte ich es, aber es kam irgendwie schluchzend heraus.

»Ojemine, Maria!« Hattie zog ihren Stuhl neben meinen und setzte sich. »Was ist denn los?«

Sie gab mir meinen Kaffee und einen Zwieback.

»Nein, danke«, entgegnete ich. »Ich m…m…mache eine D…D…Diät.« Zu meiner eigenen Überraschung stellte ich fest, dass ich weinte.

Entsetzt sog Hattie die Luft ein. »Was? Bist du deshalb so neben der Spur?«

Ich schüttelte den Kopf. Dann nickte ich.

»Du hast schon längere Zeit Schlafstörungen, oder?«, fragte sie.

Ich nickte wieder.

»Hast du es mal mit Schlaftabletten versucht?«

Ich schüttelte den Kopf.

»Bist du deswegen beim Arzt gewesen?«

»Ich war bei einer Therapeutin. Sie hat mich auf Diät gesetzt.«

»Was für ein himmelschreiender Unsinn!«, rief Hattie. »Du

brauchst einen Arzt, Maria. Ich weiß, dass es in Ladismith genug Ärzte gibt, aber ich kenne einen ganz hervorragenden in Oudtshoorn, den ich dir empfehlen würde. Dr. Walters. Du fährst doch zum KKNK, oder? Das wird bestimmt nett.«

Ich holte ein Taschentuch aus meiner Handtasche und schnäuzte mir die Nase. »Ich weiß nicht genau«, sagte ich. »Ich bin so müde …«

Das Telefon klingelte, Hattie meldete sich. »*Klein-Karoo Gazette* … Jessie!« Sie hörte eine Weile zu, dann sagte sie: »Warte kurz! Maria, Jessie sagt, Slimkat gehe es gut, aber irgendwas wäre in Oudtshoorn los. Reghardt Snyman, Detective Kannemeyer und die halbe Mannschaft der Polizei von Ladismith sind auf dem Festival. Soll ich ihr sagen, dass wir unterwegs sind?«

Ich holte tief Luft. »Ja.«

10

Die Strecke nach Oudtshoorn ist wunderschön, es geht vorbei an einer wilden Landschaft und grünen Hügeln, über Bergpässe mit hübschen Mustern aus rotem Fels. Trotzdem hielt ich die Augen über lange Abschnitte geschlossen, weil Hattie am Steuer saß. Es war Wahnsinn von mir, mich darauf einzulassen, mit ihr zu fahren. Aber ich war wirklich müde. Ich hatte in Windeseile gepackt und hoffte nur, alles Nötige dabeizuhaben: Kleidung zum Wechseln, meine Diätnahrung (ein gekochtes Ei und Salat). Ich hatte meine Nachbarin Rita van Tonder gebeten, meine Hühner zu füttern und sie abends in den Hok zu stecken. Sie durfte sich im Gegenzug gerne bei den Eiern bedienen. Rita hatte sie schon mal probiert und wusste, dass sie es wert waren, von ihrer Aprikosenfarm zu meinem Haus zu fahren.

Als wir die Serpentinen des Huisrivier-Passes hinunterkurvten, öffnete ich die Augen und entdeckte unter einem Pfefferbaum einen hübschen Platz für ein Picknick, der Blick auf Tal und Hügel bot.

»Sollen wir hier Rast machen und Mittag essen?«, fragte ich.

Hattie schaute auf die Uhr, das Auto schlingerte. »Ich glaube, dafür haben wir keine Zeit. Jessie will sich um drei mit uns im Bierzelt treffen.«

Vermutlich konnte ich in Hatties Wagen ohnehin nichts essen beziehungsweise bei mir behalten, also warf ich zwei Diättabletten ein.

»Hör mal, du gehst doch zu diesem Arzt in Oudtshoorn, oder?« Hattie sah mich fragend an und drehte das Lenkrad dabei zur Seite.

»Hm …«, machte ich. »Können wir vielleicht später darüber

sprechen? Mir ist ein bisschen schlecht vom Fahren.« Das war reine Notwehr, damit Hattie weiterhin auf die Straße sah. Ich hatte keine Lust, mit der tödlichsten Form von Reisekrankheit zu enden: überschlagen im Straßengraben.

Als wir uns Oudtshoorn näherten, kamen wir an mehreren Straußenfarmen vorbei, und ich musste an den Straußen-Kochclub denken. Ich hatte Annemarie angerufen und ihr gesagt, dass ich käme. Sie klang sehr nett. Was es wohl zum Abendessen geben würde?

In der Stadt nahmen wir die Voortrekker Straat.

Auf den Gehsteigen tummelten sich die Menschen, an den Laternenmasten hingen bunte Poster und Banner. Der Verkehr wurde zusehends dichter. Hattie warf einen kurzen Blick auf die Uhr und streifte mit dem Wagen ein Transparent am Straßenrand. Dann hupte sie und überholte einen VW Beetle.

Sie parkte ein paar Häuserblocks von dem großen blau-weißen Zelt entfernt auf einer durchgezogenen gelben Linie, und wir gingen den Rest zu Fuß. Viele der Straßen waren für den Verkehr gesperrt.

Überall waren Zelte und kleine Stände aufgebaut. Wir kamen an Kunstgalerien und Buchhandlungen vorbei und an einem Jongleur, der Straußeneier in die Luft warf. Es gab ein Riesenrad, einen Autoskooter und Karussells, die kreischende Kinder herumwirbelten. In einer der Buden wurde Roosterkoek angeboten, in einer anderen Kudu-Sosaties. Es duftete herrlich nach dem gegrillten Fladenbrot und dem Fleisch. Ein Schild an einem Pavillon verkündete, dass er dem Straußen-Kochclub gehörte, er war allerdings noch verwaist.

Hattie versuchte auf höfliche Art, mich zur Eile anzutreiben, aber ich halte nichts von Hast. Nun ja, meine Beine weigern sich schlichtweg. Ich gab mein Bestes und war ein wenig atemlos, als wir das Bierzelt erreichten.

Jessie saß auf einer Bank an einem der langen weißen Tische. Als sie uns sah, sprang sie auf und winkte. Ihre schwarzen Haare waren wie so oft zu einem Pferdeschwanz gebunden. Vor einer großen hölzernen Bühne standen mehrere Reihen Plastikstühle. Bühne und Stühle waren noch leer, aber ringsum an den Tischen saßen ein paar Besucher. Eine nette Mischung aller Hautfarben.

Auf der anderen Seite des Bierzeltes gab es Stände mit Speisen und Getränken. Vor einem Wagen mit Kudu-Sosaties hatte sich bereits eine Schlange gebildet. Zwei Schwarze in T-Shirts brieten das Fleisch auf einem Grill über offenem Feuer; eine junge weiße Frau mit einer gelben Schürze nahm die Bestellungen entgegen und bereitete die Spieße an einem Nebentisch zu.

»Haai, Tannie Maria!« Jessie nahm mich in die Arme, dann wandte sie sich an Hattie. »Ich bin so froh, dass ihr da seid.« Sie schaute auf die Uhr. »Ich muss jetzt schleunigst los. Hab versprochen, eine Kritik über *Wie's bang vir Virginia Woolf* zu schreiben.«

»Also ist alles okay mit Slimkat?«, fragte ich.

»Ja. Bei seiner Buchvorstellung saß eine ganze Armee von Zivilpolizisten.« Sie beugte sich vor, wir steckten die Köpfe zusammen. »Gestern hat jemand versucht, ihn umzubringen.«

»Grundgütiger!«, stieß Hattie hervor. »Was ist passiert?«

»Genaues will mir niemand verraten«, erwiderte Jessie. »Reghardt sagt nichts, und Ystervark hat Slimkat weggezogen, bevor er auf meine Fragen antworten konnte. Slimkat selbst hat mir von dem Mordanschlag erzählt und war einverstanden, unser Gespräch fortzusetzen; wir treffen uns heute Abend hier.«

»Wie beruhigend, dass Slimkat so gut bewacht wird«, bemerkte Hattie.

»Nun ja, die Polizei von Oudtshoorn will sicherstellen, dass auf dem KKNK nichts passiert. Sie hat sich dazu jede Menge Unterstützung geholt. Ist das Festival vorbei, überlassen sie Slimkat wieder seinem Schicksal.« Jessie reichte uns ein Veranstaltungsprogramm. »Einige Sachen sind auf Englisch, Hattie. Und es gibt natürlich Kunst und Musik.«

»Ich verstehe durchaus ein wenig Afrikaans«, warf Hattie ein.

»Und eine Menge leckeres Essen gibt es auch, Tannie M«, sagte Jessie. »So, tut mir leid, aber ich muss wieder los.«

»Sei bitte vorsichtig, Jessie!«, mahnte Hattie. »Du bist eine Journalistin, keine Polizistin. Lass die Polizei die Sache mit dem Mordversuch ermitteln.«

»Ich bin eine *investigative* Journalistin«, gab Jessie zurück und warf im Davoneilen ihren Pferdeschwanz nach hinten. »Bis später!«

Hattie blätterte im Programmheft: »Oh, es gibt einen Vortrag über die Landschaftsmalerei von Pierneef! Wenn ich mich beeile, schaffe ich das noch.« Sie sprang auf. »Komm doch mit! Stört es dich, wenn ich schon mal vorgehe? Ich verpasse nicht gerne den Anfang.«

Ich hatte keine Ambitionen, aufzuspringen und irgendwo hinzueilen, also sah ich Hattie nach, wie sie das Zelt verließ und aus meinem Blickfeld verschwand. Das Programm konnte ich später noch studieren, zuerst hatte ich eine Verabredung mit einem Kudu-Spieß.

11

Die Sosaties waren umwerfend. Das Kudufleisch war nicht wie üblich in kleine Würfel, sondern in dünne Scheiben geschnitten, die über glühenden Kohlen gegrillt wurden. Es gab süße Sosaties mit Ananas und getrockneten Aprikosen und pikante mit Pilzen und Zucchini. Dazu wurden zwei Soßen gereicht: Honig-Senf und Tomate-Chili. Ich probierte zuerst ein Gemüse-Sosatie mit Honigsoße und dann ein süßes mit Chilisoße.

Die Chilisoße gab es wie Ketchup in einer roten, die Honig-Senf-Soße in einer gelben Plastikflasche. Aber sie schmeckten völlig anders als das, was man normalerweise in einem Imbiss bekommt. Es waren hausgemachte Soßen – absolut lecker.

Das Kudufleisch war zart und hatte ein leicht rauchiges Aroma. Kudu ist eher dezent, nicht so intensiv im Geschmack wie Springbock.

Die Sosaties waren nicht besonders groß, ich hatte immer noch Hunger und überlegte, wie der süße Spieß wohl mit der Honig-Senf-Soße und die kräftige Version mit der Chilisoße schmecken würde. Als Autorin einer kulinarischen Kolumne war es meine Pflicht, das gründlich zu recherchieren. Zum Glück, denn die letzte Kombination erwies sich als die beste: ein süßer Aprikosenspieß mit Honig-Senf-Soße.

Ich stellte mich noch mal an und fragte die junge blonde Bedienung, ob sie mir das Rezept für die Soßen geben könne.

»Oh, das tut mir leid, Tannie«, sagte sie und wischte sich mit dem Handrücken das Haar aus den Augen. »Vorhin hat schon eine andere Tannie danach gefragt, aber mein Chef hat Nein gesagt. Er gibt das Rezept nicht weiter.«

Das fand ich schade. Rezepte waren zum Teilen da. Aber meine Laune besserte sich wieder, als ich Hattie näher kommen sah.

»Da bist du ja«, sagte sie. »Wenn du doch ein Handy hättest! Der Vortrag über Pierneef war fabelhaft. Hier gibt es viele tolle kleine Kunstgalerien und Antiquariate. Und an einer guten Buchhandlung kann ich auch nicht vorbeigehen. Wie war es bei dir? Was hast du gemacht?«

»Recherchiert.« Ich wischte mir mit einer Serviette über den Mund und warf sie in einen großen grünen Mülleimer.

»Ich könnte etwas zu essen vertragen«, bemerkte Hattie. »Habe das Frühstück vergessen. Und das Mittagessen auch.«

Ich schüttelte den Kopf. Wie konnte einem nur so etwas passieren? Wir beschlossen, gemeinsam beim Dinner des Straußen-Kochclubs vorbeizuschauen.

Langsam ging die Sonne unter, der blassblaue Himmel war mit roten Streifen überzogen. Ein kleiner Traktor, der mehrere Waggons mit Kindern zog, überholte uns. Während wir an den Buden vorbeischlenderten, wurde es immer lauter: Die Musik vom Riesenrad mischte sich mit einer Kapelle im Bierzelt.

»Weißt du, wer heute auftritt?«, fragte Hattie. Sie blieb im Licht eines Pfannkuchenstands stehen und schaute auf das Programm. »Kurt Darren. Da herrscht sicher Superstimmung.«

Die Zeltwände des Straußen-Kochclubs waren nun mit großen rosa Straußenfedern geschmückt; auf dem Serviertisch standen Kochplatten und Töpfe. Ein Mann und eine Frau putzten Gemüse. Der Koch war rundlich und hatte einen strubbligen Bart, seine Kollegin war eine magere Tannie mit kleinen grauen Locken und einer blauen Schürze. Ein Esstisch hinter ihnen war mit einem weißen Tischtuch und Kerzen gedeckt. Sechs weitere Personen standen oder saßen herum. Sie waren eher schick gekleidet, sodass ich mich mit meinen derben Veldskoene ein wenig befangen fühlte.

Die Frau mit den kleinen Löckchen sah mich an und lächelte. »Wir haben jetzt gleich eine Kochvorführung«, erklärte sie. »Wir machen eine Art Cottage Pie aus Straußenhack und einem Püree aus Süßkartoffeln. Hier haben wir kleine Heftchen mit Straußenfleischrezepten. Die sind umsonst.«

Hattie und ich nahmen je eins. Die Heftchen waren selbst gedruckt. Auf der Rückseite war eine Liste mit Sponsoren, darunter mehrere Winzer und Straußenfarmen.

»Schau mal, hier ist auch ein Rezept von dir, Maria!« Hattie wies auf meinen Namen. Es war das Rezept für die Cottage Pie.

»Sind Sie Tannie Maria?«, fragte die Frau.

»Ja«, bestätigte ich. »Und das ist meine Freundin Hattie.«

»Ah, Sie sind wirklich gekommen! Das ist aber schön!« Sie rief über die Schulter nach hinten: »Annemarie, unser Ehrengast ist da!«

»Ehrengast?«, wiederholte Hattie.

»Ja, sie haben mich eingeladen, weil ich mit meinen Briefen dazu beigetragen habe, dass sich dieser Club gegründet hat.«

»Tannie Maria?«, fragte eine Frau mit schulterlangem braunen Haar, deren rosa Kleid zu den Straußenfedern passte.

Das musste Annemarie sein. Sie schaute erst mich, dann Hattie an. Sie hatte noch nie ein Bild von mir gesehen, und ich keins von ihr, aber sie hatte mir von ihren Narben erzählt. Ihr Gesicht war mit zarten weißen Linien überzogen, wie Risse im Schlamm nach einer langen Dürre.

Hattie wies auf mich, und ich hielt Annemarie die Hand hin.

Sie schüttelte sie nicht, sondern nahm sie in beide Hände, zog mich an sich und umarmte mich.

»Vielen, vielen Dank fürs Kommen!«

»Das ist Hattie«, stellte ich vor, »die Herausgeberin der *Gazette*.«

Sie ergriff Hatties Hand.

»Kommt mit, kommt mit«, sagte Annemarie. »Ich stelle euch vor.«

Meine Güte, die Mitglieder des Kochclubs nahmen uns so nett und herzlich auf, als wären wir eine große Familie. Eine Familie, die ich nie gehabt hatte. Denn ich war ohne Geschwister aufgewachsen, und mein Vater war ständig unterwegs gewesen. Eine große Runde ergab sich nur, wenn ich meine Cousins und Cousinen besuchte. Der kleine Pavillon war erfüllt vom Duft leckeren Essens, köstlichen Rotweins, von Plaudern und Lachen. Annemarie hielt Händchen mit dem rundlichen Bartträger namens Stefaan. Hin und wieder bekam ich mit, wie sie sich anschauten. Ihre Blicke spiegelten ein großes Glück.

Nur ein Mann saß am Tisch, der nicht glücklich wirkte. Sein Gesicht war unrasiert, Haare und Augen glänzten dunkel. Er war sehr ruhig, lang und schmal und olivgrau gekleidet. Ich musste an eine Schwarze Mamba denken. Lustlos stocherte er in seinem Essen herum, obwohl die Cottage Pie hervorragend war. Ich hätte sie selbst nicht besser machen können.

Ich stand auf, um Annemarie beim Nachtisch zu helfen. Am Serviertisch verteilten wir warmen Brandykuchen auf kleine Schälchen.

»Es ist so schön zu sehen, wie glücklich du bist«, sagte ich.

»Ja«, erwiderte sie. »Das bin ich wirklich. Und das ist auch dein Verdienst. Als ich dir den ersten Brief schrieb, hatte ich noch Angst, überhaupt das Haus zu verlassen. Und jetzt habe ich einen richtigen Freundeskreis und dazu noch Stefaan. Ohne deinen Vorschlag, uns in der Kooperative zu treffen, hätte ich das alles nicht.«

Sie reichte mir die Sahne für den Kuchen. Ich unterdrückte ein Gähnen. Meine schlaflosen Nächte holten mich allmählich ein. Wir brachten die Schälchen zum Tisch, immer zwei auf einmal.

Der Mann mit den dunklen Haaren lehnte ab und sah mich mit einem Blick voller Wut, ja Hass, an.

»Was ist denn mit diesem Typ los?«, fragte ich Annemarie, als wir uns wieder am Serviertisch trafen, um uns selbst etwas zu holen.

»Nick? Ach, das ist eine traurige Geschichte«, sagte sie und deckte die Sahne ab, damit keine kleinen Miggies hineinflogen. »Er war in meiner Selbsthilfegruppe, aber bevor er richtig mit sich ins Reine kam, ist der Therapeut nach Ladismith umgezogen. Die Gruppe ist eigentlich für Leute mit PTBS gedacht, aber Nick, na ja, der hat seine eigenen Probleme. Mir haben die Treffen unglaublich geholfen. Ich war schon vorher mit Stefaan zusammen, aber noch ziemlich durcheinander. Wir konnten nicht … wir konnten uns nicht richtig nahkommen, verstehst du?«

»Ja.« Ich verstand nur zu gut.

Ich probierte einen Bissen vom Kuchen, schloss die Augen und genoss, wie der süße warme Brandy und die Sahne durch die Kehle in meinen Magen rannen.

»Oh«, sagte ich. »Ist das lecker!«

»Das ist ein Rezept von meiner Mutter«, sagte Annemarie und schwieg eine Weile. »Ich glaube nicht, dass es mit Nick in unserem Kochclub klappt. Er braucht eine richtige Therapie. Seine schlechte Laune kann einen ganzen Abend kaputtmachen. Ach, es ist schade. Ich würde ihm gerne helfen.«

»Was ist das für eine Selbsthilfegruppe in Ladismith?«

»Nun ja, nach meinem … Unfall … Die Gruppe wird von einem Mann namens Ricus geleitet. Eigentlich ist er Automechaniker. Man nennt ihn auch den satanischen Mechaniker.« Annemarie lachte. »Weiß auch nicht, warum. Vielleicht weil er aus Hotazel kommt, oben aus dem Norden.« Sie sprach den Ort »Hot as hell« aus, heiß wie die Hölle. »Ich habe Gerüchte über eine Frau von dort gehört, eine Schlangenbeschwörerin. Wahrscheinlich ist das Blödsinn, du weißt ja, wie die Leute reden. Auf jeden Fall ist er kein Satanist, sondern ein echter Heiler. Ich weiß wirklich nicht, was ich ohne ihn getan hätte.«

»Kannst du mir das Rezept von dem Brandykuchen geben?«, fragte ich und kratzte den klebrigen Rest des Teigs aus meinem Schälchen. »Und die Adresse des Mechanikers?«

»Klar. Bekommst du auch Post von Lesern mit Posttraumatischer Belastungsstörung? Ricus' Methode wird dir gefallen. Für ihn gehört gutes Essen zum Heilungsprozess. Er hat in der Nähe von Ladismith eine neue Gruppe aufgemacht. Für mich ist es zu weit, aber es wäre nicht schlecht, wenn Nick eine Zeit lang dort hingehen würde. Ricus' Nummer kenne ich auswendig. Hast du einen Stift?«

Und so hörte ich zum ersten Mal von dem Mann, der mein Leben komplett auf den Kopf stellen sollte: dem satanischen Mechaniker.

12

Als Hattie und ich den Pavillon des Kochclubs verließen, lag eine herbstliche Kühle in der Luft, doch wir fühlten uns ganz warm von innen.

»Was für ein reizender Abend!«, sagte Hattie. »Komm, wir sehen noch kurz nach Jessie, bevor wir zu unserer Pension fahren.«

»Inzwischen müsste sie mit Slimkat gesprochen haben.«

Auf dem Weg zurück zum Bierzelt hörten wir aus der Ferne Musik. Plötzlich erklang hinter uns ein rhythmisches Singen und Stampfen.

»Grundgütiger!«, stieß Hattie aus und umklammerte meinen Arm. »Eine Revolte.«

In der Dunkelheit tanzte eine Menschenmenge *Toyi-toyi*. Eine Stimme sang auf Xhosa etwas vor, der Rest antwortete mit »Hai! Hai!«. Als alle die Beine hoben und kräftig aufstampften, bebte die Erde. »Hai! Hai!«

Wir zogen uns hinter einen Stand zurück, der Biltong verkaufte. Ich spähte hinter den großen Schalen mit getrocknetem Fleisch hervor. Mein Herz klopfte in meiner Brust, das Herz meines Vaters und meiner Mutter. Das meiner Mutter hatte Angst vor der Swart Gevaar, der schwarzen Gefahr, die mit erhobenen Fäusten auf uns zukam. Das Herz meines Vaters spürte den Enthusiasmus der Menschen und deren Entschlossenheit. Dass mein Vater heimliches Mitglied des ANC war, habe ich erst nach seinem Tod erfahren.

»Hai! Hai! Hai!«, rief die Menge, nun fast auf unserer Höhe.

Womöglich war es ein Protestmarsch gegen das Klein-Karoo Nasionale Kunstefees selbst, das in erster Linie eine Veranstaltung der weißen Afrikaner war und somit als Symbol der alten Apartheid-Regierung verstanden werden konnte.

Aber die Leute tanzten das *Toyi-toyi* der Protestbewegung auf sehr disziplinierte Weise, und sie trugen Barette und Tarnuniformen. »Hattie«, sagte ich. »Das ist kein Aufstand, sondern die Armee.«

Die Soldaten blieben wenige Schritte vor uns stehen, machten eine halbe Drehung und sangen mit dem Gesicht zu uns die Nationalhymne. Sie beginnt mit dem ANC-Lied »Nkosi Sikelel' iAfrika« (Gott segne Afrika) und endet mit »Uit die Blou van Onse Hemel« (Aus dem Blau unseres Himmels), was früher die Nationalhymne der weißen Afrikaner war.

Ich habe sie schon oft gehört, aber in der Dunkelheit der Nacht neben dem Biltong-Stand, mit den pochenden Herzen meines Vaters und meiner Mutter in mir, bekam ich eine Gänsehaut am ganzen Körper und wurde von Gefühlen überwältigt, die ich nicht benennen konnte.

Dann stellte der Dirigent den Armeechor vor, und sie begannen mit einem wunderschönen Xhosa-Lied. Einige sangen hoch, andere tief, Refrains antworteten einander. Die Soldaten marschierten im Rhythmus der Musik. Die Stimmen verwoben sich zu einer Hängematte aus Tönen, die mich hielt und wiegte. Auf einmal spürte ich, dass mein Körper sich bewegte, dann wurde mir bewusst, dass ich nicht allein war, und ich schämte mich, weil ich nicht gut tanzen kann.

»Herrje«, sagte Hattie am Ende des Liedes. »War das schön!«

Wir gingen in Richtung der Musik aus dem Bierzelt. Kurt Darren sang »Meisie meisie«, und die meisten Leute tanzten dazu, auch wenn ein paar alte Tannies auf ihren Plastikstühlen sitzen blieben.

»Meisie meisie, prinses van die dansvloer«, besang Kurt ein Mädchen auf der Tanzfläche.

Wir sahen uns nach Jessie um. Hattie, die viel größer ist als ich, entdeckte sie. Das Zelt war so voll, dass wir außen herumgehen und uns von der anderen Seite zu unserer Kollegin durchdrängeln mussten. Jessie saß mit Slimkat an einem der langen Tische, fern der Bühne. Slimkats Cousin Ystervark hockte daneben. Böse schaute er zu einem Mann in kakifarbenem T-Shirt, kurzer Hose und dreckigen Veldskoene hinüber, der in der Nähe stand. Mit seinem dicken Bauch und den zusammengezogenen Augenbrauen erinnerte er mich irgendwie an jemanden. Dann entdeckte ich Reghardt am Nachbartisch, in T-Shirt und Jeans, bei einer Cola. Er ist ein großer junger Mann mit wunderschönen Augen, dunkel und sanft wie die Blüten einer violetten Karoo-Blume; das Haar fiel ihm in die Augen. Er schien Jessie, seine Liebste, zu ignorieren, und sah sich um, als wartete er auf jemanden. Ich entdeckte Constable Piet Witbooi, der wie Reghardt zu Henks Team gehörte. Er stand so reglos da, dass ich zwei Mal blinzeln musste, um ihn zu sehen. Piets Körper war entspannt, aber ich merkte, dass er alles registrierte, wie eine Manguste in der Savanne, die Ausschau nach Schakalen hält. Piet ist ein erstklassiger Spurenleser, er besitzt all das Wissen seiner Vorfahren, der Buschmänner. Kaum merklich bewegte er zwei Finger, kurz darauf spürte ich eine Hand auf meiner Schulter.

Es war Henk. Er baute sich vor mir auf und versperrte uns den Weg zwischen den Tischen.

»Was machst du hier?«, fragte er, die Augen graublau wie Gewitterwolken. Er trug eine Jeans und ein ausgeblichenes blaues Baumwollhemd, dessen oberste Knöpfe geöffnet waren.

»Meisie meisie, ek sien jou, ek bewe«, sang Kurt Darren. Mädchen, Mädchen, ich sehe dich, ich zittere.

»Ich bin nicht wegen dir hier«, rief ich laut, um die Musik zu übertönen. »Wir sind mit Jessie verabredet.«

Hattie winkte Jessie zu, die uns inzwischen bemerkt hatte und uns signalisierte, zu ihr zu kommen.

»Entschuldigung!« Hattie schob sich seitlich an Henk vorbei.

Das mit dem Vorbeischieben funktionierte bei mir nicht so gut.

»Entschuldigung«, versuchte ich es. Er rührte sich nicht.

»Du bringst dich mal wieder in Gefahr«, sagte Henk.

»Dies ist ein öffentliches Festival«, gab ich zurück.

»Der Mann da bei Jessie …«

»Ist Slimkat etwa gefährlich?«

»Du kennst ihn also?«

»Irgendjemand hat versucht, ihn umzubringen, oder? Was ist passiert?«

Henk schüttelte den Kopf. Hinter ihm bewegte sich etwas: Der große Mann mit den schmutzigen Veldskoene ging auf Slimkat zu. Ystervark versperrte ihm den Weg.

»Der Mann da!«, rief ich. »Mit dem Tarnhemd, der so böse guckt. Ich glaube, den habe ich schon mal gesehen. Auf einem Foto, das vor dem Obersten Gerichtshof gemacht wurde. Er ist ein Viehzüchter und sauer auf Slimkat, weil das Land den Buschmännern zugesprochen wurde.«

Henk sah sich um, dann schaute er mich wieder an. »Halt dich da raus«, sagte er. Nun hatten seine Augen die Farbe von Regen in den Bergen. »Bitte, Maria.«

Ich entschuldigte mich kein zweites Mal, sondern drängte mich an ihm vorbei. Henk gab nach und machte mir Platz; er ist schließlich ein Gentleman. Der Mann in Tarnfarben ging an Ystervark und Slimkat vorbei auf den Bierstand zu. Ystervark folgte ihm.

Jessie begrüßte uns mit einem Grinsen. Slimkat erhob sich und gab uns die Hand.

»Hand aan hand dans ons saam in die reën«, sang Kurt vom gemeinsamen Tanzen im Regen.

Als Slimkat mich ansah, hatte ich erneut dieses Gefühl mit dem Fenster ohne Vorhänge. Ich senkte den Blick. Auf dem Tisch stand eine Styropor-Schale, in der eine benutzte Serviette und vier abgenagte Sosatie-Spieße lagen.

»Superlecker«, sagte ich, zeigte auf die Spieße und drückte einen Kuss auf Daumen und Zeigefinger, um Slimkat zu zeigen, was ich meinte. Die Musik war so laut, dass wir uns kaum verständigen konnten, deshalb sprachen wir mit Händen und Füßen. Slimkat nickte wie eine Bachstelze und bewegte die Hand spiralförmig über dem Kopf, um Kuduhörner anzudeuten.

»Und tolle Soßen«, sagte ich und tat so, als drückte ich eine große Plastikflasche aus. »Welche mochtest du am liebsten?«

»Honig-Senf«, erwiderte er und ahmte mit den Fingern das Flattern von Bienenflügeln nach. Er bot Hattie und mir seinen Stuhl an, aber wir waren zu müde, um länger zu bleiben. Hattie machte lächelnd eine Schlafgeste, und wir verabschiedeten uns mit einem Nicken. Jessie kam mit uns zum Ausgang des Zelts, wo es etwas leiser war. Kurt begann gerade mit dem Lied »Kaptein«. Die Zuschauer flippten aus.

»Kaptein, span die seile. Kaptein, sy is myne.« Kapitän, setz die Segel. Kapitän, sie ist mein.

»Jemand hat Slimkats Auto manipuliert, oder genauer die Bremsen an seinem Wagen«, berichtete uns Jessie. »Die Bremsleitungen wurden durchgeschnitten, hier auf dem Festival. Slimkat und Ystervark hätten beinahe einen schlimmen Unfall gehabt.«

»Grundgütiger!«, stieß Hattie aus. »War es ganz bestimmt kein technisches Versagen?«

»Nein, die waren richtig durchgeschnitten. Mit einem Seitenschneider.«

»Herrje«, sagte Hattie.

»Slimkat hat mich gebeten, die Story erst nach dem KKNK zu bringen. Die Organisatoren wollen keine Panik bei den Besuchern auslösen.«

»Aber was macht er dann noch hier?«, fragte Hattie. »Das ist doch gefährlich für ihn!«

»Er will nicht, dass die Angst die Oberhand gewinnt, und meint, in einer Menschenmenge wäre er sicherer. Außerdem passt ja ein ganzer Trupp von Polizisten auf ihn auf.«

Der Mann in Tarnfarben kam zurück. Ystervark folgte ihm auf dem Fuße. Ich sah zu Henk hinüber, der nicht weit von Slimkat entfernt war. Er hatte die Arme verschränkt und ließ seinen Blick langsam durch das Bierzelt schweifen.

»Daar was 'n eiland vol meisies in bikinis«, sang Kurt von einer Insel voller Bikinimädchen.

Plötzlich änderte sich Henks Gesichtsausdruck. Entgeistert stürzte er auf Slimkat zu.

Slimkat krümmte sich vornüber und hielt sich den Bauch.

13

»Slimkat!«, rief ich.

Hattie schlug die Hand vor den Mund, Jessie und ich versuchten, schnell an den Tisch zurückzugelangen. Piet stand neben Slimkat, die Hände auf dessen Schultern. Slimkat richtete sich kurz auf, ich konnte keine Verletzung an seinem Oberkörper erkennen. Dann krümmte er sich erneut, erbrach sich und sackte zusammen; Piet ließ ihn sanft zu Boden gleiten.

Ystervark schnappte sich eine Bierflasche, schlug den unteren Teil ab und stürzte sich mit dem spitzen Hals auf den großen Mann in Tarnfarben. Der wich ihm aus wie ein Balletttänzer. Zusammen mit einer drallen Frau, die einen flaumigen Schnurrbart hatte, gelang es dem Dicken, das wütende Stachelschwein zu entwaffnen. Sie drehten Ystervarks Arme nach hinten, sodass er den Flaschenhals fallen ließ. Ich hatte Sorge, dass er versuchen würde, die beiden mit Jessies Messer anzugreifen. Doch er schien aufzugeben und nicht gegen den festen Griff der Frau zu rebellieren, sondern sah zu, wie sein Cousin Slimkat sich zitternd und zuckend auf dem Boden wand.

Der Mann in Kaki hielt Jessie und mich mit ausgestrecktem Arm fern. Er war Polizist, kein Viehzüchter. Henk telefonierte hektisch, rief einen Krankenwagen. Der Dicke erteilte Reghardt und einem anderen Mann, der wohl ebenfalls ein Polizist in Zivil war, Anweisungen.

Slimkat lag auf dem Rücken und starrte uns an. Er wollte etwas sagen, doch seine Lippen gehorchten ihm nicht. Sein Blick wanderte von Jessie zu mir. Die schwarzen Augen waren groß und ruhig, wie die eines Kudus.

Diesmal wich ich ihnen nicht aus.

Ich erlaubte Slimkat, mich zu sehen. Selbst die Dinge, die ich im Innersten verbarg. Sein Körper bebte, aber er hatte keine Angst. Ich sah den Mut in seinem Blick. Und er suchte den Mut in meinem. Er wollte mir etwas sagen, doch ich konnte es nicht verstehen.

Auf der Bühne verglich sich Kurt mit dem Mann im Mond: »Hier sit ek nou alleen, soos die man op die maan ...«

Als die Sanitäter eintrafen, war Slimkat ganz steif, wie gelähmt. Nur seine Augen bewegten sich und schauten abwechselnd zu Jessie und zu mir. Was wollte er uns sagen? Ich heftete meinen Blick auf seine Pupillen und versuchte mit ganzem Herzen, ihn zu verstehen. Es ist doch wichtig, sagte er. Es ist nicht egal, wenn ich sterbe. Sein Blick huschte hoch zum Tisch und zu mir zurück. Du kannst helfen, sagte er. Aber ich verstand nicht, wie. Selbst als Slimkat auf eine Trage gehoben wurde, sah er mich unverwandt an. Ich hatte seinen Gesichtsausdruck noch vor Augen, als er längst außer Sichtweite und das Heulen der Sirene verklungen war.

Kurt sang immer noch, und jetzt waren sogar die alten Tannies aufgestanden und tanzten. Ich ließ mich auf die Bank fallen, wo Slimkat gesessen hatte. Jessie sprach mit Reghardt, überall wuselten Polizisten herum. Uniformierte Beamte sperrten zusammen mit Kollegen in Zivil den Bereich großflächig mit gelb-blauem Band ab. Alle Festivalbesucher innerhalb des Bandes wurden fotografiert, ihre Namen notiert. Ein Mann mit einem bürstenartigen Schnurrbart, die Polizei-Tannie mit dem Oberlippenflaum und Henk befragten Leute an einem der Tische draußen vor dem Zelt. Piet huschte herum wie eine Agame, hob und senkte den Kopf, schaute auf und unter Tische. Hier untersuchte er das Gras auf dem Boden, dort eine Tischplatte.

»Buite waai die windjie, die hunde huil«, sang Kurt erneut von wehendem Wind und von heulenden Hunden.

Die Polizei unterbrach den Auftritt nicht, vielleicht um eine

Panik zu vermeiden. Die Leute mochten glauben, Slimkat habe einfach zu viel getrunken. Aber bei unserem kurzen Wortwechsel hatte er nicht nach Bier gerochen, sondern nach Knoblauch. Ich betrachtete die Überreste auf dem Tisch. Die Kudu-Spieße waren seine letzte Mahlzeit gewesen. Gerade wollte ich nach dem Styropor-Behälter greifen, da stoppte mich sanft Piets Hand. Er nahm die Schale in seine behandschuhten Finger und schnupperte daran. Ich beugte mich vor und schnüffelte ebenfalls. »Knoblauch«, sagte ich in Piets Ohr. »Die Serviette riecht nach Knoblauch.«

Er nickte, steckte Serviette und Styropor-Behälter in eine Plastiktüte und versiegelte sie.

»Aber in den Soßen zu den Sosaties war kein Knoblauch«, ergänzte ich.

Piet schaute abwechselnd auf die Essensreste und auf mich. Dann drückte er mir die Tüte in die Hand.

Er sagte etwas, aber die Musik war so laut, dass ich nicht viel mehr als »Detective Kannemeyer« verstehen konnte. Piet wies auf die Tüte und auf Henk, ich nickte. Dann stürmte er los, als wäre ihm ein Leopard auf den Fersen, in Richtung Kudu-Stand.

14

Hattie fuhr uns zur Pension The Rose in der Baron van Reede Straat. Jessie wollte mit ihrem Roller nachkommen.

»Also hat Piet unter dem Tisch vom Kudu-Stand Soßenflaschen gefunden?«, fragte Hattie. »Und dann dir gebracht, damit du dran riechst?«

»Ja, zwei gelbe Flaschen. Und eine davon roch sehr stark nach der Soße auf Slimkats Serviette.«

»Du hast ja eine tolle Nase! Und da war Knoblauch drin?«

»Ja.«

»Da wären wir.« Hattie bog in die Auffahrt eines großen viktorianischen Hauses mit einer langen, schmalen Veranda ein.

»Pass auf!«, rief ich, als wir uns einem Kareebaum näherten. Sie fuhr dagegen, aber nur ganz leicht.

»Schon gut«, sagte Hattie. »Dafür sind Stoßstangen doch da. Die Pension wird von einem lieben alten Tantchen und einem Onkel betrieben, die dir Kaffee und Zwiebäcke aufnötigen, sobald sie dich sehen. Aber wahrscheinlich sind sie schon im Bett.«

Entgegen Hatties Vermutung wurden wir von Tannie Rosa und Oom Frik van der Vyver herzlich begrüßt. Tannie Rosa zeigte uns unsere Zimmer. Sie waren mit kunstvoll verzierten Holzmöbeln eingerichtet und mit Unmengen weißer Spitze und goldenen Rüschen dekoriert. Kopfkissen, Nachttischlampen, Vorhänge, selbst die Türknäufe – alles war bezogen. Irgendwie fühlte ich mich umhegt und umpflegt. Hoffentlich wurde Slimkat im Krankenhaus genauso umsorgt.

»Dis pragtig. Baie dankie«, bedankte ich mich bei der Tannie. Sie freute sich über mein Lob, wie prächtig es bei ihr war.

»Koffie en beskuit?«, fragte sie.

»Danke, morgen gerne«, erwiderte Hattie. »Wir müssen jetzt wirklich schlafen.«

Ich war zu müde, um ihr zu widersprechen. Stattdessen nahm ich eine Diätpille und ging ins Bett.

In der Nacht träumte ich, ich würde auf dem Ast des alten Gwarriebaums sitzen. Die Blumen im Veld rochen nach Ananas, ich hörte galoppierende Hufe. Sie kamen näher, und ich erblickte einen riesigen Kudu, auf dem zwei Männer ritten. Das Tier kam direkt vor mir zum Stehen. Der vordere Reiter rief mir zu, ich solle aufsteigen. Es war Slimkat, seine Hand war ein Bogen. Er zog einen Pfeil aus dem Köcher auf seinem Rücken. Dann war es kein Pfeil mehr, sondern ein Stift.

Der Mann hinter ihm trug einen blauen Arbeitsoverall und hatte einen großen Schraubenschlüssel in der Hand. Sein Gesicht war nicht zu erkennen. Der Kudu scharrte mit unruhigem Huf; er würde nicht ewig warten. Ich schaute noch mal den großen Schraubenschlüssel an und fragte mich, ob ich diejenige mit der lockeren Schraube war, die der Mechaniker reparieren musste. Beim Aufwachen hielt ich mir den Kopf.

Inmitten all der Rüschen und Zierdeckchen wusste ich im ersten Moment nicht, wo ich war. Dann fiel es mir wieder ein. Womöglich bescherten mir die Diätpillen seltsame Träume. Meine Gedanken wanderten zu Slimkat: Ob er die Nacht überlebt hatte? Nur allmählich schlief ich wieder ein.

Am nächsten Morgen machte ich mich frisch und kleidete mich an. Selbst der Mülleimer und die Reservetoilettenrollen hatten einen Rüschenbezug. Draußen war es kalt, ich zog eine Baumwolljacke über mein braunes Kleid und Socken in den Veldskoene an.

In der Küche traf ich Tannie Rosa. Sie wies auf eine Zwiebackdose.

»Mosbolletjie-Beskuit«, sagte sie.

»Jinne!«, freute ich mich. »Solche Zwiebäcke habe ich seit Ewigkeiten nicht mehr gegessen.«

»Ich hab sie mit Muskateller-Trester gemacht, den hab ich von meinem Bruder«, erklärte Tannie Rosa. »Er keltert seinen eigenen Wein.«

Mosbolletjies werden mit einem leichten Wein aus Trester hergestellt, den vergorenen Resten der Weinherstellung: Traubenhäute, Kerne und Stängel. Das verleiht dem Gebäck zusammen mit dem Anis seinen ganz speziellen Geschmack.

Ich stellte den Wasserkocher an, gab Kaffeepulver und Zucker in eine Tasse und legte mir zwei Zwiebäcke auf den Teller. Tannie Rosa ging, und Hattie kam in die Küche. Ihr cremefarbener Rock war makellos und faltenfrei, als hätte er nicht im Koffer gelegen.

»Guten Morgen, Maria! Menschenskind, du hast aber nicht viel geschlafen, was?«

»Morgen, Hats. Tee?« Ich tat auch für sie einen Zwieback auf den Teller.

»Ich mache für dich einen Termin bei Dr. Walters«, sagte sie.

Wir setzten uns nach draußen auf die Stoep, die in Ochsenblutrot gestrichen war, und schauten zu, wie die Sonne die Swartberge ins Morgenlicht tauchte. Graue Klippen warfen violette Schatten auf grüne Hänge. Die Bergkette zog sich von Ladismith hinauf an Oudtshoorn vorbei, Richtung De Rust.

»Jessie ist heute Morgen gleich ins Krankenhaus gefahren«, erklärte Hattie. »Sie müsste bald zurück sein und berichten.« Sie schaute auf die Uhr. »Gestern Abend wollte man ihr nichts sagen, aber heute Vormittag hat eine gute Freundin ihrer Mutter Dienst.«

Ich tunkte einen Zwieback in den Kaffee und biss ab. So einen leckeren Mosbolletjie-Beskuit hatte ich noch nie gegessen. Und das wollte schon etwas heißen, denn in der Erinnerung ist gutes Essen ja oft noch viel besser. Hattie nippte an ihrem Tee und nagte an einer Ecke des Zwiebacks. Ich schüttelte den Kopf; sie wusste doch, dass man Beskuit eintunken muss.

Schließlich hörten wir ein Brummen, und Jessies roter Roller kam auf uns zugesaust. Statt auf den Parkplatz hinter dem Haus zu fahren, steuerte sie zum Rand der Auffahrt und sprang hinunter. Sie trug Jeans und eine Jeansjacke. Als sie näher kam, nahm sie den Helm ab und schüttelte ihr Haar.

Ich sah ihr Gesicht und brauchte gar nichts zu hören: »Er ist tot. Slimkat ist tot.«

Mein Mosbolletjie-Zwieback fiel in den Kaffee.

»Himmel noch mal!«, rief Hattie.

»Oh, nein«, stöhnte ich.

»Das ist einfach nicht richtig«, sagte Jessie. »Er war so ein liebenswerter Mann.«

»Weiß man schon was über die Todesursache?«, fragte Hattie.

»Sie sind anfangs von Cholera oder einer Lebensmittelvergiftung ausgegangen und haben ihn mit Antibiotika behandelt.«

»Trotz der Morddrohungen? Was ist mit der Soßenflasche, die Piet unter dem Tisch vom Sosatie-Stand gefunden hat?«, hakte Hattie nach. »Dank unserer schlauen Köchin hier. Dementsprechend hätte man ihn doch wegen einer Vergiftung behandeln müssen!«

»Schon, aber sie wussten ja nicht, welches Gift es gewesen sein konnte. Slimkat hatte Lähmungserscheinungen, dann hat ziemlich schnell seine Atmung ausgesetzt. Und weder das Krankenhaus noch das LCRC als die zuständige Ermittlungsbehörde konnten schnell genug Testergebnisse liefern.«

»Aber wie konnte der Täter überhaupt wissen, dass Slimkat diese Soße nehmen würde?«, fragte Hattie. »Wie konnte er voraussehen, dass er zum Sosatie-Stand gehen würde?«

»Slimkat war verrückt nach dem Kudufleisch«, sagte Jessie. »Er hat fast nichts anderes gegessen, abgesehen von Roosterkoek und Straußenrührei zum Frühstück.«

»Hat er dir das gestern Abend erzählt?«, fragte ich.

»Ja, wir haben uns darüber unterhalten, und Reghardt hat das bestätigt. Er hat Slimkat beschattet und gesehen, dass er von dem Kudu einfach nicht genug bekommen konnte. Und dass er immer die Soße aus der gelben Plastikflasche draufgetan hat.«

»Jemand, der ihn beobachtet hat, konnte das also wissen …«, überlegte Hattie.

»Aber dann verstehe ich nicht, warum sich nicht noch andere Kunden mit der Soße vergiftet haben«, warf ich ein.

»Stimmt«, sagte Jessie. »Ich habe im Krankenhaus nachgefragt. Es wurde noch ein weiterer Patient mit Übelkeit eingeliefert. Aber der hatte die übrigen Symptome nicht; bei ihm war es wahrscheinlich eine Alkoholvergiftung. Die Krankenschwester meinte, er sei blau gewesen wie ein Veilchen.«

»Wie würdest du es anstellen, wenn du nur einen einzigen Menschen vergiften wolltest?«, fragte Hattie.

»Vielleicht hat die Bedienung ihm die vergiftete Soße auf den Spieß getan«, mutmaßte Jessie.

»Nein«, sagte ich. »Die Soßen musste man sich selbst nehmen, damit es schneller geht.«

Hattie beantwortete ihre eigene Frage: »Ich würde mich unmittelbar vor ihm anstellen, die anderen Flaschen verschwinden lassen und ihm die vergiftete geben. Dann würde ich warten, bis er fertig ist, und ihm die Flasche wieder abnehmen.«

Jessie nickte. »Stimmt, der Mörder könnte so getan haben, als würde er noch mehr Soße wollen. Und die Flasche anschließend verschwinden lassen haben.«

»Ja«, sagte ich. »Piet hat zwei gelbe Plastikflaschen unter dem Tisch gefunden. Die eine roch wie die normale Honig-Senf-Soße. In der anderen war Knoblauch, so wie auf Slimkats Serviette.«

Hattie sah mich zweifelnd an. »Dieses Vertauschen der Soße wäre der Polizei aber doch nicht entgangen, oder?«

»Auf dem Festival war viel los«, wandte ich ein. »Und die Polizisten haben auf Slimkat geachtet, nicht auf den Kudu-Stand und die Soßen.«

»Warum war da überhaupt Knoblauch drin?«, fragte Hattie.

»Weil der kräftige Geschmack vom Gift ablenken sollte?«, mutmaßte Jessie.

»Nein«, sagte ich. »Weil der Täter das Rezept nicht kannte.«

15

»Gestern Nachmittag habe ich am Kudu-Stand nach dem Soßenrezept gefragt«, erklärte ich Jessie und Hattie. »Aber sie wollten es mir nicht geben. Die Bedienung meinte, dass sich schon eine andere Frau danach erkundigt hätte.«

»Könnte das die Mörderin gewesen sein?«, fragte Hattie.

»Ja, oder einfach eine Tannie, die sich für ein Rezept interessiert.« Jessie beäugte den letzten Beskuit auf meinem Teller.

»Ich mache Kaffee«, verkündete ich. Meiner war lauwarm und durch den hineingefallenen Zwieback ungenießbar.

Wir brühten frischen Kaffee auf, und Jessie brachte die Beskuit-Dose nach draußen auf die Veranda. Ich zog meine Jacke aus und genoss die warme Sonne auf meinen Armen. Die Swartberge lagen nun im hellen Licht, nur noch wenige Schatten hingen in den Kloofs. Diese versteckten Schluchten hielten an ihren Geheimnissen fest.

»Ich habe Slimkat versprochen, seine Geschichte erst zu veröffentlichen, wenn das KKNK vorbei ist. Um keine Panik auszulösen«, sagte Jessie. »Aber jetzt, wo er tot ist … Die anderen Zeitungen werden die Story mitkriegen und drucken.«

»Hm. Aber du hast ihn als Einzige kurz vor seinem Tod interviewt«, sagte Hattie.

»Ich glaube, er wusste, was ihn erwartet. Er hat mir seine letzten Worte diktiert. Sehr schöne Sätze.« Jess öffnete ein schwarzes Täschchen an ihrem Gürtel und holte ihr Notizbuch heraus. »Dieser zum Beispiel: ›Es gibt dünne Fäden, die uns mit Gott verbinden. Wenn wir den Boden unter unseren Füßen spüren und sich der weite Himmel über uns wölbt, fühlen wir die Kraft dieser Verbindung.‹ Slimkat war dabei, sich zum Heiler ausbilden zu lassen.

Dabei tanzen sie ums Feuer herum und fallen in Trance. Er hat mir erzählt, dass es sich anfühlt, als würde er sterben und die anderen würden ihn ins Leben zurückholen. Deshalb hätte er keine Angst vorm Tod. Er würde ihn längst kennen.«

»Und die Polizei von Oudtshoorn? Was hat die der Presse gesagt?«, wollte Hattie wissen.

»Gestern hieß es nur: ›Kein Kommentar‹. Aber warten wir ab, wie es heute Morgen aussieht. Slimkats Tod können sie nicht verheimlichen.«

Jessie zog die Jeansjacke aus, unter der sie ihr übliches schwarzes Top trug. Die tätowierten Geckos sonnten sich auf ihren braunen Armen.

»Weißt du, was wir machen?«, sagte Hattie. »Wir schreiben eine Art Nachruf auf ihn. Die Morddrohungen und das Attentat erwähnen wir erst, wenn wir dazu das Okay von der Polizei haben.«

»Und wenn die *Sun* es zuerst bringt?«

»Jessie, wir sind eine Regionalzeitung, keine Schlagzeilenjäger auf der Suche nach dem nächsten Knüller. Außerdem hat die *Sun* nicht die Insiderinformationen, die du hast. Das ist auch nächste Woche noch eine große Sache.«

»Aber, Hattie …«, widersprach Jessie.

Unsere Chefin schüttelte nur den Kopf.

Jessie tunkte ihren Zwieback in den Kaffee und aß ihn.

»Jinne, ist der gut«, sagte sie. Er half ihr zu verdauen, was ihre Vorgesetzte entschieden hatte. »Na gut«, sagte sie schließlich. »Den Nachruf bekommst du heute noch. Aber solange ich hier bin, forsche ich noch ein bisschen nach. Spreche mit den Leuten vom Kudu-Stand. Schaue mal, wer Slimkats Leiche abholt. Und so weiter. Vielleicht kann ich deswegen nicht zu allen Veranstaltungen, die ich eigentlich besuchen wollte.« Sie sah Hattie mit vorgeschobenem Kinn an. Ein Zwiebackkrümel klebte daran.

»Ich bin auch der Meinung, dass es eine große Story ist«, sagte Hattie, »aber das ist das KKNK auch. Ich möchte trotz allem einen ausführlichen Bericht über das Festival. Selbst wenn du nicht über alle Veranstaltungen schreibst, die du ursprünglich auf deiner Liste hattest.« Sie trank den letzten Schluck Tee. »So, Tannie Maria, wir fahren heute Vormittag zurück. Nach deinem Termin beim Arzt.«

Ich erinnerte mich an Slimkats letzten Blick und sagte: »Ich möchte gerne bleiben und Jessie unterstützen.«

Meine junge Kollegin lächelte mich an. Wir waren ein gutes Team, auch wenn wir seit dem Mord an Martine und Lawrence im letzten Jahr nicht mehr miteinander recherchiert hatten.

»Das ist aber nicht deine Aufgabe«, sagte Hattie.

»Es geht dabei schließlich um Essen«, gab ich zurück.

»Aber du kannst nicht den ganzen Heimweg auf Jessies Roller mitfahren«, warf Hattie ein.

»Außerdem habe ich keinen zweiten Helm«, erklärte Jessie.

»Ich finde schon eine Lösung«, sagte ich. »Vielleicht kann ich mit Kannemeyer zurückfahren.«

»Gut … Ich gehe davon aus, dass du alle Einsendungen abgearbeitet hast?«, bemerkte Hattie.

Ich musste an den Brief der Jugendlichen denken, in dem es um Sex ging. Ihr hatte ich immer noch nicht geantwortet.

»Für die morgige Ausgabe ist alles fertig«, erwiderte ich. »Für nächste Woche bin ich früh genug zurück.«

»Na dann, von mir aus. Wie du willst. Ah, wenn man vom Teufel spricht! Der große Brünette mit dem feurigen Schnauzer.«

Henk fuhr in einem Polizeiwagen vor, einer VW-Limousine. Er war allein – keine Spur von Piet oder Reghardt. Bei seinem Anblick tat mein Herz einen Freudensprung. Doch Henk zeigte sich nicht gerade begeistert.

»Guten Morgen, die Damen«, begrüßte er uns ernst. »Ich habe schlechte Nachrichten wegen Slimkat. Er ist letzte Nacht verstorben.«

»Ja«, sagte Jessie. »Das haben wir schon gehört. Was genau ist passiert?«

»Da musst du auf den offiziellen Polizeibericht warten«, erwiderte Henk.

»Das heißt also, es ist eine polizeiliche Angelegenheit?«, fragte Jessie.

Er antwortete nicht.

»Setz dich doch!« Ich zog ihm einen Stuhl hervor. »Ich mache dir Kaffee.«

»Nein, danke«, entgegnete er. »Aber ich möchte gerne mit dir sprechen, Maria. Allein.«

Jessie und Hattie sahen sich an, rührten sich jedoch nicht von der Stelle.

»Kommst du bitte mit?«, fragte er.

»Ja, gut.« Ich zog meine Jacke über. »Ich hole nur noch schnell meine Tasche.«

»Ihr habt gestern Abend eure Aussagen zu Protokoll gegeben, richtig?«, fragte er Jess und Hats, als ich aufstand. Die beiden nickten.

Ich spritzte mir Wasser ins Gesicht und legte dezenten Lippenstift auf, dann ging ich mit meiner Handtasche nach draußen.

Jessie fragte Henk gerade etwas, das ich nicht verstand, aber im Näherkommen hörte ich seine Antwort: »Ich bin nicht der ermittelnde Beamte. Für den Fall ist die Polizei von Oudtshoorn zuständig. Ich kann dir darüber keine Auskunft geben.«

Er stand da, die Arme fest verschränkt. Als er mich zum Wagen führte, entspannte er sich ein wenig.

Ich winkte meinen Kolleginnen zu, Jessie zwinkerte.

»Ich wollte dir etwas erzählen«, sagte ich zu Henk. »Wegen der Soße.«

16

»Sollen wir das bei einem Frühstück besprechen?«, fragte Henk, als er losfuhr.

»In Ordnung«, sagte ich. »Wie wär's mit Rührei und Roosterkoek?« Er ging vom Gas und sah mich an. Dann schüttelte er den Kopf und fuhr bis zur Langenhoven Straat, in der Nähe des Festivalgeländes. Den letzten Häuserblock gingen wir zu Fuß. Ohne Händchen zu halten.

Die meisten Geschäfte waren noch geschlossen, einige Buden öffneten gerade, aber vor dem Roosterkoek-Stand war bereits eine lange Schlange. Ein junges Pärchen mit roten Gesichtern nahm die Bestellungen entgegen und bediente. Ein Mann im T-Shirt und mit blauer Kappe wendete die Fladenbrote mit einer Grillzange. Die Kohlen glühten in zwei Trögen aus Metall, auf denen Grillroste lagen. Sie brannten dunkle Streifen in die Fladen, sodass sie aussahen wie das Fell von Grasmäusen. Es roch köstlich. Zwei kleine farbige Tannies standen an einem Serviertisch, kneteten den Teig, teilten Kugeln ab und drückten sie mit den Handballen flach.

Wir mussten nicht lange warten, bis wir mit unserem Frühstück an einem Campingtisch saßen. Roosterkoek, Straußenrührei und Tomatenchutney. Ich schnupperte am Essen, bevor ich es mir in den Mund schob. Ich konnte keinen Knoblauch riechen oder schmecken. Abgesehen von dem Chutney gab es keine Soße. Brot und Rührei waren unglaublich lecker, das Tomatenchutney fast so gut wie mein eigenes. Die Frau mit dem roten Gesicht hatte es mir serviert; an diesem Stand gab es keine Selbstbedienung.

»Warum wolltest du hier frühstücken?«, fragte Henk und würzte sein Rührei mit sehr viel Salz und wenig Pfeffer.

»Es soll gut sein, hab ich gehört.«

Er seufzte und aß. Offensichtlich hatte er Hunger.

»Slimkat soll gestern hier gefrühstückt haben«, räumte ich nach einer Weile ein. »Hier ist kein Knoblauch drin. Aber ich habe ihn in Slimkats Atem und an seiner Serviette gerochen. Das muss vom Kudu-Stand gewesen sein.«

»Wieso hast du Knoblauch gerochen?«

»Weil mir so was immer auffällt«, antwortete ich. »Außerdem war ich nah an ihm dran, weil man sich bei dem Lärm kaum verstehen konnte.«

Henk wischte seinen Teller mit dem Rest vom Brötchenfladen sauber.

»Als Slimkat zusammenbrach, hat er Jessie und mich angesehen«, erklärte ich. »Als wollte er uns etwas sagen. Er hatte Jessie von den Anschlägen auf sein Leben berichtet, und mir hatte er von seinem letzten Essen vorgeschwärmt: Kudu-Sosaties mit Honig-Senf-Soße.«

»Piet hat gesagt, deiner Meinung nach wäre der Geruch auf Slimkats Serviette derselbe wie in der Plastikflasche, die er unter dem Tisch gefunden hat.«

»Ja. Aber ich bin mir nicht zu hundert Prozent sicher; ich hab nur gerochen, nicht geschmeckt. Könnt ihr das nicht im Labor testen? Ob beides dasselbe war? Und die Knoblauchsoße Gift enthielt?«

»Das wird bereits untersucht«, entgegnete Henk. »Aber das dauert seine Zeit … Wenn die Ergebnisse da sind, bin ich vielleicht schon wieder in Ladismith.«

»Die Kollegen in Oudtshoorn führen die Ermittlung durch, oder?«

»Ja, auf jeden Fall. Trotzdem, der Mann, auf den ich aufpassen sollte, ist gestorben. Ich will den Täter finden.«

»Slimkat war ein guter Mensch«, sagte ich.

Henk wischte sich Mund und Schnurrbart mit seiner Serviette ab. »Meinst du, die Knoblauchsoße sollte so schmecken wie die Soße vom Kudu-Stand?«

»Ganz bestimmt.« Ich schob Henk mein halb vertilgtes Frühstück zu. Er machte sich über die Reste her, ohne mich auch nur eine Sekunde aus den Augen zu lassen. »Ich habe den Honig und den Senf darin gerochen. Aber es war eine andere Senfsorte. Vielleicht der von Colman's. Ich glaube, der Kudu-Stand benutzt Dijonsenf. Ich wollte dir aber noch etwas erzählen: Gestern Nachmittag habe ich an genau dem Stand gefragt, ob sie mir das Soßenrezept verraten würden. Die Bedienung hat gesagt, dass schon eine andere Frau da war, die es haben wollte. Vielleicht wollte der Täter die Soße nachkochen, nur eben mit Gift.«

»Dann wäre diese Frau aber ein ganz schön großes Risiko eingegangen; sie könnte wiedererkannt werden«, bemerkte Henk.

»Möglich«, erwiderte ich, »aber auf diesem Festival ist so viel los, vielleicht fragen öfter irgendwelche Tannies nach Rezepten. Es wäre auch riskant gewesen, wenn Slimkat nicht aufgegessen hätte, weil ihm die Soße nicht schmeckt.«

»Aber wenn der Geschmack ganz anders war, warum hat er dann trotzdem alles verputzt?«

»Vielleicht war die Soße gar nicht so anders, wahrscheinlich hat sie gut geschmeckt. Sie roch jedenfalls lecker. Nicht so gut wie das Original, aber trotzdem. Außerdem glaube ich, dass Slimkat in erster Linie das Fleisch mochte. Die Soße war ihm nicht so wichtig.«

»Danke, Maria. Du warst mir eine große Hilfe.« Unter dem Tisch griff Henk nach meiner Hand. »Tut mir leid, dass du schon wieder in eine solche Sache hineingezogen wurdest, aber ich bin froh, dich in Sicherheit zu wissen.« Seine Hände waren groß und warm. »Du weißt doch, wie ich mich fühle, wenn du …«

»Ja. Aber es ist ja nichts passiert.«

»Und wie geht es dir sonst?«

Er streichelte meinen Handteller, ein warmer Schauer fuhr mir über Arme und Beine.

»Ganz gut.« Ich drückte seine Finger. »Hattie will, dass ich hier in Oudtshoorn zum Arzt gehe. Wegen der Schlafstörungen.«

»Das ist keine schlechte Idee … Maria, ich hoffe, nach diesem … diesem Todesfall fährst du zurück nach Ladismith.«

»Also, eigentlich will die *Gazette* eine Story darüber bringen, und ich soll hier bleiben und Jessie helfen …«

»Nein!«, sagte Henk laut. Zu laut, und seine Hand hielt meine zu fest. »Du fährst nach Hause.«

Ich entzog ihm meine Finger.

»Ich lasse mir nicht gern etwas vorschreiben.« Ich wandte den Blick ab, damit er in meinen Augen nicht die Erinnerung an Fanie sehen konnte.

»Tut mir leid«, sagte er. »Ich wollte nicht … Aber du hast mir versprochen, dass du bei deinen Rezepten bleibst. Dass du dich aus Mordfällen heraushältst. Du hast in diesem Fall nichts zu ermitteln. Nicht mal ich habe das. Ich helfe nur ein bisschen.«

»Ich helfe auch«, sagte ich, in Gedanken bei Slimkats Blick. Noch immer schaute ich Henk nicht an.

»Das stimmt, und du warst eine große Hilfe. Wirklich. Mit dem, was du mir erzählt hast. Aber ein Mörder läuft frei herum, und du begibst dich in Gefahr, wenn du deine Nase in die Sache steckst.«

Ich antwortete nicht. Bisher hatte uns meine Nase immer weitergeholfen.

Henk griff nach meinen Händen, die ich an mich gedrückt hatte, doch seine langen Arme fanden sie und zogen daran. So lange, bis ich ihn ansah. In seinen großen graublauen Augen stand ein Ausdruck, den ich bei Fanie niemals gesehen hatte.

»Ich liebe dich, Maria«, sagte er.

Ich musste husten und würgen, als hätte ich ein Insekt verschluckt. Henk stand auf und klopfte mir auf den Rücken.

»Geht's wieder?«

Ich nickte, bekam aber kein Wort heraus.

»Bitte, Maria, uns zuliebe.« Er hockte sich neben mich, die Hände auf meinen Schultern, und sah mir wieder mit diesem besonderen Blick in die Augen. »Vergiss diesen Fall. Fahr nach Hause.«

»Okay«, sagte ich. »Okay.«

17

Jetzt wollten mir also Henk und Hattie vorschreiben, was ich tun und lassen sollte. Ich werde nicht gerne herumkommandiert, aber ich war müde und fühlte mich verloren, und die beiden waren so überzeugend. Bevor ich Oudtshoorn verließ, ging ich noch zu Hatties Arzt.

Dr. Walters hatte kurze weiße Haare und freundliche blaue Augen. Seine Praxis war klein und gemütlich, er saß hinter einem altertümliche Holzschreibtisch. An den Wänden standen Regale mit dicken Büchern.

»Wie kann ich Ihnen helfen, Mrs van Harten?«

»Also … mein Freund meint, dass ich Hilfe brauche, weil ich letztes Jahr von einem Mörder entführt wurde. Meine Freundin glaubt, ich bräuchte Schlaftabletten. Die Beraterin von der FAMSA findet, ich würde zu oft an Essen denken und müsste eine Diät machen.«

»Und was denken Sie selbst?«

»Ich habe ganz andere Probleme …«

Der Arzt wartete, dass ich fortfuhr.

»Ich habe Albträume«, erklärte ich. »Ich wache zitternd auf. Und ich erinnere mich an Sachen … So als würde alles gerade erst passiert sein.«

»Die Entführung?«

»Nein … schlimme Dinge, mit meinem Ehemann. Er ist tot.«

»Wann ist er gestorben?«

Ich schluckte. »Vor einigen Jahren. Aber in letzter Zeit wird es schlimmer. Seit … seit ich einen Freund habe. Dadurch ist es irgendwie mehr geworden.«

»Hm«, brummte der Arzt. »Haben Sie traumatische Erfahrungen gemacht?«

Ich betrachtete den Briefbeschwerer auf seinem Tisch, eine gläserne Katze mit großen Augen. Sie konnte durch mich hindurchsehen wie ich durch sie.

»Sind Sie von Ihrem Mann misshandelt worden, Mrs van Harten?«

Ich nickte. Sollte ich diesem Arzt erzählen, was wirklich geschehen war?

»Haben Sie manchmal Entfremdungsgefühle?«

Er hatte das Thema gewechselt. Ich würde ihm mein Geheimnis nicht offenbaren müssen.

»Was meinen Sie damit?« Ich runzelte die Stirn.

»Ob Sie sich manchmal so fühlen, als hätten Sie keine Verbindung zu anderen, nicht mal zu sich selbst. Ist es manchmal so, als hätte Ihr Körper ein Eigenleben?«

Ich nickte. »Manchmal tun meine Hände etwas anderes, als mein Kopf ihnen sagt.« Ich dachte daran, welche Schwierigkeiten ich gehabt hatte, den Orangenpudding aufzuwärmen, als ich so aufgeregt war. Und dass mein Mund etwas zu Henk gesagt hatte, ohne mich vorher zu fragen.

»Sind Ihre Albträume wie Flashbacks?«, hakte Dr. Walters nach. »Also so, als ob Sie alles noch einmal durchleben würden?«

»Ja«, sagte ich. »Genau so.«

»Werden Sie von Ihrem jetzigen Freund misshandelt?«

»Nein, ganz im Gegenteil: Er ist sehr lieb zu mir.«

»Manchmal lässt neue Nähe alte Wunden aufbrechen«, erklärte Dr. Walters. »Fühlen Sie sich hin und wieder machtlos oder depressiv?«

»Ich bin traurig, weil es so läuft. Weil ich mein Leben nicht im Griff habe.«

»Wie ist Ihre Libido, Ihr sexuelles Verlangen?«

»Es ist nicht so, als wäre ich nicht interessiert, aber richtig nah kommen wir uns nicht, also nicht auf intime Weise, weil mir jedes Mal schlecht wird und ich anfange zu zittern und diese ... Flashbacks habe.«

»Hmm. Haben Sie negative sexuelle Erfahrungen mit Ihrem verstorbenen Ehemann gemacht? Vergewaltigung?«

Ich betrachtete die gläserne Katze und nickte.

»Und diese psychischen Probleme haben Sie schon länger als ein halbes Jahr?«, fragte er.

»Ja. Aber wie gesagt: In jüngster Zeit sind sie schlimmer geworden.«

»Ich tippe auf PTBS«, sagte er. »Eine Posttraumatische Belastungsstörung. So etwas kann nach einem oder mehreren traumatischen Erlebnissen auftreten. Sehr häufig findet man sie bei Männern, die im Krieg waren, aber auch bei Frauen, die häusliche Gewalt erlebt haben.«

»Oh«, machte ich. »Oh.«

Ich war erleichtert, dass dieser Mann mich verstand und ich nun einen Namen für mein Problem hatte.

»Können Sie das in Ordnung bringen?«

Er lächelte traurig. »Leider gibt es keine schnelle Kur für PTBS. Aber langfristig kann eine Behandlung sehr erfolgreich sein. Sie sagten, sie hätten eine Therapeutin?«

»Ja, aber ich bin mir nicht sicher, ob sie das versteht ... Nicht so wie Sie.«

»Ich bin kein Psychiater, aber Sie sollten versuchen, einen PTBS-Therapeuten oder eine entsprechende Gruppe zu finden.«

»Das ist komisch«, sagte ich. »Gerade gestern habe ich mit einer Frau gesprochen, die in eine PTBS-Gruppe geht. Sie wird von einem Mechaniker ...«

»Na, dann sehen Sie sich die mal an! Ich kann Ihnen fürs Erste ein Antidepressivum verschreiben, das Ihre Stimmung ein wenig aufhellt und die Schlafstörungen reguliert.«

»Oh«, sagte ich. »Gut.«

Der Arzt stellte ein Rezept aus und reichte es mir.

»Es kann ein bisschen dauern, bis die Wirkung einsetzt, Sie müssen Geduld haben«, erklärte er. »Es macht ruhiger, dann können Sie sich besser um Ihre Probleme kümmern.«

»Danke, Dr. Walters.« Ich war müde und hungrig.

»Ich wünsche Ihnen alles Gute, Mrs van Harten.«

»Ach, Dr. Walters?«

»Ja?« Er klappte eine Mappe auf seinem Schreibtisch zu.

»Heißt das, dass ich mit der Diät aufhören kann?«

»Hm. Mit einer Diät werden Sie Ihre Probleme ganz gewiss nicht lösen«, sagte er. »Suchtartiges Essen kann ein Symptom Ihrer PTBS sein, aber es ist bestimmt nicht die Ursache. Natürlich kann es nie schaden, ein bisschen Gewicht zu verlieren.« Er sah mir ins Gesicht, nicht auf meinen Körper. »Ich bin kein Ernährungswissenschaftler, aber bei Diäten gibt es ja regelrechte Modeerscheinungen. Mit gesundem Menschenverstand sollte es eigentlich funktionieren. Also, ganz selbstverständliche Sachen, meine ich: Sport treiben, sich gesund ernähren, nur essen, wenn man Hunger hat.«

Ich nickte. Das Problem war nur, dass ich immer Hunger hatte, dachte ich, als ich seine Praxis verließ.

18

Wenn Henk gewusst hätte, wie Hattie über die steilen Bergpässe kurvte, hätte er vermutlich nicht so sehr darauf gedrängt, dass ich nach Hause zurückkehrte. Es wäre möglicherweise sogar sicherer gewesen, in Oudtshoorn zu bleiben, den Mörder zu suchen und anschließend ohne Helm auf Jessies Roller mitzufahren.

Hattie ließ mich an dem Feldweg vor meinem Haus aussteigen. »Tschüssi!«, rief sie im Davonschlingern und nahm noch ein wenig Borke vom Eukalyptusbaum mit.

Ich lief über die Pflastersteine zwischen den Pfirsichkernen.

»Put, put, put«, rief ich in den Garten.

Alle fünf Hennen kamen mit aufgeplusterten rötlichen Halsfedern auf mich zugeeilt. Ich war froh, dass keine von einem Leoparden oder einer Rooikat geholt worden war. Auf der Veranda stand ein Eimer mit Mielies, aus dem ich den Hühnern eine Handvoll zuwarf, bevor ich die Tür aufschloss. Ich war nicht mit leeren Händen aus Oudtshoorn zurückgekehrt. Tannie Rosa hatte mir ihr Rezept für Mosbolletjie-Zwiebäcke und eine Tupperdose mit Traubenrosinen geschenkt. Ich hatte auf Tresterwein von ihrem Bruder gehofft, aber den hatte sie nicht so schnell besorgen können. Deshalb hatte sie mir getrocknete Muskatellertrauben mit Stängeln geschenkt. Die musste ich in Wasser gären lassen, um den Sauerteig anzusetzen.

Ich rief meine Nachbarin Rita an und bedankte mich dafür, dass sie nach meinen Hühnern gesehen hatte. Sie bedankte sich ihrerseits für die Eier. Es war fast Mittagszeit. Ich schaute auf meinen Diätplan. Für heute stand ein Rezept (wenn man es denn als solches bezeichnen konnte) für einen langweiligen Salat auf dem

Programm. Ich warf das Infoblatt in den Müll, dann holte ich es wieder heraus. Ich würde den vermaledeiten Kram essen, aber der Salat musste irgendwie aufgepeppt werden. Ich schnitt Gurke, Tomaten und Kopfsalat klein und gab geriebenen alten Gouda dazu, dann machte ich ein Dressing aus Macadamiaöl und Mandarinensaft. Ich aß auf der Veranda; es war sehr lecker.

Als ich über das Veld schaute, kam ein Kudu hinter dem Gwarriebaum hervor. Ein wunderschönes Männchen mit schwarzem Kopf und langen gewundenen Hörnern. Die Antilopen legen gern weite Strecken zurück, ohne sich von Zäunen oder Gattern aufhalten zu lassen. Manchmal zogen sie auch durch unsere Gegend, doch ich hatte seit Jahren keine mehr gesehen. Steinböckchen und Springböcke ja, sogar hin und wieder einen Greisbock, aber keine Kudus. Und dann auch noch so ein großer. Als ich für einen kurzen Moment den Blick abwandte, war er fort. Ich wartete darauf, dass er erneut hinter dem Gwarrie auftauchen würde, doch nichts geschah.

Am Nachmittag machte ich meine Wäsche und hängte sie auf die Leine. In der Karoo trocknet alles sehr schnell. Ich bereitete mir ein frühes Abendessen zu und änderte dafür erneut eins der Diätrezepte ab. Dafür dünstete ich Gemüse: Rote Bete und Butternut-Kürbis, die ich anschließend leicht in Olivenöl anbriet. Dann gab ich Macadamiabutter, Datteln, klein geschnittene Mandarinen und Schafskäse hinzu. Ich aß im Abendlicht auf der Stoep. Köstlich. Doch, das war es wirklich. Kaum zu glauben, dass es auf einem Diätrezept basierte. Der Kudu ließ sich nicht mehr blicken.

Das Problem mit leckerem Essen ist, dass man immer mehr will, deshalb nahm ich zum Nachtisch zwei Diätpillen und mein Antidepressivum.

In der Nacht weckte mich das Getrappel von Hufen aus einem tiefen Schlaf, und da stand er, der große Kudubock. Direkt neben meinem Bett. Seine schwarzen Augen glänzten im Mondlicht. Große Pupillen, wie die von Slimkat. Ich schloss die Lider und öffnete sie wieder; er war noch immer da. Es war ein sanftes Wesen, ich hatte keine Angst.

»Slimkat?«, fragte ich.

Der Kudu sah mich nicht an, sondern schaute aus dem Fenster, als überlegte er hindurchzuspringen. Das Schiebefenster war nur ein klein wenig heruntergezogen. Aber selbst wenn es ganz offen gewesen wäre, hätte ein Kudu nicht hindurchgepasst. Ein Steenbokkie vielleicht, aber kein Kudu, nicht mal ein kleiner.

Ich setzte mich auf, um es dem Tier zu erklären, und stieß mit der Decke das Wasserglas auf meinem Nachttisch um. Ich beugte mich vor, um zu prüfen, ob es kaputt war, doch es war heil geblieben. Als ich mich wieder aufrichtete, war der Kudu fort. Ich hatte mich wohl doch geirrt mit dem Fenster. Schnell schlief ich wieder ein.

Am nächsten Morgen war ich überzeugt, geträumt zu haben, doch das Glas lag noch auf dem Boden. Ich suchte nach Spuren des Kudus, aber eine Antilope hinterlässt natürlich keine Abdrücke auf Holz. Sie hatte so echt gewirkt. Allerdings waren meine Albträume auch immer sehr real.

Vor dem Frühstück nahm ich meine Medikamente und aß dann gekochte Eier auf der Stoep, während meine Hennen im Komposthaufen kratzten und die Sonne auf das Veld und die Langeberge in der Ferne leuchtete. Ein Karoo-Heckensänger machte eine Menge Lärm. Zwischen einer Akazie und dem Gwarriebaum hin- und herfliegend, stürzte er sich immer wieder nach unten.

»Ob da vielleicht eine Schlange umherschleicht?«, sagte ich zu meinem gekochten Ei.

Nach dem Abwasch rief ich Jessie auf ihrem Handy an.

»Tannie M«, sagte sie, »ich bin im Krankenhaus und treffe hoffentlich gleich Ystervark. Er will Slimkats Leiche nach Kuruman bringen.«

»Ach …«, sagte ich traurig. »Hast du mit den Leuten vom Kudu-Stand gesprochen?«

»Ja, mit einigen.«

»Und?«

»Nicht viel, ich erzähl es dir, wenn wir uns sehen. Da ist er. Ich muss Schluss machen.«

»Tut mir leid, dass ich nicht da bin …«, sagte ich, aber sie hatte schon aufgelegt.

Gerne wäre ich an ihrer Seite gewesen.

Ich legte Lippenstift auf und wollte gerade zur Arbeit fahren, als mein Telefon klingelte. Es war Henk – der Grund, warum ich nicht bei Jessie war.

»Wollte nur hören, ob alles gut ist bei dir«, sagte er.

»Ja, doch.« Ich war ein bisschen böse auf ihn.

»Ich komme heute Abend zurück«, sagte er. »Wäre schön, wenn wir uns sehen könnten.«

Es war schwer, böse auf ihn zu bleiben.

»Zum Abendessen?«

»Das wäre lecker.«

Ich überlegte, was ich kochen sollte.

»Du musst unbedingt mit den Leuten vom Kudu-Stand sprechen«, sagte ich.

»Ja.«

»Warst du schon da?«

»Darf ich nicht sagen.«

»Hast du die Testergebnisse von der Soße?«, fragte ich. »War sie vergiftet?«

»Du hast mir versprochen, dich nicht einzumischen.«

»Ich war einverstanden, nicht in Oudtshoorn zu bleiben und

dort zu ermitteln«, korrigierte ich. »Aber ich möchte es trotzdem wissen. Schließlich war ich dabei. Der sterbende Slimkat hat mir in die Augen gesehen.«

»Ich sage es dir, sobald es offiziell ist.«

»Na schön, ich muss jetzt auflegen«, sagte ich.

»Maria …«

»Was?«

Ich hörte ihn atmen und hatte kurz Angst, er würde mir erneut seine Liebe gestehen.

»Danke«, sagte er.

»Das Lamm«, fiel mir ein. »Wer passt auf Kosie auf, wenn du weg bist?«

»Ein Kollege von der Dienststelle übernachtet bei mir.«

»Frag ihn doch, ob er eine Nacht länger bleiben kann.«

19

Als ich mit meinem blauen Nissan über die Buckelpiste zur Route 62 fuhr, fand ich es fast verrückt von mir, Henk so schnell wieder einzuladen, die Nacht bei mir zu verbringen. Aber ich war bei einer Therapeutin und einem Arzt gewesen, nahm zwei verschiedene Medikamente und hatte eine Diät begonnen. Und jetzt hatte ich sogar die Telefonnummer eines teuflischen Mechanikers. Vielleicht war ich also bereit.

Auf der asphaltierten Straße hatte ich drei Autos vor mir, die ebenfalls nach Ladismith fuhren. Morgendliche Rushhour. Ich überlegte, was ich für meinen Freitagabend mit Henk kochen sollte.

Hatties Toyota Etios stand bereits unter dem Jacarandabaum, deshalb parkte ich im fleckigen Schatten einer Akazie. Bei diesem Herbstwetter war das kühl genug.

Als ich ins Büro kam, huschten Hatties Finger wie Mäuse über ihre Tastatur, sie hielt nur ganz kurz inne, um mich zu grüßen.

Ich begab mich an meinen Tisch, zu den Briefen, die auf mich warteten.

»Tee?«, fragte ich Hattie, während ich mir Kaffee machte und Zwiebäcke zurechtlegte.

»Hm? Nein, danke. Sitze gerade an der vorletzten Korrektur.«

Ich schaute meine Briefe durch, mehrere waren neu. Auch ausgedruckte E-Mails. Ich hatte keine eigene E-Mail-Adresse, sie gingen an die *Gazette*. Die meisten Leser schrieben Briefe, das war anonymer.

Ich las noch einmal den nicht beantworteten Brief der Jugendlichen durch, deren Freund mit ihr schlafen wollte, und verfasste dann eine Antwort:

Wenn Du ihm etwas bedeutet, wird er warten, bis Du so weit bist. Wenn er Dir auch wichtig ist, wirst Du ihm von selbst entgegengehen. Bei so etwas darf man sich nicht zwingen. Dein Körper und Dein Herz müssen sich darauf freuen.
In der Zwischenzeit kannst Du einen Venuskuchen für Deinen Freund backen. Mit Kaffee, Erdnussbutter und geschmolzener Schokolade. Er ist unglaublich lecker und wird Deinen Freund eine Weile bei Laune halten. Wenn das Warten zu lange dauert, sag mir Bescheid, dann denke ich mir etwas anderes aus. Obwohl es nicht viel Besseres gibt als diesen Kuchen.

Als ich das Rezept niederschrieb, fragte ich mich, ob eine Jugendliche überhaupt die Verantwortung für einen so überirdischen Kuchen übernehmen konnte. Sollte ich den Venuskuchen auch am Abend für Henk backen? Ich hoffte eigentlich, dass wir ihn nicht brauchten. Das Problem war, dass er nicht in meine Diät passte. Und die brachte mich langsam in die richtige Richtung.

Ich nahm einen anderen Brief vom Stapel. Er sah aus, als wollte er dringend geöffnet werden, ein schlichter weißer Umschlag mit einem Poststempel aus George. George war eine ziemlich große Stadt, weiter entfernt und größer als Oudtshoorn.

Liebe Tannie Maria,
mein Freund möchte gerne zwei Freundinnen haben. Er sagt immer, dass er mich liebt, aber dass man bei einem einzigen Menschen nicht alles finden kann, was man sucht. Er möchte, dass wir zu dritt essen gehen (er mit mir und seiner anderen Freundin). Was soll ich tun?
Miss Hilfmir

Ich trank meinen Kaffee aus und antwortete:

Liebe Miss Hilfmir,
sag Deinem Freund, dass es in Ordnung ist, solange Du auch zwei Freunde haben darfst. Und jeder von denen wieder zwei Freundinnen. Die brauchen dann natürlich auch wieder zwei Jungen, und so weiter. Wie ein Kettenbrief. Problematisch wird es, wenn Ihr alle zusammen essen wollt. Für wie viele Gäste soll man da planen? Am besten ist wohl ein Picknick im Park oder am Strand, zu dem jeder etwas mitbringt.

Unweit von George gibt es einen schönen Strand namens Herold's Bay. Ich stellte mir vor, wie sie dort alle feiern, und musste grinsen.

»So«, rief Hattie und rieb die Hände aneinander. »Alles paletti. Jetzt hätte ich gerne eine Tasse Tee. Und, wie geht es dir, Maria? Hast du von Jessie gehört, meine Liebe?«

»Hab nur kurz mit ihr telefoniert.« Ich stellte den Wasserkocher an. »Sie war gerade dabei, sich mit Ystervark im Krankenhaus zu treffen.«

»Unsere Jessie hat ein gutes Näschen.«

»Sie hat auch mit den Leuten vom Kudu-Stand gesprochen. Aber offensichtlich waren die keine große Hilfe.«

»Wir wollen natürlich eine packende Story, aber ich hoffe wirklich, dass sie nicht wieder in Schwierigkeiten gerät. Noch eine Entführung oder ein Koma stehe ich nicht durch.«

Das ging mir genauso, aber gleichzeitig wollte ich, dass Jessie herausfand, was passiert war. Sonst würde mich Slimkats Blick für immer verfolgen. Ich reichte Hattie ihren Tee und bot ihr einen Zwieback an.

»Nein, danke«, lehnte sie ab. »Es ist noch nicht bewiesen, dass Slimkat vergiftet wurde, oder?«

»Es gibt noch keine Ergebnisse, was die Soßenflasche angeht«, erwiderte ich. »Jedenfalls keine offiziellen.«

»Weißt du was Inoffizielles?«, fragte Hattie. »Du oder Jessie, über eure heißen Quellen?« Sie lachte über ihren eigenen Witz.

Ich schüttelte den Kopf und setzte mich wieder an meinen Platz. Es war wohl besser, wenn ich Miss Hilfmir noch ein wenig mehr schrieb. Das mit dem Kettenbrief würde sie vielleicht nicht so lustig finden.

Es mag sein, dass man bei einem Partner nicht alles findet, was man sucht. Aber andererseits kann einem niemand das geben, was man am nötigsten braucht. Dafür muss man selbst sorgen.
Wenn Dein Freund nichts von der Idee mit dem Kettenbrief hält und Dir trotzdem nicht treu sein will, wirst Du vielleicht zu dem Schluss kommen, dass Du ohne ihn besser dran bist. Man fühlt sich einsamer mit jemandem, der einen nicht richtig lieben kann, als wenn man ganz allein ist.

Ich überlegte, ob ich ihr Rezepte für ein Picknick schicken sollte, fand aber dann, am besten passe Annemaries herrlicher Brandykuchen, der noch warm gegessen werden musste. Wieder fragte ich mich, was ich am Abend für Henk zubereiten sollte.

»Ich habe noch einiges zu besorgen«, sagte Hattie. »Tschüssi!«

Da ich mich nicht entscheiden konnte, welchen Brief ich als Nächstes öffnen sollte, mischte ich sie und zog wie in der Lotterie einen heraus. Ich bekam einen ziemlichen Schreck, als ich ihn las.

Liebe Tannie Maria,
mein neuer Freund und ich verstehen uns nun schon seit einigen Monaten sehr gut. Jetzt hat er mir gesagt, dass er mich liebt. Das macht mir Angst! Bedeutet das, dass irgendwas mit mir nicht stimmt? Oder dass er nicht der Richtige für mich ist?

Er kommt am Wochenende zum Mittagessen. Ich weiß nicht, was ich tun soll.
Mariana

Selbst der Name der Frau hatte Ähnlichkeit mit meinem. Hatte ich an mich selbst geschrieben? Der Poststempel stammte aus Ladismith. Wurde ich langsam verrückt? Nein, ich konnte den Brief nicht selbst verfasst haben, denn Henk kam zum Abendessen, nicht zum Mittag.

Ich machte mir noch eine Tasse Kaffee, setzte mich draußen in den Schatten eines Kareebaums und betrachtete die Töpfe mit den Sukkulenten. Sie blühten noch nicht, aber ihre prallen Blätter hatten so interessante Formen. Ich weiß nicht, wie sie auf Englisch heißen, aber ihre Namen in Afrikaans beschreiben sie so nett: Toontjies, kleine Zehen, und Worsies und Bababoudjies, Würstchen und kleine Babypopos.

Nachdem ich den Kaffee ausgetrunken hatte, ging ich wieder ins Büro und verfasste meine Antwort.

Liebe Mariana,
vielleicht hat er es zu früh gesagt. Die Zeit wird es zeigen.
Vielleicht glaubst Du, Du hättest keine Liebe verdient. So etwas kann passieren, wenn man noch keine richtige Liebe kennengelernt hat.
Oder wenn man etwas getan hat, für das man sich schämt. Versteckt sich da etwas in Deiner Vergangenheit?
Oder vielleicht musst Du Dir überlegen, ob Du ihn *wirklich liebst. Du kannst es zum Beispiel herausfinden, indem Du darüber nachdenkst, ob Du ihm lieber ein getoastetes Sandwich oder ein dreigängiges Menü machen würdest, für das Du einen halben Tag Vorbereitung brauchst. Es könnte aber auch sein, dass Du Dich ohnehin für das Sandwich entscheidest, weil Du einfach nicht gerne kochst. In dem*

Fall solltest Du Dich mal in Ruhe hinsetzen und Dein eigenes Herz erforschen.
Liebe Grüße
Tannie Maria

Ich schickte ihr Rezepte für ein herzhaftes Sandwich mit Käse, Tomatenpaste, Biltong, Banane und Peppadew sowie für ein dreigängiges Menü. Das Sandwich würde ich mir selbst zum Mittagessen zubereiten, das Menü heute Abend für Henk.

20

Das Menü, das ich mir ausgedacht hatte, bestand aus Kürbissuppe mit Sauerrahm, der Karoo-Lammpastete meiner Ouma und einem Buttermilchpudding.

Als die Suppe in der Hotbox, die Pastete im Ofen und der Pudding in seiner Schüssel waren, wusch ich mich und zog mich an. Zuerst schlüpfte ich in die weiße Spitzenunterwäsche, dann in das schöne cremefarbene Kleid, das mir meine Freundin Candy aus New York geschickt hatte. Dazu wählte ich die passenden Schuhe mit den kleinen Absätzen. Ich überlegte, ob ich mir die Zehennägel mit perlmuttfarbenem Lack lackieren sollte, fand dann aber, das wäre zu viel. Ich bürstete mir die Haare, legte Lippenstift auf, setzte mich auf die Veranda und sah zu, wie der Himmel sich langsam Violett färbte. Nach und nach verschwammen die zartgrünen Konturen des Veld. Vom Kudu war nichts zu sehen, nur ein kleiner Grysbokkie streifte durch das Gebüsch.

Henk hatte Verspätung. Allerdings hatten wir keine Uhrzeit ausgemacht, es fühlte sich einfach spät an. Ich sah, wie die ersten Planeten am großen Karoo-Himmel erschienen. Bevor die Sterne aufgegangen waren, hörte ich seinen Bakkie in meinen Feldweg einbiegen.

Ich saß ganz still und beobachtete, wie seine dunkle Gestalt den Pfad zu meiner Veranda hochkam. Er entdeckte mich erst, als er ganz nah war.

»Sorry«, sagte er. »Kosie musste sich erst beruhigen.«

Ich war noch immer ein wenig böse auf ihn, nicht weil er spät kam, sondern weil er mich überredet hatte, Jessie in Oudtshoorn zurückzulassen. Eigentlich war ich böse auf mich selbst; ich wollte mir von keinem Mann mehr etwas vorschreiben lassen.

Henk trat auf die Stoep und grinste mich breit an. Selbst sein sorgfältig gewachster Schnurrbart lächelte. Ich stand auf.

»Hallo, Henk.«

Er zog mich an seine breite Brust, die nach warmem Brot roch. Mein Zorn schmolz dahin. Mir wurde nicht nur warm, sondern heiß.

Henk stieß einen Seufzer aus, den ich im ganzen Körper spürte. Ich schaute ihn an, wollte wissen, was los war, doch er starrte in die Dunkelheit.

»Möchtest du ein Bier?«, fragte ich.

Ich holte ein Windhoek Lager aus dem Kühlschrank, entzündete eine Laterne draußen auf dem Tisch und ging wieder ins Haus, um die Suppe aus der Hotbox zu holen. Wir hatten einige Gänge vor uns, ehe wir ins Bett gehen konnten.

Die Suppe löffelten wir schweigend, und ich fragte mich, ob Henk überhaupt mit mir ins Bett wollte. Er hatte mir keinen Kuss zur Begrüßung gegeben und wich meinen Blicken aus. Insgesamt schenkte er mir wenig Beachtung. Ich war froh, dass ich mir nicht die Zehennägel lackiert hatte.

»Die Venus strahlt heute hell.« Er blickte in die Nacht.

»Ja«, sagte ich, denn es stimmte. »Ist alles in Ordnung?«

Er sah mich an und lächelte traurig.

»Doch«, sagte er. »Bin ein bisschen müde. Tut mir leid.«

»Ich hole die Pastete.«

Ich stellte den Buttermilchpudding in den Ofen und brachte Oumas Lammpastete nach draußen, dazu Erbsen und Kartoffelbrei (unter den ich Butter und Sahne gerührt hatte).

»Das riecht gut«, sagte Henk.

Er aß ohne den üblichen Appetit.

»Das Rezept ist von meiner Ouma«, erklärte ich. »Man schmort das Lamm mit Zwiebeln, Lorbeerblättern und Pfefferkörnern …«

»Hm«, machte er.

Nicht *Hmmmm*, als wäre es besonders lecker, sondern *Hm*, als wäre er in Gedanken woanders. Irgendetwas stimmte nicht. Vielleicht wollte er nicht bei mir übernachten; er hatte nicht vergessen, wie schief es beim letzten Mal gelaufen war. Vielleicht wollte er mit mir Schluss machen; hatte erkannt, dass es ein Fehler war, mir seine Liebe zu gestehen. Vor lauter Vielleichts bekam ich einen Kloß im Hals. Besonders gut gefiel mir an Henk, dass ich mich bei ihm nicht verstellen musste.

»Der ist gut«, sagte er, als er den Pudding probiert hatte.

Die Untertreibung des Jahres. Der Pudding war einfach perfekt.

»Wenn du nicht mit mir zusammen sein willst«, fasste ich mir ein Herz, »ist es wohl besser, wenn du es einfach sagst.«

Er hörte auf zu kauen und sah mich mit großen Augen an.

Da ich damit angefangen hatte, musste ich es auch zu Ende führen, obwohl ich mir sehr dumm vorkam. »Ich weiß, dass es nicht leicht für dich ist«, fuhr ich fort, »aber ich habe mich aus dem Fall herausgehalten, wie du es wolltest. Und ich arbeite an meinen … Problemen. Wirklich.«

»Nein«, sagte Henk. Er legte seinen Löffel auf den Teller, stand auf, kam um den Tisch herum, setzte sich neben mich und nahm meine Hand in seine Hände. »Das hat nichts mit dir zu tun. Es liegt an mir.«

O nein, dachte ich, nicht diese Nummer! Das mit dem Sex stört ihn doch zu sehr.

»Ich bin wütend auf mich selbst«, sagte Henk.

Ich war auch wütend auf mich gewesen. Vielleicht funktionierten Beziehungen nur dann, wenn man ein anderer Mensch wurde. Aber das wollte ich nicht. Beim letzten Mal war das nicht gut gegangen.

Ich streichelte Henks Finger. Bei der Vorstellung, ohne ihn zu sein, fühlte sich mein Herz an wie eine ausgepresste Zitrone.

»Wir haben unser Bestes getan«, sagte ich.

»Es war nicht genug.«

Ich schüttelte den Kopf.

»Wir haben es versucht«, sagte ich. »Wirklich.«

»Das war nicht deine Aufgabe«, erwiderte Henk, »sondern meine. Ich habe versagt.«

Er schaute hinaus in die Dunkelheit, die jetzt voller Sterne war.

»Und nun ist der Mann tot«, sagte er.

»Was?«

»Das macht mich so fertig, fast als hätte ich mich selbst umgebracht.«

Wovon redete er?

»Wir hätten verdammt noch mal aufpassen sollen, was er isst! Wir hätten ihn an einen sicheren Ort bringen sollen. Wir waren gewarnt, und trotzdem haben wir ihn nicht geschützt. Wir haben unsere Arbeit nicht ordentlich gemacht.«

Slimkat, es ging um Slimkat!

»Oh«, machte ich. »Ja, ich meine, nein. Du hast dein Bestes getan. Slimkat wollte sich nicht verstecken. Er hat gesagt, wenn seine Zeit käme, dann wäre es halt so weit.«

»Allerdings, und sie kam mit einem verfluchten Kudu-Spieß.«

»Ist das schon bewiesen? Dass die Soße vergiftet war?«

»Ja. Du hattest recht. Aber das ist inoffiziell.« Henk runzelte die Stirn. »Die Polizei Oudtshoorn entscheidet, was sie an die Öffentlichkeit weitergibt. Bitte.«

Ich überhörte die versteckte Mahnung. »Aber ist dann nicht auch Oudtshoorn für seinen Tod verantwortlich?«

Das war eine dumme Frage. Selbst ich fühlte mich verantwortlich für Slimkats Tod. Wenn ich nur etwas früher da gewesen wäre, hätte ich vielleicht am Knoblauchgeruch gemerkt, dass mit der Soße etwas nicht stimmte …

»Oudtshoorn ist zuständig für die Ermittlung«, erklärte Henk. »Aber wir wurden hinzugezogen, um bei der Bewachung zu helfen, und wir haben versagt.«

»Ihr habt nicht mit Gift gerechnet«, warf ich ein.

»Das war dumm. Es gibt viele Möglichkeiten, jemanden umzubringen.«

»Ich bin mir sicher, dass ihr den Mörder finden werdet.« Ich dachte an die Menschenmassen auf dem Festival und war alles andere als überzeugt.

»Das ist nicht mehr mein Fall.«

»Wenn man diese andere Frau auftreiben könnte, die ebenfalls das Soßenrezept haben wollte … Habt ihr mit der blonden Bedienung vom Kudu-Stand gesprochen?«

»Ja, ich persönlich.« Henk schüttelte den Kopf. »Eine völlig unbrauchbare Zeugin. Sie sagt, sie hätte sich auf das Essen konzentriert, nicht auf die Kunden. Ihrer Erinnerung nach war die erste Frau, die nach dem Rezept gefragt hat, ziemlich klein und trug eventuell ein Kopftuch und eine Sonnenbrille, dann beschrieb sie dich – die zweite Tannie – als eine kurvige Blondine, war sich aber auch nicht sicher.«

»Oje«, sagte ich. »Das tut mir leid.«

»Noch mal: Das sind alles inoffizielle Informationen.«

»Schon klar«, entgegnete ich. »Jessie hat sich ebenfalls umgehört. Wenn sie etwas herausfindet, werdet ihr es sicher erfahren. Sie hatte ein langes Gespräch mit Slimkat, weißt du? Kurz vor seinem Tod.«

»Jessie hat es Reghardt erzählt, und dem Lieutenant von Oudtshoorn.«

Henk zog mich auf seinen Schoß. »Schluss jetzt mit dem Herumgestöhne!«, sagte er.

Zärtlich strich er mir über die Arme. Seine Finger tasteten über meine Schultern, am Rand des Kleides entlang.

Er küsste mich, was eine andere Art von Stöhnen auslöste.

»Gehen wir rein!« Er schmiegte sich an meinen Hals. »Es wäre gemein, wenn Kosie ganz umsonst leiden müsste.«

21

Eng umschlungen begaben wir uns von der Veranda ins Haus. Henk ging rückwärts, drückte mich mit einem Arm an sich und streichelte mich mit der anderen Hand. Vorsichtig glitten seine Finger über meinen Hals, meine Arme, meinen Rücken, meinen Po. Im Haus machte er das Licht in der Küche aus. Ganz dunkel war es nicht, weil noch die Laterne auf der Veranda brannte. Henk bewegte sich rückwärts und hatte nur Augen für mich.

»Pass auf!«, mahnte ich, doch schon stieß er gegen den Küchentisch. Er kam ins Trudeln und schlug den Deckel vom Suppentopf.

Ich wollte ihn zurücklegen, aber Henk hielt mich fest. Meine Arme waren nicht lang genug. Da zu dieser Jahreszeit nicht mehr so viele Insekten herumflogen, gab ich nach. Ich fuhr mit der Hand über seine warme Brust, spürte seine harten Muskeln und weichen Haare.

An der Küche vorbei gingen wir ins Wohnzimmer, wo Henk stehen blieb, mein Gesicht in die Hände nahm und mir in die Augen sah. Dann beugte er sich vor und küsste mich lang und innig. Sein Schnauzer war angenehm weich. Begehren wallte durch meinen Körper, erneut kamen ungewohnte Geräusche aus meinem Mund. Glückliche Laute.

Henk legte mich auf die Couch. Lächelnd zog er mir die Schuhe aus. Er streichelte meine Oberschenkel, am Kleidersaum entlang, liebkoste den Ansatz meiner Brüste, wo das Kleid aufhörte. Dann widmete er sich den Stellen dazwischen.

Als die glücklichen Laute aus meinem Mund ziemlich laut wurden, knöpfte er sein Hemd auf und zog es aus. Ich sah seine Silhouette und das kupferrote Haar auf seiner Brust. Henk schlüpfte aus seinen Schuhen, legte den schweren Ledergürtel und seine Hose ab. Das Licht war genau richtig, um mir meine Befangenheit zu nehmen. Ich hörte ein Trappeln, und der Kudu erschien am Küchentisch. Er hatte ein wunderschönes helles Abzeichen zwischen den Augen und eindrucksvoll gewundene Hörner. Der Bock steckte den Kopf in den Suppentopf und trank. Mein Körper erstarrte, Henk setzte sich auf und sah mich an.

»Alles in Ordnung?«, fragte er.

»Ich habe nur gerade gedacht, ob ich nicht doch besser einen Deckel auf den Topf lege.«

»Später«, sagte Henk, schob mein Kleid hoch und mein Spitzenhöschen hinunter.

Er war äußerst überzeugend, und so schloss ich die Augen und ließ meinen Körper wieder glücklich werden. Henk brachte mich in eine interessante Stellung und wollte sich der Länge nach auf mich legen. Doch auch diesmal sah ich genau in dem Moment, als er mir ganz nah kam und es intim wurde, Fanie vor mir. Selbst mit geschlossenen Augen. Fanie war da, das Gesicht rot und aufgedunsen. Kein Henk. Dinge, die passiert waren, fielen mir wieder ein. Nein, es waren keine Erinnerungen, sondern Flashbacks – wie der Arzt gesagt hatte. Als ob sie tatsächlich passierten. Noch einmal.

Plötzlich war Henk Lichtjahre entfernt. Mit einem Schrei stieß ich ihn von mir, am ganzen Leib zitternd.

Er kniete sich neben die Couch und drückte meinen Kopf an seine Brust.

»Es tut mir so-ho-ho leid«, schluchzte ich.

»Schon gut«, sagte er. »Ist ja gut.«

Langsam verschwand Fanies Gesicht, ich konnte Henk wieder erkennen. Und den Kudu. Er war immer noch da, wagte sich ein wenig näher und betrachtete uns. Ich sah die dünnen weißen Streifen in seinem grauen Fell; seine großen Ohren waren aufgestellt, als machte er sich Sorgen.

»Ist ja gut«, sagte Henk wieder.

Aus meinem Zittern wurde Weinen. Der Kudu zuckte freundlich mit den Ohren, ich ließ die Tränen fließen.

Leise schnaubend drehte der Bock sich um. Mit einem Aufblitzen seines weißen buschigen Schwanzes trabte er durch die Haustür nach draußen.

»Ich hole dir einen Brandy«, schlug Henk vor, als ich nicht mehr weinte.

Er ging in die Küche und schaltete das Licht an. Es war viel zu grell. Während Henk einen Löffel Zucker in ein kleines Glas mit Weinbrand rührte, rappelte ich mich zum Sitzen auf und zupfte mein Kleid zurecht. Ich stopfte mein Höschen unter ein Kissen und zog die Schuhe wieder an. Dann setzte ich mich zu Henk an den Küchentisch und legte den Deckel auf die Kürbissuppe. Der Kudu hatte nicht viel gegessen.

Ich trank den Brandy, den Henk mir gab. Heiß rann er durch meinen Körper, bis hinunter zum Bauchnabel. Dennoch zitterte ich immer noch leicht. Ich begann aufzuräumen und stellte das Geschirr zusammen. Henk half mir und wusch ab. Hin und wieder legte er mir seine warme Hand auf den Arm, doch ich reagierte nicht.

Als alles sauber war, kochte ich uns Kaffee. Wir setzten uns an den Küchentisch, Henk mir gegenüber. Er beugte sich vor und räusperte sich.

»Es tut mir leid«, sagte ich. »Ich hatte gehofft … Eigentlich geht es mir schon besser …«

»Das ist nicht schlimm«, erwiderte er.

»Ich sehe Sachen.« Ich fuhr mir mit der Hand über die Augen. »Sachen, die gar nicht da sind. Schlimme Dinge, die früher geschehen sind, passieren wieder, direkt vor mir.«

Henk nickte und wollte etwas sagen.

»Ich weiß, ich weiß«, kam ich ihm zuvor. »Ich muss mir Hilfe suchen.«

»Ich habe mit der Therapeutin von der Dienststelle gesprochen, die Verbrechensopfer betreut. Sie sagt, du kannst jederzeit zu ihr kommen.«

Ich trank einen großen Schluck Kaffee, obwohl er noch zu heiß war. »Henk …«, begann ich.

Beide Hände um den Kaffeebecher geschlungen, sah er mich an.

»Die Entführung habe ich ganz gut verkraftet«, erklärte ich.

Henk runzelte die Stirn und schüttelte den Kopf. »Maria …«

»Wirklich. Sie ist nicht der Grund für meine Schwierigkeiten …«

Draußen begannen die Frösche und Kröten zu quaken, jedoch verhalten, als hätten sie Angst, eine Schlange könne in der Nähe sein.

Ich seufzte. »Ich wollte ihn aus unserer Beziehung heraushalten. Aber ich befürchte, er ist mittendrin.«

»Wer?«

»Fanie. Mein verstorbener Mann.« Ich trank noch einen Schluck Kaffee.

»Liebst du ihn noch?«, fragte Henk.

Ich schnaubte. Der Kaffee schoss mir aus der Nase. »Entschuldigung.« Ich putzte die Spritzer weg. »Nein. Nein, ganz im Gegenteil.«

Henk nippte an seinem Becher und wartete, dass ich weitersprach. Er war ein erfahrener Polizeibeamter und wusste, wie man Verdächtige befragte.

Draußen hörte ich das Laub an den Bäumen rascheln, eine kühle Brise wehte durchs Fenster. Ich fröstelte. Die Verdächtige hier war ich. Ich konnte ihm nicht alles sagen, musste aber etwas zu meiner Verteidigung vorbringen.

»Fanie war kein guter Mensch. Er war nicht nett zu mir.«

Ich wollte Henk nicht die ganze Wahrheit über meinen verstorbenen Mann erzählen. Ihm gegenüber von Fanie zu sprechen, fühlte sich an, als würde ich schmutziges Öl in einen sauberen Teich kippen.

»Hat er dir wehgetan?«, fragte Henk.

Ich nickte, den Blick gesenkt.

»Hat er dich geschlagen?«

Als ich aufschaute, sah ich Zorn in seinen Augen. Ich wusste, dass er Fanie galt, aber bezog ihn auf mich und schämte mich.

Henk wies auf die Couch.

»Hat er dich … vergewaltigt?«

Ich antwortete nicht. Jetzt hörte ich nur noch eine Kröte mit einer seltsam krächzenden Stimme. Es war kein glückliches Paarungsquaken.

»Ich hätte das nicht sagen sollen«, brachte ich heraus. »Ich fühle mich so …«

Ich konnte ihm nicht sagen, wie ich mich fühlte. Schmutzig. Hässlich. Angsterfüllt. Schuldig. Ich hatte keine Worte für all diese Empfindungen. Gefühle, die ich aus meiner Beziehung mit Henk heraushalten wollte. Die Kröte schwieg nun. Der Wind hatte sich gelegt. Die Stille schmerzte in meiner Brust. Ich hielt den Atem an.

»Maria«, sagte er. Ich konnte ihn noch immer nicht ansehen, auch keine Luft holen. »Maria.« Henk beugte sich vor und sah mir in die Augen. »Das ist nicht deine Schuld.«

Da platzte der Atem mit einem großen Schluchzer aus mir heraus.

Wir schliefen zusammen in meinem Bett. Nun ja, Henk schlief, ich lag in seinen Armen fast die ganze Nacht wach. Ich im Nachthemd, er in seinen weißen Boxershorts. Ich hatte keine Albträume, aber mein Kopf war schwer von düsteren Erinnerungen und mein

Herz voll verworrener Gefühle. In der Gefriertruhe war noch ein Rest von dem Pudding mit Naartjie-Likör, Henks Leibspeise. Genau den brauchte ich jetzt. Doch als ich aufstehen wollte, zog Henk mich enger an sich, griff fester zu. Also blieb ich liegen und versuchte diese neue Art von Trost zu genießen: ein warmer Körper, starke Arme, eine behaarte Brust, leises Schnarchen. Ich blieb liegen, während ein Sturm aus alten Zeiten den trüben Teich meiner Gefühle aufwühlte. Draußen wehte der Wind, raschelte in den Blättern. Eine warme Brise kam durch die Lücke im Schiebefenster herein: Es war ein Wind, der Regen brachte. Ich lag in Henks Armen, bis die ersten Vögel zu singen begannen, wartete darauf, dass sich das Wasser im aufgewühlten Teich beruhigte, wieder sauber und klar wurde, doch das tat es nicht.

Henk musste früh los, hatte nicht mal Zeit für einen Kaffee.

Kaum war er fort, zog ich mich an, machte mir Frühstück und aß es draußen am Verandatisch. Den weichen Regen bemerkte ich kaum, sah auch nicht, wie das Veld und der Gwarrie im grauen Niesel verschwanden, so sehr konzentrierte ich mich aufs Essen. Auf die Diättabletten hatte ich verzichtet, damit ich alles verputzen konnte: eine große warme Schüssel von Henks Leibspeise.

Als ich fertig war, saß ich eine Weile da. Mir war ein wenig schlecht, doch gleichzeitig ging es mir deutlich besser. Die Angst und die Scham waren weg, begraben unter süßem Pudding. Die feuchte Erde duftete herrlich. Ich war dem Regen dankbar, dass er fiel. Nun musste ich nicht mehr weinen, das machte der Himmel für mich. Nach einer Weile klarte es auf, und das Veld begann zu leuchten. Der Gwarriebaum trug frisches dunkles Grün, Vögel umflatterten seine Zweige. In der geklärten Luft konnte ich weit in die Ferne blicken, entlang der eindrucksvollen roten Hänge des Rooiberg bis zum blauen Strich der Langeberge.

Sobald ich mich bereit fühlte aufzustehen, ging ich zum Hühnerstall. Die Hennen plusterten sich auf und scharrten im Boden. Als ich das Türchen öffnete, kamen sie herangelaufen. Ich warf ihnen eine Handvoll Maisschrot ins Gras. Dann ging ich ins Haus und wühlte so lange in meiner Handtasche herum, bis ich einen kleinen Zettel mit einer Nummer fand.

Ich setzte mich ans Telefontischchen im Wohnzimmer und rief den satanischen Mechaniker an.

22

Er hatte eine dunkle, warme Stimme, wie schwarzer Kaffeesatz unten in der Tasse. Moerkoffie.

»Goeiemôre. Ricus hier.« Guten Morgen. Sein Akzent ließ das »s« in Ricus leicht zischen.

»Ähm …«, machte ich.

»Hallo?«

Fast hätte ich wieder aufgelegt, doch dann sagte ich: »Ich brauche eine Reparatur. Für mein Auto. Spreche ich mit der Autowerkstatt?«

»Ja, richtig.«

»Ich habe die Nummer von einer Freundin aus Oudtshoorn, Annemarie.«

»Annemarie.« Ich konnte hören, dass er lächelte. »Wie geht es ihr?«

»Gut. Sie ist glücklich.«

»Schön. Schön. Viele Grüße an sie!«

»Annemarie hat mir von der Gruppe erzählt.«

»Aha.«

»Mein Arzt meint … Ich glaube … ich habe PTBS«, brachte ich heraus.

»Du kannst gerne mitmachen«, erwiderte Ricus. »Wir treffen uns zweimal wöchentlich. Normalerweise samstags und dienstags. Komm doch vorbei! Heute Nachmittag ist auch Gruppe.«

»Heute?«

»Ja, um vier Uhr auf meiner Farm. Anschließend essen wir gemeinsam.«

»Oh.« Das ging mir zu schnell. »Was für ein Hof ist das?«

»Ich halte hier ein paar Schafe«, sagte Ricus und lachte. »Und ein paar Lieferwagen.« Er lachte dröhnend aus dem Bauch heraus. »Du kannst dein Auto gerne mitbringen, aber vor Montag setze ich mich nicht daran.«

»Nein, mein Wagen läuft eigentlich ganz gut. Ich bin wohl eher diejenige, die repariert werden muss.«

»Gut. Gut. Bis heute Nachmittag dann.«

»Maria, ich heiße Maria«, beeilte ich mich zu sagen. Mein Name klang seltsam, wenn ich ihn aussprach.

»Maria«, sagte Ricus mit seiner warmen Kaffeestimme, dann beschrieb er mir, wie ich zu seiner Farm fand.

Ich legte auf und stieß einen tiefen Seufzer aus. Oje, wollte ich wirklich eine Therapiegruppe besuchen? Bei einem teuflischen Mechaniker mit einer Moerkoffie-Stimme, der sich Lieferwagen hielt?

Ich nahm eine Rennie, legte Lippenstift auf und fuhr ins Büro.

Hatties Auto stand schon da, von Jessies Roller war nichts zu sehen. Wahrscheinlich war sie noch in Oudtshoorn. Hattie war samstags immer in der Redaktion. Von Jessie und mir wurde nicht erwartet, am Wochenende zu arbeiten, aber manchmal taten wir es trotzdem.

»Maria!«, rief Hattie. »Schön, dich zu sehen.«

Dabei sah sie mich gar nicht, weil sie sich mit ihrem langen, schmalen Körper über Ausdrucke auf ihrem Schreibtisch beugte. Sie hatte einen spitzen Bleistift in der Hand und sah aus wie ein Reiher, der in einem seichten Teich jagte. Hin und wieder schoss ihr Arm vor und fing einen Fehler.

Ich machte mir einen Kaffee und brachte Hattie eine Tasse Tee. Sie schaute mich an.

»Du liebe Güte! Du hast ja wieder nicht geschlafen. Helfen die Tabletten nicht?«

Ich schwieg. Kopfschüttelnd arbeitete Hattie weiter. Ich sah den Stapel von Briefen auf meinem Schreibtisch durch. Auf einem erkannte ich die zittrige Schrift der Schottin, doch ein anderer Umschlag rief noch lauter danach, geöffnet zu werden. In Großbuchstaben stand darauf: »MAMA MARIA«. Die Blockbuchstaben waren nicht kantig, sondern geschweift und hatten kleine Kringel an den M.

Ich trank einen Schluck Kaffee und aß dazu einen Buttermilchzwieback, bevor ich den Umschlag aufmachte. Es war schön, wieder Beskuit zu essen. Wie ein Treffen mit einer guten alten Freundin, die ich lange nicht gesehen hatte.

Die Anrede war ebenfalls in geschwungenen, verschnörkelten Großbuchstaben verfasst:

MAMA MARIA!
KÖNIGIN DER LIEBES- UND KOCHREZEPTE
IN DER KLEIN-KAROO GAZETTE!

*Du hilfst den Leuten, die Dir schreiben. Das finde ich gut. Ich helfe Leuten auch, in der Liebe und bei anderen Problemen. Von Gott bekomme ich Kräuter und Kräfte, die helfen bei Sachen wie: * Kontrolle über die Liebe * einen verlorenen Partner innerhalb 1 Stunde zurückbringen * den Partner dazu bringen, dass er zu Hause bleibt, Dir zu Füßen liegt und nur auf Dich hört * gegen böse Geister, Tokoloshes und andere Kobolde * sexuelle Probleme aller Art * starke Vergrößerung der Männlichkeit um 20 bis 30 cm in 40 Minuten * Glück im Lotto oder Kasino * Geld auf Dein Konto bringen * Aufgaben per Zauberstab erledigen * Krankheiten heilen * Schwangerschaften * verlauste Schweine * magische Geldbörse für Geld und Arbeit * in 1 Stunde schuldenfrei sein * Sendwana-Öl-Schutz * Regenbogenwasser für das Glück * Mittel gegen schlechte Träume und Verhexung durch Tote * alle anderen Probleme und Wünsche*

Komm zu Mama Bolo, und Dir wird geholfen!
100% GARANTIE.
NUR ZAHLBAR BEI ZUFRIEDENHEIT

Darunter stand eine Handynummer.

Meine eigenen Probleme fielen vermutlich in die Rubriken »sexuelle Probleme aller Art« und »schlechte Träume und Verhexung durch Tote«. Wenn ich am Morgen nicht schon mit dem satanischen Mechaniker telefoniert hätte, wer weiß? Vielleicht hätte ich Mama Bolo angerufen.

Ich las den dazugehörigen Brief. Mama Bolo selbst hatte kein Liebesproblem, sondern fragte nach einem Rezept …

Mama Maria,
ich brauche Hilfe beim Puddingkochen mit Milch. Ein sehr zufriedener Kunde hat mir eine Kuh als Bezahlung geschenkt. Ich habe der Kuh Regenbogenwasser zum Saufen gegeben, und jetzt gibt sie zu viel Milch. Daraus mache ich schönen Sauerrahm und Frischkäse, aber ich möchte auch was Süßes machen. Ihr afrikaansen Mamas wisst doch immer, wie man schönen Pudding aus Milch und Quark macht. Kannst Du mir dazu Rezepte geben?
Vielen Dank und Gottes Segen
MAMA BOLO
MUTI-KÖNIGIN UND HEILERIN

Ich schickte der Medizinfrau das Melktert-Rezept von Tannie Kuruman. Ich habe schon viele Rahmkuchen gegessen, aber der von Tannie K ist unübertroffen. Mama Bolo bekam von mir auch das Rezept des besten Käsekuchens der ganzen Welt, das mir meine Freundin Candy aus New York gesendet hatte. Allein bei dem Gedanken daran lief mir das Wasser im Mund zusammen.

»Jessie!«, rief Hattie.

Ich schaute auf, konnte aber keine Spur von unserer jungen Kollegin entdecken; Hattie sprach mit dem Ausdruck auf ihrem Tisch.

»Willst du etwa, dass wir wegen übler Nachrede verklagt werden?« Sie sah mich an. »Jessie deutet hier an, dass Slimkat von den Besitzern der Diamantmine vergiftet wurde.« Sie schüttelte den Kopf. »Wir wissen noch nicht mal sicher, ob er überhaupt durch Gift gestorben ist.«

»Also, die Testergebnisse sagen: Ja«, entfuhr es mir.

»Wirklich?«

Ich schlug die Hand vor den Mund, aber es war zu spät, die Worte waren heraus.

»Das war keine offizielle Information«, schob ich nach.

»Tja, nicht offiziell heißt, dass wir es nicht verwerten können«, sagte Hattie und stieß wieder mit ihrem Bleistift zu.

»Wann kommt Jessie aus Oudtshoorn zurück?« Ich hatte ein wenig Angst davor, allein zur Farm des Mechanikers zu fahren, und überlegte, ob Jess mir Schützenhilfe geben könnte.

»Sonntag. Montagmorgen ist sie wieder im Büro.« Hattie spickte den Ausdruck vor sich mit knappen, winzigen Korrekturzeichen. »Also wirklich, Jessie. Hast du den Verstand verloren?«

»Hattie, ich habe heute Nachmittag einen Termin. Bei einer Therapiegruppe. Ist ein bisschen außerhalb …«

»Respekt!«, sagte Hattie. »Das ist eine feine Sache.«

»Ich mache mir ein bisschen Sorgen … ähm, wegen meines Autos.«

»Ich kann dich hinbringen, kein Problem.«

»Nein«, beeilte ich mich zu sagen. Noch eine Fahrt mit ihr würde ich nicht durchstehen. »Nein, danke. Ich will lieber allein hin. Aber für alle Fälle gebe ich dir die Adresse.« Ich notierte sie und reichte Hattie den Zettel. »Ich rufe dich an, wenn ich wieder zu Hause bin. Wenn du bis, sagen wir, acht Uhr nichts von mir gehört hast, dann schick Henk, ich meine, Detective Kannemeyer los, dass er mich holen soll.«

»Wenn du dir doch ein Handy zulegen würdest«, seufzte sie. »Wir leben im 21. Jahrhundert! Und warum sagst du es deinem Freund nicht selbst?«

»Ich will nicht, dass er sich Sorgen macht.« Ich schaute auf die Bürouhr. Käsekuchen zu backen braucht eine Weile, und er muss sehr lange abkühlen, um die richtige Konsistenz zu bekommen.

»Hey«, sagte Hattie, als sie meinen Zettel überflog, »ist das nicht die Farm, die dieser neue Autoschlosser gekauft hat?«

»Ähm, ja. Er ist auch Therapeut.«

»Hab ich gehört.« Hattie schaute wieder auf den Ausdruck auf ihrem Tisch. »Soll ein Mechaniker mit übersinnlichen Fähigkeiten sein. Er weiß, was an deinem Auto nicht stimmt, bevor du es ihm sagst. Repariert er dich und dein Auto zum selben Preis?«

Ich stand auf und steckte mehrere Umschläge ein. »Ich nehme ein paar Briefe mit nach Hause.«

Hattie malte einen letzten Krakel in Jessies Artikel, legte ihn in den Postausgangskorb und griff zu ihrer Teetasse. Sie schien verwundert, dass der Tee kalt war.

»Ich höre von dir«, sagte sie, als ich ging.

Hoffentlich, dachte ich.

23

Ich hielt kurz beim Spar, um Apfelsinen, Sauerrahm und Frischkäse für den Käsekuchen zu holen. Dort traf ich Tannie Elna le Grange aus dem Schuhgeschäft und Tannie Kuruman aus dem Café an der Route 62. Ich wollte den Einkauf schnell hinter mich bringen, weil ich Zeit zum Backen brauchte. Aber das war nicht leicht; es gab so viel zu erzählen über Slimkats Tod im Bierzelt auf dem KKNK und über die Frau in Barrydale, die ihren Freund erstochen hatte. Elna hatte gehört, dass die Frau gesagt haben soll: »Der Teufel hat es mir befohlen.« Auch mit Anna Pretorius, die jetzt Hühnerfutter anbaute, wechselte ich ein paar Worte. Die Arme war nach dem Verlust ihrer Freundin Martine noch immer sehr einsam. Anna erzählte mir von den Problemen mit der Federung ihres Bakkie. Auch sie hatte schon von dem neuen Automechaniker am Stadtrand gehört.

»Er repariert die Autos mit Voodoo«, erklärte sie. »Und er bringt Menschen wieder in Ordnung. Mit Feuer und Voodoo. Ein Mechaniker des Teufels.« Sie schnaubte verächtlich und schüttelte den Kopf. »Neue Reifen tun's bei meinem Auto vielleicht auch.«

Marietjie an der Kasse war flott, aber schweigsam. Ich hatte das Gefühl, sie sei bedrückt, fragte aber nicht nach.

Zu Hause pflückte ich eine Zitrone vom Baum und bereitete als Erstes den Boden zu: Ich gab zu den zerdrückten Vollkornkeksen und der Butter, die in Candys Rezept standen, noch Kokosraspeln, gehackte Paranüsse und abgeriebene Orangenschale hinzu. Dann bereitete ich die Zitronencreme für die Füllung. Candy verwendete Zitronen und Orangen statt des sonst üblichen Vanillearomas. Als der Kuchen im Ofen war, ging ich mit meinen Briefen nach draußen an den Verandatisch und öffnete den, dessen zittrige Schrift mir bekannt vorkam. Er war von der älteren schottischen Frau, die in einen jüngeren Mann verliebt war. Auf dünnem Papier stand:

Vielen Dank, liebe Maria, für die herrlichen Rezepte. Der junge Mann besucht mich nun häufiger. Drei Mal in der Woche. Er ist unglaublich stark und hilft mir im Haus.
Ich habe mich gefreut, von dem reifen Cheddar zu lesen, der immer leckerer wird. Aber ich bin mir trotzdem nicht sicher … Das Alter mag ja nur eine Zahl sein, aber ist die Hautfarbe auch egal? Der junge Mann hat ein wunderschönes weißes Lächeln, aber der Rest von ihm ist dunkelbraun. Ich bin eher blassrosa.
Ich würde mich über weitere schöne Rezepte freuen. Vielleicht für etwas, das länger hält, damit ich nicht jeden Tag backen muss.
Mit freundlichen Grüßen
das schottische Leckermäulchen

Eine Weile saß ich da und dachte nach. Apartheid war in Südafrika abgeschafft, aber jeder wusste, dass es Rassismus gab. Besonders in kleineren Städten. Womit könnte ich ihr am besten helfen?

Mit herzförmigen Brownies? Einer Regenbogentorte? Einem Zartbitterkuchen mit blassrosa Erdbeerguss?

Am Ende antwortete ich:

Liebes schottisches Leckermäulchen,
die Haut ist nur eine dünne Hülle. Eure Herzen haben dieselbe Farbe.
Hier ist ein vorzügliches Rezept für einen ganz besonderen Früchtekuchen. Die Zutaten (dunkle wie Kaffee, Kakao, Datteln, und helle wie Mandeln, Sultaninen, Butter) verbinden sich zu einem unvor-

stellbar köstlichen Geschmack. Und der Kuchen wird jeden Tag besser. Der junge Mann wird immer mehr davon wollen.
Alles, alles Gute
Tannie Maria

Das Rezept hatte eine sehr lange Zutatenliste; es dauerte eine Weile, alles aufzuschreiben, und machte mich ziemlich hungrig.

Anschließend gab ich eine Schicht saure Sahne auf den Käsekuchen und ließ ihn noch ein wenig länger backen. Ich schaute auf meinen Diätplan. Gekochte Eier zum Frühstück. Seufzend schluckte ich meine Diätpillen. Wahrscheinlich war ich in Gedanken bei den Satanisten, denn ich machte Teufelseier daraus: mit Dijonsenf, Frischkäse und roter Paprika. Sie sahen hervorragend aus und schmeckten auch so. Als ich am Tisch auf der Stoep saß und den letzten Bissen vertilgte, entdeckte ich wieder den Kudu beim Gwarriebaum. Er knabberte an den Blättern und drehte sich zu mir um. Ich ging ins Haus und stellte den Ofen aus, dann rief ich Jessie in Oudtshoorn auf ihrem Handy an.

»Jess, gibt's was Neues über Slimkat?«

»Ja! Ystervark hat den Arztbericht gesehen. Er wurde tatsächlich vergiftet. Mit Schierling.«

»Schierling?«

»Ja, das ist eine ziemlich weit verbreitete Pflanze. Wächst in ganz Südafrika, habe ich gegoogelt. Schon der griechische Philosoph Sokrates ist so gestorben. Er musste den Schierlingsbecher trinken, als er zum Tode verurteilt wurde. Die Symptome passen: Zittern, Erbrechen, erweiterte Pupillen, Lähmung. Haben wir ja selbst gesehen.«

»Stimmt. Wann kommst du zurück?«

»Morgen. Ist alles in Ordnung, Tannie M? Du klingst irgendwie komisch.«

»Ich denke viel an Slimkat. Immer wieder sehe ich … seine Augen. Wie sie mich anstarren.«

»Ja, er war ein guter Kerl. Ich würde gerne noch länger hier bleiben, herausfinden, was passiert ist. Aber Hattie hat gesagt, Montagmorgen muss ich wieder in Ladismith sein. Hoffentlich kommt die Polizei von Oudtshoorn dahinter. An mich geben die nichts weiter, keine Chance.«

»Kannst du nicht schon heute zurückkommen?«

»Nein«, erwiderte sie. »Stimmt was nicht, Tannie M?«

»Ich muss zu einer Beratung gehen.«

»Oje.«

»Tja.«

»Ich war auch schon mal bei einer Beratung. Ist gar nicht so schlimm.«

»Das ist eine Therapiegruppe außerhalb der Stadt«, erklärte ich. »Wird von einem Automechaniker geleitet.«

»Von Ricus? Dem satanischen Mechaniker?«

»Ja, kennst du den?«

»Ja, er ist der Hammer! Er hat meinem Cousin Boetie echt geholfen. Weißt du noch, was das für ein Daggakop war? Ständig am Kiffen?«

»Ja.«

»Boetie hatte eine Schlange gefunden, die überfahren worden war, aber noch lebte. Er hat sie in einen Sack gesteckt und zu diesem Ricus in die Werkstatt gebracht. Ricus liebt Schlangen, er sammelt sie.«

»Sagen die Leute deshalb, er wäre Satanist?«

»Ach, du weißt ja, wie die Leute reden. Hab gehört, er hätte früher bei illegalen Autorennen mitgemacht. Sein Auto war mit Flammen bemalt und trug die Aufschrift ›Teufelskerl‹. Jedenfalls ist Boetie mit der verletzten Schlange ein paarmal bei Ricus gewesen.

Einmal habe ich ihn mit dem Roller hingebracht. Ich kann dir nur sagen, aus Boetie ist ein anderer Mensch geworden. Er hat Selbstachtung, hängt nicht mehr mit solchen Pennern rum, raucht kein Dope mehr und wurde sogar bei der Arbeit befördert.«

»Und die Schlange?«

»Die hat sich erholt, irgendwann haben sie sie ausgesetzt. Ricus hat übrigens auch meine Bremsen repariert. Du brauchst keine Angst vor ihm zu haben, Tannie M. Er ist ein netter Typ. Macht alles wieder heil.«

»Danke, Jess.«

Nach dem Gespräch ging es mir ein wenig besser. Ich stellte den Käsekuchen in den Kühlschrank und machte mich fertig, bügelte mein blaues Kleid und zog frische Socken in den Veldskoene an.

Als ich gerade überlegte, ob ich Henk anrufen sollte, klingelte das Telefon, und er war dran. So was passiert so oft. Ich denke an etwas, und sofort ist es da. Deshalb frage ich mich manchmal, ob mein Leben in Wahrheit vielleicht ein dicht gewobenes Netz ist, nicht das wirre Knäuel, als das es mir erscheint. Wenn ich alle Fäden verfolgen könnte, würde ich ein schönes Muster erkennen.

»Wie geht's dir?«, fragte er.

»Gut«, antwortete ich. »Bin ein bisschen müde.« Manchmal merkte ich erst, wie ich mich fühlte, wenn ich mit Henk darüber sprach.

»Ich muss länger arbeiten«, sagte er. »Aber ich könnte später noch vorbeikommen.«

»Ich bin gleich weg«, erklärte ich. »Zu einer Therapiegruppe.«

»Gut. Wo denn?«

»Ist ein bisschen außerhalb. In einem … Zentrum. Komme vielleicht erst spät zurück.«

»Therapie an einem Samstagabend?«

»Es gibt anschließend was zu essen, ein geselliges Beisammensein.«

»Maria … Hoffentlich hilft es dir. Ich habe mit einer Kollegin hier gesprochen. Wir haben hier auch Berater für Frauen, die … misshandelt wurden.«

»Gut. Also, ich guck mal, wie es läuft. Du könntest ja nach dem Abendessen kommen«, schlug ich vor. »Zum Nachtisch.«

»Oh, lecker.«

»Ich habe einen Käsekuchen gebacken.«

»Ruf an, wenn du zurück bist.«

»Henk … Hattie weiß, wohin ich fahre. Jessie auch. Falls irgendwas schiefgeht. Mit meinem Auto oder so.«

»Wo ist denn diese Therapie? Und was ist mit deinem Auto?«

»Nichts. Ich sage nur: für den Fall.«

»Na gut. Bis später, Bokkie.«

Ich schnitt den Käsekuchen in Stücke und lud die Hälfte zum Mitnehmen in eine Tupperdose. Die Konsistenz war noch nicht perfekt; er musste etwas mehr auskühlen, deshalb probierte ich ihn nicht. Aber als ich losfuhr, war ich froh, den Käsekuchen als Gesellschaft zu haben.

»Ich weiß nicht, warum ich so unruhig bin«, sagte ich zu ihm. »Ich bin froh, dass du mitkommst.«

Neben mir auf dem Veld bewegte sich etwas. Der Kudu sprang entlang der Straße durch das Buschwerk. Weil ich Angst hatte, er könne mir vors Auto laufen, ging ich vom Gas. Auch der Bock wurde langsamer, blieb aber auf Höhe meines Bakkie.

Ich hielt an und ließ die Scheibe hinunter. Der Kudu kam näher, ich sah in seine dunklen Augen.

»Bitte«, sagte ich. »Halt dich von der Straße fern. Ich möchte keinen Unfall haben.«

Er wackelte mit den Ohren, als hätte er verstanden. Als ich losfuhr, lief er tiefer ins Buschland hinein, hielt aber immer denselben Abstand zum Auto. Er folgte mir, wie es nachts der Mond tut, wenn man unterwegs ist.

Ich gewöhne mich an den Kudu und dachte an die Therapiegruppe. Wer wohl noch da sein würde? Der Mann mit den bösen Augen aus dem Straußen-Kochclub womöglich? Was würde man von uns erwarten? Würde ich länger Diät halten oder andere Tabletten nehmen müssen? Ich wollte keine neuen Pillen.

Die Route 62 führte mich parallel zum langen Gebirgszug der Swartberge im Norden und vorbei an einem Schild, das die Richtung nach Laingsburg und in die Moordenaars Karoo wies. Die Mörder-Karoo ist ein Teil der Großen Karoo. Ein kleines Stück weiter hockte ein schwarzer Rabe auf dem Gestell eines Traktors. Auf dem Nummernschild stand: »Ricus 5474N«.

Ich bog in den unbefestigten Weg ein, der Kudu ebenfalls. Der kräftige Bock war mir ein Trost, auch wenn ich wusste, dass er nicht wirklich da war. Der Käsekuchen auf dem Beifahrersitz hingegen war real.

Vor der Einfahrt zu Ricus' Farm trat ich auf die Bremse. Der Torbogen bestand aus Holz und gewaltigen Walrippen, die mit Zebraschädeln und Gnuhörnern geschmückt waren. Mein Herz schlug mir bis zum Hals.

»Ich habe Angst«, gestand ich dem Käsekuchen. Der Kudu kam näher und blieb mit gespitzten Ohren am Fenster stehen. Seine gewundenen Hörner wiesen auf mich. »Ek is poepbang«, wiederholte ich auf Afrikaans.

Er zuckte mit den Ohren und ging mit seinen langen Beinen und dem elegant schwingenden Kopf vor, sprang über ein Viehgitter und trottete weiter.

Der Käsekuchen musste jetzt so gut wie perfekt sein. Ich probierte ein Stück. Es war die pure Wonne, er zerging mir auf der Zunge. Der zitronig-süße Frischkäsegeschmack war wie Balsam. Mein Herzschlag beruhigte sich.

»Weißt du, was?«, sagte ich zum Käsekuchen. »Ich habe eigentlich gar keine Angst vor dem Satanisten. Auch nicht vor Raben, Tabletten und Diäten. Ich habe Angst vor mir. Vor den Sachen, an die ich mich erinnere und die ich getan habe. Aber ich kann nicht ewig vor mir davonlaufen.«

Ich fuhr unter dem Bogen hindurch und über das Viehgitter.

24

Wenige Meter hinter dem Tor standen mehrere Fahrzeuge in einem Kreis. Es sah aus wie ein Lager aus Planwagen. Zwischen den Autos warfen drei Karoo-Akazien ihre zerklüfteten Schatten.

Weiter hinten, zu den Swartberge hin, stand unter großen Kareebäumen ein altes Bauernhaus mit einer hübschen Veranda. Auf seiner Ostseite befand sich ein Schuppen aus Holz und Wellblech. Hinter dem weit geöffneten Tor sah ich eine Reihe von Autos. Westlich vom Haus stand ein flacher Viehkraal aus Wellblech, dornigen Zweigen und verrosteten Wagentüren. Ich fuhr zu dem Kreis aus Lieferwagen und parkte meinen blauen Bakkie neben einem gelben Kombi. Auf einer kleinen, steinigen Anhöhe in der Nähe knabberten Schafe an den Büschen.

Als ich mit meiner Tupperdose aus dem Auto stieg, erblickte ich zwei Paar Veldskoene (ein braunes und ein graues), die unter einem weißen Renault hervorlugten. Das braune Paar gehörte zu kräftigen Beinen in einem blauen Overall. Sie schoben sich unter dem Auto hervor, zusammen mit dem Rest des Mannes – oder war es ein Bär?

Gesicht und Hände waren von einem goldbraunen Pelz überzogen, der Körper war rund und kräftig. Der Mann richtete sich auf und schaute auf mich hinab, obwohl er kleiner als Henk war. Als er lächelte, funkelten unter den buschigen Augenbrauen blaue Augen hervor. Er hatte rosige Pausbacken und einen Vollbart.

»Maria?« Ich erkannte die Moerkoffie-Stimme. Der Mann hielt mir seine Pranke hin. Ein Kupferreif in Form einer Schlange wand sich von seinem Handgelenk den Unterarm hinauf. »Willkommen!«

Seine Finger glänzten schwarz vor Öl, deshalb zögerte ich, ihm die Hand zu geben. Als er es merkte, entschuldigte er sich lachend und zog einen Lappen aus der Gesäßtasche. »Muss ich kurz abwischen.«

»Ich bin zu früh dran.«

»Setz dich!«, sagte er. »Setz dich. Ich stelle dich vor.« Er wies auf die grauen Veldskoene unter dem weißen Lieferwagen. »Das ist Johannes.«

Zu den Schuhen gehörte ein kleiner Kerl, der sich beim Hochkommen den Kopf an der Karosserie stieß. Er trug ebenfalls einen Blaumann. Johannes nickte mir höflich zu und machte weiter.

»Mein Lehrling. Am Wochenende arbeitet er hier seinen Wagen ab.« Mit dem Kinn wies Ricus auf einen roten Kastenwagen.

Ricus führte mich ins Innere der Wagenburg, zu einem Kreis aus weißen Plastikstühlen. In der Mitte hockte eine alte Frau vor aufgeschichteten Steinen. Sie machte Feuer.

»Das ist Ousies, Johannes' Tante. Sie ist für eine Weile zu Besuch und hilft bei unseren Sitzungen.«

Die alte Frau lächelte kurz mit warmem Blick und konzentrierte sich dann wieder darauf, das Feuer in Gang zu bringen. Es roch nach süßen Steppenkräutern. Ousies hatte die goldene Haut und hohen Wangenknochen einer San. Sie war zart gebaut, aber zugleich kräftig und runzlig, wie ein wilder Pflaumenbaum.

»Und das ist Tata Radebe«, stellte mir Ricus die nächste Person vor: Vater Radebe. »Tata, das ist Tannie Maria.« So wie wir auf Afrikaans »Tannie« und »Oom« sagen, verwendet das Volk der Xhosa, zu dem Tata Radebe gehörte, die Anreden »Tata« und »Mama«, »Bhuti« und »Sisi«, also Bruder und Schwester. Man erweist anderen Respekt, indem man sie zu Familienmitgliedern erhebt.

Tata Radebe stand auf. Der Schwarze war ordentlich rasiert und hatte ergraute Schläfen. Sein dunkler Anzug war ein wenig ausgeblichen, doch seine schwarzen Schuhe glänzten wie Toktokkie-Käfer.

»Molo, Mama«, sagte er und begrüßte mich mit dem afrikanischen Gruß, bei dem man abwechselnd Hand und Daumen des Gegenübers umfasst. Sein Griff war fest; er war alt, aber stark.

»Die anderen sind auch gleich da«, verkündete Ricus. »Bin sofort wieder zurück. Setzt euch!«

Ich nahm Platz, ließ einen Stuhl zwischen mir und Tata Radebe rechts von mir frei. Ich lächelte ihn und die Lieferwagen an. Es waren viele Marken, Farben und Formen vertreten. Zwischen den einzelnen Pkws lagen Ersatzteile herum: alte Türen, Schläuche und Ähnliches. Neben einem verrosteten grauen Bedford stand eine Werkzeugkiste, auf deren Deckel ein Schraubenschlüssel und ein Hammer lagen.

Im Westen erstreckten sich sanfte Hügel; rechts von mir waren die Swartberge, der Rooiberg erhob sich zu meiner Linken. Tata Radebe schaute aufs Feuer, das nun heftig prasselte. An seinem Stuhl lehnte ein Gehstock aus Holz mit einem abgegriffenen runden Knauf – ein Knobkierrie. Ousies ging mit einem schwarzen Emaillekessel zu einem Wasserhahn außerhalb der Wagenburg. Ricus wusch sich dort die Hände. Er trat zurück, damit die alte Frau den Kessel füllen konnte, dann zog er den Reißverschluss seines Blaumanns auf und kletterte hinaus.

Darunter trug er Kaki-Shorts und ein kurzärmeliges braunes Hemd. Seine Arme und Beine waren fast so stark behaart wie sein Gesicht, nur nicht ganz so dunkelbraun. Ricus setzte sich auf einen Stuhl gegenüber von Tata und mir und klopfte auf seine Knie. Um den Knöchel trug er ebenfalls einen Kupferring in Form einer Schlange, die sich in den Schwanz beißt.

»Möchtest du vielleicht noch irgendwas fragen, bevor die anderen kommen?« Er hob eine buschige Augenbraue. »Heute ist noch jemand Neues dabei, ich erkläre also eh alles.«

»Oh, dann warte ich«, sagte ich. »Ich hab nur überlegt … wegen der Bezahlung.«

»Ich mache das hier nicht als Broterwerb«, sagte Ricus, »sondern, weil es mir selbst hilft. Wenn du findest, dass diese Sitzungen gut für dich sind, und du der Schlangenschutzorganisation von Südafrika etwas spenden möchtest – die kann es immer gut gebrauchen.«

»Ich habe schon gehört, dass du eine Schwäche für Schlangen hast.« Ich räusperte mich, klopfte auf die Tupperdose auf meinem Schoß und verkündete: »Und ich habe Käsekuchen mitgebracht.«

»Wonderlik«, sagte Ricus. Wunderbar. »Wir essen gerne, das gehört bei uns dazu. Erkläre ich später noch.«

Ich war froh, dass er mir den Käsekuchen nicht abnahm; inzwischen war ich zwar entspannter, aber es war trotzdem angenehm, den Kuchen in meiner Nähe zu haben.

Ousies hantierte mit brennenden Zweigen unter dem Emaillekessel herum. Ich vernahm ein leises Schnurren; ein Auto kam näher. Als das Geräusch zu einem lauten Brummen anschwoll, erschien ein glänzend schwarzer Alfa Romeo (noch glänzender als Tata Radebes Schuhe), der direkt neben meinem Auto parkte. Irgendwie sah mein Bakkie dadurch besonders verstaubt aus.

Eine Frau mit blonden Locken, einer engen schwarzen Jeans und hochhackigen Schuhen stieg aus. Vorsichtig stakste sie über den holprigen Boden, wich Schafskötteln aus und blieb außerhalb der Wagenburg stehen. Als ich ihr zu Begrüßung entgegenlächelte, setzte sie ihren Weg zögerlich fort. Ihr knappes schwarzes Oberteil hatte einen tiefen Ausschnitt. Sie trug goldene und türkisfarbene Reifen an den gebräunten Armen und einen Gürtel, der mit leuchtenden Türkisen besetzt war.

Ricus erhob sich. Dann ertönte ein Klappern, das immer lauter wurde. Ich sah einen weißen Geländewagen auf uns zurumpeln. Offenbar war irgendwas daran locker. Als das Auto hielt, stieß es eine schwarze Rauchwolke aus.

»Bin ich hier richtig?«, fragte die Blondine.

»Ja, ja«, bestätigte Ricus und gab ihr lächelnd die Hand.

»Lemoney?«

»Lemoni«, korrigierte sie ihn. »Mit der Betonung auf dem i.«

»Komm her, setz dich!«

Sie sah sich um, registrierte die Stühle, die Kastenwagen und schmutzigen Ersatzteile.

»Fok«, sagte jemand hinter ihr. *Fuck.*

Ich hätte den Mann an seinem Gefluche erkannt, auch ohne ihn zu sehen. Es war Dirk van Schalkwyk. Er trat gegen den Hinterreifen seines Geländewagens und stampfte auf Ricus zu. Dirk war der Mann von Martine, der Frau, die im vergangenen Jahr ermordet worden war. Er hatte sie geschlagen und war auch deswegen unser Hauptverdächtiger gewesen. Aber wir hatten viel zusammen durchgemacht und waren am Ende fast Freunde geworden. Dennoch war ich mir nicht sicher, ob ich ausgerechnet vor einem Mann wie Dirk über Fanie reden konnte.

»Mein verdammter Wagen fällt fast auseinander«, sagte er zu Ricus.

Ich war erleichtert; er war nicht wegen der Gruppe da, sondern wegen seines kaputten Autos.

Ricus klopfte Dirk auf die Schulter, ging zum Geländewagen und klopfte auf die Motorhaube. Er marschierte zum Heck und spähte darunter.

»Der Auspuff ist abgebrochen«, sagte er. »Ich sag Johannes, dass er ihn erst mal provisorisch befestigt. Komm Montag wieder, dann reparieren wir ihn richtig.«

Lemoni setzte sich zwischen Tata und mich und lächelte freundlich. Sie musste um die dreißig sein und hatte grünbraune Augen mit langen Wimpern. Sie rückte ihre Handtasche auf dem Schoß zurecht. Auf dem Etikett stand »Louis Vuitton«. An einem Handgelenk klimperten die Armbänder, am anderen glänzten eine goldene Uhr und blaue Glasperlen an einem Lederarmband, die wie Augen aussahen.

»Ich bin Tannie Maria. Du bist nicht von hier, Lemoni, nicht wahr?«, fragte ich, mit der Betonung auf dem i.

Lemoni sah zu Ousies hinüber, die mit einem Besen – einem Hexenbesen aus Binsen – vor einem schwarzen Land Rover stand. »Defender« war auf der überdimensionierten Stoßstange zu lesen; Ousies sah aus, als wäre sie eine Art Wachmann.

»Wie bitte?«, fragte Lemoni.

»Woher kommst du?«

»Aus Jo'burg«, erwiderte sie. »Aber ich bin länger hier, zu Besuch bei meiner Schwester. Zur Erholung.«

»Sind die Perlen an deinem Armband gegen den bösen Blick?«, wollte ich wissen.

Sie nickte. »Sie schützen vor dem Bösen.« Lemoni beugte sich zu mir herüber. »Süße, meinst du, die Schlangenarmbänder sind so ein Satanisten-Ding?«

Ich zuckte mit den Schultern. »Bin auch zum ersten Mal hier.«

Dirk setzte sich auf die andere Seite des kleinen Kreises. Er machte also doch mit.

»Tata«, grüßte er den alten Mann, dann entdeckte er mich. »Tannie Maria!«

Doch dann blieb Dirks Blick an der hübschen Blondine hängen. Seine Kinnlade klappte hinunter, es verschlug ihm die Sprache. Lemoni rieb mit dem Daumen über den Riemen ihrer Handtasche und schaute ins Feuer.

Ein alter Peugeot-Kombi kam angefahren und parkte neben Dirks Geländewagen. Ricus begrüßte die Fahrerin. Sie trug ein langes blaues Kleid und ein Kopftuch mit rosa Blumen, das ihr rundes, schokoladenbraunes Gesicht größtenteils verhüllte. Ihre Haut wirkte weich, obwohl ich vermutete, dass sie mittleren Alters war. Die Frau übergab Ricus zwei Aluminiumtöpfe und nahm selbst eine silberne Dose mit, die sie Ousies am Feuer reichte. Dann setzte sie sich auf den Stuhl zu meiner Linken. Sie lächelte mich unter ihrem Kopftuch an und blickte dann schnell zu Boden.

Ich wollte mich vorstellen, doch Ricus ging in die Mitte und räusperte sich. In den Haaren auf seinem Gesicht und seinen Armen fing sich die Nachmittagssonne. Er sah aus wie ein freundlich gesinntes wildes Tier.

»Willkommen«, sagte er mit seiner vollen, warmen Stimme. Dann lachte er aus tiefem Bauch heraus. Er streckte uns die Arme entgegen, so als wollte er uns alle an seine breite Brust drücken.

25

Ricus nahm Platz und stellte Ousies und sich vor. Die alte Frau goss Wasser aus dem schwarzen Kessel in eine kleinere rote Teekanne, in die sie vorher Gewürze aus der silbernen Dose gegeben hatte: Zimtstangen, Kardamomkapseln und andere. Ricus erzählte, er und Ousies hätten sich vor Jahren in Hotazel in der Provinz Nordkap kennengelernt.

»Ist es in Hotazel wirklich heiß wie in der Hölle?«, fragte Dirk.

»Im Sommer schon.« Ricus legte die Hände auf seine behaarten Knie. »Wir sind hier in einem privaten Kreis, in dem niemand Bedenken haben muss, frei zu sprechen. Alles, was wir sagen, bleibt unter uns. Nennt uns bitte euren Namen, es muss nicht euer voller Name sein, nicht mal der echte. Sagt uns einfach, wie wir euch ansprechen sollen, wenn wir zusammen sind.«

Jeder sagte, wie er hieß und woher er kam. Die Frau mit dem Kopftuch sprach leise. Sie heiße Fatima und stamme aus Somalia, aber lebe schon seit einigen Jahren in Südafrika. Tata Radebe kam vom Ostkap, Lemoni hatte griechische Wurzeln und wohnte normalerweise in Johannesburg. Dirk war Dirk, und ich war Maria. Wir hatten beide schon immer in der Klein-Karoo gelebt.

»Es gibt ein Symptom, das bei PTBS oft vorkommt«, begann Ricus mit seiner tief dröhnenden Stimme, »und zwar, dass wir die Verbindung zu uns selbst verlieren. Das Trauma sitzt in unserem Körper, und wir versuchen, ihm zu entgehen, indem wir uns von unserem Körper lösen.« Er senkte die Stimme, damit wir aufmerksamer lauschten. »Das bedeutet, dass wir uns von uns selbst lösen, von unseren Sinnen, unserer Umgebung. Ein wichtiger Teil der Heilung besteht darin, unsere Sinne wieder wahrzunehmen. Deshalb halte ich diese Sitzung gerne draußen ab.« Er streckte die

Arme aus, spreizte die Finger. »Wo man die Sonne und den Wind auf der Haut fühlt und den Rauch vom Feuer riecht.« Für einen Moment schloss er die Augen und sog die Luft ein. »Deshalb gehört es bei uns auch dazu, gemeinsam zu essen und zu trinken.«

Während Ricus sprach, goss Ousies Tee aus der roten Kanne in weiße Emaillebecher, die Fatima herumreichte.

Das heiße Getränk roch kräftig und würzig. Fatima musste die Frage in meinem Blick bemerkt haben, denn als sie mir den Becher gab, sagte sie: »Das ist Shaah, der Tee, den man in Somalia trinkt.«

Ihre Stimme war fast ein Flüstern. Der Tee war süß und milchig, ich schmeckte Muskatnuss und Nelken heraus.

Mit einem Streichholz entzündete Fatima eine Art Plastikstab in einer kleinen Silberschale. Er begann zu qualmen und verbreitete einen angenehmen Duft.

»So. Kommt einfach erst einmal hier an«, begann Ricus. »Genießt den Geschmack des Shaah und den Duft des Weihrauchs.«

Das Aroma des Tees zusammen mit dem süßen Qualm war ungemein tröstlich. Ich schloss die Augen. Nase und Mund transportierten den Trost in meine Lunge und meinen Magen.

»Genießt das Gefühl der Luft, der Sonne und der Kleidung auf eurer Haut«, sagte Ricus.

Die Luft war ruhig, aber frisch. Die tief stehende Nachmittagssonne war noch warm, wie Ricus' Stimme.

»Nehmt wahr, was um euch herum ist.«

Ich öffnete die Augen. Lemonis linke Hand streichelte ihre Tasche. Sie trug türkisfarbenen Nagellack. An ihrem gebräunten Ringfinger zeichnete sich ein weißer Kreis ab. Warum sie wohl ihren Ring abgenommen hatte? Ich betrachtete die Schuhe der Teilnehmer. Die von Fatima waren schick und sauber, die von Tata und Lemoni ebenfalls. Die Veldskoene hingegen, die Dirk, Ricus und ich trugen, waren staubig, wie der Boden. Rote, weiße und braune Steinchen saßen in der trockenen Erde, dazwischen prangten platt getretene Flecken grünen und goldgelben Grases.

Das Sonnenlicht schien auf die Lieferwagen um uns herum. Der Schatten einer Akazie fiel auf unseren Kreis und malte ein löchriges Muster auf den Renault. Die langen silbrigen Dornen des größten Baums sahen aus wie Hörner, ich wusste nur nicht, von was für einem Tier.

Dann tauchten die gewundenen dunklen Hörner des Kudus auf. Der Bock trat hinter der Akazie hervor und kam zwischen den Wagen hindurch auf uns zu. Er stellte sich ans Feuer, in den Qualm des Weihrauchs, zu Ousies, die in die Flammen starrte. Als das Tier ihr den Kopf zuwandte, schaute sie zu ihm hoch, tief in seine Augen.

Überrascht hielt ich die Luft an. Ousies sah kurz zu mir herüber. Ich trank einen Schluck Tee und schloss die Lider. Dann öffnete ich sie wieder; der Kudu war immer noch da. Vielleicht sahen alle Menschen mit PTBS dieselben sonderbaren Dinge … Doch außer mir beachtete niemand in der Gruppe das Tier.

Zu Ricus' Füßen bewegte sich etwas. Der kupferbraune Fußring erwachte zum Leben. Eine dünne Schlange wand sich um seinen Veldskoen. Seufzend trank ich noch einen Schluck. Meine Halluzinationen wurden immer schlimmer. Der Kudu war mir egal, aber dass ich jetzt auch noch Schlangen sah …

»Heilige Mutter Maria!«, rief Lemoni und zeigte auf Ricus' Füße. »Eine Schlange!«

Sie sprang auf, verschüttete ihren Tee und versuchte, auf ihren nicht gerade stabilen Stuhl zu steigen. Dirk eilte ihr zu Hilfe, Tata Radebe ging auf Ricus und die Schlange zu, bereit, seinen hölzernen Knobkierrie zu schwingen.

Ricus hob die Hand, um Tata Einhalt zu gebieten. Er beugte sich vor und hob die Schlange auf.

»Ach, Esmeralda, my Liefie, du erschreckst die Leute hier.« Als mir klar wurde, dass die Schlange echt war, hatte ich keine Angst mehr, Lemoni aber umso mehr.

Ricus strich Esmeralda liebevoll über den Kopf. Die Schlange wickelte sich um seinen haarigen Arm und verwob sich mit seinem Metallarmreif. Ihre Haut war goldbraun und olivgrün gemustert. Die winzige Zunge schoss immer wieder aus ihrem Maul, als prüfte sie die Luft und erführe dadurch alles über uns.

»Das ist nur ein Skaapsteker«, sagte Dirk zu Lemoni.

»Stimmt, ein Schafstecher, aber der Name passt nicht«, erklärte Ricus. »Diese Schlangen können nicht mal einem Kaninchen gefährlich werden, geschweige denn einem Schaf. Höchstens Mäusen und Fröschen.«

»Johannes!«, rief er. Dann sagte er zur Schlange: »Keine Sorge, Hartjie, die tun dir nichts.«

Der Lehrling kam unter dem gelben Kombi hervor.

»Esmeralda ist wieder getürmt«, erklärte Ricus. »Ich glaube, sie ist einsam. Leg sie doch bitte zu Dickie.«

Die Schlange wickelte sich um Johannes' Handgelenk und kroch am Ärmel seines blauen Overalls hinauf. Der Lehrling verließ die Wagenburg und ging zum Haus.

»Tut mir leid.« Ricus lächelte. »Die sind eigentlich ganz harmlos.«

Lemoni war blass und atmete hektisch. Dirk klopfte ihr beruhigend auf die Schulter und setzte sich wieder. Ousies schenkte für Lemoni eine neue Tasse Tee ein. Von dem Kudu war nichts mehr zu sehen.

»Signomi«, entschuldigte sich Lemoni auf Griechisch. »Ich bin ein wenig schreckhaft.« Ihre Hände zitterten, doch der Tee blieb in der Tasse. »Du hast gerade ›die sind‹ gesagt. Heißt das, es gibt noch mehr davon? Hast du eine richtige Schlangengrube?«

»Nein, nein, keine Grube.« Ricus lachte tief aus dem Bauch heraus. »Aber ich habe mehrere Mitbewohner. Normalerweise bleiben sie im Haus.«

»Ist das so ein Satanisten-Ding?«

Lächelnd schüttelte Ricus den Kopf. »Ich mag Schlangen einfach.«

Er trank seinen Tee aus und stellte die Tasse auf den Boden. Dann rieb er sich die Hände und sah sich im Kreis um. Mit ihrem weichen Binsenbesen fegte Ousies langsam den Sand hinter unseren Stühlen.

»Bhuti«, sagte Tata zu Ricus. »Bist du ein Mann Gottes? Ein Christ?«

»Meine … Der Mann und die Frau, die mich großgezogen haben, waren Christen«, erwiderte Ricus. »Sie sind mit mir zur Kirche gegangen. Aber … sie haben mich nicht gut behandelt.« Seine Finger tasteten über die Innenseite seines Handgelenks, der Daumen strich sanft über eine kahle Stelle. Ich konnte kleine runde Narben erkennen. »Mittlerweile gehe ich nicht mehr zur Kirche.« Ricus schaute hoch; ein schwarzer Vogel flog wie ein böses Omen über uns in Richtung Swartberge. Ein Rabe.

Lemoni bekreuzigte sich. »Xriste mou.« Mein Jesus.

»Allahu akbar«, sagte Fatima leise.

Tata polierte den Knauf seines Gehstocks mit der Hand.

»Dafür nährt die Natur meine Seele.« Ricus griff mit ausgestreckten Armen in die Luft. »Sie hilft mir und heilt mich. Jeder findet seinen eigenen Weg …«

Der alte Mann nickte. Lemoni strich über ein Kreuz, das sie aus ihrem Dekolleté gefischt hatte. Dirk konnte den Blick nicht von dem Kruzifix lösen.

»Rituale besitzen eine unheimliche Macht«, erklärte Ricus. »Das Feuer, der Kreis.« Seine Hand holte weit aus, die Bewegung schloss uns alle ein. »Wenn wir bewusst handeln, können wir uns und die Welt ändern.« Er klatschte in die Hände. »Genug der Theorie. Atmen wir drei Mal kurz durch.« Er legte die Hände auf seinen Brustkorb. »Beobachtet, wie der Atem in eure Lunge hinein- und wieder aus ihr herausströmt.«

Während ich atmete, kam mein Kopf zur Ruhe. Ousies stand still hinter ihrem Besen.

»So«, sagte Ricus nach einer Weile. »Was wünscht ihr euch? Ihr müsst es nicht laut sagen. Überlegt nur für euch. Warum seid ihr hier?«

Ich schloss die Augen. Ich war hier, um meine Beziehung mit Henk in Ordnung zu bringen. Um mit ihm … intim werden zu können. Aber noch wichtiger war mir, die schlechte Zeit mit Fanie hinter mir zu lassen. Abzuspülen, was er getan hatte, und auch, was ich getan hatte.

»Bleibt einfach hier sitzen und macht euch bewusst, was ihr euch wünscht«, sagte Ricus.

Ich wollte mich von der Scham und Schuld befreien, die ich seit Jahren mit mir herumtrug. Eigentlich glaubte ich nicht recht daran, dass es möglich war, aber ich sehnte mich so sehr nach Freiheit.

Als ich die Augen öffnete, schwebte ein Raubvogel am Himmel. Seine Schwingen waren grau und weiß. Er landete auf der höchsten Akazie und blickte auf unsere Lieferwagenburg hinab.

»Valk.« Dirk wies nach oben.

»Ja, ein Großer Singhabicht«, sagte Ricus.

26

»Mein Ziel«, sagte Ricus lächelnd, »ist unser aller Heilung. Das Beste aus uns herauszuholen.« Er schnippte mit den Fingern. »Aber zurück zu unseren Sinnen. Die meisten von uns haben Flashbacks. Das ist ein sehr typisches Symptom bei PTBS. Wie in einem Albtraum, nur dass wir wach sind und alles scheinbar noch einmal geschieht.«

»Ewe, Bhuti«, stimmte Tata Radebe zu. Dirk nickte.

»Diese Erinnerungen sind deshalb so eindrücklich«, erklärte Ricus und tippte sich an die Schläfe, »weil sie nicht rein visuell sind. Sie wirken durch verschiedene Sinneseindrücke lebendig und echt: durch Gefühle, Gerüche, Geräusche.« Er berührte seine Nase, seine Ohren. »Wenn wir diese Eindrücke bewusst wahrnehmen, können wir sie erkennen und einordnen. Erst dann können wir sie auch gehen lassen. Man kann nur schwer etwas loslassen, wenn man nicht weiß, dass man es festhält.«

Er schaute zu dem Singhabicht hinüber. Der Vogel saß reglos da, der Wind spielte in seinen weißen Brustfedern.

»Es gibt etwas, das ich bis heute spüre«, sagte Ricus, »nämlich ein Brennen auf der Innenseite meiner Handgelenke.« Wieder strich sein Finger über die weißen Narben. »Wo mein sogenannter Vater seine Zigaretten ausgedrückt hat. Ich sage ›sogenannt‹, weil ich glaube, dass ich als Säugling aus einem Supermarkt entführt wurde, aber das ist eine andere Geschichte …«

Er wischte sich mit der Hand übers Knie, als wollte er Sand wegbürsten.

»Wenn meine Handgelenke anfangen zu brennen«, fuhr er fort, »kann ich sie unter kaltes Wasser halten oder mit Eis kühlen, der Schmerz bleibt. Mein Vater hat immer brennende Zigaretten darauf ausgedrückt und verlangt, ich sollte meiner Mutter – der Frau, die er meine Mutter nannte – sagen, dass ich sie liebe.«

»Eina«, machte Dirk. Autsch.

»Aber ich habe das nicht gesagt. Nie«, schloss Ricus. Er machte eine resolute Bewegung mit beiden Händen, als würde er die Luft zerteilen. »Ich habe das nie zu jemandem gesagt. Nicht mal zu dem Mann mit dem Kastenwagen, der mich damals gerettet hat und den ich danach verehrt habe wie einen Vater. Auch nicht zu der Frau, mit der ich später zusammen war ...«

»Es ist schon etwas Besonderes, jemandem zu sagen, dass man ihn liebt.« Ich dachte an Henks Worte.

»Ja«, bestätigte Ricus. »Das stimmt.«

Er schaute ins Feuer.

»Wer war der Mann, der dich gerettet hat?«

Ricus lächelte. »Er hieß Ted. Hat irgendwas bei uns ausgeliefert. Ich habe die Gelegenheit genutzt, mich hinten in seinem Lieferwagen versteckt und bin abgehauen. Der Kastenwagen seines Transportunternehmens war der erste Ort, an dem ich mich sicher fühlte.« Er machte eine Geste in Richtung des weißen Renaults. »Als Ted mich irgendwann entdeckte, waren wir längst über alle Berge. Er hat meine Brandwunden gesehen und mir ein Zuhause gegeben. Mit ihm bin ich durch das ganze Land gereist. Ich hab immer mitgeholfen, seine Autos zu reparieren, und dadurch Spaß am Herumschrauben gefunden. Als Ted Jahre später starb, hat er mir seine Firma vermacht. Ich hab sie verkauft, aber ein paar von den Autos behalten.« Ricus schaute sich im Kreis seiner geliebten Wagen um.

»Und wer war die Frau, mit der du zusammen warst?«, wollte Dirk wissen.

»Genug jetzt von mir«, sagte Ricus. »Es ging mir um die Verbrennungen an meinem Handgelenk. Dass die Erinnerung an ein

Trauma oft von Sinneseindrücken begleitet wird. Vielleicht gehören zu euren Flashbacks auch starke Empfindungen?«

Der Habicht in der Akazie betrachtete uns, während wir eine Weile schweigend dasaßen. Johannes klapperte leise unter dem Renault herum.

»Bei mir ist es der Geruch«, sagte Fatima mit ihrer sanften Stimme. »Nachdem es vorbei war, bin ich mit meinem Onkel ins Dorf zurückgegangen. Alles war schwarz. Verbrannt. Als wir zu den Hütten kamen … Es war so heiß. Die … Leichen hatten zu lange in der Sonne gelegen … Der Gestank klebte anschließend an meiner Haut.« Sie zog am Stoff ihres Kleides. »Er ist ganz tief hier reingezogen.« Mit zwei Fingern wies sie auf ihre Nasenlöcher und japste, als bekäme sie keine Luft. Sie stützte die Ellenbogen auf ihre Knie und schlug die Hände vors Gesicht.

Ich legte ihr eine Hand auf den Rücken. Ihre Schultern bebten beim Weinen. Ousies brachte ihr eine Papierserviette, Fatima wischte sich die Augen und schniefte.

»Wir sind nach Südafrika gegangen«, fuhr sie fort. »Und ich dachte, ich würde diesem Geruch niemals wieder begegnen. Aber dann gab es Angriffe auf somalische Geschäfte. Und ein Mann … er wurde verbrannt … Ich war dabei.«

Wieder verbarg sie das Gesicht in den Händen.

»Der Weihrauch«, sagte sie nach einer Weile, atmete tief ein und schaute in die Flammen. »Der vertreibt den Gestank. Von innen.«

Ousies lehnte den Hexenbesen gegen den schwarzen Defender und ging zum Feuer. Sie warf getrocknete Kräuter hinein und entzündete erneut Weihrauch. Die schmale Rauchsäule zog direkt zu Fatima und wand sich um sie wie ein zweites Kopftuch.

Nach einer Weile sagte Lemoni: »Auch bei mir geht es um Gerüche. Ich kann den Psari plaki riechen. Diesen göttlichen Duft von Fisch aus dem Ofen, mit Tomaten, Knoblauch und Petersilie. Er steht dampfend auf dem Tisch. Doch bevor wir mit dem Essen anfangen konnten, stürzten die Einbrecher mit ihren Waffen durch die Tür. Mein Mann konnte nichts tun. Sie haben alles mitgenommen.« Lemonis Hand tastete nach dem linken Ohr. Sie hatte Ohrlöcher, trug aber keine Ohrringe. »Meinen ganzen Schmuck. Meine Wertsachen … Ich hatte solche Angst.«

Sie holte ein Taschentuch hervor und zerknüllte es, als wäre sie wütend. Mitfühlend wiegte ich den Kopf. Die Arme. Ich wäre auch böse gewesen. Diese Männer hatten nicht nur alles gestohlen, sondern auch eine schöne Mahlzeit zerstört.

Lemoni wischte mit dem Taschentuch ihre Hände ab, polierte ihre türkisen Fingernägel und steckte es in die Tasche zurück. Wieder herrschte Schweigen, abgesehen von den leisen Geräuschen, die Johannes unter dem Auto und Ousies' Besen im Sand machten. Sie fegte wieder.

Ich wartete darauf, dass Ricus etwas sagte, um Lemoni zu trösten, aber offensichtlich wollte er die Stille der Gruppe auf sie wirken lassen. Das Schweigen war nicht unangenehm, sondern voller Zuwendung und Verständnis. Wir alle hatten gelitten. Wir waren hier, um gesund zu werden.

»Der nasse Leinensack über meinem Kopf«, sagte Tata Radebe. »Eish. Als würde ich ertrinken. Nachts ist er oft da, dann bekomme ich keine Luft.«

Er schnalzte mit der Zunge und schüttelte den Kopf, nahm seinen Stock und legte ihn quer über die Oberschenkel. »O Mann! Sie hatten viele Foltermethoden. Schlafentzug. Elektroschocks und andere Sachen … Kann ich vor den Damen nicht sagen. Aber diesen Sack werde ich einfach nicht los. Wenn es so weit ist, muss ich nach draußen oder zu einem Fenster, sonst gehe ich zugrunde. Ich muss an die frische Luft. Wenn ich sie spüre, sauge ich sie ein, ganz tief. Oh. Ich habe Angst, dass ich eines Tages nicht an die Luft komme und sterbe.«

Er schwitzte. Ousies reichte ihm eins ihrer Tücher, er tupfte sich die Stirn ab.

»Ich würde euch gerne eine Übung zeigen, die den Kopf beruhigt und den Atem frei fließen lässt.« Ricus platzierte seine behaarten Hände auf seinem Bauch. »Legt eure Hände auf die unteren Rippen. Atmet durch die Nase ein.« Tata Radebe stellte seinen Stock neben sich ab und machte es Ricus nach. »Spürt mit den Fingern, wie sich die Rippen heben, wenn die Luft eure Lunge füllt. Zählt beim Einatmen mit. Merkt euch die Zahl, zu der ihr kommt. Beim Ausatmen zählt ihr wieder und merkt euch ebenfalls die Zahl. Kommt, wir machen es gemeinsam.«

Wir legten die Hände auf unseren Bauch. Nur Ousies nicht, sie stocherte in der Kuhle unter Fatimas Aluminiumtöpfen herum.

Ich zählte beim Einatmen bis vier, beim Ausatmen bis fünf, dann bis fünf und sechs.

»Das Ein- und Ausatmen muss nicht gleich lang sein«, sagte Ricus. »Schaut nur mal, ob ihr denselben Rhythmus halten könnt.«

Entspannt blieb ich bei fünf und sechs und hielt den Takt. Nach einigen Atemzügen wurde ich ziemlich ruhig. Mein Kopf wurde leicht, meine Muskeln weich.

»Übe das jeden Tag ein paar Minuten«, sagte Ricus zu Tata. »Wenn du irgendwann mal nicht an die frische Luft gehen kannst, ist diese Atemtechnik dein Fenster.«

Tata Radebe schloss die Augen, die Stirn konzentriert gerunzelt. Nach einer Weile entspannte sich sein Gesicht, ein leichtes Lächeln lag auf seinen Lippen.

Er öffnete die Augen. »Ewe, Bhuti. Ja, Bruder, ich sehe es, das Fenster. Camagu. Danke.«

27

Die Sonne stand inzwischen tief am Horizont und brachte die weichen Kurven der Hügel zur Geltung. Die Wolkenberge am Himmel versprachen einen farbenfrohen Sonnenuntergang. Der Kudu tauchte wieder neben Ousies auf und schaute mit ihr gemeinsam ins Feuer.

Ich öffnete den Mund, um von dem Kudu-Bock zu erzählen, den ich andauernd sah, doch stattdessen sagte ich: »Ich habe ständig seinen Geschmack im Mund. Sein Gesicht ist ganz nah, er hat so einen grässlichen, sauren Atem, wie faule Kartoffeln. Dann sein Gewicht auf mir …« Mir wurde übel, wenn ich nur davon sprach. »Er ist auf mir … in mir, und ich will, dass er raus ist. Ich will mich übergeben. Seinen Geschmack rauswürgen. Und den Geschmack meiner eigenen Scham.«

Ich wollte nicht in die Gesichter der Menschen um mich herum blicken, hatte Angst, Abscheu darin zu sehen. Oder Mitleid. Ich schaute auf meinen Schoß, umklammerte die Tupperdose. Jetzt brauchte ich Käsekuchen, sehnte mich nach dem süßen, zitronigen Aroma und der weichen Masse in meinem Mund.

»Wir wär's mit einem Stück Kuchen?« Ich sah Ricus an.

In seinem Gesicht stand weder Abscheu noch Mitleid, sondern ein freundliches Verstehen, das mich fast zum Weinen brachte. Ricus wies auf Ousies, die mir die Tupperdose abnahm und öffnete. Die Antilope war verschwunden. Diesmal hielt uns Ousies die Servietten zum Kuchen hin. Ich aß mit geschlossenen Augen. Die Konsistenz war perfekt. Mein Mund musste überhaupt nichts tun. Der Käsekuchen aß sich von ganz allein. Er rutschte mir durch die Kehle und füllte meinen Magen mit einem süßen, gelben Glücksgefühl.

»Jinne, ist der klasse«, sagte Dirk.

Die anderen brummten zustimmend, ich sah mich um. Alle Gesichter leuchteten mich an. Ich fühlte mich wie eine Blume in der Sonne.

»Hast du den Eindruck, dass dein leckeres Essen dir hilft, den schlechten Geschmack zu vertreiben?«, fragte Ricus.

»Ja«, sagte ich, »genauso ist es. Ich habe vor Kurzem eine Version von Japie se Gunsteling gemacht, und beim letzten Flashback hat der Pudding wirklich geholfen.«

»Japie se Gunsteling«, wiederholte Dirk, als sei es ein Gebet.

Die Wolken hatten einen weichen Apricot-Ton. Die Menschen hier akzeptierten mich, auch nachdem sie furchtbare Dinge über mich gehört hatten. Nicht das Schlimmste, was ich zu gestehen hatte, aber dennoch Sachen, die ich noch nie jemandem erzählt habe. Der Kreis aus Kastenwagen wirkte wie eine Büffelherde, die mich schützte.

Hinter mir fegte Ousies, immer im Kreis. Wenn sie zum Pfad kam, schwenkte sie den Besen, als würde sie etwas nach draußen kehren. Ich hatte das Gefühl, als würde ein Gewicht von meinen Schultern genommen. Ich hörte Flügel schlagen und sah den Habicht davonfliegen, der sinkenden Sonne entgegen.

»Lasst uns essen«, sagte Ricus.

Ousies und Fatima servierten uns ein köstliches somalisches Gericht aus Lammleber und Reis. Die Leber war in dünne Streifen geschnitten, im Basmatireis waren Erbsen und einige Gewürze, die ich schon im Tee bemerkt hatte: Zimt und Muskatnuss. Außerdem schmeckte ich Safran und Koriander. Lemoni bot an, für unser nächstes Treffen Moussaka zu machen. Ich versprach, einen Pudding mitzubringen.

Als wir mit dem Essen fertig waren, räumten Ricus und Ousies auf. Dirk stieß einen tiefen Seufzer aus, als wollte er etwas sagen.

Doch plötzlich war Geblöke zu hören und das Trappeln von Hufen. Lemoni fuhr zusammen, blieb aber sitzen. Eine Herde von ungefähr zwanzig Schafen drängte in die Wagenburg.

»Hey!« Ricus fuchtelte mit den Händen. »Voetsek!«

Johannes kraxelte unter einem Lieferwagen hervor und versuchte, die Tiere zu vertreiben, doch die meisten ignorierten ihn. Ein Schaf schnüffelte mit seiner weißen Wollschnauze an meinem Schuh; es erinnerte mich an Kosie, auch wenn es ein bisschen größer war und sich seine Hörner schon bogen.

»Wo ist Mielie?«, fragte Ricus und stieß einen langen, hohen Pfiff aus.

Johannes sah sich schulterzuckend um und versuchte weiter, die Schafe zu vertreiben. Doch sie kamen immer wieder in die Wagenburg zurück.

Ricus pfiff erneut. Nach einer Weile tauchte ein Schäferhund auf und blieb mit recht belämmertem Gesichtsausdruck vor ihm stehen.

»Mielie! Hast du wieder Kaninchen gejagt? Bring die Schafe in ihren Kraal. Gou-gou!« Aber dalli.

Innerhalb von zwei Minuten hatte der Hund für Ordnung gesorgt.

Die Wolken leuchteten nun in einem dunklen Rot. Ich hörte, wie sich die Vögel Gute Nacht sagten.

»Das passt«, sagte Dirk. »Wir wurden wie Schafe zur Schlachtbank getrieben. Wirklich wie die Schafe, oder eigentlich schlimmer. Weil wir selbst schlachten mussten. Wir mussten uns gegenseitig umbringen.«

Er schüttelte den Kopf und starrte auf seine Hände. Dann ließ er sie nach unten fallen, als wollte er etwas loswerden. Ousies war hinter ihm, fegte leise mit ihrem Besen.

»Ich war in Angola. In Cuito. Fok. Ich weiß genau, was du mit

Gerüchen und Geräuschen meinst, Fatima. Staub. Blut. Schießpulver. Granaten. Noch dreißig Jahre später kann ich den ganzen Scheiß riechen.« Er legte die Hände auf seinen Bauch. »Aber am schlimmsten ist das Gefühl im Magen, das nie weggeht. Am Anfang waren wir alle total aufgedreht; wir waren ganz wild darauf, unsere Feinde zu töten. Doch nach und nach waren es einfach zu viele Tote. Bei uns und bei den anderen. Viele von meinen Kumpels sind gestorben. Ich hab mir in die Hose geschissen; ich wollte aufhören, aber hab weitergemacht. Dann wurde der Rückzug angeordnet. Wir dachten, damit wäre alles in Ordnung. Aber es war zu spät.«

Er schaute in den Himmel, ich folgte seinem Blick zu den großen Wolkenfetzen, die jetzt tiefrot glühten. Der Rooiberg leuchtete ebenfalls rot, die Swartberge waren violett zerknittert. Dirk schüttelte den Kopf. Seine Hände auf den Schenkeln waren zu Fäusten geballt.

»Du hast eben gesagt, du hättest ein schlimmes Gefühl im Magen?«, sagte Ricus. »Das nicht mehr weggeht?«

Dirk drückte die Fäuste auf seinen Bauch. »Ja, das ist schwer zu beschreiben; als würde da eine verdammt große Wut sitzen. Wie ein wilder Ratel, der es auf mich abgesehen hat. Also kein Radpanzer, mit denen wir im Krieg gefahren sind, die heißen ja auch so. Sondern einer von diesen üblen kleinen Dachsen oder Mardern, oder was das sind. Ein wilder kleiner Ratel, der in mir hockt und am liebsten jeden Moment loslegen und mich erledigen würde. Aber so, als hätte er keine Zähne und Klauen mehr. Keine Ahnung, schwer zu beschreiben.«

»Es klingt, als wärst du sehr wütend und würdest dich gleichzeitig machtlos fühlen«, sagte Ricus.

»Ja, genau so. Die Schweine haben uns damals gezwungen, uns gegenseitig zu töten, und wir haben es zugelassen. Ich konnte nichts dagegen machen. Jetzt ist es vorbei, und ich kann immer noch nichts machen.«

»Du könntest dir vergeben«, warf Ricus ein.

»Nee. Fok, ich bin ein Schwein. Es wäre besser gewesen, wenn ich abgekratzt wäre.«

Ousies fegte mit dem Besen alles fort. Der Himmel um uns herum glühte feuerrot.

»Vergib dir, Dirk.«

»Nee«, sagte er. »Fok, nee.«

28

Wir harrten mit Dirk aus, bis kein Rot mehr in den Wolken war. Der Himmel wurde dunkel, die Planeten begannen zu leuchten.

Dirk, Tata und Fatima stellten sich zu Ousies ans Feuer. Ricus lud Lemoni und mich mit einer Kopfbewegung ein, uns dazuzugesellen. Vielleicht hörte jede Sitzung so auf? Lemoni kam in Begleitung ihrer Handtasche, ich folgte allein. Wir bildeten einen Kreis, nah beieinander, ohne uns zu berühren.

Ousies warf die Servietten ins Feuer, mit denen wir uns Hände, Mund, Schweiß und Tränen abgewischt hatten. Eine große Rauchwolke stieg in den Nachthimmel empor. Ich machte einen Schritt zurück, denn der dichte Qualm reizte die Augen. Ein leiser Gesang erklang – in einer Sprache, die ich nicht kannte. Sie glich dem Wind auf dem Veld und dem Summen der Insekten. Die Servietten brannten lichterloh, die Flammen fraßen den Rauch. Im Feuerschein sah ich, wie Ousies sich sanft wiegte, während sie in einer alten Buschmann-Sprache sang, so alt wie die Gwarries. Die Servietten verbrannten zu krausen Formen und sendeten kleine Flocken in den Himmel, der sich mehr und mehr mit Sternen füllte.

Immer noch singend warf Ousies ein wenig Weihrauch und einen Kräuterzweig auf das verkohlte Holz. Ich atmete den süßlichen Geruch ein.

Johannes stellte die Scheinwerfer seines Mini-Kastenwagens an. Im Lichtstrahl tanzten Staub und kleine Motten. Wir verabschiedeten uns und tasteten uns vorsichtig zu unseren Autos hinüber.

Auf der Heimfahrt fühlte ich mich in meinem kleinen blauen Bakkie so leicht, als würde ich schweben oder einen sanften schwarzen Fluss hinabtreiben, der vor Sternen funkelte.

Am Karoo-Himmel leuchten so viele Sterne, dass die Dunkelheit manchmal kaum sichtbar ist.

Als ich meine Haustür aufschloss, klingelte das Telefon.

»Alles in Ordnung?«, fragte Henk.

»Ja, doch.«

»Ich fahre gerade zu dir.«

»Hast du schon zu Abend gegessen?«

»Ja. Bohnen auf Toast.«

»Hm … Lust auf Käsekuchen?«

»Und wie! Bis gleich.«

Ich rief Hattie an, um ihr zu sagen, dass alles gut gelaufen war. Dann stellte ich den Käsekuchen auf den Verandatisch und probierte ein kleines Stückchen, um nochmals die Konsistenz zu prüfen. Ich schluckte meine Diättabletten und das Antidepressivum. Als ich Henks Bakkie hörte, schenkte ich uns Kaffee ein und nahm ihn mit nach draußen.

Mit einem breiten Lächeln trat Henk auf die Stoep. Dann runzelte er die Stirn. »Alles in Ordnung? Wie war dein Treffen?«

»Sehr gut.« Ich schmiegte mich an ihn.

Er beugte sich vor und küsste mich.

»Sehr lecker«, sagte er, als er den Käsekuchen probierte, und küsste mich erneut.

Ich setzte mich neben ihn und fütterte ihn mit einer Gabel. Zwischen den Bissen gaben wir uns noch mehr Küsse. Auch Henk schmeckte lecker. Obwohl wir aßen und tranken, hatten wir Appetit aufeinander. Henk zog mich auf seinen Schoß. Er hatte sehr großen Hunger.

»Sollen wir … reingehen?«, schlug ich vor.

»Ich hatte nicht gedacht, dass du … Ich hab Kosie zu Hause gelassen.«

»Nur ein bisschen«, sagte ich und schob die Hand unter sein Hemd, betastete seine Muskeln. »Ich dachte, wenn du vielleicht nicht … auf mir liegst.«

Er küsste meinen Hals, ganz langsam. Seine Lippen waren warm, sein Schnurrbart weich.

»Und vielleicht«, sagte ich, »fällt uns ja noch was anderes ein, was wir tun können.«

»Ich hätte da ein paar Ideen …« Zärtlich liebkoste Henk mein Ohr.

Als wir ins Haus gingen und ich das Licht ausknipste, sah ich den Kudu auf der Veranda.

Arm in Arm turtelten Henk und ich ins Schlafzimmer. Dort stand ein Leopard. Ich hielt die Luft an. Henk wertete mein Keuchen als Aufforderung, hob mich hoch und legte mich aufs Bett. Der Kudu erschien ebenfalls. Leopard und Bock sahen sich über das Bett hinweg an. Ich überließ sie ihren Blicken und betrachtete stattdessen Henk, der im Sternenlicht sein Hemd aufknöpfte. Liebevoll strichen seine Hände an mir entlang, ich konnte meinen eigenen Umriss spüren. Unter seinen Fingern fühlten sich meine Kurven und Senken gut an. Henk löste die Schnürsenkel an meinen Veldskoene und zog sie aus. Er schob meinen Schlüpfer nach unten, über die Knöchel. Dann zeigte er mir, wie man mit der Zunge so einiges zum Schmelzen bringen kann, was genauso lecker wie Kuchen ist.

Der Kudu gab einen bellenden Laut von sich, gefolgt von einem schnurrenden Knurren des Leoparden. Dann merkte ich, dass die Tiere nicht mehr da waren und beide Geräusche von mir stammten.

Nachdem Henk mich verwöhnt hatte, tauschten wir die Rollen. Er schmeckte gut und fühlte sich herrlich an in meinem Mund. Kurz dachte ich an meine Mutter; sie wäre bestimmt schockiert gewesen über dieses Duiwelswerk. Pures Vergnügen, ohne jede Pflicht. Dann gab Henk sehr glückliche Geräusche von sich, und ich vergaß meine Mutter.

Anschließend lag ich in seinem Arm, warm und friedlich, den Kopf auf seiner behaarten Brust. Er schnarchte ein bisschen, ich sog seinen Geruch und seine Geräusche ein.

Ich litt weder an Flashbacks noch an Übelkeit und hatte nicht einmal das Verlangen nach etwas Süßem. Alles fügte sich zum Guten. Im Dunkeln lächelte ich. Als hätte Henk mich lächeln gehört, wachte er auf und strich mir mit den Fingern über die Wangen.

»Das Treffen hat dir geholfen, stimmt's?«, sagte er.

Ich nickte, mein Kinn stieß gegen seine Brust.

»Ich muss trotzdem los«, flüsterte er. »Tut mir leid.«

»Ich weiß«, erwiderte ich. »Kosie kann nicht schlafen …«

»Ich muss morgen arbeiten.«

»Kosie sollte auf einem Bauernhof leben«, warf ich ein. »Draußen im Freien.«

»Ja«, sagte Henk. »Aber wenn er ein bisschen größer wird, schlachtet der Bauer ihn.«

»Er ist ein Lamm«, erinnerte ich ihn. »Kein Schoßhund.«

»Ich rufe dich morgen Abend an. Vielleicht können wir …«

»Ja.« Ich knabberte an seinem Ohr. »Vielleicht.«

29

Henk fuhr nach Hause, doch ich spürte ihn nah bei mir und schlief mit einem Lächeln auf den Lippen ein. Am nächsten Morgen konnte ich ihn noch immer auf meiner Haut riechen, selbst nachdem ich geduscht hatte. Es war Sonntag, der beste Tag zum Backen und Arbeiten im Garten. Der richtige Zeitpunkt, um die Mosbolletjie-Zwiebäcke zu machen. Ich ließ die Hühner raus und holte zwei warme Eier aus ihrem Nest.

In der Küche drückte ich die Muskatellerrosinen (inklusive Stängeln, Kernen und allem) mit der Rückseite eines Löffels platt und legte sie in Zuckerwasser ein, das ich an einen warmen Platz auf die Fensterbank stellte.

Besonders hungrig war ich nicht, das war ein seltsames Gefühl. Ich nahm meine Tabletten, denn offensichtlich halfen sie. Im Garten pflückte ich zwei sonnengereifte Tomaten und machte mir einen Tamatiesmoor mit Rührei und Käsebrötchen. Ich aß auf der Veranda und beobachtete dabei kleine Brillenvögel in meinem Zitronenbaum und den großen Kudu, der die Blätter des Gwarriebaums fraß. Die Sonne beleuchtete die fernen Langeberge, dann den Rooiberg, zuletzt die sanften Hügel jenseits des Veld. Den Rest des Frühstücks stellte ich in einer Tupperdose in den Kühlschrank.

Das Rosinenwasser für die Mosbolletjies braucht mindestens vierundzwanzig Stunden zum Gären. Ich fand es zu schade, den Ofen an einem Sonntagvormittag leer zu lassen, und beschloss, einen Schwung Müslizwiebäcke zu backen, meine Spezialität.

Als der Teig im Ofen war, nahm ich die Schürze ab, zog die Veldskoene und eine alte Hose an und begab mich in den Gemüsegarten. Die Ringelblumen und der wilde Knoblauch vertrieben die meisten Goggas, aber auf dem Spinat und dem Blattsalat saßen immer ein paar Insekten und Schnecken, die ich für die Hühner auf den Komposthaufen warf. Zwischen den grünen Bohnen und den Süßkartoffeln zog ich das Unkraut heraus. Ich hatte ein schönes Rezept für einen Süßkartoffelkuchen und wollte ihn am liebsten sofort backen, fand dann aber, er könne bis zum nächsten Anlass warten. Mit den Knöcheln klopfte ich auf einen großen orangefarbenen Kürbis. Er klang reif, aber ich schob ihn an eine etwas sonnigere Stelle, damit er noch ein bisschen süßer wurde.

Zurück in der Küche merkte ich am Duft, dass der Zwiebackteig im Ofen fertig war. Nach dem Abkühlen schnitt ich ihn in große Scheiben und schob ihn zum Trocknen erneut in die Röhre.

Zum Mittagessen aß ich grüne Bohnen und Hühnerleberpastete (selbst gemacht mit Äpfeln und altem braunen Sherry). Dann ging ich wieder in den Garten. Als die Schatten lang wurden, gönnte ich mir einen Kaffee mit einem köstlichen Müslizwieback. Ob Henk zum Abendessen kommen würde? Ich selbst wäre ja mit Beskuit und meinen Resten zufrieden gewesen, doch wenn er da wäre, würde ich ein richtiges Menü machen und vielleicht doch noch den Süßkartoffelkuchen backen.

Ich rief ihn auf dem Handy an, aber er ging nicht dran, deshalb versuchte ich es auf der Polizeidienststelle.

»Ladismith Polisiestasie«, meldete sich eine Frau mit einer trägen Sonntagabendstimme.

»Könnten Sie mich bitte mit Detective Lieutenant Kannemeyer verbinden?«, sagte ich betont munter auf Afrikaans.

»Der ist heute nicht da.«

»Wirklich nicht? Er hat gesagt …«

»Nein, wirklich nicht. Er hat heute frei.«

»Oh.«

»Soll ich ihm etwas ausrichten? Er kann Sie morgen zurückrufen.«

»Nein. Nein, danke.«

Ich legte auf und betrachtete meine Veldskoene. Plötzlich hatte ich Appetit auf Kuchen.

Das Telefon klingelte. Es war Henk.

»Maria, ich hatte einen verpassten Anruf von dir auf dem Handy.«

»Ja.« Außen an den Schuhen war Dreck, den die Fußmatte nicht erwischt hatte. »Ähm, ich habe gerade überlegt, ob ich Abendessen machen soll.«

»Ich bin heute spät dran; schaffe es nicht mehr zu dir. Tut mir leid.«

»Oh.«

»Ich melde mich morgen.«

»Gut.«

»Maria, ist alles in Ordnung?«

Ich hörte etwas, das wie ein Blöken klang, als hätte er Kosie bei sich.

»Wo bist du, Henk?«

»Ich muss noch arbeiten.«

»Ich habe auf der Dienststelle angerufen.«

Im Hintergrund hörte ich eine Frauenstimme. Ich konnte nicht verstehen, was sie sagte, vielleicht weil ich in Gedanken schon beim Rezept für den Süßkartoffelkuchen war. Ich würde gleich loslegen; Mehl, Zimt, Muskatnuss und Vanilleextrakt hatte ich eh immer im Haus. Sogar den Frischkäse für die Glasur.

»Tut mir leid, ich muss auflegen«, sagte Henk. »Bin in einer Besprechung.«

Dann war die Leitung tot, und ich machte mir Gedanken. Hatte ich auch Walnüsse da? Die waren wirklich wichtig. Ich ging im Schrank nachsehen. Hinter dem Backpulver fand ich eine 150-g-Packung. Puh!

30

Am Montagmorgen erwachte ich mit den Vögeln. Sie waren putzmunter, ich hingegen war müde und hatte Bauchschmerzen nach einer Nacht voll schlechter Träume. Nicht die üblichen Albträume, sondern andere, von Henk. Träume, an die ich mich nicht erinnern wollte, weil sie Unsinn waren. Mit Henk und mir war alles gut. Doch selbst nachdem ich am Vorabend Süßkartoffelkuchen mit Walnüssen und Frischkäseglasur gegessen hatte, konnte ich nicht vergessen, dass er mich angelogen und ich eine Frauenstimme gehört hatte.

Kannte ich Henk wirklich? Ich schüttelte den Kopf, um diesen Gedanken zu vertreiben.

Zum Frühstück wärmte ich mir die Reste vom Vortag auf und aß sie am Küchentisch. Ich war nicht in der Stimmung für einen schönen Sonnenaufgang über dem Veld. Den Rest des Kuchens stellte ich in den Kühlschrank, falls ich ihn später noch brauchte. Allerdings war ich mir nicht sicher, ob er der richtige für diese Aufgabe war. Am Vorabend hatte er mir geholfen, aber heute Morgen war mein Magen immer noch bedrückt. So etwas war neu für mich, das Problem hatte ich bisher nicht gehabt. Vielleicht lag es daran, einem Mann sehr nah zu sein, oder zu nah …

Die Sonne fiel auf die Veranda; Zeit, zur Arbeit zu fahren. Ich packte Müslizwiebäcke in eine Dose und setzte mich in meinen blauen Bakkie.

Durch das frische grüne Buschland fuhr ich in die Stadt. Wie üblich hörte ich Hattie und Jessie schon von Weitem.

»Du hast alles Handfeste aus meiner Story gestrichen!«, schimpfte Jessie.

»Papperlapapp!«, erwiderte Hattie. »Es ist noch genug Substanz drin, auch ohne deine unbewiesenen Behauptungen. Außerdem war der Artikel eh zu lang.«

»Aber du hast gesagt, ich könnte einen Leitartikel schreiben.«

»Du weißt ganz genau, wie lang unsere Leitartikel normalerweise sind. Deiner hatte zwei Absätze zu viel.«

»Aber wenn wir die Anzeige anders platzieren …«

»Jessie, wann hörst du endlich …«

Hattie verschluckte die nächsten Worte und nickte mir wortlos zu. Jessie grinste mich an.

»Tannie Maria!«, grüßte sie. »Ich diskutiere gerade mit Hattie meinen Artikel über Slimkat Kabbo. Hast du ihn schon gesehen? Die unredigierte Fassung?«

»Nein, noch nicht.«

»Die Diskussion ist ohnehin beendet«, verkündete Hattie.

Jessie schüttelte den Kopf, schwieg aber.

»Guten Morgen, Maria«, begrüßte unsere Chefin mich. »Du siehst aus, als hättest du mal wieder keine gute Nacht gehabt.«

»Och, mir geht's gut.« Ich stellte den Wasserkocher an. »Ich hatte ein schönes Wochenende.«

»Aha! Und was hast du gemacht?« Jessie zwinkerte mir zu.

Mein Gesicht wurde heiß, ich betrachtete die Briefe auf meinem Tisch. Drei Umschläge und zwei ausgedruckte E-Mails.

»Hey«, sagte Jessie. »Das Treffen beim Mechaniker, wie ist das gelaufen?«

»Gut«, antwortete ich. »Erzähl mal, wie es in Oudtshoorn war!« Ich schob die Briefe beiseite und machte uns Tee und Kaffee.

»Erinnerst du dich an die Sache mit dem Schierling? Das wollte ich gern in den Artikel aufnehmen.« Sie schaute zu Hattie hinüber.

»Schierling?«, fragte unsere Chefin. »Ist das irgendein Hexengebräu?«

»Das ist ein tödliches Gift, das in Slimkats Magen gefunden wurde«, erklärte Jessie.

»Maria hat schon erwähnt, dass das mit der Vergiftung stimmt. Hat die Polizei sich offiziell dazu geäußert?«

»Nein. Der Arzt hat es Ystervark erzählt. Ich war bei Slimkats Familie in Oudtshoorn.«

»In deinem Artikel heißt es doch, sie seien aus der Nordkap-Provinz, aus der Gegend von Kuruman«, warf Hattie ein.

»Ja, seine Eltern schon, aber Slimkat hat auch Verwandte unten in Oudtshoorn. In Kuruman gibt es nicht genug Arbeit, außerdem durften sie dort nicht jagen. Aber das ändert sich jetzt, nach dem gewonnenen Prozess.«

»Was hast du denn von seiner Familie erfahren?«, fragte Hattie.

»Das sind wirklich tolle Leute. Nicht alles, was sie mir erzählt haben, habe ich in meinen Artikel aufgenommen. Ich habe ziemlich viel merkwürdige Dinge von ihnen gehört.«

Hattie seufzte. »Also alles unbewiesene Behauptungen, die uns jede Menge Verleumdungsklagen von großen Konzernen einbringen könnten?«

»Ach, hör doch auf, Hattie! Die Buschmänner sind durch die Hölle gegangen. Seit mehreren hundert Jahren. Wenn Journalisten aus Angst vor großen Konzernen nicht die Wahrheit sagen würden, wären sie bis heute keinen Schritt weiter.«

»Den Mund aufzumachen, wenn man gut recherchierte Fakten hat, ist eine Sache. Selbstverständlich können wir einen Artikel über die jahrhundertelange Benachteiligung der Buschmänner bringen. Aber anzudeuten, dass eine angesehene Diamantmine oder ein Viehzuchtunternehmen für einen Mord verantwortlich ist … Zumal für einen Mord, der bisher nicht öffentlich gemacht wurde …«

»Seit die San das Land für sich beanspruchen, bekommen sie

Morddrohungen. Nicht nur Slimkat, auch andere Führungsfiguren.«

»Was sagt die Polizei dazu?«

Ich reichte Hattie ihren Tee und Jessie den Kaffee und gab jeder einen Zwieback dazu.

»Ich habe die ermittelnde Beamtin gesprochen«, antwortete Jessie. »Eine Frau namens Mostert. Derselbe Nachname wie ich, aber nicht mit mir verwandt. Wenigstens würde sie es nicht zugeben, sie ist weiß. Ich habe ihr gesagt, dass Slimkat möglicherweise von den Inhabern der Diamantmine oder von den Viehzüchtern umgebracht worden ist. Aus Rache für den verlorenen Prozess. Ich wollte herausbekommen, was sie weiß, aber sie hat nur gesagt, dass es sich um laufende Ermittlungen handele und ich auf die offiziellen Verlautbarungen warten soll. Spekulative Berichterstattungen würden den Fall nur gefährden.«

»Hoffentlich hast du dir das zu Herzen genommen, Jessie!«

»Ach, die Polizei hat doch keine Ahnung! Ystervark hat mir erzählt, er und seine Leute wären verhört worden, als wäre einer von den Buschmännern der Täter! Sie haben danach gefragt, ob Medizinmänner Schierling verwenden, und es auf eine alte Schamanin abgesehen, halten sie für die Mörderin. Jetzt ist die Frau verschwunden, und sie sehen ihre Theorie bestätigt.«

»Ist doch vorstellbar«, wandte Hattie ein. »Schließlich werden die meisten Morde von Menschen begangen, die das Opfer kennen. Vielleicht gab es eine längere Fehde zwischen Slimkat und dieser alten Frau, und sie haben sich gegenseitig verhext.«

Verächtlich schnaubend tunkte Jessie ihren Beskuit in den Kaffee. »Ich mache mir Sorgen, dass die Polizei den falschen Spuren nachgeht, und würde mich gerne etwas genauer mit dem Fall beschäftigen.«

»Verflixt und zugenäht, Jessie, das ist kein Fall! Es ist ein Artikel.

Der jetzt fertig geschrieben und redigiert ist. Überlass die Ermittlungsarbeit den Experten in Oudtshoorn.«

Jessie runzelte die Stirn, schüttelte den Kopf und biss vom Zwieback ab.

»Jinne. Die sind echt der Wahnsinn.« Ihre Stirn glättete sich.

Hattie knabberte ebenfalls an ihrem Beskuit. »Alle Achtung, ja, wirklich gut.«

Ich trank einen Schluck Wasser und lächelte. Wenn mein Essen Frieden stiftet, bin ich glücklich.

»He, Tannie M«, sagte Jessie. »Hab gestern deinen Detective Kannemeyer gesehen. Mit seinem Lämmchen.« Sie lachte. »In Oudtshoorn auf dem Polizeirevier. Aber ich hab nicht mit ihm geredet. Er hatte eine Besprechung mit Detective Mostert. Reghardt hat mir erzählt, dass Kannemeyer die Ermittlungen dort unterstützt. Freiwillig, in seiner Freizeit.«

Ich stellte meine Tasse ab, atmete tief ein und wieder aus.

»Tannie M?«, sagte Jess. »Alles in Ordnung?«

»Ja«, sagte ich. »Danke.«

31

Nach Jessies Neuigkeit ging es mir deutlich besser, auch wenn mein Magen immer noch ein wenig schmerzte. Ich machte mir Gedanken um Slimkat, aber Hattie hatte recht: Darum musste sich die Polizei in Oudtshoorn kümmern.

Ich griff zu dem rosa Umschlag mit dem Poststempel aus Ladismith, der ganz oben lag. Am liebsten hätte ich Jessie gefragt, wie diese Polizeibeamtin namens Mostert aussehe, aber das wäre wirklich albern gewesen. Henk arbeitete ständig mit Kolleginnen zusammen, das hatte mich bisher nie gestört. Was war los mit mir? Lag es nur daran, dass wir uns so nah gekommen waren? Ich konzentrierte mich auf den vor mir liegenden Brief.

Liebe Tannie Maria!
Ich weiß nicht, was ich tun soll. Mein geliebter Schatz (ich nenne sie hier Ginger) hält unsere Liebe geheim. Ich möchte sie gerne heiraten und es von allen Dächern rufen. Es liegt nicht daran, dass sie mich nicht liebt. Wir sind total vernarrt ineinander, sie hat meinen Heiratsantrag auch schon längst angenommen.
Seit wir zwölf waren, sind wir beste Freundinnen, mit fünfzehn wurden wir ein Liebespaar. Wenn sie bei mir ist, küssen wir uns stundenlang und sehen uns tief in die Augen (gut, wir machen auch noch andere Sachen). Sie bringt mein Herz zum Fliegen wie einen Seeadler. Ihre Augen leuchten, wenn sie mich sieht.
Das große Problem ist ihr Vater, ein sehr religiöser Mann (ihre Mutter ist vor langer Zeit gestorben). Ginger wohnt noch bei ihm, obwohl sie neunzehn ist (wie ich) und ihr eigenes Geld verdient. Weil sie solche Angst vor ihm und seiner Meinung hat, halten wir in der Öffentlichkeit fast nie Händchen (höchstens unter dem Tisch).

Sie glaubt, er wäre misstrauisch geworden in Bezug auf uns, weil er ihr Bibelstellen über Sodom und Gomorra vorgelesen hat. Jetzt hält Ginger sich noch mehr zurück. Wenn wir allein sind, holen wir alles nach, indem wir uns ganz fest halten. Dann liegen wir eng umschlungen da und flüstern uns Kosenamen ins Ohr.
Ich kann meinen Schatz nicht aufgeben. Sie ist mein Engel, mein Glück, mein Augenstern. Aber ich will meine Liebe nicht länger verstecken. Das zerstört meine Seele. Ich denke, ich muss ihrem Vater ins Gesicht sagen, dass Liebe keine Sünde ist. Sie zu leugnen und zu verstecken, das ist Sünde.
Im Aufruhr der Gefühle
Meg

Ich überlegte eine Weile und antwortete dann:

Liebe Meg,
Du hast recht: Liebe ist keine Sünde. Eure Liebe ist etwas Wunderbares. Aber leider sind Menschen in kleinen Orten manchmal auch kleingeistig, und religiöse Menschen denken oft sehr altmodisch und sind nicht bereit für Veränderungen. Wenn Ihr Eure Liebe offen zeigt, kann es sein, dass Euer Umfeld negativ reagiert. Ich glaube, Eure Liebe ist zu jung und zu zart, um so viel Verbitterung zu ertragen. Es hört sich an, als wäre Ginger noch nicht bereit dazu.
Ich schlage vor, dass Ihr den Ort verlasst, in dem Ihr wohnt. Geht auf Abstand zu Gingers Vater und zu allen, die über Euch urteilen. Wenn Ihr nicht zu weit fortziehen wollt, versucht es in Barrydale. Das ist eine weltoffene Stadt, in der viele Homosexuelle leben. Oder zieht in eine Metropole wie Kapstadt oder Johannesburg, wo Ihr deutlich mehr Freiheit habt. Dort findet Ihr auch einen Geistlichen, der Euch traut, wenn Ihr beide so weit seid. Ihr seid noch jung, Ihr müsst nichts überstürzen.

Ginger und Meg – Ingwer und Muskatnuss, zwei Namen aus der kulinarischen Welt. Ich dachte länger darüber nach, welches Rezept ich diesem Liebespaar schicken konnte. Es sollte etwas sein, bei dessen Zubereitung sie ebenso viel Spaß hatten wie beim Essen, und das sie auch Gingers Vater zur Besänftigung servieren konnten. Etwas Süßes, klar. Koeksisters! Die sich eng aneinanderschmiegenden Teigzöpfe passten perfekt. Überzogen mit einem Sirup, der mit Ingwer und Muskatnuss gewürzt ist. Genau!

Auch nachdem ich das Rezept getippt hatte, musste ich an Ingwer denken. Vielleicht war die kleine Wurzel genau das Richtige für mein Problem, für diese sonderbare Sorge, die in mir rumorte, seit Kannemeyer und ich ein »Liebespaar« waren, wie Meg das formuliert hatte. Ingwer ist würzig und anregend, aber gleichzeitig beruhigend. Und er ist gut für die Verdauung. Ich kannte ein umwerfendes Rezept für einen Ingwerkuchen mit einer Glasur aus Kondensmilch und Zitronensaft.

Ich öffnete den nächsten Brief. Er steckte in einem braunen Umschlag und war in einer feinen, ausladenden Schrift auf liniertem Papier geschrieben wie ein Schulaufsatz. Jedoch stammte er nicht von einem Kind, sondern von einem alten Mann. Er schrieb auf Afrikaans. Hier ist die Übersetzung:

Liebe Tannie Maria,
ich bin schon sehr alt und habe viele Kanincheneintöpfe gekocht, die sind immer gut. Aber ich könnte ein neues Rezept gebrauchen. Außerdem weiß ich nicht, was ich mit den Kaninchenohren machen soll. Aus jedem Körperteil eines Tieres kann man irgendwas machen. Nichts wird verschwendet. Mein Großvater hätte gewusst, wie man die Ohren verwenden kann, aber der ist schon lange tot. Heute kaufen die meisten Leute ihr Fleisch im Supermarkt. Selbst der Schlachter hat keine Ahnung, was man mit Kaninchenohren anfängt.

Allerdings habe ich noch ein viel größeres Problem als das. Ich war damit schon bei der Stadtverwaltung, aber die hat kein offenes Ohr für einen alten Mann wie mich. Sie sind bei der Zeitung, und die Zeitung kann sich Gehör verschaffen und Dinge ändern.
Ich wohne außerhalb von Ladismith, nicht weit von der Route 62, nahe einer Kurve. Auf der einen Seite liegt ein steiniger Hügel, auf der anderen fließt der Groot River. Die Autos fahren hier schnell, und ich finde jeden Tag tote Tiere auf der Straße. Manchmal leben sie sogar noch. Dann erlöse ich sie von ihrem Leid. Sie lassen ihr Leben, weil sie an dieser Stelle die Straße überqueren wollen, um aus dem Fluss zu trinken. Es ist sehr grausam, sie dabei zu überfahren.
Ich habe angefangen, einen Tunnel unter der Straße zu graben. Früher habe ich im Bergbau gearbeitet, deshalb weiß ich, wie man so was macht. Aber der Boden ist hart, und ich habe Arthritis in den Händen. Also geht es nur sehr langsam voran. Inzwischen werden mehr Tiere getötet, als ich essen kann. Meine Gefriertruhe ist nicht besonders groß, ich trockne das Fleisch zu Biltong und mache Mäntel aus dem Leder.
Vor zwei Wochen habe ich in einem Donga, einem Straßengraben, ein verunglücktes Kaninchen von einer Rasse entdeckt, die ich nicht kenne. Kleiner als die, die ich sonst finde. Als ich es von seinen Schmerzen erlösen wollte, habe ich gesehen, dass es nur ein gebrochenes Beinchen hatte. Das Kaninchen hat am ganzen Leib gezittert. Ich hab mich entschieden, ihm zu helfen, es in mein Hemd gewickelt und mit nach Hause genommen. Aus ein paar Stöckchen habe ich eine Schiene für den kaputten Lauf gebastelt, dann habe ich dem kleinen Nager Wasser und eine Möhre gegeben.
Es ist ein Mädchen, und es wird langsam kräftiger, humpelt aber noch. Die Kleine versteckt sich gerne unter meinem Bett. Ich füttere sie mit Möhren und Gras vom Veld. In meinem Haus ist sie sicher vor Schakal und Rooikat. Bei Sonne sitzt sie im Fenster. Jeden Tag erinnert

sie mich daran, dass ich den Tunnel weitergraben muss, aber ich bin nicht mehr so stark wie früher.
Könnte die Zeitung vielleicht die Stadtverwaltung bitten, einen Tunnel für die Tiere zu graben? Und auf der Straße müssen Schwellen angebracht werden, damit die Autos in dieser Kurve am Flussufer langsamer fahren.
Ich wäre sehr dankbar, und Donga auch (so heißt das Kaninchen, weil ich es in einem Donga gefunden habe).

Ich habe ein paar gute Stachelschweinrezepte, die ich Ihnen geben wollte. Ein Eintopf mit Limabohnen und Rotwein. Und ein Trick, wie die Haut schön knusprig wird. Wie Schweinekruste. Aber meine Finger tun jetzt zu sehr weh vom Schreiben.
Jan Magiel
Postfach 47
6655 Ladismith

Puh, dachte ich. Bei der Antwort würde ich Hilfe brauchen. Meine Mutter hat manchmal Kaninchen zubereitet, als ich klein war, aber ich wusste nicht, nach welchem Rezept und was sie womöglich mit den Ohren gemacht hatte. Wenn ich nach Hause kam, würde ich in ihren Kochbüchern nachschlagen.

»Jessie«, sagte ich. »Lies mal diesen Brief! Vielleicht kannst du den alten Mann interviewen. Oder einen Artikel über ihn schreiben.«

Jessie nahm den Brief entgegen und überflog ihn. Sie hatte an der Universität einen Schnelllesekurs besucht; ihre Augen huschten über das Papier, ohne dass sie die Lippen bewegte.

»Hm, ja. Das wäre ein gutes Thema für meine wöchentlichen Umweltartikel. Ich spreche mal mit dem Mann und auch mit der Stadtverwaltung. Ich glaube, ich kenne die Ecke, wo er wohnt …

In so einer kleinen Hütte am Fuße des Hügels. Was meinst du, Hattie?«

Jessie reichte den Brief weiter.

»Fabelhaft«, sagte Hattie, als sie ihn durchgelesen hatte (nicht so schnell wie Jessie, aber schneller als ich). »Geschichten aus dem wahren Leben. Umweltfragen. Mal eine schöne Abwechslung zu verleumderischen Mordvorwürfen.«

»Nun ja, all diese Wildtiere werden ja auch ermordet.«

»Hinter Mord steckt immer eine Absicht; das sind Unfälle.«

»Wenn die Stadtverwaltung etwas tun könnte, um diese Unfälle zu verhindern, und es unterlässt, wäre es doch Mord. Zumindest fahrlässige Tötung.«

»Ich sehe schon die Hasenmord-Schlagzeile vor mir«, bemerkte Hattie.

»Das ist nicht witzig«, sagte Jessie, musste aber trotzdem grinsen. »Auch Tiere haben Rechte.«

Hattie seufzte. »Schreib einfach diesen Artikel, Jessie, und ich lese ihn durch, wenn er fertig ist. Wenn du nicht willst, dass ich viel darin herumstreiche, dann mach eine Umweltgeschichte daraus, keinen Mord.«

32

Auf dem Heimweg holte ich im Spar die Zutaten für den Ingwerkuchen. Karoo-Sahne war gerade im Angebot; ich kaufte gleich zwei Flaschen. Schweinehüfte war auch billig, also nahm ich ein Kilo mit. Auch diesmal traf ich Tannie Elna le Grange. Elna hatte mit der Cousine der Frau gesprochen, die ihren Freund erdolcht hatte. Die Frau saß im Gefängnis, aber hätte sich angeblich noch nie so frei gefühlt wie jetzt. Elna berichtete außerdem davon, dass Buschmänner und Satanisten außerhalb von Ladismith um ein Feuer herumtanzen würden und die niederländisch-reformierte Kirche deshalb ganz besorgt wäre.

»Die Frau vom Pfarrer will sich darum kümmern«, verkündete Elna. Die Pfarrersfrau der Nederlands Gereformeerde Kerk kümmerte sich ständig um alles. »Guck mal, da ist die Pastorin von den Akkedisse!«, sagte Elna.

Sie meinte Georgie, eine Angehörige der Siebenten-Tags-Adventisten. Georgie trug ein langes blaues Kleid, ihre eigentlich grauen Locken hatten einen leicht rötlichen Stich. Vor drei Monaten waren die Adventisten hinauf in die Swartberge geklettert und hatten dort drei Tage auf das Ende der Welt gewartet, das jedoch nicht gekommen war. Und so waren sie nicht, wie von ihnen erhofft, in den Himmel aufgestiegen, sondern wieder heruntergekraxelt und hatten sich zerstritten. Einige hatten die Stadt verlassen, andere, wie Georgie, hatten sich in Ladismith eingelebt und beschlossen zu bleiben. Die Einheimischen nannten sie »Akkedisse«, Eidechsen, weil das so ähnlich klang wie »Adventisten« und weil sie wie Eidechsen den Berg hinauf- und hinuntergehuscht waren. Die Adventisten schien der Name nicht zu stören.

Es gab bereits vierzig Kirchen in Ladismith. Eine Religion mehr oder weniger machte keinen Unterschied.

»Hallo, Georgie!«, grüßte ich.

»Tannie Maria!« Sie lächelte mich kurz an und sah sich dann wieder am Gemüsestand um. Eigentlich war sie nicht unhöflich. Sie war von außerhalb und beherrschte die Kunst des Supermarktgesprächs noch nicht. Die meisten Neuankömmlinge brauchen ein paar Jahre, bis sie normal werden. Manchen gelingt es nie.

»Deine Haare sehen schön aus«, sagte ich.

»Oh.« Georgie betastete ihre weichen Locken. »Das war eine Spülung. Henna. Die sollten gar nicht rot werden.«

Die Akkedisse sind bescheidene Menschen, die sich nicht mit Make-up oder Haarefärben aufhalten. Ich hatte eine Schwäche für sie, weil sie mitgeholfen hatten, Jessie zu suchen, als sie entführt worden war. Außerdem taten sie mir leid, denn sie durften kein Fleisch und keine Milchprodukte essen. Zum Ausgleich legte ich noch mehr Sahne und Schweinehüfte in meinen Korb.

Zu Hause blätterte ich in den alten Kochbüchern meiner Mutter und fand ein Rezept für Kaninchen im Potjie. Die Ohren wurden allerdings nicht erwähnt. Ich schrieb das Rezept für den alten Mann ab: Kaninchenfleisch, ein bisschen Schweinefleisch, Zwiebeln, Möhren, Ingwer, Nelken, Lorbeerblätter, Aprikosenmarmelade und noch weitere Zutaten. Das Foto sah köstlich aus und machte mir Lust auf Potjiekos mit Schweinefleisch. Im Herbst konnte man draußen noch immer ein Feuer machen. Aber dafür brauchte man Gesellschaft. Das Telefon klingelte. Es war Henk. Er musste meine Gedanken gelesen haben.

»Maria.«

Seine Stimme an meinem Ohr war warm. Vielleicht hatte ich ihm gefehlt, als er mit seinem Lamm eine Nacht in einer anderen Stadt verbrachte.

»Ich hab gerade überlegt, ob ich Potjiekos machen soll«, sagte ich.

»Heute Abend?«

»Ja.«

»Klasse! Ich komme nach der Arbeit rüber. Nein, warte, ich fahre besser erst nach Hause und kümmere mich ein bisschen um Kosie.«

»Bring ihn einfach mit«, sagte ich.

Ich rührte den Teig an und stellte den Ingwerkuchen in den Ofen. Dann fielen mir die Mosbolletjies ein. In der Schüssel auf der Fensterbank trieben die Rosinen nun oben, das Wasser warf Bläschen. Genau richtig: Der selbst angesetzte Tresterwein war fertig.

Ich seihte die Rosinen ab und bereitete nach Tannie Rosas Rezept einen zähflüssigen Teig zu, den ich mit einem Küchentuch abdeckte und zum Gehen in die warme Nachmittagssonne stellte.

Nachdem der Kuchen abgekühlt war, überzog ich ihn mit einer Glasur aus Kondensmilch, Zitronensaft und Ingwer, schnitt mir ein Stück ab und biss herzhaft hinein. Ich seufzte. Mit dem Ingwer hatte ich recht gehabt; er war das perfekte Mittel für meine seltsamen Magenschmerzen.

Im Garten entfachte ich ein Feuer im gemauerten Grill. Als der Mosbolletjie-Teig hübsche Blasen warf, gab ich geschmolzene Butter, Milch und Mehl hinzu und knetete ihn gründlich durch.

Meine Hände vollführten dieselben Bewegungen wie schon viele Generationen vor mir. Der Rhythmus des Knetens ist so alt wie Mehl und Wasser selbst. Und während die Finger das taten, was sie von jeher kannten, kam der Rest von mir zur Ruhe.

Anschließend gab ich den Teig in einen schwarzen Topf und stellte ihn nochmals zum Gehen neben das Feuer. In der Zwischenzeit bereitete ich das Fleisch und das Gemüse für die Schichten des Potjiekos vor. Eine Hälfte des sonnensüßen Kürbisses schnitt ich in Stücke. Aus dem Rest wollte ich eine Kürbis-Pie für meine PTBS-Gruppe machen. Als das Holz weiß glühte, stellte ich den dreibeinigen Topf über die Glut. An der Seite ließ ich ein kleines Feuer brennen.

Dann machte ich mich fertig und setzte mich auf die Stoep. Die Felsen hatten heute die Farbe von Ingwerkuchen. Ich nahm eine Diättablette und mein Antidepressivum und schob noch mehr verkohltes Holz unter den Potjie. Dann brachte ich die Hühner mit einer Handvoll Mielies in ihren Stall.

Ein letztes Mal knetete ich den Teig durch und formte ihn zu Kugeln, die ich dicht nebeneinander in drei Backformen setzte. Dadurch bekam das Brot seine charakteristische Form. Ich pinselte alles mit geschmolzener Butter ein und ließ den Teig ein drittes Mal gehen.

Schließlich hörte ich Henks Bakkie auf dem Weg zu meinem Haus. Ich warf einen prüfenden Blick in den Spiegel und zog den Lippenstift nach, dann stellte ich zwei Stühle neben das Feuer und holte ein kaltes Bier aus dem Kühlschrank. Zusammen mit Kosie nahm Henk den Weg zwischen den Pfirsichkernen, schnurstracks auf mich zu.

Er lachte wie immer übers ganze Gesicht, sein kastanienbrauner Schnurrbart war wunderschön.

33

Henk nahm mir das Bier ab, stellte es auf den Boden und zog mich an sich. Er trug ein blaues langärmeliges Baumwollhemd und duftete nach Erde und Zimt. Kosie zockelte in den Gemüsegarten.

»Kosie!«, rief Henk, und das Lamm machte kehrt und ging zum Komposthaufen.

»Braver Junge«, lobte er.

Henk küsste mich sanft auf die Lippen.

»Braves Mädchen«, sagte er und küsste mich noch einmal, nun nicht mehr so sanft. Seine Hände fuhren an meinen Hüften entlang.

Ich setzte mich, um zu Atem zu kommen, und zupfte mein Kleid über die Knie. Henk nahm neben mir Platz und stellte sein Bier auf den Tisch. Er trank einen Schluck und betrachtete das Licht der Abendsonne auf dem Veld und den Hügeln.

»Ja, ja«, sagte er und seufzte auf eine glückliche Weise.

Ich schob noch mehr Glut unter den Kessel.

»Der Potjie kann noch ein, zwei Stunden vor sich hin köcheln«, erklärte ich. »Aber wenn du viel Hunger hast, können wir auch früher essen.«

Henk wischte sich mit dem Handrücken über den Mund. »Ich habe Hunger.« Er sah mich an, als sei ich die Speise. »Aber der Eintopf kann noch warten.«

Er streichelte meinen Oberschenkel, und ich vergaß das Essen.

»Sollen wir mit dem Nachtisch anfangen?« Henk beugte sich vor und kitzelte meinen Hals mit der Nase und dem Schnauzer.

»Der Potjiekos schmeckt später besser«, gab ich zurück.

»Und du schmeckst jetzt am besten.« Seine Zunge tastete sich zu meinem Ohr vor.

»Moment!« Ich schob ihn vorsichtig von mir.

Henk lehnte sich zurück und verschränkte die Arme vor der Brust. Seine Augen funkelten.

»Ich habe mich nur gefragt …«, stammelte ich. »Es gibt da etwas, das …«

Kosie kam herbei und stieß gegen Henks Bein. Er tätschelte den Kopf des Lammes, trank noch einen Schluck Bier und betrachtete mich, während ich versuchte, die richtigen Worte zu finden. Ich schaute hinaus ins Grüne, auf den Gwarrie mit seinem langen Schatten. Zwei Mausvögel schossen durch die Luft und verschwanden in seinen Zweigen. Über uns kreisten zwei lärmende Ibisse und landeten in den Eukalyptusbäumen in meiner Einfahrt.

»Du hast mir nicht die Wahrheit gesagt«, begann ich.

Henk runzelte die Stirn, als wüsste er nicht, wovon ich spreche.

»Du hast behauptet, du müsstest arbeiten, aber auf der Dienststelle meinten sie, du hättest frei.«

»Ah, ja, ich habe in der Freizeit ein bisschen was gemacht. Das war trotzdem Arbeit.«

»Du hast auswärts geschlafen«, beharrte ich. »Und Kosie war bei dir.«

»Ja, ich war unterwegs, und es ist ziemlich spät geworden.«

»Du warst in Oudtshoorn«, warf ich ein. »Hast am Slimkat-Fall gearbeitet.«

Seufzend nickte Henk. »Du weißt doch, ich will diese Dinge von dir fernhalten.«

»In der Nacht davor sind wir … uns so nah gekommen, und dann … Ich wusste nicht, wo du warst … und wer bei dir ist.«

Lächelnd legte Henk die Hand auf mein Knie und drückte es.

»Wenn es um uns geht, Maria, da gibt es keinen Grund zur Sorge.«

»Trotzdem. Ich wünsche mir …«, setzte ich an, »… ich möchte, dass du mir die Wahrheit sagst.« Ich wandte den Blick ab, weil auch ich ihm gegenüber nicht ehrlich war. Was Fanie betraf.

»Aber ich will nicht, dass du in meine Arbeit hineingezogen wirst«, erklärte Henk. »Das haben wir doch schon besprochen.«

»Ich habe ja verstanden, warum ich nicht in Oudtshoorn bleiben sollte. In der Nähe des Mörders. Aber das ist etwas anderes: Du hast mich angelogen.«

»Ich habe nicht gelogen«, widersprach er. »Ich habe dir nur nicht alles erzählt.«

»Du hast mir etwas verheimlicht.«

»Schon, aber das betrifft Dinge, die dich nichts angehen.«

»Und ob sie mich etwas angehen. Ich war dabei, als Slimkat starb. Er hat mir etwas bedeutet. Ich … ich sehe immer wieder Dinge, die mich an ihn erinnern. Ich will den Mörder ja nicht selbst suchen, ich möchte nur wissen, was los ist. Wurden auf der Soßenflasche Fingerabdrücke sichergestellt?«

Henk starrte ins Feuer, die Hand noch immer auf meinem Knie.

»Vielleicht kann ich sogar weiterhin helfen«, bemerkte ich. »Mit Ideen.«

Er schüttelte den Kopf und zog seine Hand zurück. Dann stand er auf und schaufelte Holzkohle unter den Potjie. Schließlich setzte er sich wieder, sah mich und Kosie an, der zu seinen Füßen lag. Anschließend schaute er hinaus aufs Veld, wo die Hügel in einem rostigen Rot leuchteten und sich orange Wolken über den türkisen Himmel zogen.

»Ich weiß nicht, ob du dir vorstellen kannst, wie es war, Maria, als ich dich in diesem trockenen Flussbett gefunden habe. Der Mörder mit Pfeil und Bogen direkt über dir.« Henk blickte in die

Ferne. »Nur ein paar Sekunden, und es wäre zu spät gewesen. Dann hätte der Pfeil dein Herz durchbohrt.«

Er schüttelte den Kopf, als versuchte er, das Bild loszuwerden. »Ich möchte dich nicht verlieren.«

»So wie du deine Frau verloren hast …«

»Genau. Du kennst die Geschichte. Krebs ist eine furchtbare Sache. Ich habe sie sterben sehen.« Henks Stimme war fest, aber die Spitzen seines Schnurrbarts zitterten leicht. »Ich dachte, ich würde nie wieder … normal sein, danach. Aber dann habe ich dich getroffen …«

Ich legte meine Hand auf seine. Er bedeckte sie mit seiner anderen. Ein Sandwich aus Händen.

»Ich …«, sagte er, »ich bin nicht bereit, das noch einmal durchzumachen.«

34

Ich presste die zweite Hand auf die von Henk. Unsere Hände bildeten eine Schichttorte aus zwei unterschiedlichen Farben: Meine Finger waren zart und rosa, seine groß und braun. Henk hob meine Erdbeerhand mit seiner Karamellhand an, küsste und liebkoste sie.

»Also den Nachtisch zuerst?«, fragte er.

Seine Zunge auf meinen Fingerspitzen ließ eine warme Woge durch meinen Körper wallen.

»Ich habe einen Ingwerkuchen gemacht. Mit Schlagsahne.«

»Hmm.« Henks Finger streiften meine Haut dort, wo das Kleid auf meine Beine traf. »Ist es für dich in Ordnung, wenn wir …?«

Ich nickte. »Solange wir nicht … Ich bin noch nicht so weit, dass ich … Du weißt schon. Warte eine Minute, ich muss das Brot kurz in den Ofen tun.«

»Jinne! Mosbolletjie-Brot«, schwärmte Henk und half mir, die Laibe in die Küche zu bringen.

Er entdeckte die Schüssel mit Schlagsahne und nahm sie mit ins Schlafzimmer. Vielleicht verbargen wir hin und wieder etwas voreinander, aber es gab auch vieles, was wir miteinander teilen konnten. Es war herrlich. Noch besser als beim letzten Mal. Ich war froh, dass die Nachbarn weiter entfernt wohnten, denn Henk entlockte mir ein paar Laute, die die Ibisse in den Eukalyptusbäumen weckten.

Als wir uns endlich an den Potjiekos machten, standen die Sterne groß und hell am Himmel. Das Fleisch war so zart, dass es vom Knochen fiel, der Kürbis honigsüß. Mit dem frischen Mosbolletjie-Brot tunkten wir die Soße auf.

Nach dem Essen schnitt ich den Rest des Brotes in Scheiben.

Während die Zwiebäcke im noch warmen Ofen ruhten, schlief ich zusammengerollt in Henks starken Armen, bis die Ibisse beim ersten Lichtstrahl Rache an uns nahmen. Diese Vögel können wirklich Krawall schlagen. Sie weckten Kosie, der bis dahin friedlich auf seiner Decke gedöst hatte. Er stupste gegen das Bett, wollte hineinsteigen.

»Nee, Kosie«, sagte Henk mit einer vom Schlaf schweren Stimme.

Das Lamm wackelte davon. Seine Füße klackerten über den Holzboden, dann hörte ich, wie es Wasser aus der Schale in der Küche trank.

Henk kuschelte sich an mich, ich lag da, eingehüllt in die Wärme seines Körpers, und lauschte den Vögeln, die sich gegenseitig einen guten Morgen wünschten. Es roch nach Kampferblättern und Mosbolletjie-Beskuit.

Als ich etwas später in der Redaktion eintraf, sah Jessie sofort das Glück in meinem Gesicht.

»Tannie M«, sagte sie, »du strahlst wie eine Veldvygie.« Wie eine Feldblume.

Hattie betrachtete stirnrunzelnd etwas auf ihrem Computer und sah nur kurz auf. »Supi«, sagte sie. »Du siehst wirklich besser aus.«

»Ich habe Mosbolletjie-Zwiebäcke mitgebracht«, verkündete ich.

Ich stellte die Dose auf den Tisch, neben die Müslizwiebäcke, und füllte den Wasserkocher. Auf meinem Platz lag ein neuer Stapel Briefe, ich breitete sie aus. Bevor ich beschloss, welchen ich als Erstes öffnen würde, sah ich sie mir genauer an.

»Ich habe gestern den Kaninchen-Opa interviewt«, erzählte Jessie. »Interessanter alter Kerl. Hab coole Fotos gemacht. Guck mal!«

Ich zog meinen Stuhl zu Jessies Schreibtisch hinüber und sah mir die Fotos auf ihrem Bildschirm an.

»Das ist das beste, glaube ich, das nehme ich für den Artikel.«

Auf dem Bild stand der alte Mann vor einem knorrigen Wildpflaumenbaum. Er trug einen Lederhut und eine kurze Weste aus Fellstreifen. Auf dem Arm hielt er ein flauschiges braunes Kaninchen. Es hatte die Ohren angelegt, als wollte es sich unter seinen Armen verstecken.

»Wie konnte die Stadtverwaltung dazu Nein sagen?«, rief Jessie.

»Ziemlich problemlos offenbar«, bemerkte Hattie.

»Ich bin heute Morgen als Erstes hin«, berichtete Jessie. »Habe mich mit dem Leiter des Straßenbauamts getroffen. Er hatte Verständnis und so, aber meinte, sie hätten nicht mal das Geld für die notwendigen Ausbesserungsarbeiten, geschweige denn für einen Häschentunnel. Weshalb gibt es dann so verdammt viele Straßen, auf denen man Maut bezahlen muss?«

»Reine Abzocke!«, schimpfte Hattie. »Im Benzinpreis ist eine Straßensteuer enthalten. Eigentlich ist genug Geld da, aber diese Demokratie leidet am Krebsgeschwür der Korruption.«

»Ja, aber das ist eine andere Geschichte. Letztendlich kann die Stadt so was nicht finanzieren.«

Ich runzelte die Stirn. Immerhin hatte ich ein schönes Rezept für den alten Mann. Aber ich konnte ihm keinen Rat geben, wie man Kaninchenohren verwendete, und bei seinem Tunnel konnten wir ihm wahrscheinlich auch nicht helfen.

»Was ist mit den Naturschutzorganisationen?«, fragte ich. »Finanzieren die nicht solche Sachen?«

»Ich schicke eine Info herum, aber ich weiß, dass sie total überlastet sind und zu wenig Geld haben.« Jessie kaute ihren Zwieback. »Wow! Der Beskuit ist der Hammer.«

Ich leerte meinen Mund mit einem Schluck Kaffee und sagte:

»Mir tun all die Tiere leid, die sterben müssen, nur weil sie am Fluss trinken wollen. Kann man in der Kurve keine Bodenschwelle einbauen?«

Jessie schüttelte den Kopf. »In den Kassen ist kein einziger Cent mehr. Aber wir bringen ja einen Artikel darüber. Vielleicht hilft ein Appell an die Leser.«

Hattie machte ein Geräusch wie eine niesende Katze. »Ich bin mir sicher, dass sich ganze Horden von kaninchenverrückten Millionären bei uns melden werden, die ein unterirdisches Tunnelsystem finanzieren wollen.«

»Ach, Hattie, man weiß ja nie … Auf jeden Fall müssen wir das Thema öffentlich machen.«

»Natürlich. Entschuldigung. Wenn es um Korruption geht, bekomme ich immer Haare auf den Zähnen. Wir bringen das Bild auf der Titelseite.«

Während Hattie und Jessie sich in ihre Arbeit vertieften, ging ich meine Briefe durch. Ein Mann fragte nach Menüvorschlägen für ein Wiedersehen mit Freunden, die mit ihm zusammen in der Arktis Kaninchen gejagt hatten. Alles außer Kanincheneintopf, schrieb er. Ich schickte ihm ein Rezept für eine Paella und für eine überbackene Eisbombe. Jessie kam an meinen Schreibtisch und nahm sich noch einen Mosbolletjie-Zwieback.

»Gibt's was Neues über Slimkat?«, raunte ich, um Hattie nicht zu stören.

»Nur Inoffizielles«, flüsterte sie zurück. »Die einzigen Fingerabdrücke, die auf der vergifteten Soßenflasche sichergestellt werden konnten, waren von Slimkat. An den anderen Flaschen auf dem Tisch waren natürlich massenhaft Abdrücke, allerdings sind nur wenige davon verwertbar. Aber immerhin gab es einen Treffer. Eine Übereinstimmung mit jemandem, der vorbestraft ist.«

»Ach? Wer ist das?«

»Reghardt will es nicht sagen. Jedenfalls noch nicht.« Jessie tauchte ihren Zwieback in den Kaffee. »Gibt es was Neues vom satanischen Mechaniker?«

»Nein«, sagte ich. »Aber ich bin heute Nachmittag wieder dort.«

»Du vertraust deine Psyche wirklich einem Autoschlosser an?«, rief Hattie dazwischen. »Einer Figur wie aus der *Rocky Horror Picture Show*?«

»Er hat eine Ausbildung dafür«, erklärte Jessie. »Es ist Zufall, dass er auch Autos repariert …«

»Und das erste Treffen war wirklich gut«, beharrte ich.

»Das freut mich, Maria. Wirklich«, sagte Hattie und konzentrierte sich wieder auf ihren Bildschirm.

»Ich fahre besser los.« Ich stand auf. »Muss noch einen Kürbiskuchen backen.«

35

Nach Büroschluss machte ich mich an Pikkie se Pampoenpaai nach dem Rezept meiner Großmutter, ein Kürbiskuchen, der angeblich erwachsene Männer zum Weinen bringt. Nicht dass die Männer in unserer Gruppe nicht schon genug Grund dazu hatten, aber in diesem Fall wären es schöne Tränen, denn er würde sie an die Pies erinnern, die ihre eigene Großmutter ihnen in der Kindheit gebacken hatte.

Außerdem wäre das eine geeignete Beilage zu dem Moussaka, das Lemoni machen wollte. Und als Nachtisch ist Kürbiskuchen mit Sahne auch eine Köstlichkeit.

Auf dem Weg zu Ricus' Farm erfüllte der süße Duft des Kürbisses die Kabine meines Bakkie. Noch warm lag er auf dem Sitz neben mir, in einer Glasschüssel, abgedeckt mit Alufolie. Begleitet von einer Schale mit Schlagsahne.

An dem alten Traktor mit dem Nummernschild »Ricus 5474N« bog ich in den Feldweg ein und hielt auf die Swartberge zu. Bei dem Bogen aus Walrippen, Holz und Schädeln erschien der Kudu. Ich hielt an. Der Bock schaute durch das Beifahrerfenster herein. Seine langen, gewundenen Hörner berührten die Scheibe. Mit dunklen Augen schien er den Kürbiskuchen zu betrachten. Ich seufzte. Das Tier war freundlich und schön, aber ich wusste, dass irgendetwas mit mir nicht stimmte, weil ich es immer sah. Vielleicht gehörte es zu meiner PTBS, zu den Flashbacks und so weiter. Oder die Erscheinungen wurden durch den Stress ausgelöst, Slimkat sterben gesehen zu haben. Obwohl es nicht das erste Mal war, dass ein Mann vor meinen Augen starb.

Vielleicht schickte Slimkat mir den Kudu als Aufforderung, seinen Mörder zu finden? Der Geist von Buschmännern ist bekanntermaßen sehr stark, aber ich habe mit spirituellen Kräften eigentlich nicht viel am Hut. Ich ging nicht mal zur Kirche. Vielleicht sollte ich das in der Therapiegruppe besprechen, aber Tiere zu sehen kam mir albern vor.

Ich fuhr unter dem Bogen hindurch und über das Viehgitter in Richtung des Kastenwagenkraals unter den drei Akazien. Inzwischen kannte ich die Wagen, die davor parkten: Offensichtlich waren schon alle da. Elegant lief der Kudu neben meinem Bakkie her und wartete, bis ich ausgestiegen war. Er leitete mich, bepackt mit Kuchen und Sahne, zu den anderen, die auf Plastikstühlen im Kreis saßen. Ousies gab gerade Gewürze aus Fatimas Silberdose in einen roten Teekessel auf dem Feuer; sie hob den Kopf und schaute dem Kudu und mir entgegen. Tata Radebe, Dirk, Lemoni, Fatima und Ricus grüßten mich mit einem Nicken oder Lächeln. Ricus' blaue Augen funkelten.

»Ich habe Kürbiskuchen gemacht«, verkündete ich und gab ihn Ousies. »Kann man warm oder kalt essen.« Sie stellte die Schüssel auf einen flachen Stein neben sich.

Vor dem Feuer stand eine große, mit Alufolie abgedeckte Metallschüssel. Ich roch das Moussaka darin. Ousies bewachte es, als wäre es ein Tier, das nicht entkommen durfte.

»Wir können den Kuchen zum Moussaka essen«, sagte ich. »Wenn was übrig ist, schmeckt er auch mit Sahne als Nachtisch.«

Ich setzte mich zwischen Lemoni und Fatima.

»Willkommen, Tannie Maria«, sagte Ricus mit seiner warmen, dröhnenden Stimme. »Wir wollen erst einmal ankommen, zu uns selbst und unseren Sinnen finden …« Seine behaarten Hände lagen auf den blauen Beinen seines Overalls. »Achtet auf eure Atmung.«

Mein Atem ging schnell und stoßweise. Nach einer Weile beruhigte ich mich. Ich erinnerte mich an die Übung, die Ricus uns beim letzten Mal gezeigt hatte, und bemühte mich, den Rhythmus des Ein- und Ausatmens gleichmäßig werden zu lassen.

»Nehmt die Dinge und Geräusche um euch herum wahr!«, sagte der Mechaniker.

Über mir und um mich herum war der endlose blaue Himmel. In der Ferne zogen sich die flachen Hügel zu langen Wellen, ich sah die hohen Swartberge im Norden und den runden Rooiberg im Süden. Unweit von uns trällerten Vögel, weiter entfernt blökten Schafe. Die Dornen an den Akazien waren weiß wie ausgeblichene Knochen. Die Zweige warfen dunkle Schatten, die den Boden nass wirken ließen. Fatima trug wieder ein langes Gewand mit einem rosa-blauen Muster. Lemoni hatte die Augen geschlossen und atmete tief ein und aus. Eine schwarze Jeans und ein weißes Top brachten ihre Kurven zur Geltung.

»Lasst die Gedanken kommen und gehen«, sagte Ricus mit sanfter Stimme, »aber kehrt immer wieder zu euren Sinnen zurück. Fühlt euren Atem, euren Körper auf dem Stuhl, fühlt die Dinge, die Geräusche und Gerüche um euch herum.«

Der Kudu stand außerhalb des Kreises und blickte ins Feuer. Ousies bewachte das Moussaka immer noch wie ein Habicht. Dirk schien das Heben und Senken von Lemonis Brust zu verfolgen. Nur Johannes war nirgends zu sehen. Vielleicht arbeitete er an einem Auto im Schuppen oder kümmerte sich um die Schlangen im Haus. Tata Radebe war wieder in einer feinen schwarzen Hose und glänzenden Schuhen erschienen. Dazu trug er ein verblichenes gelbes T-Shirt mit dem Aufdruck »UDF« für United Democratic Front und einem Bild von Menschen mit geballten Fäusten.

»Wenn eure Gedanken sich verselbstständigen«, sagte Ricus, »führt euer Bewusstsein liebevoll zu euren Sinnen zurück. Zu euch selbst, ins Hier und Jetzt.« Er nickte Fatima zu, die aufstand und Ousies half, den Shaah-Tee zuzubereiten.

Ich spürte die Nachmittagssonne im Gesicht und atmete den süßen Duft von Staub und wilden Sträuchern ein. Einfach nur dazusitzen und ich zu sein, war ein ungewohntes Gefühl. Es ist schwer zu beschreiben, aber es war, als würde ich heimkommen. Normalerweise bin ich immer mit irgendwas beschäftigt. Manchmal fühlt es sich an, als wäre ich auf der Flucht – ohne zu wissen, wovor. Jetzt saß ich ganz still, und nach einer Weile begegnete ich mir selbst. Und es war gar nicht so schlecht.

Fatima verteilte die Tassen mit dem süßen Tee.

»Genießt die Wärme der Teetasse in euren Händen«, sagte Ricus. »Richtet eure ganze Aufmerksamkeit auf den Geschmack in eurem Mund.«

Schweigend tranken wir, umgeben von den Geräuschen, Gerüchen und Bildern der Karoo.

Ricus sammelte die leeren Tassen ein. »Versucht mal, dieses Gefühl des Verbundenseins während unserer Sitzung zu behalten. Verbindet euch mit euch selbst und den anderen. Verbundenheit und Achtsamkeit sind die ersten Schritte zur Heilung.«

Er setzte sich wieder und streckte seine Füße in den braunen Veldskoene von sich.

»Am Samstag haben wir über unsere Absicht gesprochen, gesund zu werden.« Er breitete die Arme aus, dann legte er die Hände vor der Brust zusammen. »Das geht nicht, solange wir gegen uns selbst kämpfen.« Seine Fäuste stießen gegeneinander. »Solange wir nicht daran glauben, dass wir Frieden verdient haben, werden wir uns selbst bestrafen.«

Er sah Dirk an, der die Hände auf dem Schoß geballt hatte. Seine Fingerknöchel waren rosa.

»Deshalb«, sagte Ricus und presste die Handflächen aneinander wie zum Gebet, »geht es heute um Vergebung. Wir müssen uns dem stellen, was wir getan haben, und uns selbst verzeihen.«

Fatima senkte den Kopf und schlug die Hände vors Gesicht. Tata Radebe bohrte seinen Gehstock in den Boden, Lemoni drehte an den Griffen ihrer Handtasche.

»Vergebt euch!«, sagte Ricus.

Mein Magen begann zu brodeln. Der Kudu galoppierte davon ins offene Veld, auf die Schluchten der Swartberge zu.

36

Am liebsten wäre ich aufgesprungen und dem Kudu nachgelaufen, auch wenn ich nicht viel fürs Rennen übrighabe. Aber Ricus' schwere, warme Stimme hielt mich auf meinem Stuhl.

»Schon gut«, sagte er, als würde er mir auf den Rücken klopfen.

Alle im Kreis (außer Ricus und Ousies) sahen aus, als wollten sie am liebsten den Kopf in den Sand stecken oder nach Hause fahren. Ousies riss sich vom Moussaka los und reichte Servietten an die leise weinende Fatima und an Dirk, der schwitzte, als würde unter ihm ein Feuer brennen. Lemoni hatte ihre Finger in die Riemen ihrer Tasche gekrallt, und Tatas Knobkierrie bohrte sich tief in den sandigen Boden.

»Wenn uns Leid zugefügt wird«, fuhr Ricus dann an alle gewandt fort, »fügen wir anderen manchmal ebenfalls Leid zu. Wir sind auch nur Menschen. Und manchmal kann es einfacher sein, den anderen zu verzeihen, als uns selbst unsere Taten zu vergeben …«

Fatima schluchzte, ihr Gesicht hinter der Serviette verborgen. Wir sahen sie an, hielten sie sanft mit unseren Blicken, bis sie sich beruhigte. Ousies fegte den Sand hinter ihr, bewegte sich langsam im Kreis um uns herum.

»Möchte uns jemand seine Geschichte erzählen?«, fragte Ricus.

Heftig schüttelte Fatima den Kopf.

Ich schaute hinaus auf das grünbraune Buschland. Aus dem Schuppen erklang ein Klappern, dann sah ich zwischen den Lieferwagen hindurch eine Gestalt im Overall vor dem Tor stehen. Johannes. Ich hörte ein Bellen und vermehrtes Blöken und entdeckte Mielie, die im Westen einen kleinen Koppie umkreiste, wo die Schafe gut getarnt inmitten wollener Büsche standen.

Tata Radebe begann. »Du hast recht, Bhuti. Die Apartheid-Regierung, die Polizisten, die mir so schlimme Dinge angetan haben – das ist es nicht, was mir das Herz schwer macht. Es geht um mich selbst, um das, was ich getan habe. Diesen Schmerz spüre ich jeden Tag.« Er schlug sich mit der flachen Hand auf die Brust. »Auch jetzt.«

Seufzend zog er seinen Gehstock aus dem Boden und klopfte den Sand von der Spitze.

»Drei Tage lang … drei Tage lang haben sie alles Mögliche mit mir gemacht, und ich habe den Mund gehalten. Ich wäre lieber gestorben, als die Namen meiner Kameraden zu verraten. Aber dann … dann fingen sie mit dem nassen Sack an, immer wieder. Irgendwann hat mein Mund die Namen einfach gesagt. Sie lagen plötzlich auf meiner Zunge. Ich konnte nichts dagegen tun.«

Er legte die Hand an seine Kehle.

»Die meisten Kameraden konnten entkommen. Aber der Kommandeur unserer Einheit wurde gefasst. Sie haben ihn getötet. Angeblich hat er sich erhängt, aber in Wirklichkeit wurde er umgebracht.«

Tata machte ein Geräusch wie ein platter Reifen. »Letztendlich war es nicht die Polizei, sondern ich.«

Er starrte ins Feuer, wir sahen ihn an. Hielten ihn, verziehen ihm.

»Vergib dir selbst!«, sagte Ricus.

Tata schüttelte den Kopf.

»Überleben zu wollen, ist völlig natürlich«, erklärte Ricus. »Es liegt in unseren Genen, um unser Leben zu kämpfen. Manchmal tun wir einfach, was nötig ist; es ist keine bewusste Entscheidung.«

Wieder schüttelte Tata den Kopf. »Mein Körper lebt noch«, sagte er, »aber mein Umoya, mein Geist, liegt im Sterben.«

Fatima nickte, die benutzte Serviette in der Faust.

»Vergib dir selbst«, wiederholte Ricus. Seine Stimme war leise, aber sehr eindringlich.

»Hayi«, verneinte Tata. »Was ich getan habe, war falsch. Ich hätte mein Leben für meine Kameraden geben sollen. Es war ein Fehler.«

»Vielleicht war es falsch. Aber um gesund zu werden, musst du dir verzeihen. Du musst einsehen, dass du dein Bestes getan hast.«

»Es war nicht mein Bestes, Bhuti. Ich hätte für meinen Kommandeur sterben sollen, statt ihn umzubringen.«

»Ich höre, was du sagst.« Ricus setzte sich auf und beugte sich vor. »Manchmal hilft es, wenn man eine Möglichkeit findet, etwas wiedergutzumachen. Ich habe mich lange Zeit schlimm aufgeführt. Ich war sehr … selbstsüchtig. Unsere Gruppensitzungen geben mir die Möglichkeit, anderen zu helfen. Das macht es mir leichter, mir selbst zu vergeben … Hast du das Gefühl, dass es irgendwas gibt, womit du deine Schuld sühnen kannst?«

Ousies, die hinter Tata fegte, gab ihm eine Serviette, mit der er sich die Stirn wischte.

»Wenn ich kann, schicke ich seiner Witwe Geld«, erwiderte Tata. »Sie hat zwei Kinder.« Er seufzte. »Sie weiß nicht, dass ich ihn bei der Polizei verraten habe. Es gab Gerüchte, dass ich ein Impimpi wäre, ein Verräter, aber die anderen Kameraden haben mich geschützt. Sie haben mich davor gerettet, gelyncht zu werden. Aber ich hätte den brennenden Autoreifen um den Hals verdient gehabt. Das hätte es wiedergutgemacht.«

Fatima schien kaum noch Luft zu bekommen. Sie presste sich die Serviette auf die Lippen. Ich legte ihr die Hand auf die Schulter.

»Das wäre nur eine Bestrafung«, sagte Ricus. »Weiteres Unrecht. Was könntest du tun, das es wieder*gut*macht?«

Tata Radebe studierte den glatten Griff seines Knobkierrie. »Ich muss mein Leben geben, um ein anderes zu retten, ein gutes Leben.«

»Dann würdest du dir vergeben?«

»Nein. Vielleicht. Weiß nicht.«

Fatimas Atmung beruhigte sich, ich ließ die Hand auf ihrer Schulter.

»Gut. Versuch dir einmal vorzustellen, dass du das schon getan hast«, sagte Ricus. »Mach die Augen zu. Tu so, als sei es geschehen.« Tata schloss die Lider. »Du hast jemandem das Leben gerettet … Du hast dein eigenes Leben gegeben, um einen guten Menschen zu retten. Kannst du dir nun verzeihen?«

Fast reglos saß Tata da. Ousies hielt mit dem Fegen inne. In der Ferne bellte der Schäferhund. Ein Turmfalke schoss vom Himmel hinunter aufs Veld. Als er davonflog, hatte er etwas im Schnabel: eine Maus.

Tata nickte und öffnete die Augen.

»Ewe«, sagte er. »Ja. Wenn ich das tue, ist mein Umoya frei.«

37

Ousies reichte Tata Radebe noch eine Serviette, er putzte sich die Nase. Dann fegte sie wieder im Kreis um uns herum und schüttelte am Ende den Besen aus. Als könnte man Probleme fortkehren, wie Staub.

Unter meiner Hand spürte ich, wie Fatimas Schulter immer noch bebte. Sie saß vornübergebeugt da, ihr Gesicht halb unter dem Kopftuch verborgen. Sie weinte mit kleinen Schluchzern, als wollten Worte aus ihr heraus, die sie immer wieder hinunterschluckte.

»Ich bin aus Somalia nach Südafrika geflüchtet«, sagte sie schließlich. »Vor dem Gestank. Aber als das in Kapstadt mit dem Ladeninhaber geschehen ist, bin ich wieder davongelaufen – und hierhergekommen.« Sie setzte sich auf und wies mit der ausgestreckten Hand hoch in den blassblauen Himmel. »Wo es friedlich ist und nicht gekämpft wird. Aber diesen Geruch habe ich immer noch in der Nase.«

Ousies brachte Fatima eine Serviette und legte Weihrauch nach. Fatima atmete tief ein und schluchzte.

»Tut mir leid«, sagte sie. »Wirklich.«

Ich tätschelte ihre Schulter, während sie tief aus dem Bauch heraus weinte. »Alles gut«, raunte ich.

»Waan ka xumahay«, sagte sie auf Somalisch. »Es tut mir so leid.«

Dann schloss sie die Augen und sprach leise und schnell, in ihrer eigenen Sprache, als würde sie mit anderen reden, vielleicht mit ihrer Familie oder mit Gott. Mehrmals hörte ich: »Waan ka xumahay.«

Nach einer Weile öffnete sie die Augen wieder und schaute

hinüber zu den dunklen Falten der Swartberge, dann sah sie sich in unserem Kreis um. In ihrem Gesicht war so viel Kummer.

»Ich bin ein Feigling«, sagte sie. »Meine Familie wurde verbrannt. Ich bin nicht bei meinem Onkel geblieben, um sie zu beerdigen.« Sie hielt sich die Serviette vors Gesicht, wie eine Maske. »Ich konnte nicht mal hingehen und sie ansehen. Ich wollte mich an meinen Vater, meine Mutter, meine Schwestern so erinnern, wie ich sie gekannt hatte … Oh, dieser Geruch und die Fliegen. Ich bin einfach davongelaufen.«

Sie senkte den Blick auf das blaue Muster ihres Kleids. »Ich bin meinem Onkel sehr dankbar, aber ich bin eine Sünderin und ein Feigling.«

»Es muss furchtbar für dich gewesen sein«, sagte Ricus.

»Ich bin ein Feigling«, wiederholte sie. »Es war nicht das einzige Mal, dass ich geflüchtet bin. An der Küste habe ich Arbeit gefunden. Durch den Bürgerkrieg war das Land arm, nur die Piraten verdienten Geld. Das waren keine schlechten Menschen. Sie waren ›Badaadinta badah‹, Retter der Meere. Einfache Fischer, die das Meer vor den Fischmördern schützen, vor illegalen Trawlern, vor Menschen, die Giftmüll ins Wasser kippen. Bis sie die Schiffe entdeckten, auf denen teure Waren unterwegs waren. Ich habe mit den Piraten gearbeitet und Geld verdient. Wir haben niemanden umgebracht. Bei einem der Piraten habe ich die Liebe gefunden, und er bei mir. Die anderen wurden böse und verjagten uns. Wir sind zu meinem Onkel nach Mogadischu gegangen. Doch er mochte meinen Freund nicht und wollte uns genauso wenig bei sich haben.«

Fatima knetete die Serviette in ihren Händen. Die Abendsonne beleuchtete ihr goldbraunes Gesicht. Mielie bellte wieder.

»Also sind wir nach Kapstadt geflohen«, fuhr sie fort. »Haben geheiratet, einen Spaza-Shop eröffnet, hatten Ruhe. Und dann kamen diese Verbrecher …«

Ihre Hände rissen die Serviette entzwei.

»Es waren viele. Ein wütender Mob. Und selbst unsere Freunde ließen uns im Stich. Wir haben nicht versucht, diesen Mann zu retten, sondern sind wieder weggelaufen, hierher. Hier ist es friedlich, und unser Laden läuft gut.« Blinzelnd schaute Fatima hinüber zu den flachen Hügeln und der untergehenden Sonne. Sie schloss die Augen. »Ich liebe meinen Mann sehr. Aber mein Herz findet keine Ruhe. Ich bin ein Feigling. Und das kann ich mir nicht verzeihen.« Sie öffnete die Augen und sah Ricus an: »Ich schaffe es nicht.«

»Fatima«, sagte er, »wenn du deine Geschichte aus dem Mund von jemand anderem hören würdest, wenn eine Frau dir erzählen würde, dass ihre Familie, ihre Landsleute auf so grausame Weise getötet wurden. Wenn du von einer Liebe hören würdest, die sie nicht aufgeben wollte. Würdest du dann verstehen, warum die Frau davongelaufen ist? Würdest du ihre Angst verstehen?«

Fatima sah Ricus an und schluckte.

»Es war keine andere Frau«, sagte sie. »Es war ich.«

»Aber wenn es so wäre«, beharrte Ricus, »hättest du dann Mitleid mit ihr und würdest ihr verzeihen?«

Seufzend senkte Fatima den Blick auf die zerrissene Serviette in ihren Händen. Dann nickte sie.

»Schenke ihr deine Vergebung. Sie hat genug gelitten. Diese Frau bist du.«

Fatima holte tief Luft. Die rote Sonne verschmolz mit den Hügeln.

»Wenn du einatmest, atme Liebe in dein Herz«, sagte Ricus. »Und beim Ausatmen lass die Vergebung durch dich hindurchströmen, bis in die Fingerspitzen, die Zehen und die Nase. Kommt, wir machen das alle gemeinsam!« Er streckte die Arme aus, dann legte er die Hände auf seinen Bauch. »Schließt die Augen und atmet Liebe ein. Erfüllt euer Herz damit. Und wenn ihr ausatmet, lasst Vergebung von eurem Herzen durch den ganzen Körper fließen.«

Mit geschlossenen Augen atmete ich ein und aus. Liebe. Vergebung. Liebe. Vergebung.

Vorsichtig öffnete ich die Augen und schielte zu Fatima hinüber. Sie wirkte friedlich, als würde die Liebe durch sie hindurchgleiten wie ein sanfter Fluss.

Ich schloss die Augen wieder. Das Moussaka roch gut. Einatmen: Liebe … und Moussaka. Ausatmen: Vergebung.

Die Liebe beim Einatmen konnte ich fast glauben, aber die Vergebung fühlte sich einfach nicht echt an. Mein Herz war von einem Geheimnis erfüllt, das ich mit niemandem geteilt hatte. Die eine Sache, die ich mir nicht verzeihen konnte. Vielleicht ist Vergebung nur möglich, wenn es vorher ein Geständnis gab. Aber ich hatte Angst. Einmal ausgesprochen, würde ich die Worte nie wieder zurücknehmen können. Der Druck auf meiner Brust wurde immer größer, bis er schließlich die Worte aus meinem Mund presste: »Ich habe meinen Mann umgebracht.«

38

Da war es heraus. Alle sahen mich an. Dirk machte die größten Augen. Tata Radebe nickte, als hätte er die ganze Zeit gewusst, dass ich eine Mörderin bin. Lemonis Gesichtsausdruck wirkte verständnisvoll; vielleicht hatte sie auch einen unerträglichen Ehemann. Ricus lehnte sich auf seinem Stuhl nach vorn und lauschte.

Niemand sagte etwas. Ousies stocherte im Feuer herum, dann griff sie zu ihrem Besen. Der Schäferhund bellte wieder in der Ferne, ein aufgeregtes Kläffen.

»Er hat mich jahrelang geschlagen«, sagte ich. »Ich habe mich nie gewehrt; er war viel stärker als ich.«

Fatima schnalzte mit der Zunge. Ob aus Mitleid oder Missbilligung, wusste ich nicht; ich sah sie nicht an.

»Wenn er etwas von mir wollte … ihr wisst schon«, fuhr ich fort, »hat er es einfach getan. Er … tat mir weh. Lange dachte ich, es wäre meine eigene Schuld … Später dann, als ich gehen wollte, wusste ich nicht, wie. Meine Mutter, die Frauen in der Kirche, selbst der Pfarrer – alle sagten, ich müsse bleiben … Und Fanie hat gedroht, er würde mich umbringen, wenn ich ihn verlasse. Ich habe ihm geglaubt.«

Ricus sah mich mit freundlichen Augen an.

»Ich hab gewusst, was ich tat«, gestand ich. »Aber ich dachte, es wäre die einzige Möglichkeit …«

Das Bellen des Hundes kam näher, ich musste die Stimme heben. Nun, da ich angefangen hatte, wollte ich mir die ganze Geschichte von der Seele reden. Zu lange schon lastete sie auf meinem Gewissen, so schwer.

»Er lag auf mir, beim … ihr wisst schon. Sein Gesicht war ganz rot … Und da … passierte es.« Ich hörte trappelnde Hufe. Ricus schaute dem Lärm entgegen, ich sprach weiter. »Ich lag unter seinem toten Körper. Irgendwie ist es mir gelungen, ihn von mir runterzurollen. Doch statt Schuldgefühle zu haben, weil ich einen Mann umgebracht hatte, fühlte ich mich einfach nur … frei.«

Das laute Blaffen des Schäferhunds übertönte meine Worte. Staubspritzend kam ein Merino-Bock mit geschwungenen Hörnern in den Wagenkraal gerast. Dann machte es leise *Puff*, und die Luft war erfüllt von gelbem Rauch. Es roch nach faulen Eiern. Meine Augen tränten, ich konnte nichts mehr sehen. Fatima neben mir hustete. Der Hund war in der Nähe, er bellte wie von Sinnen. Irgendetwas stieß gegen meine Knie. Ich streckte die Hand aus und ertastete ein Horn. Beruhigend tätschelte ich den wollenen Kopf des verängstigten Schafbocks.

Im rauchigen Zwielicht konnte ich drei schwarz-rote Gestalten ausmachen. Eine von ihnen trug Hörner. Obwohl ich nicht an solche Dinge glaubte, hatte ich einen Moment lang Angst, der Teufel persönlich sei gekommen, um mich wegen meiner Sünden mit in die Hölle zu nehmen. Schließlich hatte ich meinen Mann auf dem Gewissen.

Als sich der Nebel lichtete, erkannte ich, dass nicht ich das Ziel der drei Eindringlinge war. Ein Mann mit Hörnern und einer roten Augenmaske hielt Ricus ein Messer an den Hals. Er trug ein schwarzes Unterhemd und hatte auf dem Oberarm einen Stern in einem Kreis tätowiert. Ein Pentagramm.

»Ist gut, Mielie!« Ricus streichelte den aufgeregt kläffenden Hund neben sich. »Schhhh. Schhhh.«

Ein zweiter Mann und eine Frau, ebenfalls mit roten Augenmasken, behielten den Rest von uns im Blick. Die Frau trug kniehohe schwarze Stiefel und ein kurzes rotes Kleid. Mit einer

Kopfbewegung warf sie ihren blonden Pferdeschwanz nach hinten und schwang ein großes gebogenes Messer über ihrem Kopf, wie ein Pirat seinen Säbel.

Der Mann war groß, gut aussehend und ebenfalls schwarz gekleidet. Er hatte ein Ziegenbärtchen und einen gepflegten kleinen Schnauzer. In der Hand hielt er ein langes Gewehr mit Holzschaft. Langsam zielte er damit auf einen nach dem anderen.

»Bleibt auf den Stühlen sitzen!«, befahl er.

»Haltet die Leute da raus!«, rief Ricus. »Und den Colonel auch.« Er schaute zu dem Widder hinüber, der unter meinen Händen zitterte. Ich kraulte das Tier hinter den Ohren; es zu trösten, nahm mir ein wenig Angst.

»Du sorgst dich also um deine kleine Herde, ja?«, höhnte der Ziegenbart und richtete sein Gewehr auf mich. »Hat etwas länger gedauert, dich zu finden, Ricus. Ganz schön dumm von dir, auf Facebook aufzutauchen.«

Die Frau trat zu Fatima und schob mit der Spitze ihres Säbels deren Kopftuch hoch.

»Was wollt ihr?«, fragte der Mechaniker.

»Mein Amulett. Mein schwarzes Herz.« Die Frau drehte sich zu ihm um.

»Das war mein Stein«, erwiderte er. »Ich habe ihn gefunden.«

»Du hast ihn mir geschenkt, Rickie.«

»Wo ist er?« Der gehörnte Mann zog das Messer langsam über die Kehle des Mechanikers.

Der schwieg.

Der Gehörnte löste das Messer von Ricus' Hals und fuchtelte damit vor dessen Gesicht herum. »Jetzt red schon! Wir wollen deinen kleinen Freunden doch nicht wehtun, oder?«

Mit einem zischenden Geräusch flog etwas durch die Luft – ein Schraubenschlüssel. Er traf den Gehörnten an der Hand.

»Fok!«, stieß er aus und ließ das Messer fallen. Es schlug auf dem Boden auf und hüpfte davon.

Johannes stand neben dem Land Rover, den Arm noch erhoben.

»Ein Gummimesser!« Ricus zog einen Revolver aus seinem Overall und richtete ihn auf seinen Angreifer.

Johannes kam näher und hob seinen Schraubenschlüssel auf.

»Guter Wurf!«, lobte Ricus.

»Und das ist ein Luftgewehr«, erklärte Dirk, der jetzt ebenfalls eine Pistole in der Hand hielt.

»Genau. Mit 5,6-mm-Diabolos. Kleinkalibermunition«, bestätigte der Mann mit dem Ziegenbart, ließ das Gewehr aber sinken.

»Und das Teil hier ist aus Plastik.« Blitzschnell zog Fatima ein Messer mit gebogener Klinge unter ihrem Kopftuch hervor und schlug der fremden Frau damit den Säbel aus der Hand.

Lemoni holte ein Pfefferspray aus ihrer Handtasche und zielte auf das Gesicht des Ziegenbarts. Tata hatte plötzlich ebenfalls seinen Knobkierrie quer über die Knie gelegt. Ousies hielt den Besen wie einen Kampfstock.

Offensichtlich war ich als Einzige unbewaffnet. Andererseits war der Rammbock in meinen Armen auch eine Art Verteidigung. Als könnte er Gedanken lesen, senkte der Widder den Kopf, schoss auf den Ziegenbart zu und stieß ihn um. Das Gewehr polterte zu Boden. Schnell gab mir Tata seinen Knobkierrie und hob es auf. Dann stellte er sich mit einer Waffe in jeder Hand über den gestürzten Mann.

»Johannes«, sagte Ricus, »ruf die Polizei!«

Johannes klopfte die Taschen seines Blaumanns ab, als suchte er sein Handy.

»Nicht!«, rief der Ziegenbart und setzte sich auf. »Bitte nicht!«

»Hinlegen!«, befahl Ricus. Doch der Mann blieb sitzen.

»Hast du Mielies in den Ohren?«, zischte Dirk und fuchtelte mit seinem Revolver herum. »Er hat gesagt, du sollst dich hinlegen.« Er zielte auf den Gehörnten. »Du auch! Auf den Boden.«

Beide Männer gehorchten.

»Mein Handy ist im Schuppen.« Johannes wandte sich zum Gehen.

Die Frau im roten Kleid machte einen Schritt auf Ricus zu, hielt aber inne, als sich alle Waffen auf sie richteten. Drei Pistolen, ein Luftgewehr, ein Pfefferspray, ein gebogenes Messer, ein Schraubenschlüssel, ein Rammbock, gefletschte Schäferhundzähne und der Knobkierrie in meiner Hand.

Sie erstarrte und wies mit dem Fuß auf den heruntergefallenen Säbel. »Das war doch Spaß. Es ist nur ein Spielzeug.«

»Wer ist denn bitte so blöd und benutzt Spielzeugwaffen?«, höhnte Dirk.

Tata klemmte sich das Luftgewehr unter den Arm und griff nach der Jacke über der Rückenlehne seines Stuhls.

»Ich habe ein Handy dabei«, sagte er.

»Ach, bitte, Ricus, du weißt doch, dass die uns immer hart zusetzen«, sagte der Gehörnte auf dem Boden. »Es wurde doch niemand verletzt. Wir würden dir nie was tun, Mann. Wir wollen nur Elmaris Amulett zurück.«

Kopfschüttelnd hielt sich Tata Radebe das Handy ans Ohr und begann zu wählen.

»Moment!«, sagte Fatima mit ihrer weichen Stimme. »Wir brauchen keine Polizei.«

»Finde ich auch«, sagte Lemoni. »Die stellt uns nur tausend Fragen, und wir kommen nie nach Hause.«

Tata ließ das Handy sinken und schaute Ricus an.

Der Mechaniker stand auf und holte unter seinem blauen Overall eine Schnur hervor, die er sich über den Kopf zog. Daran hing ein kleines kakifarbenes Beutelchen. Er stieg über die Männer auf dem Boden hinweg und blieb vor der Frau in Rot stehen.

»Elmari.«

Sie leckte sich über die Lippen. »Beastie«, sagte sie zärtlich.

Ricus öffnete den kleinen Beutel mit dem Tunnelzug und fischte ein goldglänzendes Herz heraus, das er auf seine Handfläche legte.

»Aber … das ist nicht mein Herz«, sagte Elmari.

»Ich habe es mit Gold überziehen lassen.«

»Ist das viel wert?«, fragte sie. »Das Gold?«

»Ja.«

Sie entriss ihm den Stein und stopfte ihn sich in den Ausschnitt.

Ricus stellte sich über die beiden Männer.

»Verschwindet!«, zischte er.

Dirk stand auf. »Diese Arschlöcher gehören ins Gefängnis!«, rief er.

»Zur Hölle, nein!«, stieß Elmari aus. *Peng*. Wieder breitete sich der schwefelige Rauch aus. Man hörte Rascheln und Bellen, der Widder drückte sich an meine Knie.

Als sich der Qualm verflüchtigt hatte, stand der Schafbock immer noch neben mir, die drei maskierten Besucher jedoch waren verschwunden.

»Elmari«, sagte Ricus, als wäre sie noch da. Zärtlich betasteten seine Finger die Narben an seinem Handgelenk.

39

Ricus blinzelte, als sei er gerade aufgewacht. »Entschuldigt! Das tut mir sehr leid.«

Ousies warf Zweige aufs Feuer, die unseren ins Dunkel getauchten Kreis erleuchteten.

Ricus, Dirk und Tata gingen und sahen sich um. Erst als sie sicher waren, dass sich niemand mehr zwischen den Lieferwagen versteckte, packten sie ihre Waffen weg. Fatima steckte ihr Messer zurück unter ihr Kopftuch und richtete die Falten ihres Kleides. Lemoni verstaute das Pfefferspray wieder in der Tasche und wischte sich den Staub von den Händen.

»Ich glaube nicht, dass die uns noch mal stören«, sagte Ricus. Er tätschelte Mielie, die mit dem Schwanz wedelte. »Mannomann, das war keine Therapiesitzung, die ich einer PTBS-Gruppe empfehlen würde. Wie geht es euch allen?«

»Meine Hände zittern«, erwiderte Fatima.

Meine ebenfalls, mein Herz schlug zum Zerspringen.

»Adrenalin«, kommentierte Ricus.

»Stimmt«, sagte Dirk. »Ich war ganz heiß drauf, die fertigzumachen.«

»Diese Schweine!«, schimpfte Lemoni. »Was bilden die sich eigentlich ein?«

»Ich weiß ja, dass ich feige bin, aber ich hatte gar keine Angst«, bemerkte Fatima. »Weiß auch nicht, warum.«

»Weil wir eine Gruppe waren«, antwortete Tata Radebe. »Du warst nicht allein.«

»Wir waren stärker als die«, ergänzte ich. »Wir haben uns gewehrt und gewonnen.«

»Genau«, bestätigte Dirk. Fatima und Tata nickten.

»Diese Frau, Elmari«, sagte Dirk, »die war ja echt heiß, aber auch verrückt. Woher kennst du sie?«

»Ich musste in Hotazel mal was bei ihr abliefern«, erklärte Ricus. »Kurz vorher war mein Ziehvater Ted gestorben. Ich war jung und einsam, da kam sie an die Tür. Sie hatte nicht viel an. Irgendwie hat sie mich in ihren Bann gezogen und in ihr Leben … Wir hatten viel Spaß zusammen, aber ich habe auch Sachen gemacht, die ich heute bereue. Das war meine egoistische Zeit …«

»Und dieser herzförmige Stein, um den es hier ging: Hat der was mit Liebe oder mit Satanismus zu tun?«, wollte Lemoni wissen.

Ricus schüttelte den Kopf. »In den Kraal, Mielie!«, rief er. Der Schäferhund holte den Schafbock ab und trieb ihn zur leise blökenden Herde. Beide verschwanden in der Nacht. »Kehren wir zurück ins Hier und Jetzt. Atmet, lasst den Körper zur Ruhe kommen. Damit das Adrenalin sich setzt. Ihr seid jetzt in Sicherheit.«

Ousies nahm den Besen und fegte einmal schnell im Kreis herum, dann ließ sie ihn drei Mal in die Luft schnellen und stieß ihn einmal auf den Boden, als würde sie einen Punkt in den Sand machen.

»Einatmen, ausatmen«, leitete Ricus uns an. »Werdet euch eures Körpers bewusst. Nehmt eure Umgebung wahr. Ihr braucht euren Körper nicht länger anzuspannen. Lasst los! Atmet einfach.«

Es war Nacht, aber noch zu früh für Sterne. Das abkühlende Veld verbreitete einen süßen, erdigen Duft. Ich atmete ein und aus, mein Herzschlag wurde langsamer. Ich bin jetzt in Sicherheit, sagte ich mir.

»Bitte entschuldigt die Unterbrechung.« Ricus sah mich an. »Wir waren gerade bei etwas sehr Wichtigem. Wie geht es dir, Tannie Maria?«

Bei dem Gedanken daran, dass ich der Gruppe von Fanie erzählt hatte, davon, was er mir angetan und was ich mit ihm gemacht hatte, nahm mein Puls wieder Fahrt auf. Ich schaute nach oben in den weiten, dunklen Himmel. Dann auf meine Hände, die auf meinem Schoß miteinander rangen, als versuchten sie, sich hinter der jeweils anderen zu verstecken.

»Ich glaube, das Moussaka ist fertig«, verkündete ich schließlich.

»Gut«, sagte Ricus. »Essen wir!«

Ich half Ousies, Moussaka und Kürbiskuchen zu verteilen. Lemoni hatte es nicht so mit dem Servieren. Aber sie hatte eine Speise mitgebracht, die noch besser schmeckte, als sie roch.

»Das Rezept ist von meiner Yiayia«, erklärte sie beim Essen. »Meiner Oma.«

»Jinne, dis lekker!« Aus Dirks Mundwinkeln sickerte Käsesoße.

»Jislaaik!«, stimmte ich zu, als ich den ersten Bissen geschluckt hatte. »Wunderbar! Das Rezept musst du mir geben.«

»Kein Problem, es ist eigentlich ein Moussaka-Rezept mit Lamm, aber ich habe Hackfleisch vom Kudu genommen.«

Ousies machte beim Essen ein Geräusch wie ein Staubsauger.

»Und dieser Kürbiskuchen«, sagte Dirk. »Der erinnert mich an …« Er wischte sich eine Träne aus dem Augenwinkel. Tata nickte. Auch seine Augen waren feucht.

Lemoni aß wie ein Vögelchen, ich hingegen genehmigte mir zwei Portionen. Ich war aufgeregt, und das Moussaka wirkte beruhigend. Ousies nahm so oft Nachschlag, dass ich es nicht mehr zählen konnte. Sie saß auf einem Stein, abseits des Feuers, von ein wenig Mondlicht beleuchtet. Von Pikkies Kürbiskuchen hatte sie nur ein Stück probiert, aber das Moussaka stopfte sie in sich hinein wie ein hungriger Schakal. Lemoni lächelte stolz.

Zum Nachtisch aßen wir den Kürbiskuchen mit Sahne.

»Das war superlecker, danke«, sagte Ricus, als er die Teller abräumte. »Es wird spät, wir müssen uns gleich verabschieden. Aber ich bin nicht glücklich mit der Art und Weise, wie wir mit Tannie Maria aufgehört haben.«

Lemoni sah auf die Uhr.

»Unter uns sind viele, die sich für den Tod eines anderen verantwortlich fühlen«, fuhr er fort. Tata, Dirk und Fatima nickten. »Das ist eine schwere Last, die ihr mit euch herumtragt.«

»Aber dieses Schwein hatte es nicht besser verdient«, sagte Dirk zu mir.

»Es lässt mich nicht in Ruhe«, gestand ich. »Es stört meine … neue Beziehung.«

»Kannst du dir selbst vergeben, Maria?«, fragte Ricus.

Ich schüttelte den Kopf. »Ich weiß es nicht. Damals hatte ich das Gefühl, es gäbe keinen anderen Ausweg. Ich säße in der Falle. Vielleicht jetzt, da ich die Wahrheit erzählt habe …«

Ich schaute hoch zum Himmel; die Sterne waren aufgegangen, Millionen kleiner Sonnen schienen aus weiter Ferne auf uns hinab.

»Was wäre nötig, damit du dir verzeihst?«, hakte Ricus nach.

»Keine Ahnung. Mein … mein Freund, der weiß von nichts, und wenn er es erfahren würde, weiß ich nicht, ob er mir jemals vergeben würde. Wenn ich es ihm beichten und er sagen würde, es ist gut, dann könnte ich mir vielleicht auch selbst verzeihen.«

»Wurdest du denn des Mordes überführt?«, fragte Lemoni.

»Nein«, gestand ich. »Niemand weiß, dass ich es war. Es wird nie jemand erfahren.«

»Aber woher …?«

Ich schaute auf meine Hände und antwortete nicht. Zu sehr schämte ich mich dafür, wie ich es getan hatte.

»Du hast eben gesagt, er hätte auf dir gelegen?«, wollte Lemoni wissen. »Beim … du weißt schon.«

Ich errötete.

»Wie hast du es denn gemacht?«, beharrte sie. »Und wieso hat man dich nicht geschnappt?«

Hilfe suchend sah ich Ricus an.

»Setzen wir Maria nicht so unter Druck«, schlug er vor. »Uns geht es heute Abend ums Verzeihen, nicht um Details.«

Ich sagte nichts, aber dachte, dass ich vielleicht die ganze Geschichte gestehen musste, um darüber hinwegzukommen. Alles sollte auf den Tisch. Und wenn ich frei sein wollte, wirklich frei, musste ich es auch Henk sagen.

Die Vorstellung, es ihm zu erzählen, machte mich schwindelig. Der Kudu kam in den Kreis und schaute mich an. Das Mondlicht schimmerte auf seinen Hörnern.

»Ich glaube, ich muss nach Hause«, sagte ich.

»Ja, das war eine ganz schön anstrengende Sitzung.« Ricus erhob sich.

Wir standen auf und stellten uns rund ums Feuer. Fatima zupfte den Stoff ihres langen Kleids zurecht, Lemoni drückte sich ihre Tasche an die Brust, und Tata Radebe stützte sich auf seinen Stock. Dirk schniefte und wischte sich mit dem Handrücken über die Nase. Ricus sah uns voller Wärme an, als wären wir tatsächlich seine Herde. Dann blickten wir alle in die Glut. Ousies summte und sang wieder leise, dann warf sie unsere Servietten zusammen mit süß riechenden Kräutern hinein. Qualm stieg auf, ich kniff die Augen zu, damit sie nicht so brannten. Ousies' Lied wand sich um uns wie eine warme Brise vom Veld. Als das Holz im Inneren des Steinkreises aufloderte, öffnete ich die Augen. Von unten angeleuchtet sahen alle irgendwie gruselig aus. Schatten huschten über die Gesichter. Die Eindringlinge mit ihren Masken hatten mir

Angst gemacht, ich wollte nach Hause. Henk zu sehen würde mich beruhigen. Doch der Gedanke daran, was ich ihm gestehen musste, machte mich nervös.

Die Papierservietten schrumpften zu schwarzen Gebilden zusammen, ihre Asche schwebte in die Höhe, als wollte sie in den sternenhellen Himmel aufsteigen. Dann fielen die Flocken hinunter und landeten als dunkle Flecken auf meinen Veldskoene.

40

Als ich nach Hause kam, blinkte das rote Licht meines Anrufbeantworters. Ich wusste, dass es Henk war, deshalb rief ich ihn sofort zurück.

»Maria, wo warst du?«

»Bei meiner Gruppentherapie. Habe ich dir doch erzählt. Ist ein bisschen spät geworden.«

»Kann ich vorbeikommen?«

»Ja, gerne. Ich habe ein Stück von Pikkies Kürbiskuchen für dich aufgehoben.«

Ich schlug Sahne steif und hörte mir dabei Henks Nachrichten auf dem AB an, eine dringlicher als die andere:

»Maria, ruf mich bitte an, wenn du zurück bist.«

»Ich muss dich sehen.«

»Wo bist du?«

Henk kam ohne Kosie, was schon eine Botschaft an sich war.

Seine Augen funkelten. War er sauer? Er beugte sich vor und gab mir einen schnellen Kuss, dann stellte er eine gelbe Tüte auf den Küchentisch. Eine Plastiktüte vom Spar.

Ich holte tief Luft. »Wir hatten heute ein interessantes Treffen«, begann ich. »Ich würde gerne mit dir darüber reden.«

»Gut, aber ich brauche deinen Rat.« Henk holte drei verschiedene Senfsorten aus der Plastiktüte.

Nicht Wut funkelte in seinen Augen, sondern das Feuer der Aufregung. Jedoch nicht die Gleich-geht's-ins-Bett-Aufregung.

»Senf?«, fragte ich.

Ich betrachtete die Gläser auf dem Tisch: eins von Colman's, ein Dijonsenf und die Hausmarke vom Spar. Henks Schnurrbartenden zuckten, wie bei einem Hund auf der Fährte eines Hasen.

»Der Slimkat-Fall?«

»Ja. Kannst du mir vielleicht sagen, welcher Senf in der vergifteten Soße war?«

Er reihte die Sorten ordentlich nebeneinander auf, wie bei einer Gegenüberstellung.

»Ich hab den Senf ja nicht probiert, sondern nur an Slimkats Serviette gerochen.«

»Ja, aber du hast gemerkt, dass Knoblauch drin war und dass es ein anderer Senf war als der in der normalen Soße vom Sosatie-Stand.«

»Okay. Und was ist das Ziel des Versuchs?«, wollte ich wissen.

Ich stellte ein Stück Kürbiskuchen mit Schlagsahne vor Henk auf den Tisch, doch er würdigte es keines Blickes.

»Mach sie auf!«, wies er mich an. »Riech dran. Und dann sag mir, was du meinst.«

»Ich habe Pikkie se Pampoenpaai gemacht«, erklärte ich. »Er schmeckt auch kalt, aber ich kann ihn aufwärmen, wenn du willst.«

»Bitte, Maria!«

»Wie kommt es, dass ich dir auf einmal bei dem Fall helfen soll?«, fragte ich. »Wieso soll ich mich jetzt plötzlich nicht mehr aus den Angelegenheiten der Polizei heraushalten?«

»Ich hab mir Sorgen um deine Sicherheit gemacht, das weißt du genau. Aber an Senf zu schnuppern, ist nicht gefährlich. Und ich vertraue darauf, dass du der Gefahr aus dem Weg gehst.«

Ich dachte an alles, was ich an genau dem Abend schon überstanden hatte, aber jetzt war nicht der rechte Moment, davon zu erzählen.

»Ich möchte nur deinen fachmännischen Rat.«

»Na gut.« Ich setzte mich an den Tisch. »Und du isst deinen Kuchen.«

Henk nahm die Gabel in die Hand, ließ mich aber nicht aus den Augen.

Ich öffnete den Dijonsenf und schnüffelte daran. »Das ist der Senf von der Soße am Sosatie-Stand.«

Henk nickte. »Ja, das stimmt. Du hast recht.«

»Woher weißt du das? Hat der Besitzer dir das Rezept gegeben?«

»Ja«, erwiderte er. »Die nehmen Dijonsenf, aber keinen Knoblauch.«

Ich schnalzte mit der Zunge. »Mir wollten sie es nicht verraten. Bekomme ich das Rezept, wenn ich dir hierbei helfe?«

»Ja, kannst du haben. Aber jetzt guck erst mal, ob eine von diesen Senfsorten in der vergifteten Soße war.«

»Hast du beide Rezepte? Für die scharfe und für die süße Soße?«

Henk nickte und wies auf das nächste noch verschlossene Glas.

Ich zeigte auf den unberührten Kuchen, er aß ein Stück mit einem großen Klecks Sahne.

»Hui«, sagte er, »das ist ein lecker Paai. Erinnert mich an den, den meine Ouma immer gemacht hat.« Doch er musste sich keine Träne aus dem Auge wischen. Erneut tippte er auf das Glas. »Mach es auf!«

Ich schraubte den Deckel vom Colman's-Glas und roch daran. »Ich habe ja gesagt, dass die vergiftete Soße vielleicht mit Colman's gemacht wurde. Aber jetzt, wo ich das rieche, bin ich mir nicht mehr sicher. Es kommt doch nicht ganz hin.«

»Okay«, sagte Henk und zeigte mit der Gabel auf das letzte Glas. »Mal sehen, was du von dem hältst.«

Er beobachtete, wie ich den Spar-Senf öffnete und daran schnupperte.

»Nein, der war es nicht.«

»Bist du dir sicher?«

»Ja. Der hat ein ganz anderes Aroma.« Ich tauchte die Fingerspitze hinein und leckte sie ab. »Der wäre gut zu Schweinefleisch, aber nicht zu Kudu.«

Henks Gabel fiel klappernd auf seinen Teller. Das Funkeln in seinen Augen erlosch.

»Was ist los, Henk?«

»Ich hab wirklich gedacht, wir hätten eine Spur; hab gehofft, die letzte Sorte wäre der Senf aus der vergifteten Soße.«

»Ausgeschlossen. Das würde ich unter Eid aussagen, wenn's sein muss. Aber so was kannst du ja nicht vor Gericht verwenden; das ist meine persönliche Meinung.«

»Ich vertraue deiner Meinung.« Henk seufzte. »Jetzt ist es wahrscheinlich egal, wenn ich es dir erzähle. Inoffiziell natürlich.«

»Ja, klar.«

Er schraubte den Deckel auf das Senfglas vom Spar. »Auf der Flasche mit der vergifteten Soße haben wir zwei Paar Fingerabdrücke sichergestellt: von Slimkat und von einem Unbekannten. Auf der gelben Originalflasche vom Kudu-Stand sind natürlich massenhaft Abdrücke, aber die meisten waren verwischt. Ein paar davon konnten wir mit unseren Dateien abgleichen und hatten Glück: Es gab einen Treffer. Ein Kleinkrimineller mit Vorstrafen wegen Taschendiebstahls und anderer Kleinigkeiten. Genau die Sorte, die man für so was engagieren würde.«

Henk schob seinen Teller beiseite und beugte sich zu mir hinüber.

»Wir haben ihn heute zu einem Township in der Nähe von Oudtshoorn verfolgt. Zum Haus seiner Freundin. In der Küche haben wir frischen Knoblauch und ein halb volles Senfglas gefunden – eben diese Sorte vom Spar.«

»Hast du das Haltbarkeitsdatum geprüft?«, fragte ich.

»Ja. Und ich hab es mit den Daten auf den Gläsern verglichen, die im Spar angeboten werden. Es muss vor Kurzem gekauft worden sein, wenige Tage vor dem Mord. Als wir den Typ gefragt haben, wo er an dem entsprechenden Abend war, hat er geschworen, er wäre bei seiner Freundin gewesen, sie hätten im Garten gegrillt. Die Freundin hat das bestätigt. Aber die Fingerabdrücke beweisen, dass er lügt.«

»Wahrscheinlich hatte er Schweinsbratwürste im Kühlschrank«, bemerkte ich.

»Im Tiefkühler. Dafür war der Senf angeblich vorgesehen. Wir haben Slimkats Serviette eingeschickt, um die einzelnen Bestandteile analysieren zu lassen. Aber ich wollte schon mal wissen, was du meinst.«

»Ich könnte mich irren.«

»Ja«, sagte Henk.

Doch das glaubten wir beide nicht.

»Tut mir leid, Henk«, sagte ich, stand auf und legte ihm die Hände auf die Schultern. »Vielleicht kommt ihr mit diesem Mann doch noch irgendwie weiter.«

»Wir haben in dem Haus Portemonnaies gefunden. Eins war auf dem KKNK als gestohlen gemeldet worden. Ich schätze, er hat auf dem Festival geklaut und deshalb gelogen.«

»Habt ihr ihn ein bisschen unter Druck gesetzt?« Ich streichelte Henks Nacken, während er den Kuchen aufaß. »Wenn er von jemandem beauftragt wurde, verrät er vielleicht lieber seinen Auftraggeber, als selbst Ärger zu bekommen …«

»Ja, die Kollegen in Oudtshoorn wollen ihn noch mal befragen. Ich glaube, er ist zu dumm für so was. Aber seine Freundin scheint auf Draht zu sein. Und dann habe ich den Senf entdeckt …«

»Vielleicht wurde er nur beauftragt, die Flaschen auszutauschen. Die nötige Fingerfertigkeit hat er. Die Soße könnte jemand anders zubereitet haben.«

»Möglich.« Henk legte seine Hand auf meine. »Aber vielleicht hatte er auch nur das Pech, am Tatort zu sein, so wie Hunderte anderer Leute an dem Abend. Slimkats Cousin Ystervark war auch die ganze Zeit dabei. Er hätte die Möglichkeit gehabt, die Bremsen am Auto zu manipulieren. Für so was muss man kein Autoschlosser sein. Der Kerl ist aggressiv, aber ich wüsste nicht, was er für ein Motiv haben sollte …«

Ich wusste, dass da etwas dran war, wollte mir aber ungern vorstellen, dass Ystervark seinen eigenen Cousin umgebracht hatte.

»Möchtest du ein Bier?«, fragte ich. »Oder einen Kaffee?«

Henk drehte sich mit dem Stuhl um und zog mich auf seinen Schoß.

»Du hast Kosie zu Hause gelassen«, bemerkte ich.

»Er hat geschlafen, und ich wollte so schnell wie möglich zu dir.« Er schaute auf die Senfsorten und schüttelte den Kopf, dann stupste er mit seiner Nase gegen meine. »Und du? War dein Treffen gut?«

Ich nickte, Henk knabberte an meinem Hals, setzte sich auf und sagte: »Du wolltest mit mir über etwas reden?«

Ich streichelte das silbrige und kastanienrote Haar über seinen Ohren und schaute in seine graublauen Augen. Dann schmiegte ich mich an ihn und ließ mich von ihm umarmen.

»Ich …« Mein Mund wurde trocken. »Ein andermal.«

41

Nachdem wir uns auf die neue Art nahegekommen waren, die wir für uns entdeckt hatten, lag ich in Henks Armen im Bett, mein Kopf auf seiner Brust. Irgendwo draußen sang ein einsamer Frosch, zur Verstärkung spielte ein Grillen-Orchester. Ich sog Henks Zimt- und Honigduft ein, genoss seinen warmen Körper, seine behaarte Brust, sein kupfrig-braunes Haar, seinen breit lächelnden Mund, seine starken Arme um mich. Ich streichelte seine Unterarme, spürte seine Muskeln und die seidigen Härchen und inhalierte ihn, als könnte ich ihn dadurch zu einem Teil von mir machen.

Ich fühlte unsere Nähe, aber ich spürte auch die Distanz der unausgesprochenen Dinge zwischen uns. Wenn ich erst geredet hatte, gäbe es keinen Weg mehr zurück, das war mir klar. Andererseits: Wenn ich nichts sagte, kämen wir nicht voran. Ich wollte, dass dieser Moment ewig währte. Für immer.

Henk drückte mich an sich. Ich spürte das Gewicht von Fanies Körper, das Gewicht der nicht gewährten Vergebung.

»Ich muss langsam los«, sagte Henk. »Morgen Abend bringe ich Kosie mit. Ich komme früh, so gegen sechs.«

Mein Schlaf wurde von Albträumen gestört. Alten und neuen. In den frühen Morgenstunden wachte ich auf und schluckte mein Antidepressivum. Dann ging ich mit dem letzten Stück Kürbiskuchen nach draußen auf die Stoep und sah zu, wie der gelbe Halbmond sich den Hügeln im Westen zuneigte. Der Kudu trat hinter dem Gwarrie hervor und schritt über das Land, durch meinen Garten, auf die Veranda und blieb bei mir stehen. Zusammen schauten wir zu, wie der Mond unterging.

Danach schlief ich besser, kam aber etwas später zur Arbeit.

Als ich eintraf, war Hattie beim Telefonieren. Jessie saß mit ihrem Kaffee am Computer; grinsend hielt sie zum Gruß einen Mosbolletjie-Zwieback hoch.

Hattie sprach mit einem freien Mitarbeiter der *Klein-Karoo Gazette*, einem Journalisten aus Riversdale. Ich stellte den Wasserkocher an und betrachtete die Briefe auf meinem Schreibtisch.

»Meinetwegen«, sagte Hattie. »Wenn du ihn aufteilen und noch mal neu schicken willst, dann bitte, aber wir haben eine Deadline. In einer Stunde muss der Beitrag hier sein.«

Als sie auflegte, erzählte ich den beiden von den Maskierten, die die Gruppentherapie unterbrochen hatten. Ich versuchte, es locker darzustellen, damit Hattie sich nicht zu sehr aufregte.

»Hörnermasken und Schwefelrauch?«, rief sie. »Klingt so, als wären es Satanisten gewesen. Aus der dunklen Vergangenheit des Mechanikers. Ihr habt das hoffentlich der Polizei gemeldet.«

»Ähm, noch nicht«, gestand ich.

Ich umging Jessies und Hatties Fragen, indem ich konzentriert in meinen Briefen blätterte. So viele Menschen mit allen möglichen Problemen. Auf einem der Umschläge erkannte ich die zittrige Handschrift der Schottin; den hob ich mir als Belohnung auf. Ich machte Kaffee und öffnete den Brief einer Frau, die gerade in einer leidvollen Scheidung steckte, legte ihn aber erst mal beiseite. Ich nippte am Kaffee und knabberte am Zwieback. Den Brief von Mama Bolo und meine Antwort hatten wir auf die Website gestellt. Daraufhin hatte ich E-Mails von weiteren Heilern und Kräuterkundlern erhalten. Sie wollten jedoch keinen Rat von mir, sondern boten ihre Hilfe bei »Liebesproblemen aller Art und sonstigen Leiden« an. Ob Liebe immer Leid bedeutete?

»Könnt ihr einen magischen Spiegel gebrauchen?«, las ich meinen Kolleginnen vor. »Damit findet man ehemalige Liebhaber oder verirrte Schafe und kann seinen Feind sehen, bevor er zuschlägt.«

»Hm, könnte ganz praktisch sein«, sagte Hattie.

»Und hier hätten wir die ›einzigartige, unentbehrliche Hilfe in Sachen Liebe‹.« Ich übersetzte aus dem Afrikaans: »Männer, ich kann euch helfen, wenn ihr nur kleine Vögelchen habt. Ich kann Muti, der macht euren besten Freund groß und stark. Damit könnt ihr ewig lange. Dauert nur zehn Minuten. Garantiert. Geld zurück, wenn ihr nicht zufrieden seid.«

Jessie lachte.

»Also wirklich!« Hattie schüttelte den Kopf. »Apropos, Jessie, hast du gesehen, dass es schon nette Reaktionen auf deinen Artikel über den Mann mit dem Kaninchen gibt? Manche bieten sogar an, ein paar Hundert Rand zu spenden.«

»Ja, danke, Hattie. Aber für einen Tunnel braucht man leider Zehntausende.«

»Vielleicht kann die Öffentlichkeit der Stadtverwaltung oder dem Naturschutzbund Druck machen?«

Jessie zuckte mit den Achseln. »Wie schon gesagt, deren Budgets sind bereits verplant.«

»Nun ja. Immerhin haben wir es versucht«, sagte Hattie.

Ich las noch einmal den Brief der Frau, die sich scheiden ließ.

Liebe Tannie Maria,
hoffentlich können Sie mir helfen. Mein Mann wird bald mein Exmann sein. Wir hätten schon vor Jahren ehrlich zueinander sein sollen. Jetzt ist es zu spät. Die Lügen wucherten wie ein Krebsgeschwür und töteten die Liebe zwischen uns. Er ist ein guter Mann, wir haben uns geliebt, hatten eine sehr schöne Zeit miteinander. Dafür bin ich dankbar. Es tut unglaublich weh, aber jetzt gibt es

kein Zurück mehr. Ich brauche keinen Rat, um es wiedergutzumachen – der Scheidungstermin ist in einer Woche. Ich hätte nur gerne ein paar Ideen für das letzte Menü, das ich für ihn koche.
Wir mögen uns noch immer und haben beschlossen, ein letztes Mal zusammen zu essen.
Soll ich eine seiner Leibspeisen machen? Oder etwas Neues ausprobieren?
Mit freundlichen Grüßen
eine Frau, die bald allein ist

Während ich frischen Kaffee für Jessie und mich brühte, dachte ich darüber nach. Dann schrieb ich:

Wie wäre es mit einer Leibspeise von früher? Vielleicht etwas, das man mit einer süßen und einer säuerlichen Soße servieren kann? Dazu einen neuen Nachtisch. Haben Sie schon mal Malvapudding probiert?

Ich schrieb ihr das Rezept von Ina Paarman für süße und pikante Senfsoße auf, das hervorragend zu rohem wie zu gekochtem Gemüse passt. Der Malvapudding war eins meiner besten Familienrezepte. Es stammte von meiner Großtante Sandra. Sie war eine starke Frau, deren Mann früh gestorben war. Sie hatte eine Maisfarm bewirtschaftet und in schweren Zeiten fünf Kinder großgezogen.

Ein altes Rezept ist wie eine Zauberformel. Es stecken nicht nur leckere Zutaten drin, sondern auch schöne Erinnerungen. Und es hat eine Seele. Ich hoffte, dass Tannie Sandras Rezept dieser Frau die Kraft geben würde, ihre eigenen schweren Zeiten durchzustehen.

Während ich die Zutaten auflistete, fragte ich mich, was ich am

Abend für Henk machen wollte und ob es unser letztes gemeinsames Essen werden würde. Würde die Wahrheit das Ende unserer Beziehung bedeuten? Oder würde umgekehrt das Verschweigen der Wahrheit die Beziehung langsam ersticken?

42

»Nein«, sagte ich zu dem Mosbolletjie-Zwieback in meiner Hand. »Das wird heute Abend kein Scheidungsessen.«

»Was?« Jessie sah zu mir herüber.

»Sorry, hab gar nicht gemerkt, dass ich laut rede.«

Ich würde kein Trennungsmahl für Henk zubereiten, sondern ihm ein Essen zaubern, nach dem er zwei Mal überlegen würde, mich zu verlassen. Selbst wenn ich ihm dann schon die Wahrheit gesagt haben sollte.

Ich trank den letzten Schluck Kaffee. Wenn man sich beeilt, sind die Zwiebackstückchen, die nach unten sinken, nicht zu stark durchweicht. Dann öffnete ich den Brief von meiner schottischen Freundin.

Danke, liebe Maria,
der dunkle Fruchtkuchen (der mit der Zeit besser wird) ist wirklich köstlich. Er hat ihm so gut geschmeckt, dass ich ihm etwas mitgegeben habe.
Sie haben sicherlich recht, dass Alter und Hautfarbe eigentlich bedeutungslos sind. Aber was ist mit der Sprache? Ich kann kaum Französisch, und er spricht nur wenig Englisch. Oft unterhalten wir uns mit Händen und Füßen. Aber sein Lächeln sagt mehr als der Mond in einer dunklen Nacht. Sieh einer an, jetzt werde ich sogar poetisch! Ojemine, ich muss verrückt sein, mich so in ihn zu vergucken. Aber er war einverstanden, mich von jetzt an jeden Tag zu besuchen, also kann ich ihm nicht völlig egal sein. Ich würde gerne etwas für ihn da haben. Etwas Unkompliziertes, so wie diese herrlichen Käsebrötchen. Ich habe eine Operation hinter mir und

nicht mehr so viel Kraft. Aber ich möchte etwas Besseres als Sandwiches machen.
Vielleicht etwas Interessantes mit Fleisch?
Ihre
sich langsam verliebende schottische Freundin

Während ich überlegte, was ich antworten sollte, kochte ich neuen Kaffee. Dann schrieb ich:

Liebe schottische Freundin,
es klingt, als würde sich alles zum Besten wenden. Sprache besteht doch nur aus Worten. Man kann so viel mit Essen ausdrücken.

Ich tunkte den Zwieback ein und biss ab. Ein Stück Anis entfaltete sein Aroma in meinem Mund.

Ja, Männer mögen Fleisch. Hier ist ein Rezept für Würstchen im Teigmantel, und zwar mit Boerewors (oder einer anderen kräftig gewürzten Wurst). Außerdem für eine Pastete aus Corned Beef und Pilzen. Beides ist sehr lecker und leicht zu machen, außerdem kann man es einfrieren. Sie können es mit Brot oder Mieliepap und Salat servieren.

Auf dem Heimweg von der Arbeit holte ich die Zutaten, die ich für das Abendessen brauchte. Dazu einen Bund Sellerie für Kosie. Ich unterhielt mich mit Tannie de Jager aus der Bibliothek.

»Und, konnte der neue Mechaniker dir bei deinem Problem helfen?«, wollte sie wissen.

»Was?«

»Ich hab deinen Bakkie auf dem Weg zu seiner Farm gesehen.«

»Oh«, sagte ich. »Ja. Nein. Er ist noch nicht fertig.«

»Hast du dein Auto dagelassen?«

Mein Bakkie stand draußen vor dem Spar. Ich würde nicht versuchen, der Bibliothekarin einen Bären aufzubinden. »Nein, ich muss noch mal hin.«

»Habe gehört, dass da seltsame Dinge vor sich gehen sollen. Auf der Farm.«

»Hm«, machte ich. »Diese Birnen sehen gut aus, oder?« Ich packte ein Netz davon in meinen Korb.

Als ich über den Gartenpfad zu meinem Haus ging, kamen mir die Hühner entgegen, um mich zu begrüßen. Ich warf ihnen eine Handvoll Maiskörner aus dem Eimer von der Stoep zu. Mit aufgeplusterten staubroten Federn flatterten sie herum und pickten nach dem Futter. Die Brillenvögel beobachteten sie aus den Zweigen des Zitronenbaums. Es war ein warmer, ruhiger Nachmittag: genau das richtige Wetter für einen Braai, wie wir in Südafrika ein deftiges Grillgericht nennen.

Ich wollte etwas für Henk zubereiten, das nicht aussah, als hätte ich mich unheimlich angestrengt: Hamburger und Malva. Aber es sollten Bratlinge aus Bobotiehack werden, mit Roosterkoek nach traditionellem Rezept. Und der Malvapudding meiner Tante war mit nichts zu vergleichen, was Henk jemals vorgesetzt worden war.

Ich mischte Maismehl mit Hefe und Weizenmehl, rührte Wasser unter und knetete den Teig, bis er seidig weich war. Dann strich ich ihn mit ein wenig Olivenöl ein und ließ ihn an einem warmen Platz auf der Veranda gehen.

Als Nächstes briet ich das Straußenhackfleisch an und gab Rosinen, Zitronenschale und dezente asiatische Gewürze hinzu. Außerdem Aprikosenmarmelade und Zitronensaft. Bevor ich Mehl und Eier unterrührte, um das Fleisch zu Buletten zu formen, nahm ich ein wenig beiseite, briet es an und aß es mit dem Salat von meinem Diätprogramm zum Mittagessen. Erstklassig.

Ich schichtete Holz für ein Feuer auf, entzündete es aber noch nicht. Mein Braai ist aus Backstein und Beton gemauert, daneben ist eine Arbeitsfläche, unter der viel Platz ist, um Holz zu stapeln. Der gemauerte Grill steht im Garten, direkt vor meiner Veranda. Ich legte die rohen Buletten und den Roosterkoek auf eine Servierplatte, deckte sie ab und stellte sie auf die Arbeitsfläche, dann begann ich mit dem Malvapudding. Auch er enthielt Aprikosenmarmelade.

Ich duschte, wusch mir die Haare und zog meine weiße Unterwäsche, das cremefarbene Kleid mit den blauen Streublumen und die schicken blauen Schuhe an. Nicht gerade die richtige Kleidung für einen Braai, aber egal. Zum Schminken brauchte ich ein bisschen länger als sonst. Ich entdeckte einige graue Haare in meinen langen braunen Locken. Seit wann hatte ich die denn? Ich war keine Frau, die lange vorm Spiegel stand. Doch heute schaute ich genauer hin. Meine grünen Augen starrten zurück. War in ihnen zu lesen, dass ich einen Mann umgebracht hatte? Oder dass ich kurz davorstand, den Mann zu verlieren, den ich liebte?

Ich nahm eine Diätpille und deckte den Verandatisch. Dann trug ich zwei Metallstühle zum Braai und entzündete das Feuer. Ich setzte mich hin und sah zu, wie das Herbstlicht immer weicher wurde, während der Nachmittag in den Abend überging. Der Zitronenbaum warf lange Schatten auf die Hennen, die im Kompost herumwühlten. Ich schaute hinaus aufs Veld, zu den Akazien. Eine Manguste flitzte vom Spekboom zum Gwarrie. Vom Kudu war nichts zu sehen, Gott sei Dank. Heute Abend brauchte ich einen klaren Kopf. Keine Halluzinationen, nur die Wahrheit.

Ich hörte Henks Wagen, als er in den Feldweg zu meinem Haus einbog. Je näher er kam, desto höher schlug mein Herz. Ich versuchte, gleichmäßig zu atmen, wie ich es in der Gruppe gelernt hatte. Sollte ich vor oder nach dem Essen mit ihm reden? Vielleicht währenddessen. Durch die Atemübung beruhigte sich das Herzklopfen ein wenig, doch als ich Henk und Kosie auf dem Pfad zwischen den Pfirsichkernen erblickte, wurde mein Puls wieder schneller. Das Lamm sprang in den Gemüsegarten, Henk ließ es geschehen; er kam schnurstracks auf mich zu.

»Und, wann hattest du vor, es mir zu erzählen?« Er sah mich herausfordernd an.

Ich stand auf, aber er war immer noch viel größer als ich.

»Was?«, sagte ich. »Setz dich doch.«

»Oder wolltest du es mir verschweigen?«

»Möchtest du ein Bier?«

Henk nahm Platz. Jetzt war er in etwa so groß wie ich im Stehen.

»Ich fasse es nicht.« Er schüttelte den Kopf und runzelte die Stirn.

»Wer hat es dir gesagt?«, wollte ich wissen.

»Das geht auf dem ganzen Revier herum.«

»Was? Aber … Wie?«

»Von Dirk. Er hat es Warrant Officer Smit erzählt. Die beiden sind Kumpel.«

Meine Knie bebten, ich musste mich setzen. Was wir in der Therapiestunde erzählten, war doch privat! Ich hatte noch Ricus' Stimme im Ohr: »Alles, was wir sagen, bleibt unter uns.«

»Wenn natürlich niemand offiziell Anzeige erstattet, sind wir machtlos«, fuhr Henk fort.

»Es tut mir leid«, lenkte ich ein. »Ich wollte es dir heute Abend sagen.«

»Ich dachte, ich könnte dir vertrauen.«

»Ich hatte Angst davor, was du darüber denken würdest.«

»Dann komm mit aufs Revier!« Henk stand auf und packte mich am Arm. »Wir können jetzt sofort hinfahren und Anzeige erstatten.«

Ich fühlte mich wie in einem schlechten Traum.

»Aber es gibt keinen Beweis«, warf ich ein.

»Du bist der Beweis.« Er zog mich hoch. »Du kannst deine Aussage unterschreiben.«

Mir traten Tränen in die Augen.

»Henk«, ich sah zu ihm auf, »willst du das wirklich tun?«

43

Mit festem Griff umklammerte Henk meinen Arm. Er hätte mich hochziehen können, doch so etwas tat er nicht. Ich weiß nicht, was ich erwartet hatte, aber das bestimmt nicht. Glaubte er wirklich, dass ich ins Gefängnis gehörte? Wenn ich mein Gewissen erleichterte, wenn ich gestand, müsste man mich dann einsperren? Die Frau, die ihren Freund erstochen hatte, hatte gesagt, sie fühle sich unglaublich frei. Ich denke, das hieß, dass seine Ermordung sie erlöst hatte, so wie Fanies Tod meine Rettung gewesen war. Aber vielleicht war es für sie ja auch eine Befreiung gewesen, gefasst und eingesperrt zu werden. Weil sie kein Geheimnis mehr mit sich herumtragen musste.

Jessie würde mir helfen, rechtlichen Beistand zu finden. Nach allem, was Fanie mir angetan hatte, konnte ich vielleicht auf Notwehr plädieren.

Ich holte tief Luft und stand auf.

»Vielleicht ist es ja besser«, sagte ich.

»Auf jeden Fall«, versicherte mir Henk. »Das ist einfach nur peinlich für uns, als Polizei.«

»Peinlich? Wie meinst du das?«

»Was da am Rand unseres eigenen Bezirks los ist. Und du, du erzählst es mir nicht mal. Diese Schweine gehören eingesperrt.«

»Schweine?«

»Entschuldige meine Ausdrucksweise. Diese verdammten Idioten aus Hotazel.«

»Hotazel?«

»Die Leute in den Kostümen, die eure Gruppentherapie mit Rauchbomben unterbrochen haben. Und mit Waffen.«

»Oh. Ach, die … Das waren doch Plastikwaffen.«

»Trotzdem, diese Personen sind gefährlich.«

»Woher weißt du, dass sie aus Hotazel sind?«

»Unsere Kollegen haben einen Ford angehalten, der mit 160 Sachen über die Route 62 gerast ist. Es waren mit Sicherheit eure drei Experten im Auto, auch wenn sie falsche Namen angegeben haben. Wir haben das Kennzeichen überprüft, der Wagen ist auf einen Halter aus Hotazel registriert. Er ist auf Bewährung draußen, hat wegen Entführung gesessen. Wahrscheinlich der Grund, warum sie Plastikspielzeug verwendet haben; mit echten Waffen wäre der Typ sofort wieder hinter Gitter gewandert, und zwar für lange. Die Polizei in Hotazel sagt, er wäre einer der Großen in der Satanisten-Szene, ein Hohepriester oder so. Läuft immer mit einer Priesterin herum, die sich gerne rot kleidet. Und jetzt rate mal, auf wessen Namen der Pkw früher registriert war? Auf deinen Freund Ricus.«

»Deine Hand. Du tust mir weh.«

»Ah, sorry.« Henk ließ los und ging zum Lamm. »Komm, Kosie, wir fahren zur Dienststelle. Mit deiner Aussage gelingt es uns vielleicht, die Leute dingfest zu machen. Widerrechtliches Betreten des Grundstücks, Belästigung und so weiter …«

Kosie ließ den Salat fallen, den er im Schnäuzchen hatte, und trottete zu Henk.

»Ich kann auch morgen noch zur Polizei gehen.« Ich setzte mich wieder. »Wir können das Feuer nicht sich selbst überlassen. Ich habe das Abendessen vorbereitet und alles.« Kosie stieß mit seinen kleinen Hörnern vorsichtig gegen Henks Knie. »Ich habe Bobotie-Burger gemacht. Und für Kosie habe ich Sellerie geholt.«

Seufzend kam Henk zurück und setzte sich ans Feuer, stützte die Ellenbogen auf die Knie und barg den Kopf in den Händen. »Tut mir leid.« Er rieb sich das Gesicht, sodass sein Schnurrbart außer

Form geriet. »Diese Spinner aus Hotazel gehen mir so dermaßen auf den Geist ...«

Ich legte den Rost aufs Feuer, während Henk nach Worten suchte. Die Glut war gerade richtig.

»Es liegt nicht nur an denen«, fuhr er fort. »Es ist der ganze Slimkat-Fall. Der geht mir einfach an die Nieren.«

»Gibt es nichts Neues?«

»Nein«, erwiderte er. »Das ist es ja gerade. Wir kommen nicht voran. Es ist schon schlimm genug, dass er gestorben ist, als ich Dienst hatte, aber jetzt sieht es auch noch so aus, als würde der Mörder ungestraft davonkommen.«

Mitfühlend schnalzte ich mit der Zunge und legte zwei flache Buletten und vier Roosterkoek auf den Rost. Henk stellte sich ans Feuer. Kein Mann kann einem Braai widerstehen.

»Jessie glaubt ja, die Sache hätte mit Hardcore zu tun, dieser Diamantmine«, sagte ich. »Oder mit Agribeest, dem Viehzuchtunternehmen. Slimkat hat eine wichtige Rolle in dem Prozess gespielt, bei dem die Minenbesitzer die Diamanten und die Agrargesellschaft das Weideland verloren haben.«

»Ja, dem Verdacht sind wir natürlich nachgegangen.« Henk suchte einen Stock und stocherte damit im Feuer herum. »Aber es macht nicht viel Sinn. Die Vorstandsmitglieder beider Firmen haben wasserdichte Alibis für den Abend, und zwar weit entfernt von Oudtshoorn.«

»Die hätten doch sicher jemanden beauftragt.«

»Vermutlich, klar, daran haben wir auch gedacht, als wir den Typ mit dem Senf hatten. Aber es gibt kein Motiv mehr, nun da der Prozess vorbei ist. Wenn sie noch immer vor Gericht stehen würden, ja, dann hätte es ihnen vielleicht genutzt, jemanden umzubringen, aber jetzt ...«

Henk schüttelte den Kopf, nahm die Grillzange, wendete eine

Bulette und einen Roosterkoek, um die Unterseite zu prüfen, aber sie waren noch nicht so weit.

»Sie hatten durchaus Grund, sauer auf Slimkat zu sein«, warf ich ein. »Bestimmt haben sie eine Menge Geld verloren.«

»Klar, es gibt schon Leute, die aus Rache töten. Letzte Woche wurde ein Mann in Riversdale ermordet, weil er einem anderen keine Zigarette geben wollte. Aber es leuchtet nicht ein, warum sie so … so … wie sagt man? So nachtragend sein sollten.«

»Sind das denn so nette Menschen?«

»Ach, nein, das würde ich nicht sagen, aber so etwas wäre ganz schlechte Publicity für sie. Es lohnt sich einfach nicht. Gerade das Diamantengeschäft ist politisch vorbelastet. Blutdiamanten und so weiter. Buschmänner umzubringen würde ihr Image endgültig ruinieren.«

Henk legte die Grillzange beiseite, griff zum Schürhaken und stocherte in der Glut herum.

»Und, wie ist es mit dem Senf-Typ weitergegangen?«, fragte ich.

»Das war eine Sackgasse. Die Laborergebnisse haben deine These bestätigt: In der vergifteten Soße war nicht der Spar-Senf. Es war Colman's, aber als Senfpulver.«

Dem Duft nach waren Fleisch und Brot fertig. Ich drückte Henk die Zange wieder in die Hand. Er wendete alles. Jetzt hatten die Buletten und Brötchen dunkelbraune Streifen vom Rost. So waren sie richtig.

»Der Typ hat schließlich gestanden, auf dem KKNK gewesen zu sein«, sagte Henk. »Um Portemonnaies zu klauen. Hat am Kudu-Stand ein paar Spieße gegessen, deshalb sind seine Abdrücke auf der Flasche. Aber es gibt keinerlei Verbindung zu Slimkat.«

»Gibt es sonst noch jemanden, der ein Motiv gehabt haben könnte, Slimkat umzubringen?«

»Ich bleibe immer an dem Gift hängen. Schierling wächst draußen in der Natur. Ein Medizinmann weiß das.«

Henk schob die Buletten und die Brote an den Rand des Rosts und legte frischen Roosterkoek und Frikadellen nach.

»Es gibt viele Arten von Muti-Morden.« Er sprach von den Ritualmorden der traditionellen Heilkunst. »Wenn die Medizinmänner oder -frauen mit ihren geheimen Kräutern ans Werk gehen, sieht es wie ein natürlicher Tod aus.«

»Ich dachte, ihre Heilmittel wären dazu da, die Menschen zu kurieren.«

»Ja, eigentlich schon, aber es gibt natürlich nicht nur gute Medizinmänner.«

»Das ist traurig.«

Ich schaute hinauf in den Nachthimmel, zum Mond, der immer voller wurde. Es war ein Mond der Vergebung.

»Eine Verwandte von Slimkat«, bemerkte ich, »eine alte Frau, ist nach seinem Tod verschwunden.«

»Ja, eine Medizinfrau. Wir wissen, wie sie heißt, aber keiner kann mir sagen, wo sie ist. Beziehungsweise, keiner *will* es mir sagen.«

»Aber wenn sie es getan hat, würden dann nicht alle wollen, dass sie gefasst wird?«

»Vielleicht wollen die Buschmänner sich lieber selbst darum kümmern. Ich glaube, sie haben keinen großen Respekt vor unserem Gesetz. Sie finden es rassistisch und diskriminierend gegenüber ihrem Volk. Kann man ihnen nicht verübeln.«

»Und wenn die alte Frau auch umgebracht wurde? Von denselben Tätern?«

»Wir haben keine Leiche, auch in den Krankenhäusern nicht.«

»Wenn sie ermordet wurde, hat man ihre Leiche womöglich versteckt.«

»Klar, sicher, aber wenn sie nicht tot ist, dann macht ihr Verschwinden sie verdächtig.« Henk wendete die Buletten und die Brötchen.

»Aber du findest sie doch?«

»Unser Land ist groß.« Er schüttelte den Kopf. »Und diese Leute können sich tief im Busch verstecken, wenn sie wollen.«

»Kann doch auch sein, dass sie sich versteckt, weil sie Angst um ihr Leben hat«, warf ich ein. »Dass sie zurückkommt, sobald sich alles beruhigt hat.«

»Möglich«, sagte Henk. »Vielleicht versteckt sie sich bei ihren Leuten. Die Kollegen in Oudtshoorn wollen einen Durchsuchungsbeschluss besorgen. Für die Häuser ihrer Verwandten in Oudtshoorn und oben im Wildreservat Kuruman.«

»Ein Durchsuchungsbeschluss«, wiederholte ich. »Das ist nicht gerade vertrauensbildend.«

»Mit freundlichem Reden haben wir es schon probiert. Was sollen wir sonst tun?«

Ich servierte die Hamburger. Sie rochen klasse.

»Es muss eine andere Möglichkeit geben«, sagte ich.

44

Während der Malvapudding im Ofen war, saßen wir nebeneinander am Verandatisch und aßen zur Musik der Grillen und Frösche. Kosie knabberte an seinem Sellerie.

Die Bobotie-Burger mit Roosterkoek waren umwerfend. Wir legten Tomatenscheiben und Zwiebeln dazwischen, Henk würzte zusätzlich mit Tomatensoße und Chutney.

»Jislaaik!«, stieß er nach der dritten Portion aus. »Das sind die leckersten Burger, die ich je gegessen habe!«

Jetzt war ein guter Zeitpunkt, um ihm die Wahrheit zu sagen. Ich holte tief Luft.

»Henk, es gibt viel, was wir nicht voneinander wissen.«

Er rückte mit dem Stuhl näher und streichelte meinen Hals.

»Ich habe nichts dagegen, dich besser kennenzulernen«, sagte er zärtlich.

Die Burger hatten seine Lebensgeister geweckt. Er schlang die Arme um mich, kitzelte mich mit dem Schnauzer an der Wange und gab mir einen so zuckersüßen Kuss, dass ich kurz vergaß, was ich sagen wollte.

Ich löste mich von ihm. »Ich will damit sagen, dass du mich gar nicht richtig kennst. Was ist, wenn ich nicht die bin, für die du mich hältst?«

»Ich weiß, dass du die beste Köchin der Welt bist und genauso lecker wie dein Essen.« Er knabberte an meinem Hals, seine Lippen tasteten sich zu meinem Schlüsselbein vor und weiter nach unten.

Ein Gefühl wie heißer Honig durchlief mich, bis hinunter in die Zehen.

»Ich muss den Ofen ausstellen und die Soße für den Malvapudding heiß machen«, sagte ich.

»Du bist mir schon heiß genug.« Henk stand auf, zog mich an sich und drückte mich an seinen harten Körper.

»Henk«, sagte ich, »es gibt Sachen über mich ...«

Er knöpfte sein Hemd auf, als öffnete er mir sein Herz. Ich schmiegte das Gesicht an seine warme Haut und das seidige Haar. Irgendwie verlor sich meine Stimme an seiner Brust.

Und so ließ ich mich von ihm erhitzen, kochte dann die Sahnesoße auf und goss sie über den Nachtisch. Wir fütterten uns gegenseitig mit Löffeln voll Pudding und Schlagsahne und leckten einander die Finger ab. Ein- oder zweimal setzte ich noch an, doch Henk nahm mir die Worte mit seinen Küssen aus dem Mund. Ich würde es ihm später erzählen, sagte ich mir, damit ich ihn noch ein letztes Mal genießen konnte ...

Den Rest der Burger tat ich in den Kühlschrank, der Roosterkoek kam in eine Dose. Wir ließen den Tisch auf der Stoep unaufgeräumt zurück und gingen in mein Schlafzimmer. Als es zwischen uns richtig heiß wurde, spürte ich plötzlich zwei harte Pikser an meinem Bein. Henk war weiter oben beschäftigt und konnte es nicht sein. Als ich nach unten schaute, entdeckte ich das Lamm, das mich mit seinen kleinen Hörnchen schubste.

»Nee, Kosie«, sagte ich.

»He, Kosie, voetsek!«, schimpfte Henk. Hau ab.

Das Lamm blökte.

»Voetsek!«, wiederholte Henk.

Doch anstatt zu verschwinden, sprang das Böckchen aufs Bett, als wäre es eine Bergziege, und stieß mit dem Kopf gegen Henks Arm.

»Blikemmer!«, fluchte Henk. »Es ist Zeit fürs Bett! Normalerweise bekommt Kosie um diese Zeit noch ein Leckerchen, dann geht er schlafen. Ich habe seine Decke im Auto liegen. Ich kann ihn auch nach draußen sperren, aber dann stößt er die ganze Zeit gegen die Tür und gibt keine Ruhe.«

Henk setzte sich auf und gab mir einen Kuss auf die Nasenspitze.

»Sorry. Dauert nur fünf Minuten.«

»Du kannst ihn auch in den Hühnerstall stecken«, schlug ich vor. »Von einem Leoparden ist nichts zu sehen.«

»In der Küche kommt er schon klar. Er beruhigt sich schnell, wenn ich ihn richtig ins Bett bringe.«

Kurz darauf hörte ich Henk in der Küche: »So, Kosie, hier hast du ein bisschen Malvapudding mit Sahne … Nein. Nicht noch mehr! Jetzt ist Schlafenszeit. Komm, leg dich hier hin … So bist du brav.«

Dann hörte ich ihn singen:

Lamtietie, damtietie, doe-doe my liefstetjie,
Moederhartrowertjie, dierbaarste diefstetjie!
Luister hoe fluister die wind deur die boompietjie.
Heen en weer wieg hy hom al oor die stroompietjie.

Lämmchen, mein Flämmchen, du süßes klein Liebelein,
stiehlst mir mein Mutterherz, Kindchen lieb, schlafe ein!
Horch, wie der Wind rauscht im Laubwerk der Bäume,
wiegen sich dort am Fluss in deine Träume.

Der Wind gehorchte dem Schlaflied und raschelte tatsächlich im Laub des Kampferbaums vor meinem Fenster. Und die Frösche im Fluss sangen mit.

Fünf Minuten später war Henk zurück im Schlafzimmer und zog die Hose aus.

»Singst du ihm immer ein Lied vor?«, fragte ich.

»Ach, geht schneller so. Jetzt schläft er.«

Er schlüpfte unter die Decke und drückte mich an sich.

»Henk«, begann ich wieder. »Ich muss dir etwas sagen … über Fanie. Etwas, das du wissen musst. Über mich.«

Er stützte sich auf den Ellenbogen und sah mich mit seinen sturmblauen Augen an. Die flüsternde Brise wurde zu einem starken Wind, das Rauschen zu einem regelrechten Tosen.

»Ich möchte dir die Wahrheit sagen, aber ich habe Angst«, bemerkte ich.

Er strich mit den Fingerspitzen über meine Schulter.

»Ich will dich nicht verlieren …« Tränen traten mir in die Augen, meine Kehle schnürte sich zu. Der Gedanke an ein Leben ohne Henk war unerträglich.

»Schon gut«, beruhigte er mich.

»Es sind schlimme Dinge passiert. Sehr schlimme«, brachte ich mit erstickter Stimme hervor. »Ich schäme mich so dafür. Ich weiß nicht, was du danach von mir denkst …«

»Komm her, Hartlam«, flüsterte er. »Du musst mir nicht alles erzählen …«

Er drückte mich an sich, streichelte meinen Kopf und atmete warm in meine Haare. Der Wind ließ nach, ich konnte die Grillen und Frösche wieder hören.

»Das ist alles lange vorbei …«, sagte Henk.

»Aber willst du nicht …« Mein Körper zitterte, Tränen rannen mir über die Wangen.

»Es ist nicht deine Schuld. Du musst dich nicht schämen.«

Er hielt mich fest. Ich versuchte ihm zu gestehen, dass ich Fanie getötet hatte, das wollte ich wirklich, aber meine Worte wurden beim Weinen immer wieder zurück in meinen Mund gesogen.

»Maria, er war der Täter«, erklärte Henk. »Du darfst dir nicht die Schuld an dem geben, was er dir angetan hat. Du bist rein und unschuldig, und ich liebe dich.«

Wir hörten einen Schakal rufen, dann die Antwort seiner Partnerin. Kurz darauf die klackernden Schritte von Kosie, der von der Küche durch den Flur trippelte und mit einem Satz aufs Bett sprang.

Henk wiederholte die Prozedur und sang: »Lamtietie, damtietie, doe-doe my liefstetjie.« Das Lied handelte von den Sternen, die Wache halten und Schlaflieder singen, damit die Wolken und Flüsse, die Bäume und Tiere, damit Groß und Klein in Frieden schlafen können.

Bevor das Lied zu Ende war, schliefen Kosie und ich tief und fest.

45

Henk und sein Lämmchen brachen früh am nächsten Morgen auf, noch vor dem Frühstück, nach einem langen Kuss von ihm und einem kurzen Versprechen von mir, zur Polizei zu gehen. Die Luft war kühl. Ich zog meinen Morgenmantel über, bevor ich nach draußen ging, die Hühner aus ihrem Hokkie ließ und mich bei ihren Eiern bediente. Ich räumte Stoep und Küche auf, dann machte ich Rührei, das ich am Küchentisch aß. Statt Malva und Sahne nahm ich die Diättabletten und mein Antidepressivum. Es war nicht dasselbe, aber für einen Mann, der Wiegenlieder singt, tut eine Frau die sonderbarsten Dinge.

Ich machte mich für die Arbeit fertig, dann rief ich Ricus an.

»Tannie Maria«, sagte er, »ich wollte mich auch bei dir melden. Ich möchte unser nächstes Treffen nämlich gerne auf morgen vorverlegen. Freitagnachmittag.«

»Kein Problem.«

»Wie geht es dir?«

»Ich würde gerne wissen, wie das mit der Privatsphäre in unserer Gruppe ist.«

»Ah.«

»Mein Freund ist bei der Polizei, und er hat von diesen … ungebetenen Gästen erfahren. Jetzt will er, dass ich aussage, was passiert ist. Aber wir hatten uns doch darauf geeinigt, dass das, was wir in der Gruppe sagen, unter uns bleibt.«

»Ich verstehe dich. Die Privatsphäre in den Sitzungen bezieht sich auf das, was die Teilnehmer von sich preisgeben. Die Eindringlinge haben diese persönliche Atmosphäre verletzt. Ich erwarte nicht von dir, dass du ein Verbrechen verschweigst. Wenn du eine Aussage machen möchtest, ist das dein gutes Recht.«

»Aha.«

»Gut. Dann sehen wir uns morgen, Maria.«

»Ja. Moment noch! Wir haben beim letzten Mal nicht übers Essen gesprochen.«

»Nein, aber ich kümmere mich darum. Ich bereite etwas für einen Braai vor.«

»Ja?«

»Lass dich überraschen!«

»Na gut. Ich bringe vielleicht einen Pudding mit.«

»Lecker.«

Und so fuhr ich auf dem Weg zur Arbeit bei der Polizei vorbei. Henk hatte zu tun, also machte ich meine Aussage bei Warrant Officer Smit, der das alles schon von Dirk gehört hatte. Er schrieb so langsam mit, dass ich mich so kurz wie möglich fasste.

Das größte Problem war, dass die drei Eindringlinge Masken getragen hatten und ich sie deshalb nicht identifizieren konnte. Smit zeigte mir das Bild einer blonden Frau. Sie mochte es gewesen sein, aber ich konnte es nicht mit Sicherheit sagen. Viel war den dreien ohnehin nicht zur Last zu legen, denn niemand war verletzt, nichts war gestohlen worden, und die Waffen waren aus Plastik. Smit sagte, Ricus könne Anzeige wegen Hausfriedensbruch erstatten. Dann kam eine Polizeibeamtin und berichtete Smit, dass es gerade in einem Township eine Messerstecherei gegeben habe. Ich fand, die Polizei hätte Wichtigeres zu tun, als Plastikpistolen hinterherzujagen. Aber ich hatte meine Aussage abgegeben, wie versprochen.

An der Tür zum Büro stieß ich auf Jessie und einen alten Mann. Beide grinsten, der Mann mit deutlich weniger Zähnen als Jessie.

»Da ist sie«, sagte meine junge Kollegin.

Die beiden traten hinaus ins Sonnenlicht, um mich zu begrüßen. Der alte Mann nahm meine Hand in seine beiden Hände und schüttelte sie. Seine Haut war rau und trocken. Er trug eine Weste aus zusammengesetzten kleinen Fellstücken. Ich erkannte ihn von Jessies Foto – der Kaninchen-Mann, Jan Magiel. Er hatte hohe Wangenknochen, und beim Lächeln legte sich die Haut um seine Augen in Falten.

»Hallo, Oom Jan«, begrüßte ich ihn.

»Dankie, Tannie Maria, vielen Dank«, sagte er.

Irgendetwas an seiner Weste war anders als auf dem Foto. Der Kragen bestand aus langen, schmalen Fellstreifen. Das Licht schien durch das blasse Leder.

Er merkte, dass ich die Weste betrachtete, und strich über den Kragen. »Ja, Kaninchenohren«, sagte er auf Afrikaans. »Ich habe eine Verwendung für sie gefunden.« Er hielt die Finger seitlich an den Kopf, als würde ein Tier die Ohren aufstellen. »Und diese langen Löffel haben die Leute zum Lauschen gebracht.«

»Mein Foto«, sagte Jessie. »Der Naturschutzbund hat erkannt, dass Donga ein ganz seltener Buschmannhase ist. Für deren Schutz gibt es dickes Geld. Jetzt kommt der Bund und führt eine Studie durch, und wenn es hier wirklich Buschmannhasen gibt, dann wird Jans Projekt unterstützt.«

Hattie kam aus dem Haus. »Ist das nicht toll? Entschuldigt mich, ich muss kurz zur Bank. Auf Wiedersehen, Mr Magiel, und alles Gute!«

Sie eilte an uns vorbei, zu ihrem Auto.

»Das ist ja großartig, Oom Jan«, freute ich mich. Langsam wurde es warm in der Sonne. »Kommen Sie rein, auf einen Kaffee und Beskuit!«

»Nein, ich muss los, danke. Ich habe gleich einen Termin mit den Leuten, muss ihnen die Spuren am Fluss zeigen. Und sie wollen Donga sehen. Ich wollte mich nur kurz bei Ihnen bedanken. Großen Dank, wirklich. Auch für das Rezept. Das war sehr gut.«

»Das freut mich.«

Er schüttelte meine Hand wieder mit beiden Händen, holte einen kleinen Lederhut aus der Tasche, setzte ihn auf und zog ihn über die Ohren.

»Danke«, sagte er erneut und verabschiedete sich auch von Jessie.

Wir sahen ihm nach, mit seinem Hut und seiner Weste mit dem Kragen aus Kaninchenohren. Ein kleiner Mann mit einem leichten Schritt. Aber er wirkte groß, als schwebte sein Kopf in den Sternen.

46

Ich erzählte Jessie, dass ich bei der Polizei meine Aussage zu Protokoll gegeben hatte, und berichtete ihr von Henks Geschichte über das rasende Auto aus Hotazel auf der Route 62. Das früher Ricus gehört hatte.

»Der Teufelskerl«, sagte sie. »Ja, das passt. Also glaubt Kannemeyer, das waren dieselben Leute, die eure Therapiestunde gestürmt haben?«

»Ja. Und er meint, sie wären gefährlich. Einer von denen ist auf Bewährung draußen. Saß wegen Entführung und ist Hohepriester bei den Satanisten.«

»Sei vorsichtig, Tannie M! Es laufen eine Menge Spinner herum.«

Mit einem Kaffee und einem Mosbolletjie-Zwieback setzte ich mich an meine Briefe. Ich beschloss, den Tag mit meiner Freundin zu beginnen, der schottischen Dame.

Liebste Tannie Maria,

Sie hatten bestimmt noch keine Zeit, meinen letzten Brief zu lesen, aber ich muss Ihnen unbedingt die neusten Neuigkeiten erzählen. Der junge Mann hat mich gebadet! Ich weiß, dass das in Ihren Ohren sehr intim klingen mag, aber er war unglaublich vorsichtig, und ich muss gestehen, dass ich schon lange keine Hände mehr auf meinem alten Körper gespürt habe. Aber noch aufregender als das (wenn das möglich ist) ist die Tatsache, dass ich ihm angeboten habe, bei mir einzuziehen! Er hat darauf noch nicht geantwortet, aber ich glaube, er macht es. Er muss vorher noch ein paar Dinge klären, hat er gesagt. Wenn er zusagt, würde ich das gerne mit einem Schlückchen selbst gemachtem Mandarinenlikör feiern. Eine liebe Freundin hat mir mal

eine Flasche geschenkt. Er war einfach himmlisch. Noch besser als schottischer Whisky (meine Vorfahren mögen mir verzeihen). Leider ist die Flasche schon lange leer und meine Freundin verstorben. In naher Zukunft mag es so manches zu feiern geben. Haben Sie vielleicht ein gutes Rezept für Mandarinenlikör?
Ich schicke Ihnen meine Privatadresse, weil alles ziemlich schnell geht und dieser Brief ein bisschen zu privat für die Gazette *ist.*
Ihre
aufgeregte schottische Freundin

Ich hatte ein wirklich wunderbares Rezept für sie (den Mandarinenlikör hatte ich selbst im Orangenpudding verwendet, für Henks Leibspeise): Brandy mit ein bisschen Rum, dazu Muskatnuss, Zimt, Nelken und Schalen von Naartjies, südafrikanischen Mandarinen. Ich schrieb:

Wie viele Dinge wird dieser Likör mit der Zeit immer besser. Am besten schmeckt er, wenn die Gewürze mindestens einen Monat ziehen können. Wenn schon früher etwas gefeiert werden muss, macht es auch nichts, wenn man ein Schlückchen stibitzt.

»Ich fahre nach Oudtshoorn«, erklärte Jessie. Sie stand auf und packte ihre Kamera in eine der Taschen an ihrem Gürtel.

»Wegen der Slimkat-Story?«, fragte ich.

»Nein. Ich schreibe einen Artikel über Fleisch von frei laufenden Tieren und besuche dafür verschiedene Straußenfarmen.«

»Willst du was Inoffizielles hören?«

»Ja.« Ihre Finger streichelten den Schwanz eines auf ihren Arm tätowierten Geckos.

»Die Polizei sucht nach der alten Frau, die verschwunden ist, und hat deshalb einen Durchsuchungsbeschluss beantragt.«

»Einen Durchsuchungsbeschluss? Warum lassen sie diese Familien nicht in Ruhe und nehmen stattdessen die Diamantmine unter die Lupe?«

»Aber es ist schon komisch, dass die Frau fort ist, findest du nicht? Könnte es nicht sein, dass sie etwas weiß?«

»Klar könnte das sein.«

»Henk meint, die Betreiber der Diamantmine wären wirklich dumm, Slimkat umzubringen, nachdem sie den Prozess verloren haben.«

»Sie sind ja auch dumm, also traue ich ihnen alles zu. Das Gericht hat sie zu dieser Vereinbarung gezwungen, die Buschmänner sind denen doch scheißegal.«

»Aber schlechte Publicity nicht.«

»Kann sein.«

»Die Buschmänner, mit denen du gesprochen hast, haben die dir irgendwas über die alte Frau erzählt?«

»Nicht viel.« Jessie zuckte die Schultern. »Wir haben uns vor allem über Slimkat unterhalten. Sie haben lediglich erwähnt, dass die Beamten nach ihr gefragt haben.«

»Wenn die Polizei erst mal zu einer Hausdurchsuchung anrückt, wird Slimkats Familie wahrscheinlich nicht mehr sehr gesprächig sein.«

»Stimmt. Die haben sowieso schon das Gefühl, wie Verbrecher behandelt zu werden.«

»Das spricht dafür, bald mit den Leuten zu reden.«

»Die meisten von ihnen sind inzwischen sicher wieder im Wildreservat am Kuruman-Fluss. Aber es sind noch Verwandte in Oudtshoorn.«

»Vielleicht kannst du ja etwas über die alte Frau herausfinden.«

»Sollen wir heute mal hinfahren?«

»Nein, nein, ich nicht. Du bist die investigative Journalistin.

Aber ich habe noch ein paar Straußenfleisch-Burger und Roosterkoek zu Hause, die ich dir mitgeben kann.«

»Hmm. Buschmänner lieben solche Sachen.«

»Vielleicht bringen die Burger sie zum Reden.«

Jessie zwinkerte mir zu. »Ganz bestimmt.«

47

Ich schrieb Hattie eine Nachricht, dass ich zu Hause weitermachen würde. Jessie kam mit zu mir, ich packte ihr eine Tupperdose mit Straußenburgern und Roosterkoek ein.

Dann machte ich mich an den Stapel Briefe. Junge und alte Menschen, die Hilfe oder Ratschläge brauchten. Ich schlug verschiedene Rezepte im Kochbuch *Kook en Geniet* meiner Mutter nach, in dem sich für die meisten Probleme ein Gegenmittel findet.

Zu Mittag aß ich einen Salat und ein kleines bisschen vom Malvapudding. Als die Schatten länger wurden, ging ich zum Arbeiten in den Garten. Mein Strohhut hielt mir die späte Sonne aus den Augen, während ich Schnecken von den Blättern der Kürbispflanze sammelte und auf den Rasen warf. Die Hühner ignorierten sie, aber ein Ibis kam von einem Eukalyptus heruntergeflogen und verschlang die Schnecken.

Das Telefon klingelte. Es wollte gar nicht aufhören, deshalb ging ich hinein und hob mit schmutzigen Händen ab. Es war Henk.

»Maria.« Seine Stimme war warm wie ein Wiegenlied.

»Henk.« Seinen Namen auszusprechen brachte mich zum Lächeln.

»Ich dachte schon, du wärst nicht da.«

»Ich war draußen im Garten bei den Kürbissen.«

»Ich schaffe es heute Abend nicht. Muss länger arbeiten.«

»Schade, dass wir uns heute Morgen nicht gesehen haben. Ich habe meine Aussage gemacht.«

»Gut. Das war richtig.«

»Meinem Gefühl nach hätte Ricus derjenige sein sollen, der Anzeige erstattet.«

»Wir können ihn nicht zwingen. Aber jetzt ist der Zwischenfall wenigstens amtlich.«

»Gut«, sagte ich.

»Sehen wir uns morgen Abend?«

»Ich bin erst spät zurück, aber komm doch zum Nachtisch! Ich denke, ich mache Kürbispuffer.«

»Bist du unterwegs?«

»Ich muss zur Therapiegruppe.«

»Das ist doch nicht dein Ernst, oder? Nach dem, was Dienstagabend passiert ist?«

Ich wollte einwenden, dass die meisten Teilnehmer der Gruppentherapie eine Waffe besaßen, aber das war vermutlich keine Nachricht, die ihn beruhigen würde.

»Henk, die Sitzungen haben mir wirklich geholfen. Das weißt du.«

»Ja, aber das war, bevor es dort rundging. Diese Leute könnten gefährlich sein.«

»Die aus Hotazel? Die kommen doch nicht noch mal.«

»Woher willst du das wissen?«

Ich schwieg. Eins meiner Hühner war auf die Veranda gehüpft und gab leise fragende Geräusche von sich.

Henks Stimme klang plötzlich ganz anders. »Maria, du gehst nicht zu dieser Gruppe.«

»Du sagst mir nicht, was ich tun und lassen soll, Henk.«

Er legte auf.

Ich ging nach draußen und warf den Hennen eine Handvoll Mielies auf den Rasen. Dann machte ich mir einen Käsetoast zum frühen Abend, den ich auf der Stoep aß. Dabei sah ich zu, wie sich die Farbe der Wolken, der Hügel und der Savanne in der untergehenden Sonne änderte. Der Boden zwischen den Büschen und Bäumen war hart und steinig. Überbackener Käsetoast erinnert mich immer an meinen Vater, weil das eine seiner Leibspeisen war. Das ist der eine Grund, warum ich Käsetoast liebe. Der andere hat mit der cremigen Senfsoße zu tun.

Nachdem ich die Hühner in den Stall gesperrt hatte, klingelte wieder das Telefon. Ich spürte das Schrillen in meinem Herzen. Ein kleiner Teil von mir wollte nicht rangehen, der Großteil doch.

Aber es war nicht Henk, es war Jessie.

»Tannie Maria«, sagte sie, »ich wollte dir erzählen, was deine tollen Burger bewirkt haben.«

»Ja?«

»Die alte Frau heißt Geraldine Klappers. Sie ist eine Medizinfrau. Ystervark behauptet, er wüsste nicht, wo sie ist, aber ich bin mir nicht sicher, ob ich ihm glauben soll. Er scheint überzeugt, dass sie in Sicherheit ist.«

»Hatte sie eine Auseinandersetzung mit Slimkat?«

»Slimkats Onkel sagt, Slimkat und sie hätten sich sehr nahgestanden. Er hat zwei Finger miteinander verschränkt, um das zu demonstrieren.«

»Haben sie im Prozess miteinander zu tun gehabt?«

»Ja, das auch. Aber sie war seine Lehrerin; er war ja in der Ausbildung zum Schamanen.«

»Jessie, hast du schon mal gehört, dass Buschmänner … also … dass sie zu Tieren werden können?«

»Ja, wenn sie in Trance fallen oder den Tanz eines bestimmten Tieres tanzen.«

»Also kann ein Schamane zu einem Kudu oder so werden?«

»Nicht wortwörtlich. Der Geist des Tieres ergreift Besitz von ihm.«

»Henk meint, der Mord könnte mit Muti-Zauber zu tun haben.«

»Die Tat einer bösen Hexe, die Giftkräuter anmischt?«

»Seiner Meinung nach passieren solche Sachen wirklich.«

»Warum sollte diese Geraldine Klappers jemanden umbringen, der ihr so nahesteht? Frag Detective Henk das mal!«

Vielleicht, wenn wir mal wieder miteinander sprachen.

Am Küchentisch gönnte ich mir noch ein wenig heißen Malvapudding und lauschte dabei, wie das Telefon nicht klingelte. Wieder hörte ich den einsamen Schakal rufen. Die dicke Sahne schmolz auf dem warmen, cremigen Pudding und füllte meinen Mund, meinen Kopf und Bauch. Als ich fertig war, klingelte das Telefon doch.

»Entschuldigung«, sagte Henk.

Ich wusste nicht, was ich antworten sollte, und spürte im Nachhinein, wie angespannt ich gewesen war.

»Du hast recht«, sagte Henk. »Ich habe dir nicht zu sagen, was du tun und lassen sollst.«

»Nein.«

»Ich weiß, dass die Gruppentherapie dir geholfen hat. Ich mache mir nur Sorgen.«

»Ja.«

»Ich würde morgen gern mitkommen, wenn du hinfährst.«

»Das geht nicht so einfach.«

»Ich will nur aufpassen, dass nichts passiert und dass diese Verbrecher nicht wiederkommen.«

»Die Sitzung ist draußen, im Freien«, erklärte ich. »Ich frage Ricus mal. Wenn er einverstanden ist …«

»Ricus, Ricus … Der sollte dankbar sein für den Polizeischutz!«

»Ich frage ihn. Aber du müsstest dich von der Gruppe fernhalten. Die Leute wollen nicht, dass ein Polizist mithört.«

Würde ich diesem Polizisten überhaupt meine eigene Geschichte erzählen wollen?

48

Ricus hatte zugestimmt, und am nächsten Nachmittag fuhren Henk und ich in Begleitung von Kosie und einem randvoll gefüllten Topf mit warmen Kürbispuffern in Henks Geländewagen über die Route 62 zu unserem Treffen.

»5474N?«, fragte Henk, als wir an dem Wegweiser zur Moordenaars Karoo und dem verrosteten Traktor mit dem Nummernschild vorbeikamen. »Findet der so was lustig?«

»Wie meinst du das?«, fragte ich.

»Das ist Leetspeak, ein Geheimcode, bei dem die Zahlen für Buchstaben stehen. Es heißt ›Satan‹.«

Ich sagte nichts dazu, nur Kosie blökte, als wir um die nächste Kurve fuhren. Das Lamm stand auf der Ladefläche und schob den Kopf durch das Fenster der Fahrerkabine. Unterwegs hatte das Tier herumgelärmt. Henk sagte, das liege daran, weil Kosie normalerweise vorne sitze. Ich glaube eher, es ging um die Kürbispuffer.

Beim Viehgitter angekommen, betrachtete Henk den Bogen aus Walrippen, die Schädel und Hörner und schüttelte den Kopf.

»Ricus mag die Natur«, sagte ich.

Direkt an der Einfahrt kam uns ein schwarzer VW Golf entgegen. Wir mussten langsam fahren, um aneinander vorbeizukommen. Bei dem Blick, den mir der Fahrer zuwarf, hätte ich am liebsten schnell meine Scheibe hochgefahren. Wie konnte einen jemand derart böse anstarren? Ich öffnete den Topf mit den Puffern und atmete den süßen Zimtduft ein. Wo hatte ich den Typen bloß schon mal gesehen?

Henk und ich waren früh dran. Ricus war gerade dabei, mit

Johannes einen Reifen des roten Minis zu wechseln. Ousies und Tata Radebe saßen in der Wagenburg. Als wir ausstiegen, kam Ricus uns entgegen.

»Tannie Maria!« Er lachte, seine Stimme war warm und schwer. »Und Sie müssen Detective Lieutenant Henk Kannemeyer sein.« Er sprach Afrikaans. »Freut mich, Sie kennenzulernen.«

Brummend ergriff Henk die behaarte Hand, die Ricus ihm hinhielt.

»Und wer ist das kleine Kerlchen?« Ricus schaute auf die Ladefläche.

»Das ist Kosie«, stellte ich das Lamm vor.

Das Böckchen kletterte durch das Rückfenster auf den Vordersitz, sprang nach draußen auf die Steine und schnüffelte an einem grauen Busch.

»Bääääh«, machte es.

»Bääääh«, erwiderte Ricus.

Kosie drückte sich an Henks Beine.

Ricus wies auf das Veld. »Wenn Mielie ihn sieht, hält sie ihn vermutlich für einen Teil der Herde. Falls sie ihn zu den anderen treibt, müssen Sie den Colonel im Auge behalten. Den Widder mit den großen Hörnern. Der ist manchmal nicht so nett gegenüber Neuankömmlingen.«

»Kosie bleibt bei mir«, sagte Henk.

Ricus lächelte und machte Henk mit Johannes bekannt.

Sein Mitarbeiter, der neben dem roten Mini auf dem Boden gehockt hatte, stand auf und nickte höflich.

»Bringst du unserem Detective bitte eine Tasse Kaffee«, bat Ricus.

Johannes stopfte den Schraubenschlüssel in die Gesäßtasche seines Blaumanns und wollte ins Haus gehen.

Aber Henk lehnte dankend ab. »Ich brauche nichts.«

»Vielleicht später«, sagte Ricus, und Johannes machte sich wieder an dem Mini zu schaffen.

»Was ich brauche«, begann Henk, »sind die Namen der Personen, die hier am Dienstag aufgetaucht sind.«

»Die hatten alle eine Maske auf.«

»Sie wissen, wer dahinter steckte.«

»Die kommen nicht noch mal.«

Stirnrunzelnd schüttelte Henk den Kopf. Ich gab ihm drei Kürbispuffer in Wachspapier.

»Einer für Kosie«, schlug ich vor. »Entschuldigung, ich hab vergessen, Servietten mitzunehmen.«

»Ousies hat sicher welche«, sagte Ricus.

»Nein, schon gut«, wiegelte Henk ab.

Ricus geleitete mich zum Sandkreis mit den Stühlen. Ich begrüßte Ousies und Tata und stellte meinen Topf mit Kürbispuffern neben das Feuer, wo schon ein schwarzer gusseiserner Topf wartete.

Henk lief mit Kosie auf der anderen Seite der Lieferwagen entlang. Er war zu weit entfernt, um uns verstehen zu können, dennoch konnte ich mich nicht entspannen, solange er da war. Aber als Dirk, Lemoni und Fatima kamen, vergaß ich ihn. Wir begannen unsere Sitzung wie immer mit dem würzigen Shaah-Tee und dem Duft von Weihrauch.

»Spürt die Kleidung auf eurer Haut und euren Körper auf dem Stuhl«, sagte Ricus mit seiner Kaffeesatzstimme. »Nehmt euch selbst und eure Umgebung wahr.«

Es war ein wunderschöner Herbstnachmittag, nicht zu heiß, nicht zu kalt. Am Himmel waren ein paar Wolken, ein Turmfalkenpaar segelte über dem nächsten Koppie. Die großen Dornen an den Bäumen leuchteten weiß, und ich fand wieder, sie glichen scharfen Hörnern, aber eher denen eines Insekts als eines Säugetiers.

Fatima trug ein violettes Kleid und ein braunes Kopftuch, Tata Radebe seinen dunklen Anzug und ein weißes T-Shirt. Er starrte ins Feuer, neben dem Ousies hockte. Lemoni trug ein türkisfarbenes, weit ausgeschnittenes Top, eine enge schwarze Jeans und hohe Absätze. Ihre Augen waren mit türkisblauem Lidschatten geschminkt. Zu ihrem schmalen Lederarmband gesellte sich heute eine Halskette mit einem großen Amulett gegen den bösen Blick, das zwischen ihren Brüsten ruhte. Sie hielt sich an ihrer Tasche fest. Eine Gottesanbeterin landete darauf. Lemoni schrie auf und schüttelte die Tasche, bis das Insekt davonflog. Dirk erhob sich, setzte sich aber wieder, da Lemoni sich schnell beruhigte.

»Camagu«, bedankte sich Tata Radebe bei der Gottesanbeterin.

»Du bist gesegnet«, sagte Ricus.

Das Insekt ließ sich auf Tata Radebes gebügelter Hose nieder. Er neigte den Kopf zum Zeichen des Respekts.

»Achtet auf euren Atem«, sagte Ricus, »und auf eure Sinne.«

Die Steppe roch süß. Ich hörte die Schafe blöken. Am Fuß des sonnigen Koppie knabberten sie an Büschen.

»Heute machen wir mit dem Thema Vergebung weiter«, sagte Ricus. »Mit der Frage, wie vergeben wir uns selbst?«

Dirk schnaubte verächtlich, Fatima nestelte an ihrem Kopftuch herum.

Lemonis Hände umklammerten die Henkel ihrer Tasche, ihre Finger zitterten. »Sie sind in mein Haus eingebrochen«, begann sie. »Haben alles mitgenommen. Alles. Meinen kostbaren Schmuck.« Mit ihren großen grünbraunen Augen und den langen Wimpern erinnerte sie an ein verlassenes kleines Mädchen. »Es war so … so demütigend«, sagte Lemoni, den Blick auf ihre bebenden Hände gesenkt. Dann hob sie den Kopf und sah Ricus an. »Ihr wisst ja nicht, wie sich so was anfühlt.«

»Das ist eine richtige Verletzung.«

»Genau, eine Verletzung. Ich wurde verletzt! Seitdem ist nichts mehr, wie es war. Nichts.«

Tata schnalzte zum Zeichen seines Mitleids mit der Zunge.

»Aber warum muss ich dann mir vergeben?«, fragte Lemoni. »Die anderen haben doch das Verbrechen begangen!«

»Ewe, Sisi«, sagte Tata Radebe. Ja, Schwester.

»Du hast recht«, bestätigte Ricus.

»Mein Mann hatte eine Waffe. Er hätte sie benutzen können, aber er saß einfach nur da.« Sie boxte mit der rechten Faust in die linke Handfläche. »Hockte tatenlos rum!«

»Bist du böse auf ihn, weil er dich nicht beschützt hat?«, fragte Ricus.

»Angeblich wollte er nicht, dass uns was passiert. Er meint, es hätte noch viel schlimmer ausgehen können. Der Schmuck sei es nicht wert gewesen, unser Leben aufs Spiel zu setzen! Er war feige, und jetzt sind all die Juwelen weg. Für immer.« Lemoni sah mich an, ihre Pupillen groß und schwarz.

»Ich habe auf einen von denen geschossen«, fuhr sie fort. »Der Mistkerl hatte es verdient! Als die Räuber mit meinem Schmuck geflüchtet sind, habe ich die Pistole aus dem Holster meines Mannes genommen, mich aus dem Fenster gelehnt und abgedrückt. Einer von ihnen ist hingefallen, die anderen haben ihn mitgeschleppt. Sie sind trotzdem entkommen.«

Sie schlug die Hände vors Gesicht und weinte schluchzend in eine von Ousies' Servietten. »Xriste mou. Mein Jesus.« Dann schaute sie hoch, zu Dirk. Ihre Augen waren rot, ihr Lidstrich verwischt.

»Vergebung … Warum sollte ich diese Diebe um Vergebung bitten?« Mit bebender Unterlippe sah Lemoni von einem zum anderen. »Das war doch nicht meine Schuld!«

»Schhhh«, machte Ricus. »Wir geben dir für nichts die Schuld.«

»Tut ihr wohl! Das sehe ich an euren Blicken. Ihr haltet mich für eine … ein verwöhntes Kind.«

Dirk schüttelte abwehrend den Kopf. Tata Radebe ebenfalls, aber auf eine andere traurige Art.

»Ich urteile nicht über dich«, sagte Ricus. »Du musst Frieden mit dir selbst schließen.«

Lemoni putzte sich die Nase. »Entschuldigung. Ich will gar nicht so … so emotional sein. Das liegt an der … der Verletzung. Die bringt mich so … durcheinander. Es ist so … ungerecht.« Sie zog ein Taschentuch aus ihrer Handtasche und wischte sich damit unter den Augen entlang.

Fatima brachte ihr noch einen Tee.

»Danke«, sagte sie. »Ihr seid alle so lieb. Tut mir leid, ich wollte nicht … nicht so einen Wirbel machen.«

Tata Radebe rieb sich mit der flachen Hand über die Brust, und die Gottesanbeterin, die auf seinem Knie gesessen hatte, flog davon. Er folgte ihr mit dem Blick.

49

Als Lemoni sich beruhigt und wieder gefangen hatte, fragte Ricus den Rest von uns: »Und, wie lief es mit eurer Vergebung?«

Dirk spie auf den Boden, Fatima hielt sich die Hand vor die Augen, und Tata bohrte die Spitze seines Kierrie in den Sand.

»Es ist nicht einfach«, begann ich. »Um mir selbst zu verzeihen, muss ich Henk erzählen, was geschehen ist. Aber immer wenn es so weit ist, laufen die Wörter einfach davon.«

Ricus nickte, und Fatima sagte: »Vergebung kommt nicht von allein. Man muss etwas dafür tun. Ich bin feige gewesen. Ich muss etwas Mutiges tun. Dann erst kann ich mir verzeihen.«

»Püppchen«, sagte Lemoni, »du warst wirklich tapfer, als die Satanisten hier waren. Du hast der Teufelsfrau das Messer aus der Hand geschlagen.«

»Danke.« Fatima lächelte verlegen und schüttelte den Kopf. »Aber das war nicht genug.«

Tata Radebe räusperte sich. »Was du sagst, ist richtig, Mama. Weil ich Angst hatte, hat ein guter Mann sein Leben verloren. Mein Umoya ist erst frei, wenn ich ein Leben rette. Ein gutes Leben.«

»Fok!«, fluchte Dirk. »Ich kann die schlimmen Sachen, die ich begangen habe, niemals wiedergutmachen.«

Ousies legte neues Holz aufs Feuer, die orangeroten Flammen loderten auf.

»Und damit meine ich nicht nur all die Toten in Angola«, fuhr er fort. »Ich weiß, dass das nie wiedergutzumachen ist. Aber der Druck, der so schwer auf mir lastet, hier, jeden Tag, kommt noch von etwas anderem.« Er schlug sich mit der Faust auf die Brust. Sie sah aus wie die Klaue eines Falken.

Alle schauten Dirk an, er blickte ins Feuer. Sanft gurrte eine Felsentaube.

»Fok, nee«, sagte er. »Ich kann mir nicht verzeihen, was ich meiner Frau angetan habe. Und meinem Sohn. Niemals.«

Eine zweite Taube antwortete der ersten. Kuruku.

»Niemals«, wiederholte Dirk.

Nun gurrten beide Tauben zusammen.

»Wie soll das gehen?« Er sah Ricus an. »Ich will es ja nicht mal.«

»Erzähl uns von deiner Familie, Dirk!«

»Meine Frau ist tot. Ich habe sie nicht umgebracht. Aber es hätte ohne Weiteres passieren können. Ich habe sie behandelt wie den letzten Dreck. Jetzt ist sie nicht mehr da, und ich kann es nicht wiedergutmachen, egal, was ich tue.«

»Und dein Sohn? Wie heißt dein Junge?«

»Jamie. Er heißt Jamie.«

Wieder schaute er ins Feuer. Die Felsentauben schwiegen nun, als würden sie lauschen, andere Vögel zirpten und zwitscherten leise. Ousies stand auf und begann, sacht hinter unseren Stühlen zu fegen.

»Ich hab sie geschlagen, als sie schwanger war«, sagte Dirk. »Hab sie getreten. Die Ärzte sagen, Jamies Krankheit käme von einem genetischen Defekt, aber ich weiß, dass ich ihn auf dem Gewissen habe. Er kam schon krank auf die Welt. Zerebrale Kinderlähmung. Er ist in einem Pflegeheim. In George.«

»Liebst du ihn?«, fragte Ricus.

»Ich … Fok. Na klar.«

»Wenn du an ihn denkst, spürst du dann die Liebe in deinem Herzen?«

»Fok, Mann. Was soll das heißen? Natürlich liebe ich ihn. Er ist schließlich mein Sohn.«

»Was fühlst du am stärksten? Liebe? Wut? Schuld?«

»Natürlich hab ich totale Schuldgefühle, Mann. Ich hab Scheiße gebaut. Und sauer bin ich auch. Nicht auf ihn, auf mich. Er ist ein guter Junge. Ein süßer Kerl. Sieht genau aus wie seine Mutter. Ich besuche ihn. Wenn ich kann. Wenn ich zu fertig bin, bleibe ich zu Hause.«

»Dirk, dein Sohn braucht deine Liebe. Wenn dein Herz voller Schuldgefühle und Wut ist, kannst du ihm keine Liebe geben. Deinem Sohn zuliebe, der Mutter deines Sohns zuliebe, musst du dir vergeben. Dann ist dein Herz frei, um zu lieben.«

Dirk schloss die Augen. Sein Gesicht wurde knallrot, als hielte er die Luft an. Es wurde prall wie ein Ballon. Dann explodierte etwas; Speichel flog ihm aus dem Mund, und sein ganzer Körper begann zu beben, doch er gab keinen Laut von sich. Dann erst kamen die Töne. Zuerst leise, als würde ein kleiner Junge nach Luft schnappen, dann ein Tuckern wie von einem Dampfzug, Tränen und Rotz liefen ihm übers Gesicht. Ousies gab ihm eine Serviette, dann noch eine, und er füllte sie mit seinen Schluchzern.

Lange saßen wir mit ihm da. Er hielt den Rücken gekrümmt, als schützte er ein kleines Tier auf seinem Schoß. Irgendwann beruhigte er sich. Die Felsentauben gurrten. Dirk weinte wieder los. Wir verließen ihn nicht. Mein Kopf fand es schwer, ihm zu verzeihen, aber mein Herz tat es irgendwie ganz von allein.

Nach einer Weile wischte Dirk sich über Stirn und Wangen und schnäuzte sich die Nase. Er schaute sich um, als sähe er uns alle zum ersten Mal.

»Ich liebe den Jungen«, sagte er.

50

Ricus war ein guter Therapeut. Er wusste, wann es Zeit war, still zu sein, wann etwas gesagt werden musste und wann es Zeit zum Essen war.

Er stellte meinen Topf mit Kürbispuffern neben das Feuer, holte etwas Langes, Dickes aus dem schwarzen gusseisernen Topf und legte es auf den Rost.

»Das dauert nicht lange«, sagte er.

»Was *ist* das?«, fragte Lemoni.

»Pofadder«, erwiderte er.

Sie kreischte und schlug mit der Hand in die Luft. »Iih! Wie ekelig!«

Man sollte nicht unhöflich sein, wenn es um Essen geht, aber Lemoni tat mir leid, deshalb erklärte ich es ihr: »Das ist eine Wurst.«

»Ich esse keine Puffotter«, sagte sie. »Ganz egal, wie sie gemacht wird.«

»Nein, nein«, beeilte sich Dirk zu versichern, dem Lemoni offenbar noch mehr leidtat als mir. »Das ist keine Schlange. So heißt nur diese Wurstsorte.«

»Ah. Sieht trotzdem abartig aus.«

Ich runzelte die Stirn, doch Ricus grinste nur und rückte die Wurst noch mal zurecht.

»Bevor wir essen«, sagte er, »konzentriert euch wieder auf euren Körper und eure Sinne.«

Ich roch die Kürbispuffer und hörte das Brutzeln der bratenden Wurst. Mielie bellte, ich schaute hoch und sah, wie sie die Schafe auf den Kraal zutrieb. Die Sonne ging unter, die langen weißen Dornen der Bäume leuchteten rötlich.

Dann war die Sonne verschwunden, am dunkler werdenden

Himmel blieb nur ein blutroter Schimmer zurück. Ricus gab die Wurst und die Kürbispuffer auf zwei Teller und reichte sie Ousies.

»Für Johannes und Kannemeyer«, sagte er.

Johannes packte hinter dem roten Mini sein Werkzeug zusammen und räumte auf. Henk war weiter weg, Ousies ging mit seinem Teller hinaus aufs Veld.

Fatima half Ricus, Lemoni, Dirk, Tata und mich zu bedienen. Dirk vertilgte seine Wurst in derselben Zeit, die Lemoni brauchte, um den Rand ihres Kürbispuffers anzunagen.

»Der Puffer ist göttlich, Süße«, sagte sie zu mir.

»Und die Pofadder ist hervorragend«, lobte ich Ricus, nachdem ich ein saftiges Stück probiert hatte. »Mit gerösteten Koriandersamen?«

»Ja, und getrocknetem Thymian.«

»Und Worcestersoße«, ergänzte Dirk.

»Hast du schon mal selbst Pofadder gemacht?«, erkundigte sich Ricus bei ihm.

»Ja, einmal. Bei einem Jagdausflug.«

Lemoni schnitt ein kleines Stück ab und kostete. Sie nickte, als wäre es nicht schlecht.

»Was für Fleisch ist da drin?«, fragte sie.

»Springbock und Kudu«, erklärte Ricus.

»Leber, Herz und Nieren«, sagte Dirk, »und dann in den Darm gestopft.«

Lemoni hustete und spuckte ein wenig von ihrem letzten Bissen in die Gegend. Immerhin verkniff sie sich weitere Kommentare und aß den Rest des Kürbispuffers.

Ricus gab uns Servietten und räumte die Teller ab, dann sammelte Ousies die Servietten wieder ein und scheuchte uns mit dem Besen Richtung Feuer. Mein Topf mit den übrig gebliebenen Puffern stand noch da.

Als ich mich zu den anderen in den Kreis ums Feuer gesellte, hörte ich Henk nach Kosie rufen und sah eine dunkle Gestalt einen Hund und ein Lamm jagen. Wahrscheinlich hatte sich Henk vom Abendessen ablenken lassen, und Mielie hatte die Gelegenheit genutzt, Kosie zu den anderen zu treiben.

Wir standen da und schauten in die Glut. Tata in seinem dunklen Anzug verschwand fast in der Dunkelheit. Nur das mondbeschienene Weiß seines T-Shirts machte ihn sichtbar. Lemoni hatte ihre Tasche unter den Arm geklemmt und säuberte ihre Finger mit einem Taschentuch. Ousies bot ihr noch eine Serviette an, mit der Lemoni ihre Fingernägel polierte, bevor sie sie Ousies zurückgab. Die alte Frau warf eine Handvoll getrockneten Thymian ins Feuer und begann dann, das Lied zu singen, das an tief im Wald lebende Vögel und fernen Wind erinnert.

Sie warf die zusammengeknüllten Servietten ins Feuer, Rauch stieg auf. Ich schloss die Augen, weil es so brannte. In der Ferne rief Henk wieder nach Kosie. Johannes klapperte mit seinem Werkzeug. Auf der Route 62 fuhr ein Lkw vorbei. Eine Eule rief, fiel in Ousies' Lied ein. U-hu!

Dann gab es einen Knall.

Sehr laut. Wie eine Fehlzündung. Oder ein Schuss.

Ich machte einen Schritt nach hinten, raus aus dem Rauch, und sah, dass Tata die Hand aufs Herz legte. Als er nach hinten sackte, fing Ousies ihn auf. Auf seinem weißen T-Shirt breitete sich ein großer roter Fleck aus.

Ousies konnte sein Gewicht nicht halten, langsam ließ sie ihn zu Boden gleiten. Die Servietten fingen Feuer, der Schein flackerte über Tatas Gesicht. Seine Mundwinkel waren zu einem schwachen Lächeln verzogen, die Augen weit geöffnet.

Ich wartete darauf, dass er blinzelte. Aber das tat er nicht.

51

Ricus ließ sich auf die Knie sinken und drückte eine Serviette auf die Wunde in Tatas Brust, die Finger der anderen Hand presste er an dessen Hals. Ousies rutschte auf den Knien weiter und legte die Hand auf Tatas Kopf.

»Fok«, sagte Dirk.

Lemoni schlug die Hand vor den Mund. »Xriste mou!«

»Allah yerhamo«, flüsterte Fatima.

»Henk!«, rief ich laut.

Johannes erschien in der Wagenburg, bewaffnet mit einem Schraubenschlüssel. Henk kam mit einer Pistole in der einen Hand und dem Lamm unter dem anderen Arm herbeigestürmt.

»Niemand rührt sich!« Er richtete die Waffe auf unsere kleine Gruppe am qualmenden Feuer.

Das Lamm wand sich. Henk setzte es ab und zog eine Taschenlampe aus seinem Gürtel. Lemoni drückte ihre Handtasche an die Brust, Fatima wischte sich langsam die Hände an den Seiten ihres Kleides ab.

»Keine Bewegung, das ist mein Ernst!«, rief Henk.

Mit der grellen Taschenlampe strahlte er uns an, Dirk blinzelte, als schmerzte ihn das Licht in den Augen. »Fok«, sagte er wieder.

Henk leuchtete mit seiner Lampe auf den Kreis aus Kastenwagen um uns herum und das mondbeschienene Veld dahinter. Das Lamm huschte unter den schwarzen Defender. Ansonsten standen alle reglos da.

»Was ist passiert?« Henk sah mich an.

»Tata«, sagte ich. »Er wurde erschossen.«

»Er ist tot«, erklärte Ricus, der immer noch die Serviette auf Tata Radebes Brust drückte.

Der Fleck darauf sah aus wie eine rote Blume.

»Wer hat geschossen?«, fragte Henk.

»Das konnte ich nicht sehen«, antwortete Fatima leise.

»Der Schuss kam von irgendwo hinter mir«, sagte Lemoni.

»Es war alles voller Qualm«, erklärte ich, »vom Feuer. Ich hatte gerade die Augen zu. Aber der Schuss kam aus der Nähe. Er war sehr laut.«

»Ja, aus der Nähe«, bestätigte Ricus.

Henk schwenkte die Taschenlampe und ließ sie auf Dirk ruhen.

»Legen Sie die Waffe auf den Boden, aber langsam«, befahl er.

Erst da sah ich die Pistole in Dirks Hand.

»Nein«, stieß ich hervor. »Nein.« Ich weiß nicht genau, ob ich es laut sagte oder ob es nur ein pochender Laut in mir war. Nein. Nein. Ousies sang ein zartes Lied, das zu dem Klopfen passte.

Ich konnte nicht akzeptieren, dass Tata tot war. Ich konnte nicht glauben, dass Dirk …

Er legte seine Waffe auf den Boden.

»Die Hände in die Luft. Einen Schritt nach hinten. Jetzt«, befahl Henk.

»Fok, nee«, sagte Dirk und schüttelte den Kopf, doch er wich zurück und hob die Arme. Henk hob die Pistole auf.

Er schnupperte am Ende des Laufs, dann steckte er sie in eine Plastiktüte.

»Sie riechen doch, dass ich sie nicht benutzt habe«, rief Dirk. »Ich hab sie nur …«

»Moment!« Henk hatte sein Mobiltelefon in der Hand.

Auf Afrikaans blaffte er Anweisungen hinein. Der Anblick von Tata Radebe tot auf dem Boden und das Geräusch meines Herzens, das immer noch *Nein, nein, nein* klopfte, erschwerten mir das Zuhören, aber ich bekam mit, dass Henk einen Krankenwagen, Piet Witbooi und verschiedene Teams für dieses und jenes bestellte.

In der Ferne bellte Mielie. Alles geschah ganz langsam und gleichzeitig sehr schnell. Durch Ousies' Lied zog sich die Zeit seltsam in die Länge. Ihre Stimme klang, als würde ein Schakal auf der anderen Seite der Swartberge seiner Familie in den fernen Langeberge etwas vorsingen.

Es hörte sich an wie ein Lied über Tatas Leben. Über seine Geburt und seine Jugend, über all die Dinge, die er getan, gefühlt und verloren hatte.

Henk brachte sie nicht zum Schweigen, doch als er erneut das Wort ergriff, wurde sie leiser. In unseren Körpern summte die Melodie ihres Liedes.

»Nicht bewegen!«, mahnte Henk.

»Ich habe ihn nicht erschossen«, sagte Dirk.

»Sie haben übrigens das Recht, zu schweigen«, antwortete Henk, kniete sich hin und tastete nach einem Puls an Tatas Hals. »Alles, was Sie sagen, kann gegen Sie verwendet werden.«

Sie schwiegen beide, Tata und Dirk. Nur Ousies' Lied war zu hören. Henk leuchtete mit seiner Lampe auf den Boden, auf das Durcheinander von Spuren rund ums Feuer. Dann ließ er das Licht über den Sand schweifen, den Ousies gefegt hatte.

»Hat noch jemand eine Waffe?«, fragte er. »Dann ist jetzt der Moment, sie abzugeben.«

Ricus griff nach seinem Gürtel. »Ich habe einen Revolver.«

»Sonst noch was?«

»Ein Messer in einer Hülle hinten in meinem Stiefel«, gestand Ricus.

Henk nahm ihm beide Waffen ab und verstaute sie in Plastiktüten.

»Legen Sie den Schraubenschlüssel weg, da drüben auf den Stuhl!«, sagte er zu Johannes. Er gehorchte. »Und dann stellen Sie sich hierher zu den anderen.«

Nun begleiteten die Grillen Ousies' Gesang. Sie hockte noch immer neben Tata und sang leise.

»Tannie Maria«, sagte Henk förmlich. »Ich brauche deine Hilfe beim Durchsuchen der Frauen. Zuerst diese große Handtasche hier.«

Lemoni riss die Augen auf und drückte die Tasche noch fester an sich.

»Machen Sie die bitte auf, Ma'am«, forderte Henk.

»Brauchen Sie eine bessere Beleuchtung?«, fragte Ricus. »Wir können die Scheinwerfer anmachen.«

Henk nickte.

»Johannes!«, befahl Ricus, und sein Lehrling ging auf den nächsten Kastenwagen zu.

»Der bleibt da«, bestimmte Henk. »Ich habe ihn noch nicht durchsucht. Sie können gehen.«

Ricus schaltete die Scheinwerfer von drei Lieferwagen an; wir blinzelten wie die Kaninchen, Henk steckte seine Taschenlampe zurück an ihren Platz.

»Maria«, sagte er, »nimm die Tasche und lege alles, was drin ist, auf den Stuhl. Achte auf Waffen jeder Art.«

Ich nahm Lemoni die Tasche nicht ab, sondern wartete, bis sie sie mir reichte.

»Sei vorsichtig«, bat sie.

Noch nie hatte ich die Handtasche einer anderen Frau durchsucht. Wenn ich eine dabeihatte, waren nur Schlüssel, eine kleine Bürste und mein Lippenstift darin (manchmal auch ein paar Tabletten). Lemonis Tasche enthielt deutlich mehr: jede Menge Schminkutensilien, ein Handy. Eine Dose Pfefferspray, die ich hochhielt, um sie Henk zu zeigen, weil es eine Waffe war. Ein großes Portemonnaie mit Geld und Karten. Ein kleines Samtkästchen.

»Bitte nicht fallen lassen«, flehte Lemoni, als ich es öffnete.

Darin lag ein Paar Ohrringe. Im Licht der Scheinwerfer glänzten sie wie große Wassertropfen. Ich zeigte sie Henk und legte sie in das Kästchen zurück.

»Weitere Waffen?«, fragte er in die Runde.

Die Eule rief. U-huuu.

»Maria, taste bitte die beiden Frauen ab!« Henk wies auf Lemoni und Fatima. »Nach einer Waffe.«

Ich sah ihn an. Es gefiel mir nicht, eine Polizeibeamtin spielen zu müssen und meine Freunde wie Verbrecher zu behandeln. Aber Henk schüttelte nur kurz und zornig den Kopf. Sein Schnurrbart zitterte. Er warf einen Blick auf den am Boden liegenden Tata Radebe. »Wir werden den Mörder finden.«

»Sie glauben doch nicht, dass einer von uns …«, setzte Lemoni an, hob aber die Arme, damit ich sie von oben bis unten abtasten konnte. Ihre Kleidung war so eng, dass gar kein Platz war, etwas zu verstecken, doch zur Sicherheit klopfte ich mal hier, mal da.

Henk durchsuchte Johannes einhändig, in der anderen Hand hielt er seine Dienstwaffe.

Als ich zu Fatima kam, schüttelte sie den Kopf. »Bitte nicht! Meine Religion. Du kannst mich durchsuchen, aber du darfst mich nicht berühren. Das ist nicht … sauber. Wir können woanders hingehen, dann ziehe ich mein Kleid aus und du kannst sehen, dass ich nichts verstecke. Aber du darfst mich bitte nicht anfassen.«

Ich schaute zu Henk hinüber.

Er schüttelte den Kopf. »Ihr müsst hier bleiben. Aber wir drehen uns alle um.«

Und das taten sie. Fatima nahm ihr Kopftuch ab. Ihr Haar war zu schweren Zöpfen geflochten und am Hinterkopf zu einem großen Dutt zusammengesteckt. Sie hob ihr langes Kleid an, ein kurzer, gerüschter Unterrock kam zum Vorschein. Darunter mochte sie alle möglichen Dinge verstecken. Aber der Blick in ihren Augen war so flehentlich, dass ich es nicht übers Herz brachte, etwas zu sagen. Sie errötete; ich würde auch rot werden, wenn mich jemand zwingen würde, mich so auszuziehen, auch wenn meine Beine nicht so behaart waren wie ihre. Ich war mir sicher, dass sie eher ihren Körper versteckte, keine Waffe.

»Gut«, sagte ich, als sie sich wieder hergerichtet hatte.

»Jetzt die alte Dame«, sagte Henk.

Aber Ousies sang immer noch ihr Lied; ich wollte sie nicht unterbrechen. »Gleich.«

Henk runzelte die Stirn, aber bestand nicht darauf. Vorsichtig zog er die Waffe aus Tatas Jackett und steckte sie in eine Plastiktüte.

Ousies beendete die Geschichte von Tata Radebes Leben, legte den Kopf in den Nacken und sang eine andere Melodie. Es klang, als würde ihre Stimme vom trockenen Wind davongetragen. Eine Hand hatte sie auf Tatas Stirn gelegt, die andere flatterte in der Luft herum wie ein fliehender Vogel. Sie schaute in den Himmel, so wie Tata, als er der Gottesanbeterin nachgeblickt hatte.

Ich betrachtete den Mond, und Ousies' Stimme machte mir eine Gänsehaut an Armen und Beinen. Sie geleitete die Seele des Toten von seinem leblosen Körper hinauf zu den Sternen. Ousies gab leise freudige Laute von sich, wie ein junger Schakal, der seine Familie nach langer Trennung wiedergefunden hat. Der nach Hause kam.

Die alte Frau klatschte in die Hände und pustete hinein. Dann stand sie auf und reckte die Arme in die Höhe, damit ich sie durchsuchen konnte. Dabei summte sie leise weiter.

Ihr Körper war knochig, ihre Kleidung dünn. Sie versteckte nichts und zitterte sacht, aber ich glaube nicht, dass es Angst war; es war das Lied, das in ihr vibrierte.

Als ich fertig war, hockte sie sich wieder hin. Sie beugte sich vornüber, und ein langer Schrei entrang sich ihrem Körper. Nun waren in ihrer Stimme nicht mehr der Wind und die Sterne, sondern die Trauer einer Frau, die den Tod eines Mannes beweinte. Eines guten Mannes, der getötet worden war.

Bis dahin hatte ihr Lied mein Herz gehalten und es warm und weich gemacht, wie frisch gebackenes Brot. Nun riss sie es langsam auf.

Doch nur ich konnte mich selbst weinen hören, denn jetzt trafen die Polizeiwagen mit ihren Sirenen ein und übertönten jedes andere Geräusch.

52

Ich wischte mir mit einer von Ousies' Servietten die Augen und putzte mir die Nase. Auf der Suche nach dem Mörder durfte ich meinen Blick nicht von Tränen verschleiern lassen. Es kam mir vor, als würde eine ganze Armee eintreffen, aber Henk hielt sie vom Feuer fern, bis Piet und der Fotograf fertig waren. Der Fotograf war ein kleiner vierschrötiger Kerl mit Haaren wie kurzes Stroh.

Piet bewegte sich wie ein Honigdachs auf der Jagd: Sein Blick streifte uns nur, er konzentrierte sich ganz auf die Spuren, begutachtete den Boden um uns und Tata herum und zog dann immer größere Kreise, bis er den ganzen Sand innerhalb der Lieferwagenburg abgesucht hatte. Er zeigte dem Fotografen, wo er Bilder machen sollte. Die Blitze der Kamera und das grelle Scheinwerferlicht ließen dem Mond kaum eine Chance.

Ein runder Mann mit rotem Gesicht traf ein. Er trug einen Arztkittel und dünne OP-Handschuhe. Er war so kugelrund, dass er kaum hinunterkam, um Tata zu untersuchen. Er nahm die blutige Serviette fort und sah sich die Wunde an. Der Fotograf knipste eifrig.

Reghardt war ebenfalls gekommen. Er hatte etwas dabei, das wie ein Metalldetektor aussah. Auf ein Nicken von Henk hin nahm er sich Dirk vor, führte das Gerät an seinem Körper entlang. Dann machte er mit Ricus weiter. Schließlich waren Lemoni und Ousies an der Reihe.

Ousies sagte, sie wolle sich die Hände waschen, doch Henk meinte, das müsse warten.

»Mein Mann wird sich Sorgen um mich machen«, flüsterte Fatima mit ihrem zarten Stimmchen. »Mein Handy ist im Auto.«

»Sie können ihn gleich anrufen«, erwiderte Henk.

Als er Ousies den Rücken zuwandte, pustete sie in ihre Hände und rieb sie aneinander.

»Hallo, Tannie Maria! Entschuldigung«, sagte Reghardt, als er bei mir angelangt war. Er hielt das Gerät in einem höflichen Abstand zu meinem Körper und zog es von meinen Füßen hoch bis zum Scheitel.

Als er sich Fatima zuwandte, hob sie die Hand. »Bitte, meine Religion …«

»Tut mir leid, Tannie«, sagte er.

»Das Gerät berührt dich nicht, Fatima«, erklärte ich. »Kannst du es ein bisschen weiter vom Körper entfernt halten, Reghardt?«

Fatimas Gesicht wurde rot, doch sie erlaubte es. Als der Detektor ihr Kopftuch absuchte, begann er zu piepsen.

Sofort waren Henk und sein Kollege Vorster an Fatimas Seite. Vorster hatte ein braunes Babyface und weiche schwarze Locken.

»Haben Sie etwas aus Metall unter dem Kopftuch, Tannie?«, fragte Reghardt.

Fatima griff an ihren Kopf. »Stopp!«, rief Henk. »Nicht bewegen! Was haben Sie da? Wo ist es?«

»In meinen Haaren«, sagte sie. »Hinten.«

Henk schob die Hand unter das Kopftuch und zog das Messer aus Fatimas Haarknoten. Es hatte eine gebogene Klinge und einen Holzgriff.

»Ich habe gefragt, ob Sie Waffen dabeihaben«, sagte er.

»Ich dachte, hier geht es um Pistolen«, gab sie zurück.

»Warum tragen Sie das bei sich?«

»Das habe ich immer dabei. Zu meinem Schutz.«

Ich wich Henks Blick aus. Ich hätte das Messer finden müssen. Außerdem hatte ich es schon gesehen, als die Satanisten hier aufgetaucht waren.

»Sie können sich jetzt hinsetzen«, sagte Henk. »Aber behalten Sie die Hände auf dem Schoß, Handflächen nach oben.«

»Mein Mann macht sich bestimmt große Sorgen«, bemerkte Fatima.

»Es dauert nicht lange«, sagte Henk. »Reghardt?«

Reghardt öffnete ein Kästchen und holte ein Stück Papier heraus, von dem er einen weißen Film abzog. Er reichte einen klebrigen durchsichtigen Streifen an Henk weiter.

»Strecken Sie die linke Hand aus«, befahl er Fatima.

Als sie nicht reagierte, hob er ihren linken Arm an und drückte den klebrigen Streifen auf Finger und Handfläche. Er strich darüber, zog ihn wieder ab und gab ihn Reghardt zurück. Der tauschte ihn gegen einen neuen Streifen, mit dem Henk Fatimas rechte Hand auf dieselbe Weise bearbeitete. Die fertigen Streifen steckte Reghardt in verschließbare Plastiktüten. Auf die Etiketten schrieb er »Fatima L« und »Fatima R«.

»Kann ich jetzt mein Handy holen?«, fragte sie anschließend.

»Piet begleitet Sie«, erklärte Henk, während er mit Lemoni weitermachte.

»Vorsicht mit meinem Nagellack!«, warnte die Griechin, senkte die Stimme und beugte sich vor, als hätte sie ein Geheimnis zu teilen. »Ist das eine neue Methode, um Fingerabdrücke zu nehmen?«

Als sie mit Henk flüsterte, setzte Dirk sich auf, doch Henk ließ sich nicht von seiner Aufgabe ablenken. »Nein«, sagte er. »Das machen wir auf der Dienststelle.«

»Auf der Dienststelle?«, wiederholte Lemoni. »Verbringe ich denn die ganze Nacht mit Ihnen?«

»Wir brauchen die Aussagen von allen hier.«

Tata Radebes Leiche wurde auf eine Bahre gelegt. Henk wechselte ein paar Worte mit dem Arzt.

»Was können Sie mir sagen?«

»Dass er erschossen wurde und der Tod sofort eingetreten ist.«

»Ja, klar. Und die Waffe?«

»Zu früh. Dafür muss ich erst das Projektil entfernen. Aber die Wunde ist nicht groß. Schätze mal, ein Kleinkaliber, vielleicht 5,6 Millimeter, das ist ziemlich gängig.«

»Ich brauche Ihren Bericht so schnell wie möglich, bitte!«

Henk ging weiter zu Dirk.

»Ihr schöner Schmauchspurentest wird ergeben, dass ich den alten Mann nicht erschossen habe«, sagte Dirk.

»Das hat Ihnen auch niemand zur Last gelegt.«

»Und was sollte dann der blöde Spruch: Alles, was Sie sagen, kann gegen Sie verwendet werden?«

»Entspricht doch den Tatsachen. Und sollte Sie daran erinnern nachzudenken, bevor Sie etwas sagen.«

»Fok«, schimpfte Dirk. »Moment. Ich hab den Arzt gehört. Es war von einem Kleinkaliber die Rede, und ich habe eine Vektor Z-88. Wie die Polizei sie auch benutzt. Die hat neun Millimeter, keine 5,6. Fok. Wisst ihr, wer so was hatte? Diese beschissenen Satanisten! Die hatten ein Luftgewehr mit dem Kaliber!«

»Das Luftgewehr schießt man mit Diabolos.«

»Kann man damit denn keinen umbringen?«, fragte Lemoni.

Henk schüttelte den Kopf und gab Piet ein Signal. In null Komma nichts war der Kollege bei ihm. »Halte den Arzt auf und frag ihn, ob die Wunde auch von einem Diabolo stammen könnte.«

Nach einer Minute war Piet zurück. »Er ist schon weg.«

»Diese verfluchten Satanisten«, rief Dirk. »Ich wette, die haben auch echte Waffen.«

Henk drückte den Klebestreifen auf Ousies' Hände. »Wie heißen Sie?«, fragte er.

»Ousies.«

Ich nahm an, dass er bei ihr hauptsächlich Sand und Asche finden würde. Reghardt tütete die Streifen ein und beschriftete die Etiketten. Dann war Ricus an der Reihe.

»Ich weiß, wer die Personen waren, die Sie überfallen haben«, sagte Henk.

Ricus nickte. »Eine davon war meine Exfreundin.«

Als sie mit Johannes weitermachen wollten, präsentierte er verlegen seine ölverschmierten schwarzen Hände.

»Sie haben nicht am Feuer gestanden«, sagte Henk. »Wo waren Sie?«

»Da, bei dem roten Mini.«

»Konnten Sie etwas sehen?«

»Nein, aber vielleicht habe ich etwas gehört.«

»Wir nehmen gleich Ihre komplette Aussage auf. Ohne Zeugen. Reghardt, tüte den Schraubenschlüssel ein und schreib auf, dass er auf Anhaftungen untersucht werden soll.«

Sehr vorsichtig nahm Henk meine Hände in seine und drückte den Klebestreifen darauf, doch ich spürte die Anspannung in seinen Fingern.

Als sich unsere Augen trafen, erkannte ich die Wut in seinem Blick; ich wusste nicht, ob er auf den Mörder oder auf mich wütend war. Und ich sah Traurigkeit. Über Tatas Tod, vermutete ich. Doch am deutlichsten spiegelte sein Gesicht Entschlossenheit. Seine Lippen waren fest aufeinandergepresst. Diesmal würde ihm der Täter nicht entkommen.

53

»Wir brauchen die vollständigen Personalien«, wies Henk Reghardt an. »Lass dir von jedem Anwesenden Ausweis oder Führerschein zeigen.«

Zu uns anderen sagte er: »Es ist ein Straftatbestand, falsche Angaben zu seinem Namen oder der Ausweisnummer zu machen. Wer sich jetzt nicht ausweisen kann, muss das morgen auf der Polizeidienststelle nachholen.«

Lemoni wühlte in ihrer Tasche herum und zog ihren Führerschein hervor.

»Stella Cooke«, sagte Reghardt und notierte ihren Namen.

»Cooke mit einem ›e‹ hinten«, bemerkte Lemoni.

Ich schaute zu Ricus hinüber, doch er wirkte nicht überrascht. Er hatte ja gesagt, wir müssten nicht unseren wahren Namen angeben.

»Dirk van Schalkwyk«, sagte Dirk. »Hab keinen Ausweis dabei, aber ihr kennt mich doch alle, Mann.«

»Ausweisnummer?«, fragte Reghardt.

Dirk diktierte sie ihm.

Reghardt machte mit Fatima weiter. »Fatima Mahdi Abuubaker. Ich habe auch keinen Ausweis dabei.« Sie nannte ihre Reisepassnummer.

Mielie kam ins Innere der Wagenburg gelaufen. Sie entdeckte Kosie unter dem Defender-Lieferwagen, legte sich hin und bellte leise und tief, als wollte sie sagen: »Da bist du ja! Ich habe dich überall gesucht. Komm mit ins Bett!«

»Ach«, machte Henk. »Ich bringe Kosie besser ins Auto.«

Er gab Piet ein Zeichen in ihrer Geheimsprache und ging mit ihm zu dem schwarzen Defender.

Es brauchte einiges an Überredungskunst, um Kosie unter dem Wagen hervorzulocken. Henk klemmte sich das Lämmchen unter den Arm. Bellend sprang Mielie an ihm hoch. Als Henk den Hund ignorierte, schnappte er nach seinen Fersen.

»He!«, rief Henk. »Voetsek!«

»Sie sagt, das ist nicht Ihr Schaf«, erklärte Ricus.

Das Lamm strampelte, konnte sich aber nicht aus Henks Griff befreien. »Băähääă«, blökte es.

»Bääăh«, machte Ricus. »Mielie hat recht: Das ist nicht Kosie.«

Henk betrachtete den kleinen Bock auf seinen Armen.

»Sehen Sie sich die Hörner an«, sagte Ricus. »Die haben eine andere Form und Größe.«

Seufzend setzte Henk das Lamm ab. Mielie stupste es an, und gemeinsam trotteten sie hinüber zum Kraal.

Plötzlich hörte man ein Auto heranrasen und laut bremsen. Eine Tür wurde zugeworfen. Schritte kamen auf uns zu.

Ein großer, schlanker Typ stürzte in den Kreis und sah sich um. Er blinzelte im Scheinwerferlicht. Dann entdeckte er Fatima und eilte zu ihr. Ihr Mann vermutlich; der ehemalige Pirat. Er kniete sich neben seine Frau und nahm ihre Hände in seine, redete in einer Sprache, die ich nicht verstand. Doch ich hörte die Sorge in seiner Stimme. Und die Verzweiflung in ihrer. Fatimas Mann hatte lange, schlanke Finger, seine Haut war dunkler als ihre. Er wirkte elegant, wenn er sich bewegte, aber auch wenn er ruhig war. Sie erzählte ihm eine Geschichte, gestikulierte mit einer Hand und dem Kopf. Die andere Hand hielt er fest. Den Rest von uns bedachte er mit argwöhnischen Blicken, als wären wir der Grund für Fatimas Kummer. Dann sah er mich an, während sie sprach, und obwohl er auf dem Boden kniete, schaute er irgendwie auf mich herab. Vermutlich erzählte sie ihm, dass ich sie durchsucht hatte. Errötend wandte ich den Blick ab. Am Feuer wühlte Piet in der Holzkohle und Asche. Er zog etwas aus dem halb verbrannten Papierhäufchen und tütete es ein. Zuerst hielt ich es für eine Serviette, aber es war ein Taschentuch.

Vorster lief mit dem Metalldetektor herum und suchte systematisch den Boden um das Feuer und dann den gesamten Sandkreis ab. Als er sich den Lieferwagen und den herumliegenden Ersatzteilen näherte, piepste das Gerät wie verrückt.

»Wenn es wirklich Kaliber 5,6 war, dann suchen wir einen Revolver oder ein Gewehr«, sagte Henk. »Aber haltet auch Ausschau nach Patronenhülsen.«

Piet gesellte sich zu Vorster, gemeinsam suchten sie zwischen den Ersatzteilen.

»Ach, tut mir leid. Das ist ein Chaos«, entschuldigte sich Johannes. »Die Autoteile liegen dort, damit keine Schlangen und Skorpione in den Kreis kommen.«

»Hua«, machte Lemoni, vermutlich in Erinnerung an die Schlange, der dies trotzdem gelungen war.

Johannes ging hinüber zu den Beamten, um ihnen zu helfen, aber Vorster hielt ihn auf: »Besser, wenn wir das allein machen.«

Der schlanke, elegante Mann wandte sich an Henk. »Ich bin Ahmed Mohammed«, stellte er sich vor. »Wir fahren jetzt nach Hause. Meine Frau ist müde.«

»Das ist eine Mordermittlung. Niemand fährt, bevor ich seine Aussage habe«, sagte Henk.

»Können wir nicht morgen früh aufs Revier kommen?«

»Ich mache Ihnen einen Vorschlag: Wir führen hier und jetzt eine kurze Befragung durch. Das dauert nicht lange. Morgen müssen sie alle ohnehin für eine schriftliche Aussage auf die Dienststelle kommen. Wenn dann noch Fragen offen sind, regeln wir das dort.«

Der Mann sah zu Fatima hinüber, sie schaute beiseite.

»Könnten Sie dann bitte mit meiner Frau anfangen?« Ahmed

Mohammeds Formulierung war höflich, doch sein Blick zornig. »Sie muss sich ausruhen.«

Ich war erleichtert, als Henk nickte.

»Ricus«, sagte er, »können wir ein Zimmer in Ihrem Haus nutzen?«

»Wenn die Schlangen Sie nicht stören«, erwiderte der Mechaniker.

Fatimas Mann schaute seine Frau mit großen Augen an, aber sie erwiderte ruhig: »Ich habe keine Angst vor Schlangen.«

Ich hörte etwas, das wie ein großes fliegendes Insekt klang, und sah kurz darauf, dass es ein Roller war. Ein einzelnes Licht kam näher und blieb stehen, dann tauchte Jessie mit ihrem Helm am Arm auf und eilte auf mich zu.

»Tannie Maria!«, rief sie. »Alles in Ordnung?«

»Jessie!« Ich stand auf, wir umarmten uns.

»Was machst du hier?«, fragte Henk. »Wir wollen keine Presse am Tatort.«

»Ich berichte ja nicht darüber. Noch nicht. Ich bin nur hier, um nach meiner Freundin zu sehen. Ich hatte gehört, dass ... etwas passiert ist.«

Henk sah Reghardt stirnrunzelnd an.

»Ich hab ihr nichts erzählt«, sagte Reghardt. »Aber sie war bei mir, als du angerufen hast.«

»Ich habe mir Sorgen gemacht. Bei dir ist niemand ans Telefon gegangen«, sagte Jessie zu mir. »Was ist passiert?«

»O Jessie! Einer aus unserem Kreis, Tata Radebe ... er wurde erschossen.«

»Von wem? Wie?«

»Das wissen wir nicht. Noch nicht.«

»Was ist mit ...?« Sie sah zu Kannemeyer hinüber.

Er reagierte nicht, Jessie schaute wieder mich an.

»Er war nicht dabei«, sagte ich. »Er war … weiter draußen. In der Nähe des Kraals.«

Henk schwieg noch immer, doch in seinem Gesicht tobte der Zorn. Er wandte sich an alle: »Keine Gespräche darüber, was passiert ist. Ich möchte gerne wissen, an was sich jeder Einzelne erinnert, ohne dass dies von den anderen beeinflusst wird.«

»Fok!« Dirk schüttelte den Kopf.

»Ich hole Kaffee«, sagte Ricus. »Und Beskuit.«

Reghardt war noch immer damit beschäftigt, die verschließbaren Plastiktüten zu beschriften. Dann wandte er sich zur Erfassung der Personalien an Ousies.

»Welcher Name steht in Ihrem Ausweis, Ousies?«

»Geraldine Klappers.«

Jessie stieß mich an und riss die Augen auf. Die Frau, die im Zusammenhang mit Slimkats Tod gesucht wurde!

Reghardt reagierte nicht. Vielleicht kannte er den Fall nicht so genau, weil ja die Polizei in Oudtshoorn zuständig war. Ich schaute hinüber zu Henk, um zu sehen, ob er es mitbekommen hatte. Aber Ricus führte ihn bereits fort, an Vorster vorbei, der immer noch zwischen den Autoteilen herumsuchte. Ricus und Henk verschwanden zusammen mit Fatima und ihrem Mann im Haus.

Nachdem Reghardt die Angaben zu Ousies beziehungsweise Geraldine Klappers notiert hatte, ging sie zu einem Wasserhahn und wusch sich Gesicht und Hände. Heftig schüttelte sie ihre Hände aus, als wollte sie mehr als das Wasser loswerden. Sie füllte den schwarzen Kessel und stellte ihn aufs Feuer.

»Warrant Officer Snyman«, sagte Vorster zu Reghardt. »Ich habe etwas gefunden.« Er hielt ein Messer hoch.

»Hey, das gehört mir!«, rief Jessie.

Ousies verließ den Lichtkreis und verschwand in der Dunkelheit.

54

»Bist du sicher, dass es deins ist?«, fragte Reghardt und tütete das Messer ein. »Wie kommt es dann hierher?«

»Ich … ähm … es sieht genauso aus wie meins, aber ich hatte keinen Namen drauf. Ich hatte es Ystervark gegeben. Slimkats Cousin. Aber es könnte vielleicht auch jemand anderem gehören.«

»Erkennen Sie das Messer?«, fragte Reghardt Johannes.

Der Lehrling schüttelte den Kopf.

»Kennen Sie Ystervark oder Slimkat?«, wollte Reghardt wissen.

Wieder schüttelte Johannes den Kopf.

Ricus brachte ein Tablett mit Kaffee und Zwiebäcken. Als wir das heiße Getränk entgegennahmen, fragte er jeden, ob es ihm gut gehe. Lemonis Hände zitterten ein bisschen, Ricus setzte sich eine Weile zu ihr. Dann legte er neues Holz aufs Feuer und sprach mit Jessie über ihren Cousin Boetie, der Ricus damals die verletzte Schlange gebracht hatte.

Dirk versuchte, sich mit Lemoni zu unterhalten, allerdings nicht besonders erfolgreich. Alle strengten sich an, nicht über das zu reden, was passiert war, aber auch das gelang uns nicht recht. Vorster hatte kein Glück bei der Suche nach einer Waffe oder einer Hülse. Und außerhalb der Wagenburg hatte Piet aufgrund des steinigen Untergrunds und der vielen Abdrücke der Schafherde Schwierigkeiten, Spuren zu finden.

Zum Glück fiel mir ein, dass noch Kürbispuffer übrig waren, warm in dem Topf am Feuer. Ich bot Lemoni einen an, der sie zu beruhigen schien. Dann gab ich Jessie und jedem Beamten von der Polizei einen. Den letzten Puffer sollte Dirk bekommen.

Er griff danach, hielt dann jedoch inne. »Möchtest du den nicht? Iss du ihn!«

Wir teilten uns den letzten Kürbispuffer.

»Lecker«, sagte Jessie, als sie wieder Platz im Mund hatte.

Von da an wurde es besser. Die Polizei beendete ihre Suche. Vorster fand Abdrücke von Männerschuhen, die vom Wagenlager wegführten. Und Dirk brachte Lemoni mit einem Witz über eine Schildkröte zum Lächeln.

Die Polizei spannte Absperrband um uns herum. Dann machte Ricus alle Scheinwerfer bis auf einen aus und setzte sich zu uns in den Kreis aus weißen Plastikstühlen.

»Achtet auf euren Atem!«, sagte er.

Meiner war etwas abgehackt, obwohl ich reglos dasaß. Erst ganz allmählich wurde ich ruhiger.

»Nehmt wahr, was eure Augen sehen«, sagte Ricus.

Ich beobachtete, wie kleine Flammen im Feuer tanzten, wie die Hitze hoch zu den Sternen und dem Mond über uns stieg.

»Nehmt wahr, was eure Ohren hören.«

Die Grillen zirpten. Zwei Autos wurden angelassen. Fatima und ihr Mann fuhren los, ohne sich von uns zu verabschieden. Piet kam herüber und rief zuerst Ricus, dann Johannes zur Befragung ins Haus. Reghardt zeigte ihm das Messer und sagte etwas, das ich nicht verstehen konnte. Als ich an der Reihe war, kam Henk heraus, um mich zu holen. Der Mond beleuchtete den Weg. Nachdem wir einige Meter gegangen waren, knipste er seine Taschenlampe aus und nahm meine Hand.

»Es tut mir so leid, Maria.«

»Das ist doch nicht deine Schuld.«

»Ich habe Wache gehalten. Trotzdem wurde jemand getötet.«

Eine Eule heulte.

»Zum zweiten Mal«, sagte Henk.

Eine zweite Eule antwortete auf den Ruf.

»Und es hätte genauso gut dich treffen können.«

Ich strich ihm beruhigend über den Arm.

»Ich werde den Täter finden«, sagte er knurrend.

»Ich weiß«, gab ich zurück. »Hast du Kosie gefunden?«

»Ja. Er ist im Kraal. Aber er hat so schön neben dem Colonel geschlafen, dass wir gesagt haben, wir lassen ihn in Ruhe. Ich hole ihn morgen wieder ab.«

»Neben dem Colonel? Wie schön, dass der ihn mag.«

Wir standen vor dem Bauernhaus. Es war alt und nicht restauriert: dicke, weiß getünchte Mauern, Blechdach, eine kleine Veranda in Ochsenblutrot.

Henk öffnete die Tür, ich trat ein. Der Raum war nur schwach beleuchtet: eine Schreibtischlampe in der Ecke.

»Ricus lässt das große Licht immer aus, damit er den zir-ka-di-anen Rhythmus seiner Schlangen nicht durcheinanderbringt«, erklärte Henk.

Vor mir schlängelte sich ein gemustertes Exemplar über den Holzboden.

»Pass auf!«, warnte er.

»Schon gut, ich glaube, das ist Esmeralda. Die ist harmlos.«

»Warst du schon mal in diesem Haus?«

»Nein, sie war schon mal bei uns, draußen bei unserer Gruppe.«

Im Wohnzimmer standen eine Couch, zwei Sessel, ein Schreibtisch und ein Bücherregal. Eine Tür führte in eine kleine Küche mit einem Holztisch und mehreren Metallstühlen. So weit ganz normal. Aber ansonsten gab es hier einen Baum in einem riesigen Übertopf und viele Regale und Ständer mit Vitrinen voller Steine, Pflanzen – und Schlangen. Wenn man sich in dem schwachen Licht lange genug umsah, entdeckte man die Reptilien hinter den Scheiben. Um einen Zweig des Baumes hatte sich eine Boomslang gewickelt. Ein Glaskasten war mit hüpfenden Grillen gefüllt, ein anderer mit Mäusen. Er sah aus wie ein Zirkus mit Schläuchen und Hochseilen, auf denen die Mäuse herumbalancieren konnten. Auf einem Laufrad rannte eine der Mäuse, als trainierte sie für einen Marathon.

»Die da heißt Lunch«, erklärte Henk, als ich die Mäuse betrachtete. »Und das da sind Frühstück und Abendbrot.«

Schlangen mussten ja wohl fressen, trotzdem taten mir die Mäuse leid.

Ich wollte mich auf einen der Sessel setzen, aber Henk hielt mich mit einem Warnruf zurück. Auf dem Polster lag ein aufgerollter Felsenpython.

Bevor ich auf der Couch Platz nahm, beäugte ich sie argwöhnisch.

»Du hast gesagt, du hättest nichts gesehen«, begann Henk. »Weil es so gequalmt hat.«

»Stimmt«, erwiderte ich. »Ich habe die Augen eine Zeit lang zugemacht.«

In dem großen Glaskasten hinter Henk rekelte sich eine goldene Kobra. Im Nachbarkasten wand sich eine olivgraue Schlange um einen großen weißen Stein.

»Hat Ousies am Ende der Sitzung diesen Rauch gemacht?«, fragte Henk.

»Ja, das ist eine Art Reinigungsritual.«

»Läuft das jedes Mal so? Dass der Rauch so dicht ist und keiner was sehen kann?«

»Ähm, ja. Aber es dauert nicht lange. Man könnte wohl ein paar Schritte zurückgehen, aber wir bleiben alle nah am Feuer. Ich weiß, das klingt komisch, aber es fühlt sich richtig an. Es ist wirklich so, als würde der Rauch einen Teil der vielen Emotionen aus unseren Sitzungen davontragen.«

»Und als diese maskierten Leute kamen, gab es auch Qualm.«

»Ja, aber der war gelb und hat gestunken.«

»War das heute vielleicht mehr Qualm als sonst? Könnte noch was anderes im Feuer gewesen sein?«

»Schwer zu sagen … Ich weiß es nicht. Ich habe zumindest nichts Ungewöhnliches gerochen. Nur die Kräuter, die Ousies darauflegt.«

»Was hast du gehört und gesehen?«

Hinter Henk im Glaskasten bewegte sich etwas. Eine kleine Maus.

»Also, ich hab einen Knall gehört«, sagte ich. »Zuerst dachte ich, es wär eine Fehlzündung von einem Auto. Johannes hat an einem Wagen gearbeitet; ich hab wohl gedacht, dass er versucht hat, den zu starten. Aber dann ist Tata vor unseren Augen zusammengesackt. Ousies hat ihn aufgefangen und auf den Boden gelegt.«

»Dieser Knall, den du gehört hast: Woher kam der?«

Die Kobra hob den Kopf.

»Ich dachte, er wäre hinter mir abgegeben worden«, sagte ich, »eher links, aber das kann ich auch geglaubt haben, weil Johannes da arbeitete. Es war furchtbar laut. Als käme der Schuss von ganz nah, fast als hätte ich selbst abgedrückt. Kann aber auch ein paar Meter entfernt gewesen sein. Tata stand mir gegenüber. Ich hatte das Gefühl, der Knall käme von hinten, aber ich bin mir nicht sicher; es kann auch das Echo gewesen sein, zurückgeworfen von den Autos. Tut mir leid, ich bin keine große Hilfe.«

»Du weißt also nicht genau, ob der Schuss von jemandem aus eurem Kreis abgegeben wurde oder von einer Person, die etwas weiter entfernt war, vielleicht zwischen den Lieferwagen stand?«

»Nein. Tut mir leid. Aber ich kann nicht glauben, dass einer aus unserer Gruppe …«

Die Kobra beobachtete die reglos dasitzende Maus.

»Wie lange kennst du die Teilnehmer dieser Gruppe?«, fragte Henk.

»Ähm … noch nicht so lange. Eine Woche oder so. Aber in den Sitzungen erfährt man viel übereinander. Und wir … mögen uns.«

»Was ist mit Johannes?«

»Was soll mit ihm sein?«

»Glaubst du, er könnte es gewesen sein?«

»Ähm, nein. Ich meine, der Knall könnte theoretisch aus der Richtung gekommen sein, wo er gearbeitet hat, aber ich glaube wirklich nicht, dass er …«

»Gehört er zur Gruppe?«

»Nein, er ist Ricus' Lehrling. In seiner Freizeit arbeitet er die Schulden für seinen roten Mini ab. Und ich glaube, er ist auch zu unserer Sicherheit da. Als die Satanisten kamen, hat er uns gerettet. Mit dem Schraubenzieher. Man fühlt sich sicher, wenn er in der Nähe ist.«

»War er sofort da? Nach dem Schuss?«

»Hm, ich glaube, nicht sofort. Ich habe vor allem auf Tata Radebe geachtet. Aber ein, zwei Minuten später war er auf jeden Fall da.«

»Das heißt, er hätte Zeit gehabt, eine Waffe verschwinden zu lassen.«

»Aber warum sollte er Tata umbringen?«

»Maria, vergiss deine persönlichen Gefühle. Um Motive kümmern wir uns später. Im Moment muss ich nur wissen, wer die Möglichkeit hatte. Wir haben dieses Messer von Jessie gefunden. Es legt nahe, dass Ystervark hier war oder dass er es Johannes gegeben hat.«

»Johannes sagt, er würde Ystervark nicht kennen.«

»Das glaube ich ihm nicht. Er hat auch behauptet, noch nie von Slimkat gehört zu haben, dabei stand sein Name in allen Zeitungen. Hier kennt doch jeder jeden.«

»Vielleicht wurde Tata von jemandem erschossen, der anschließend geflüchtet ist«, schlug ich vor.

»Hast du jemanden weglaufen oder ein Auto wegfahren hören?«

»Ich habe was gehört, aber ich dachte, das wärst du. Ein Auto ist nicht weggefahren, aber es ist natürlich immer Verkehr auf der Route 62. Als die Satanisten uns überfallen haben, haben wir auch nicht mitgekriegt, wie sie gekommen oder gefahren sind.«

»Glaubst du, dass sie es waren?«

»Ich weiß es nicht. Könnte sein.«

»Sie sind naheliegende Verdächtige. Ich habe ein paar Kollegen zu ihnen geschickt. Die Möglichkeit müssen wir zumindest in Betracht ziehen. Hatte jemand von eurer Gruppe Handschuhe an, als ihr am Feuer standet?«

Angestrengt dachte ich nach. Ich sah jeden Einzelnen vor mir: Fatimas weiche braune Hände, Dirks raue Finger. Lemonis Handgelenk mit dem Amulett-Armband. Ricus' behaarte Pranken. Tatas schwarze Hände mit den unzähligen Falten. Ousies' Arme, die Tata auffingen.

Die olivgraue Schlange in dem Kasten neben der Kobra hob den Kopf. Sie hatte schwarz glänzende Augen und eine kleine Haube im Nacken. Sie beobachtete die goldene Kobra, die ihrerseits die Maus nicht aus den Augen ließ.

»Nein«, antwortete ich. »Niemand hatte Handschuhe an.«

»Wir haben ja bald die Ergebnisse des Paraffintests«, sagte Henk. »Hat jemand den Kreis verlassen?«

»Nein. Und selbst wenn, wo hätte man so schnell eine Waffe loswerden können?«

»Hier liegen so viele Autoteile herum, genug Möglichkeiten für ein schnelles Versteck. Ein Mechaniker hätte sie vielleicht sogar in der Karosserie eines Lieferwagens verschwinden lassen können.«

»Ricus war die ganze Zeit am Feuer. Es ist niemand gegangen.«

»Jemand könnte die Waffe zu Johannes geworfen haben, und der hat sie dann versteckt.«

»Die Schlange hinter dir, neben der Kobra, das ist doch eine Schwarze Mamba, oder?«

Henk sah nicht hin. »Wusstest du, dass Ousies die Tante von Johannes ist?«

»Ja.« Ich wollte schlucken, doch meine Kehle war trocken. »Wusstest du, dass sie Geraldine Klappers heißt?«

Die Kobra schlug zu. Die Maus war verschwunden. Die Mamba legte den Kopf wieder auf ihren eingerollten grauen Körper.

55

Als wir zum Kreis aus Kastenwagen zurückgingen, war Ousies nirgends zu finden.

»Verdammt!«, schimpfte Henk.

Piet entdeckte ihre Spuren im Sand, aber sie verloren sich auf dem steinigen Boden.

»Such weiter!«, befahl Henk ihm, dann führte er Lemoni zur Befragung ins Haus.

»Warum sollte jemand Tata Radebe umbringen wollen?«, fragte mich Jessie.

Sie platzte vor Neugier, aber es war schwierig, ungestört zu sprechen. Die Polizeibeamten arbeiteten um uns herum, und Dirk war auch noch da.

»Lass uns morgen im Büro reden«, schlug ich vor. »Ich kann nicht mehr geradeaus denken.«

Wir hörten ein Kreischen im Haus. Ein Zeichen für Lemonis Begegnung mit den Schlangen.

Lemonis Befragung war schnell beendet. Henk wies Officer Vorster an, mich nach Hause zu fahren. »Und dann holen Sie die Hundestaffel. Möglichst Killer und Diesel.«

»Die Hunde«, sagte Jessie. »Die tun Ousies doch nichts, oder?«

»Jessie, fahr jetzt bitte«, sagte Henk und forderte Dirk auf mitzukommen.

»Ich bin weg«, verkündete Jessie, nahm ihren Helm und drückte mich mit einem Arm an sich.

Als ich mit Vorster zu seinem Auto ging, kam Ricus vom Veld und nahm meine Hand in seine Pranken. Sie waren warm und ruhig. Es gab viel zu sagen. Keiner von uns sprach es aus. So verabschiedeten wir uns auch nicht voneinander. Ricus hielt mir die Tür des Polizeiwagens auf. Er stand im Licht des Halbmonds und sah uns nach, ohne zu winken.

Zu Hause aß ich ein Brot mit Aprikosenmarmelade, schluckte Diätpillen und das Antidepressivum. Ich duschte, doch es gelang mir nur, den Staub abzuspülen, mehr nicht.

Ich fiel in einen tiefen Schlaf voll unruhiger Träume. Tata Radebe ritt auf einem großen Kudu. Das Tier war schnell, Tata wirkte stark und glücklich. Aber sie hielten auf ein Feuer zu. Ousies stand daneben und warf Stöckchen und Kräuter hinein, sodass das Feuer wild prasselte und qualmte. Ich wollte Tata zurufen, sich vor den Flammen in Acht zu nehmen. Doch der Rauch füllte meine Lungen und erstickte jedes Wort. Ich wollte nach Henk rufen, aber meine Stimme schrumpelte zusammen wie eine verbrannte Serviette in der Glut.

Nach Luft schnappend erwachte ich. Der Kudu stand an meinem Bett, seine gewundenen Hörner glänzten im Mondlicht. Er sah mich mit Slimkats schwarzen Augen an.

Ich stand auf, und der Bock folgte mir in die Küche, wo ich eine Tasse heiße Milch mit Zimt und Honig trank. Die Antilope blieb in der Küchentür stehen und schaute über die Veranda und den Garten hinaus in die Savanne. Ich stellte mich daneben und nippte an meiner Milch. Der Mond ging allmählich unter, der Gwarriebaum warf einen langen Schatten auf den Boden.

Der Kudu folgte mir zurück ins Schlafzimmer. Als ich mich hinlegte, stellte er sich ans Fenster und sah hinaus zum Hühnerstall. Ich hörte ein Brummen, das von einem Leoparden stammen mochte, aber der Bock reagierte nicht, und die Hühner blieben ruhig, deshalb schloss ich die Augen. Eigentlich hätte es ein seltsames Gefühl sein müssen, eine Antilope im Zimmer zu haben, aber ich war dankbar für die Gesellschaft. Das Tier hielt für mich Wache, ich schlief wieder ein.

Erneut verhedderte ich mich in meinen Laken und in wilden Träumen. Ich war bei einer Therapiesitzung. Tata saß mit uns im Kreis: Ricus, Lemoni, Fatima, Dirk. Ousies war am Feuer, Johannes unter einem Auto.

Ein Teil von mir schaute von oben auf uns herab, wie die Sterne in Henks Wiegenlied. Ich sah die Gestalten von Tieren, die sich unserem Feuerkreis näherten. Ein grauer Kudu mit gewundenem Geweih, ein weißer Widder mit gekrümmten Hörnern, eine rote Ziege mit spitzen geraden Hörnern, wie die Dornen einer Akazie. Und eine lange Schwarze Mamba mit bösem Blick.

Ich wusste, dass Gefahr im Verzug war, konnte meine Stimme aber nicht finden. Immer wieder versuchte ich es, bis ich mich schließlich selbst weckte. »Jessie!«, rief ich.

Es war hell, und die Ibisse kreischten auf ihre freche, vorlaute Art.

56

Ich ließ meine Hühner nach draußen und entdeckte Spuren im Sand, die nach einer großen Rooikat aussahen, untersuchte sie jedoch nicht genauer. Nachdem ich Kaffee, Tabletten, Brot und Marmelade zu mir genommen hatte, fuhr ich in die Stadt. Jessies roter Roller und Hatties Wagen standen schon vor dem Büro der *Gazette*, das freute mich. Ich konnte es nicht erwarten, mit ihnen zu sprechen, deshalb parkte ich meinen Bakkie gefährlich nah an Hatties Etios.

»Maria, Liebes, wie geht es dir?« Hattie nahm mich in den Arm, ohne ihr cremefarbenes Oberteil zu zerknittern. »Wie absolut furchtbar das für dich sein muss! Jessie hat mir schon alles erzählt. Komm, wir machen dir einen Kaffee.«

»Sie haben Geraldine nicht gefunden«, ergänzte Jessie. »Ich hab mit Reghardt gesprochen. Sie sind bis zu einer Stelle gekommen, wo sie Kräuter zerdrückt hat, das hat die Hunde von ihrer Spur abgebracht.«

»Ich glaube nicht, dass sie die Mörderin ist«, sagte ich.

»Ich auch nicht«, pflichtete Jessie mir bei.

»Aber das ist doch ein sehr großer Zufall …«, warf Hattie ein. »Sie wurde im Zusammenhang mit dem Tod von Slimkat gesucht und ist nun auch beim nächsten Mordfall am Tatort.« Während sie sprach, übernahm ich unauffällig die Kaffeezubereitung. Hatties Tee ist in Ordnung, aber für Kaffee fehlt ihr wirklich das Händchen.

»Ousies ist eine Heilerin, keine Mörderin«, bemerkte ich.

»Man kann auch beides sein, oder?«, gab Hattie zu bedenken.

»Aber die Buschmänner sind diejenigen, die angegriffen wurden«, widersprach Jessie. »Die Polizei will Ystervark oder Ousies zum Sündenbock machen, statt den Fall ordentlich zu untersuchen.«

»Aber es ist doch schon verdächtig, dass dein Messer da war. Und dass die alte Frau einfach verschwunden ist«, sagte Hattie. »Zum zweiten Mal nach einem Mord. Sehr verdächtig.«

»Ich wette, dass Ricus weiß, wo sie ist«, sagte ich.

»Wenn sie es nicht war, wer dann?«, fragte Hattie. »Wurde Ystervark zur Befragung einbestellt?«

»Er wurde nach dem Mord an Slimkat befragt«, berichtete Jessie, »ist aber dann zur Beerdigung nach Hause in den Norden gefahren.«

»Und wer sagt, dass er nicht zurückgekommen ist?«, fragte Hattie.

»Ach, Hattie, jetzt lass es doch mal gut sein!«

»Nun ja, die Polizei wird dem schon nachgehen.«

»Johannes hat Detective Kannemeyer gesagt, er würde Slimkat und Ystervark nicht kennen«, gab ich zu bedenken. »Aber Kannemeyer glaubt ihm nicht. Ich kann mir einfach nicht vorstellen, dass es jemand aus der Gruppe gewesen sein soll.«

»Ich schon«, warf Jessie ein. »Dieses Schwein Dirk ist zu allem fähig.«

»Aber den Mord, für den wir ihn beim letzten Mal in Verdacht hatten, hat er nicht begangen«, bemerkte Hattie.

»Vielleicht hat er seine Frau nicht umgebracht, geschlagen hat er sie schon.«

»Und er bereut es bitterlich«, sagte ich.

»Ach, komm, Tannie Maria! Verteidige ihn nicht auch noch! Hinterher behaupten alle, dass es ihnen leidtut. Das weißt du doch.«

Das stimmte natürlich. Woher wollte ich wissen, dass Dirk uns nicht etwas vorgemacht hatte, so wie mein Ehemann mich früher oft getäuscht hatte. Er hatte sich jedes Mal wortreich entschuldigt und es dann doch wieder getan.

»Er war zumindest der Einzige, der eine Schusswaffe hatte«, verriet ich.

»Ojemine«, stieß Hattie aus.

»Aber er hat geschworen, er hätte nicht geschossen. Die Polizei hat uns auf Schmauchspuren untersucht.«

»Na, dann werden wir es ja bald wissen«, meinte Hattie.

»Ich wette, dass es Dirk war«, beharrte Jessie. »Er ist nur zu diesen Gruppentreffen gegangen, weil Anna ihm Druck gemacht hat.«

»Nun, immerhin ist er hingegangen«, sagte Hattie.

»Hm. Ich verstehe sowieso nicht, warum Anna mit ihm befreundet ist«, gab Jessie zurück. »Wo sie doch in seine Frau verliebt war, die von ihm geprügelt wurde.«

»Vorher hat sie ihn auf jeden Fall gehasst«, bestätigte Hattie. »Ja, dass sie jetzt befreundet sind, ist seltsam. So, wie ihr es schildert, wird die Freundschaft allein von Alkohol und Waffen zusammengehalten.«

»Beide haben Martine geliebt, und beiden fehlt sie, seit sie nicht mehr da ist«, versuchte ich es. »Wisst ihr noch, wie sie zusammen *'n Liedjie van verlange* gesungen haben? Dieses Lied der Sehnsucht? Auf gewisse Weise haben die beiden viel gemeinsam, Anna und Dirk. Vielleicht hat sie ihm deswegen verziehen.«

»Pff«, machte Jessie abschätzig. »Der Typ ist und bleibt ein Arschloch. Daran ändert auch alles Verzeihen nichts.«

»Wenn er sich nur selbst vergeben würde …«, warf ich ein und bot Jessie einen Mosbolletjie-Beskuit an.

Sie akzeptierte den Zwieback, aber nicht meinen Einwand.

»Dirk war Soldat«, sagte sie. »In der schlimmen Zeit. Er ist ein verdammter Wichser.«

»Jessie!«, rügte Hattie.

»Tut mir leid, Hattie, aber für solche Leute gibt es keine schönen Bezeichnungen. Oder wie würdest du jemanden nennen, der illegal über die Grenzen in die Nachbarländer eindringt, um alle zu töten, die den ANC unterstützen? Damals, als der ANC noch für die Unterdrückten kämpfte, nicht für die schwarze Elite.«

Jessie war zu jung, um dabei gewesen zu sein, doch sie kannte sich gut mit der südafrikanischen Geschichte aus. Sie hatte in Grahamstown, also an einer unserer berühmtesten Universitäten, Journalismus studiert.

»Tata Radebe«, sagte ich, »der alte Mann, der erschossen wurde. Der war, glaube ich, für den ANC im Untergrund. Er ist gefoltert worden.«

»Ha! Siehst du«, rief Jessie. »Und zwar von einem wie Dirk. Das sind alte Erzfeinde. Dirk hat ihn umgebracht.«

»Grundgütiger!«, stieß Hattie aus. »Der Krieg ist doch schon lange vorbei.«

»Für manche Leute ist er das nie«, gab Jessie zurück. »Den weißen Jungs wurde eingebläut, die Terroristen auf ewig zu hassen.«

»Das klingt trotzdem unwahrscheinlich«, warf Hattie ein. »Alte Feindseligkeiten, die plötzlich wieder aufflackern.«

»Vielleicht wusste Tata etwas über Dirks Vergangenheit«, mutmaßte ich. »Etwas, das Dirk lieber geheim halten würde.«

»Wie auch immer«, sagte Jessie. »Er ist und bleibt ein Schwein. Ein gefährliches Schwein, das eingesperrt werden sollte. Hoffentlich wird er das bald. Falls nicht einer seiner Kumpel bei der Polizei das Ergebnis seines Paraffintests ›verliert‹ …«

»Na, wir warten lieber auf die Fakten, nicht?«, sagte Hattie. »Schon vergessen? Fakten, das sind die Sachen, auf die Journalisten so viel Wert legen.«

»Ach, Hattie, so was schreibe ich ja nicht. Ich äußere nur meine Meinung. Und Journalisten dürfen ja wohl eine private Meinung haben.«

Das Telefon klingelte. Es war Henk. »Du musst noch deine Aussage von gestern Abend unterschreiben«, sagte er. »Warrant Officer Smit übernimmt das. Aber komm zuerst zu mir. Ich habe Informationen und wüsste gerne, was du davon hältst.«

»Bin schon unterwegs«, sagte ich.

Ich legte auf und verkündete Jessie und Hattie: »Detective Kannemeyer möchte meine private Meinung zu ein paar Fakten hören.«

57

Henk saß hinter seinem großen Teakholz-Schreibtisch und telefonierte. An den Wänden standen neue Holzregale und Aktenschränke aus Metall. Henks Schnurrbartspitzen waren ordentlich gewachst, sein weißes Baumwollhemd frisch gebügelt. Ich setzte mich auf einen bequemen Lederstuhl. Die Sonne schien durch die Zweige einer Akazie vor dem Fenster.

Ich hielt Ausschau nach dem Bild, auf dem seine Frau und er sich anlachten. Es stand nicht mehr auf seinem Tisch, sondern im Regal neben Akten und Unterlagen, in Henks Richtung gedreht. Ich dachte daran, einen Kuchen zu backen. Bloß was für einen? Henk sprach noch immer am Telefon und machte sich dabei Notizen auf einem Block.

»Ja, ja. Richtig. Danke«, sagte er. »Gut, aber sobald sie vorliegen … Danke. Auf Wiederhören.«

»Maria!«, sagte er. Sein Blick war freundlich, doch er lächelte nicht. »Wie geht es dir?«

Ich nickte. Schielte hoch zu dem Hochzeitsbild. Henk folgte meinem Blick, dann sah er mich wieder an.

»Tut mir leid, dass ich gestern Abend etwas kurz angebunden war«, sagte er. »Ich war ungehalten, weil du mir nicht früher von Geraldine erzählt hast. Es wäre die Gelegenheit gewesen, sie zu erwischen.«

»Habt ihr sie noch nicht gefunden?«

Er schüttelte den Kopf. »Dieser Fall ist schwierig für mich. Nicht nur, weil du schon wieder involviert bist. Sondern weil ein Mann gestorben ist, während ich Wache hatte. Zum zweiten Mal.«

»Das tut mir leid.«

»Es ist doch nicht deine Schuld! Und so gerne ich dich aus allem heraushalten möchte: Du steckst mittendrin.«

»Und wie kann ich dir helfen?«

»Wir vermuten, dass Ricus weiß, wo Geraldine ist, aber er sagt kein Wort«, erklärte Henk. »Geraldine kommt aus Kuruman, aus der Nähe von Hotazel, wo Ricus früher gelebt hat. Weißt du, wodurch sie sich kennen? Waren beide Mitglieder bei den Satanisten?«

»Soweit ich weiß, nicht. Sie ist eine Heilerin.«

»Was wollten diese Leute, die euch überfallen haben? Eine von denen war Ricus' Freundin, oder?«

»Das fragst du besser ihn selbst.«

»Jetzt frage ich aber erst mal dich.«

Ich schaute auf meine Hände.

»Maria, dies ist eine Mordermittlung«, sagte Henk. »Ein Fall, den ich lösen möchte. Willst du mir helfen oder machst du es mir noch schwerer?«

»Tut mir leid. Du hast recht.« Ich holte tief Luft. »Es war seine Exfreundin. Sie heißt Elmari. Sie wollte ein schwarzes Steinherz haben, das er als Kette um den Hals trug.«

»Hm«, machte Henk. »Der Orden vom Schwarzen Herzen – so nennen sich die Satanisten aus Hotazel.«

»Die Frau sprach von einem Amulett. Es hörte sich an, als hätte Ricus es ihr erst geschenkt und dann mitgenommen, als er sie verließ. Er hat ihr den Stein zurückgegeben; allerdings war er inzwischen mit Gold überzogen.«

»Warum zeigt er die Frau nicht an?«

»Weil er seiner Freundin gegenüber noch immer treu ist? Beziehungsweise seiner Exfreundin.« Ich schaute nicht auf das Foto von Henks Frau. »Soll es geben.«

Ein Vogel landete in der Akazie vor dem Fenster. Ich sah Zimtbraun und Blau zwischen den Zweigen aufblitzen.

»Vielleicht ist sie immer noch sauer auf Ricus«, überlegte Henk. »Hatten die beiden Männer, die dabei waren, auch ein Problem mit ihm?«

»Keine Ahnung, aber es sah aus, als wären sie nur dabei, um Elmari zu unterstützen.«

»Könnten sie die Absicht gehabt haben, auf Teilnehmer der Gruppe zu schießen, um sich an ihm zu rächen?«

»Das glaube ich nicht. Elmari hat bekommen, was sie wollte. Habt ihr sie und das rote Auto gefunden?«

»Noch nicht. Aber das wird schon.«

»Und sind die Ergebnisse vom Schmauchspurentest schon da?«

»Ja. Deiner war negativ.«

»Du hast doch nicht gedacht, dass ich …«

»Natürlich nicht, aber du musstest entlastet sein, bevor ich mit dir darüber sprechen kann.«

»Und Dirk? Ist sein Ergebnis auch da?«

»Ja.«

»Und?«

»Ich weiß nicht, wie viel ich dir verraten darf.« Henk zwirbelte die Spitze seines Schnurrbarts.

»Henk!« Ich setzte mich auf. »Wenn ich dir helfen soll, brauche ich alle Fakten.«

»Dirk war es nicht.«

Mit einem Seufzer ließ ich mich nach hinten sacken. Ich weiß nicht, warum ich so erleichtert war. Jessie hatte recht: Dirk war ein Schwein. Aber ein Schwein, das ich inzwischen ganz gernhatte.

»Sein Test war negativ«, erklärte Henk. »Und das Projektil stammt nicht aus seiner Waffe.«

»Und Ousies? Ricus?«

»Keiner aus eurer Runde hatte Schmauchspuren an den Händen.«

»Puh!« Draußen begann der Vogel zu singen. Kukuu, kurukutukuu. Es war eine Lachtaube.

»Auch Johannes nicht?«

»Nein, aber er hatte vielleicht Zeit, Handschuhe an- und wieder auszuziehen.«

»Ah. Hast du mit Ystervark gesprochen? Ihn nach dem Messer gefragt?«

»Seine Verwandten in Oudtshoorn sagen, er wäre oben im Reservat Kuruman. Die Polizei vor Ort kümmert sich darum. Sie prüfen, ob er ein Alibi hat.«

Henk beugte sich über den Schreibtisch. »Bist du dir sicher, dass niemand von euch Handschuhe trug?«

»Ich habe keine gesehen.«

»Und keiner hat euren Kreis verlassen, bevor ich kam?«

»Nein.«

»Also muss es jemand von außerhalb gewesen sein. Vielleicht mit Unterstützung von einem aus der Gruppe. Sag mal, was Ousies da mit dem Qualm gemacht hat, war das am Ende jeder Stunde so?«

»Ja, das habe ich dir doch gestern schon erklärt. Es ist eine Art Reinigungsritual. Sie singt dabei. Es ist ganz … magisch.«

»Hat sie Freitag auch gesungen? Laut?«

»Nicht laut. Eher wie der Wind.«

»Aber du warst auf den Gesang konzentriert. Könnte dich das von anderen Geräuschen abgelenkt haben?«

»Schwer zu sagen. Ich habe trotzdem Johannes an seinem Kastenwagen schrauben gehört.«

»Der hat also auch Lärm gemacht?«

»Lärm würde ich das nicht nennen. Er war einfach beschäftigt. Du hast von der Kugel gesprochen. Sie kam also nicht von Dirk?«

»Nein. Der Doc lag mit seiner Vermutung richtig. Es war ein Kleinkaliber, 5,6 Millimeter.«

»Also wirklich dasselbe Kaliber wie bei den Satanisten?«

»Jein. Die Satanisten hatten ein Luftgewehr, da kommen Diabolos rein. In Tata Radebes Herz steckte aber eine richtige Kugel. Wahrscheinlich aus einem Gewehr. Wir haben die Waffe nicht gefunden. Noch nicht. Dürfte nicht einfach gewesen sein, sie so schnell verschwinden zu lassen, aber wir suchen weiter. Meine Leute sind heute Vormittag wieder auf der Farm. Aber wahrscheinlich ist die Waffe zusammen mit dem Schützen verschwunden.«

»Und die Spuren? Vorster hat doch Fußabdrücke von jemandem gefunden, der weggelaufen ist.«

Henk pfriemelte an seinem Notizblock herum. »Die waren von mir.« Er sah auf. »Piet meint, der Täter kann sich vorsichtig über den steinigen Boden bewegt haben, bis zum Weg oder hoch zur asphaltierten Straße. Der gesamte Untergrund ist von Schafhufen zertrampelt. Es gibt einige Spuren, die von Schuhen stammen könnten, und ein paar Stellen, wo jemand über den Zaun gestiegen sein könnte. Aber nichts Eindeutiges.«

»Mir fällt ein Stein vom Herzen.«

»Aber der Täter läuft noch frei herum.«

»Tut mir leid, du hast recht. Ich bin nur froh, dass es keiner von den Leuten in der Gruppe war. Sie … wir bedeuten uns etwas, weißt du? Wir helfen uns …«

»Es gibt keine weiteren Treffen. Zumindest fürs Erste.«

»Oh.«

»Ich habe mit Ricus gesprochen. Es ist zu gefährlich.«

»Oh.«

»Er sieht das genauso. Wenn der Fall gelöst ist, kannst du natürlich, wenn du unbedingt willst …«

»Ja, das will ich.«

»Ich bin mir sicher, dass wir ihn bald haben«, sagte Henk eine Spur zu überzeugt.

Die Lachtaube rief wieder.

58

Ich gab meine Aussage auch diesmal wieder bei Warrant Officer Smit zu Protokoll. Er notierte, ich unterschrieb. Auf dem Rückweg von der Polizei fuhr ich am Spar vorbei, wo gerade Kaffeekuchen zum halben Preis angeboten wurde. Wenig später parkte ich vorm Büro, einige Jacarandas von Hatties Auto entfernt, und nahm eine Diättablette.

Der kurze Weg führte mich in die Schatten von Zweigen und über heruntergefallene Blätter hinweg. Die Schatten und das Laub waren Teil des Baumes, gehörten aber nicht mehr zu ihm. Vielleicht so, wie eine Exfrau oder ein Exmann zu einem gehört, obwohl er oder sie nicht mehr da ist. Ich konnte kaum behaupten, dass Fanie nicht mehr Teil meines Lebens war. Ich hatte keine Fotos von ihm, aber das bedeutete ja nicht, dass ich ihn nicht sah oder fühlte.

Henk hatte seine Frau geliebt. Sie war eine gute Ehefrau gewesen. Keine Schlägerin, keine Satanistin, keine Mörderin. Dass er immer noch ein Bild von ihr in seinem Büro hatte, war kein Grund, mir Sorgen zu machen. Überhaupt nicht. Ein Birnenkuchen mit einer Frischkäseglasur, das wäre doch was! Damit dürfte es klappen.

Als ich hereinkam, sprang Jessie auf und stellte den Wasserkocher an.

»Und?«, fragte sie.

»Erzähl!«, sagte Hattie.

»Der Schmauchspurentest hat ergeben, dass es keiner von uns war.«

»Was?«, rief Jessie.

»Und die Kugel stammte nicht aus Dirks Pistole.«

Jessie ließ sich auf ihren Stuhl fallen. »Von wem denn dann?«

»Vielleicht von den maskierten Leuten, die ein paar Tage vorher da gewesen sind. Aber sie hätten Hilfe von einem Gruppenteilnehmer haben müssen. Es klingt, als würde die Polizei immer noch Ousies und Johannes verdächtigen.«

»Hat man diese Satanisten denn gefunden?«, fragte Jessie. Sie stand wieder auf, um den Kaffee aufzugießen.

»Die werden noch gesucht. Sie fahren ein rotes Auto mit aufgemalten Flammen; wenn sie in der Stadt sind, kann man sie kaum übersehen.«

»Die kommen doch aus Hotazel«, bemerkte Jessie. »Slimkats Reservat ist nicht weit entfernt davon, am Kuruman River.«

»Ricus und Ousies kennen sich aus Hotazel«, fügte ich hinzu.

»Das sind ganz schön viele Zufälle«, warf Hattie ein.

»Ich kann nicht glauben, dass Ousies etwas damit zu tun hat«, sagte Jessie.

»Jessie, du willst nie glauben, dass ein Underdog ein schlechter Mensch sein kann«, entgegnete Hattie.

»Ach, Hattie. Das sind gute Menschen, die es schwer haben.«

»Was durchaus ein Motiv für ein Verbrechen ist. Auch wenn es gerechtfertigt ist, bleibt es doch ein Verbrechen.«

»Ich frage mich, ob die Leute aus Hotazel etwas gegen Buschmänner haben«, überlegte Jessie.

»Aber selbst wenn, warum sollten sie diesen alten Mann umbringen?«, fragte Hattie.

»Kannemeyer wollte wissen, ob die Exfreundin und ihre Kumpel wütend auf Ricus waren. Ob sie die Gruppe angegriffen hätten, um ihm zu schaden.«

»Vielleicht sind sie einfach nur plemplem«, bemerkte Hattie. »Die können alle möglichen beknackten Gründe haben, jemanden umzubringen.«

»Banden verlangen manchmal einen Mord als Initiationsritual für ein neues Mitglied.« Jessie reichte mir eine Tasse Kaffee und einen Mosbolletjie-Zwieback.

»Obwohl man meinen sollte, dass Satanisten ihre eigenen teuflischen Herausforderungen haben«, sagte Hattie. »Zum Beispiel eine Schwarze Mamba lebend zu verspeisen.«

Jessie lachte, doch mein Hirn blieb am Bild der Schwarzen Mamba hängen: keine, die gegessen wurde, sondern eine, die sich zwischen uns bewegte, als Mensch. Es lief mir kalt den Rücken hinunter. Ich versuchte, das Gefühl mit einem Schluck Kaffee und einem Stück Beskuit abzuschütteln. Jessie war gut im Kaffeekochen.

Aber schließlich rissen wir uns von der Mordstory los und machten mit der normalen Arbeit weiter. Wie immer wartete ein Stapel Briefe auf mich. Einen Absender erkannte ich, beschloss aber, ihn als Belohnung für später aufzuheben. Ich las den Brief einer Leserin, die in einen verheirateten Mann verliebt war. Angeblich verstand ihn seine eigene Frau nicht. Die Absenderin wollte Rezepte, damit er seine Gattin verließ. Ich schrieb ihr, sie solle ihn in Ruhe lassen, und schickte ihr das Malvapuddingrezept meiner Großtante, um sie zu trösten und ihr zu helfen, aus sich heraus stark zu sein. Außerdem ein aufwendiges, zeitintensives Rezept für einen holländischen Früchtekuchen. Ich hoffte, dass das Backen sie beschäftigen und von ihren Problemen ablenken würde.

Der zweite komplizierte Brief kam von einem Mädchen, das für seinen Lehrer schwärmte und ihm Plätzchen backen wollte. Ich wusste, dass es nichts nützen würde, der Schülerin ihre Gefühle auszureden. Sie sah den Angebeteten ja jeden Tag. Also schickte ich ihr stattdessen ein Rezept für vorgeblich »edles« Gebäck. Die Kekse sahen toll aus, hatten aber tatsächlich nur wenig Geschmack. Sie waren so langweilig, dass sie Teil meiner Diät hätten sein können. Den Lehrer würden sie nicht beeindrucken.

Ich hatte ein schlechtes Gewissen, der Frau und dem Mädchen nicht die Rezepte geschrieben zu haben, die sie sich gewünscht hatten. Aber manchmal braucht man etwas anderes, als man denkt. Und ich war nicht bereit, den beiden Rezepte zu liefern, die Männer zu etwas verführten, was nicht richtig ist. Womöglich taten sie es trotzdem, aber ich wollte nicht noch dazu beitragen.

Ich freute mich über einen dritten Brief von einem Absender, der seiner Freundin zum Geburtstag etwas Besonderes kochen wollte. Er bekam ein paar einfache, leckere Tipps von mir.

Ein weiteres Schreiben stammte von einem Mann, der seine Exfrau immer noch liebte. Nachdem sie ihn verlassen hatte, war er offenbar zu dem Schluss gekommen, dass sie in jeder Hinsicht perfekt war. Er wollte nun genauso perfekt kochen und dazu Vorschläge von mir haben. Ich beantwortete diese Anfrage nicht, weil mir auf einmal ein paar hervorragende Ideen für einen Birnenkuchen kamen. Ich wollte ihn mit Honig und Haselnüssen backen und die Frischkäseglasur mit Ingwer würzen.

Als Belohnung für meine tolle Eingebung öffnete ich den Brief der Absenderin, die ich schon kannte: meine Freundin, die Schottin.

Tannie Maria,
ich bin sehr glücklich. Nicht nur weil ich von Ihnen diese wunderbaren Fleischrezepte bekommen habe, sondern weil er Ja gesagt hat! Es ist nicht so einfach, wie es aussieht, und um die Wahrheit zu sagen, war ich anfangs auch gar nicht so glücklich. Doch im Laufe der Jahre habe ich gelernt, realistisch und dankbar für große Zeichen der Gnade zu sein.
Ich hatte doch geschrieben, dass mein junger Freund erst noch ein paar Dinge klären muss, nicht wahr? Nun, er hat mir diese »Dinge« persönlich vorgestellt: eine junge Frau und einen Sohn!

Seine hübsche Frau ist sehr schüchtern. Der kleine Junge liebt meine schottischen Plätzchen und spricht gut Englisch. Er übersetzt immer für seine Mutter, die nur Französisch und eine afrikanische Sprache beherrscht, die ich nicht verstehe. Alle drei haben ein wunderbares Lächeln. Wie ich schon in einem sehr poetischen Moment geschrieben habe, erinnert mich das Lächeln meines großen Jungen an den Mond. Es gleicht dem fast vollen Mond, das Lächeln seiner Frau ist eine Mondsichel, das des kleinen Jungen ein Halbmond. Wie sollte ich da Nein sagen?

Langer Rede kurzer Sinn: Alle drei ziehen am Wochenende bei mir ein! Ich weiß, dass sie eine andere Kultur haben als ich, und ich gebe zu, dass es etwas überraschend kommt. Doch afrikanische Gebräuche sind mir nicht völlig fremd. Und letztendlich brauche ich inzwischen immer mehr Hilfe im Haushalt. (Habe ich erwähnt, dass es mit meiner Gesundheit bergab geht?)

Ich würde mich über ein Rezept für ein Familiengericht freuen – das seine Frau machen kann, wenn die drei hier einziehen. Etwas Unkompliziertes zum Einstand (ich weiß noch nicht, wie gut sie kochen kann).

Ich möchte die Frau auch bitten, Ihr Rezept für Mandarinenlikör auszuprobieren. (Ich weiß, dass Sie ein gutes im Ärmel haben und es mir bald schicken, falls Sie das nicht schon getan haben.) Liebe Tannie Maria, ich habe das Gefühl, dass wir schon lange befreundet sind. Danke für Ihr offenes Ohr!

Viele liebe Grüße

Ihre heitere Schottin

Ich legte den Brief der glücklichen Dame beiseite und tippte ein schlichtes, leckeres Rezept für sie und ihre neue Familie. Ein Eintopf aus Kartoffeln, Zwiebeln, grünen Bohnen, Muskatnuss, weißem und schwarzem Pfeffer. Man kann auch Kohl und Spinat hineintun. Ich nenne ihn Saamgooibredie – ein Eintopf aus allen möglichen Zutaten quer durch den Garten, die mit viel Liebe gekocht werden. So unterschiedlich sie auch sind, passen sie am Ende doch zusammen …

59

Das Telefon klingelte. Hattie meldete sich und reichte es an mich weiter.

»Dein Detective.«

»Maria«, sagte mein Detective.

»Habt ihr sie gefasst?«

»Wen, die Leute aus Hotazel? Ja. Wir haben sie. Aber deshalb rufe ich nicht an. In deiner schriftlichen Aussage hast du nicht erwähnt, dass Ousies nach jeder Sitzung diesen Rauch gemacht hat. Und dass Johannes unter dem Kastenwagen gearbeitet hat.«

»Oh, ich dachte nicht, dass das so wichtig ist.«

»Ist es aber.«

»Was sagen die Leute aus Hotazel denn?«

»Sie geben zu, dass sie gestern Abend in der Stadt waren, behaupten aber, sie hätten ein Alibi. Angeblich waren sie nach Sonnenuntergang mehrere Stunden im Haus einer ehrbaren Frau, und das auch um halb neun – als der Mord geschah.«

»Glaubst du ihnen nicht?«

»Nun, die ehrenwerte Person redet nicht mit uns.«

»Wer ist es denn?«

»Eine religiöse Dame. Sie will die Sache weder bestätigen noch bestreiten und regt sich unheimlich darüber auf, dass wir ihr Fragen stellen.«

»Es handelt sich dabei nicht zufällig um die Frau des Pfarrers der niederländisch-reformierten Kirche? Hat sie versucht, die drei zu konvertieren?«

Da es in Ladismith so viele Kirchen und gar nicht so viele Einwohner gibt, verbringen die Leute viel Zeit mit gegenseitigen

Bekehrungsversuchen. Die Pfarrersfrau war berühmt-berüchtigt dafür.

»Nein.« Henk hielt inne, und ich hörte Jessie auf ihrem Computer tippen und eine Krähe draußen krächzen. »Du kennst die Frau. Die Pastorin der Siebenten-Tags-Adventisten.«

»Georgie?!?«

»Ja, die.«

»Ich würde gern mit ihr sprechen.«

»Ich brauche nur deine Unterschrift unter deine ergänzte Aussage. Ich habe schon eingefügt, was du über Ousies und Johannes gesagt hast.«

»Aber mit mir würde Georgie vielleicht reden. Wir kennen uns ganz gut.«

»Die drei haben zugegeben, dass sie Satanisten sind, und behaupten dennoch, die Pastorin wegen religiöser Fragen aufgesucht zu haben. Ganz klar, dass sie lügen. Sie haben sich nicht mal die Mühe gemacht, ihr Grinsen zu verbergen.«

»Es kann doch nicht schaden. Vielleicht erfahre ich etwas.«

»Ich weiß ja, dass ich dir nicht vorschreiben kann, was du zu tun und zu lassen hast, Maria.«

Ich legte den Hörer auf und dachte eine Weile nach. Georgie zum Reden zu bringen, würde nicht leicht werden. Nicht ohne Beistand. Mein Blick fiel auf das Rezept für den Birnenkuchen. Wie gesagt: Ich war zwar nicht gläubig, aber das Rezept war sicher nicht ohne Grund zu mir gekommen. Der Kuchen hatte eine Aufgabe und ich einen Plan.

»Jessie«, sagte ich. »Ich brauche deine Hilfe.«

Nachdem ich ihr von meiner Idee erzählt hatte, googelte sie für mich, wie ich Butter, Eier und Frischkäse durch vegane Zutaten ersetzen konnte. Dann folgte sie auf ihrem kleinen roten Roller meinem Bakkie, und wir gingen im Reformhaus und im Spar einkaufen. Während ich kurz auf dem Polizeirevier vorbeischaute, um meine ergänzte Aussage zu unterschreiben, kaufte Jessie Hühnerpasteten im Café an der Route 62. Wir ließen ihren Roller dort stehen und fuhren in meinem Bakkie zu mir. Auf meiner Stoep aßen wir die Pasteten und machten uns dann ans Backen. Wir bereiteten einen normalen und einen veganen Kuchen zu, und als sie fertig waren, probierten wir. Beide schmeckten hervorragend.

Mit dem Mund voller Birnen-Nuss-Kuchen schaute ich auf die Karoo-Savanne und in den endlosen blauen Himmel. Der Kuchen war genau das, was ich brauchte. Es hatte einen weiteren Toten gegeben, mein Freund liebte vielleicht immer noch seine verstorbene Frau, und ich hatte Geheimnisse, die ich nicht mit ihm teilen konnte. Der Kuchen wusste das und überzeugte mich dennoch davon, dass alles gut werden würde. Jessie leckte sich die Ingwerglasur von den Fingern und streichelte dann einen der auf ihren Arm tätowierten Geckos.

Nun mussten wir ausprobieren, wie das mit dem Kuchen bei Georgie funktionieren würde. Wir fuhren durchs Veld zurück in die Stadt. Der Karoo-Himmel über uns hatte dieselbe Farbe wie mein Bakkie, und als ich neben Jessie am Steuer saß, fühlte es sich an, als würden die Grenzen zwischen uns verfließen und wir könnten zusammen alles schaffen.

Georgie wohnte in einem rechteckigen Kasten, wie sie in den Siebzigern gebaut wurden. Dem Haus fehlte der Charme der viktorianischen Architektur. Dennoch war es recht hübsch mit seinem kleinen Garten. Georgie und ihr Mann waren nach der misslungenen Auferstehung in Ladismith geblieben, aber ihr Mann hatte sie wenig später verlassen. Man munkelte, es sei eine andere Frau im Spiel gewesen. Aber ich gebe nichts auf diesen Kleinstadt-Klatsch, auch wenn es nicht gerade einfach ist, ihn zu überhören. Er rumort die ganze Zeit im Hintergrund, wie der Verkehr auf der Route 62.

Als wir das Gartentor öffneten, bewegte sich die Gardine im vorderen Zimmer.

»Sie ist zu Hause«, sagte Jessie.

Wir nahmen den Weg, der den ordentlich gemähten Rasen durchschnitt, und klopften an die Tür. Rechts und links des Eingangs waren Blumenbeete. Die rosafarbenen Rosen wirkten durstig und müde, Erika und Zuckerbüsche hingegen gesund. Sie mögen den trockenen Boden und den weiten Himmel der Karoo. Ich fand es mutig von Georgie, an einem neuen Ort Wurzeln zu schlagen.

Erst nach einer Weile kam sie an die Tür. Vielleicht brauchte sie Zeit zum Zurechtmachen. Sie trug eine frische weiße Bluse, die falsch geknöpft war. Ihr rötlich graues Haar war gebürstet, ihr Gesicht gewaschen, doch die Haut wirkte ein wenig welk. Ihren roten Augen nach hatte sie reichlich Wasser beim Weinen verloren.

Jessie lächelte sie an, und ich sagte: »Georgie, wir kommen zum Tee.« Ich hielt ihr die Dose mit dem Kuchen hin.

Sie trat einen Schritt zurück, um uns hereinzulassen. Ihre Augen ließen vermuten, dass ihr nicht nur Wasser fehlte, sondern auch Schlaf.

»Hier entlang«, sagte Georgie und geleitete uns in Richtung Küche.

Wir folgten ihr durchs Wohnzimmer und einen langen Flur entlang mit einem beigen Teppich, vorbei an einem Schlafzimmer mit angelehnter Tür. Georgie stellte den Wasserkocher an, und Jessie half ihr, den Tisch zu decken.

»Wie geht es dir, Tannie Maria?«, fragte Georgie, wartete meine Antwort aber nicht ab. »Zucker? Tut mir leid, ich habe nur Sojamilch da.« Georgie aß keine Milchprodukte, doch die Arbeitsfläche hatte die Farbe von Sahne, die Wände waren in einem Buttergelb gestrichen und die Vorhänge vom Orange eines reifen Cheddars.

»Setzt euch!«, sagte sie. An der Küchentheke stand nur ein Hocker. »Uuu-huuu.« Sie lief rosarot an. »Die Stühle sind im Schlafzimmer. Entschuldigung.« Ihre Hände zitterten leicht, als sie Sojamilch in einen kleinen Krug füllte. »Ich hole sie gleich.«

»Schon gut«, sagte Jessie. »Wir machen das.«

Ich folgte Jessie durch den Flur in Georgies Schlafzimmer. Das Bett war sehr ordentlich gemacht, als wäre die Wäsche gebügelt worden. Am Fußende standen zwei Stühle, zum Bett gedreht. Auf dem Boden lag ein bisschen Popcorn. Ich sah Jess fragend an, sie hob die Augenbrauen, doch wir sagten nichts, als wir die Stühle in die Küche trugen.

»Uuu-huuu, tut mir sehr leid«, machte Georgie und sah aus, als würde sie jeden Moment in Tränen ausbrechen.

»Wir haben dir Kuchen mitgebracht.« Ich öffnete die Dose, um ihn ihr zu zeigen.

»Kuchen.« Sehnsüchtig betrachtete sie ihn. »Seit gestern Abend habe ich riesengroßen Hunger. Der sieht … köstlich aus. Aber ich darf nicht.«

»Er ist vegan.«

»Ganz ohne Milchprodukte?«

»Ja.«

»Keine Milch, Butter, keine Eier?«

»Kein Gramm. Wir haben den Guss mit Mandelmilch aus dem Reformhaus gemacht.«

»Oh. Oh! Soll das heißen, dass ich den wirklich essen darf?«

»Ja«, sagte ich, schnitt ein großes Stück ab und gab es auf einen kleinen Teller. Es sah sehr hübsch aus mit dem Zimt und den in dünne Scheiben geschnittenen Birnen oben auf dem weißen Guss.

»Sei' ihr 'icher, 'ass ich 'en essen 'arf?«, fragte Georgie mit vollem Mund, bevor sie den ersten Bissen hinunterschluckte.

»Hundert Prozent«, erwiderte ich. »Du kannst Jessie fragen. Sie hat das ganze vegane Zeug gegoogelt und den Kuchen mit mir zusammen gebacken.«

Jessie nickte, und Georgie schloss die Augen und nickte ebenfalls. Dann schlug sie die Hände vors Gesicht und brach in Tränen aus.

Und so kam die ganze Geschichte ans Tageslicht.

60

»Ich wusste nicht … Mir war nicht klar, wer die waren«, begann Georgie. »Der große Mann war so nett. So klug. Und interessant. Er sah gut aus. Und er interessierte sich. Für mich.«

Jessie und ich verhielten uns ganz ruhig, als wäre Georgie ein wildes Tier am Wasserloch, das wir nicht verschrecken durften.

»In den fünfzehn Jahren, die ich mit Joel verheiratet war, hat er sich nicht einmal so für mich interessiert.« Georgie strich sich über die Hüfte. »Für meine Ideen und Gedanken.«

Sie seufzte. »Ich war ja nicht allein mit einem fremden Mann. Sie waren zu dritt. Er hat gesagt, er sei Priester und die Frau Priesterin. Der dritte Mann wäre ein Kirchenmitglied.«

Georgie griff zu ihrer Tasse, aber trank nicht. »Sie kannten sich gut in der Bibel aus. Und der Priester, der, den ich … Der mich im Spar angesprochen hatte, der war Vegetarier. Angeblich verbietet ihnen ihre Religion nicht, Fleisch zu essen, aber sie wollen Tieren kein Leid antun.«

Ich betrachtete meinen Tee und den Kuchen, rührte aber nichts an.

»Ich gebe zu«, sagte Georgie, »dass ich einsam bin, seit Joel mich verlassen hat. Es war schön, sich … zu unterhalten. Durch die Geschichte mit dem Weltuntergang habe ich viel über das Leben nachgedacht. Wie es uns hier und jetzt geht. Die Menschen in meiner Kirche sprechen lieber über das Leben nach dem Tod.«

Nun trank sie einen Schluck. Jessie und ich griffen ebenfalls zu unseren Tassen.

»Die Priesterin hatte vegane Plätzchen dabei. Sie schmeckten nicht besonders, aber ich fand es lieb von ihr. Wir haben Tee getrunken und Plätzchen gegessen, und es dauerte gar nicht lange, da war ich einfach glücklich und fühlte mich total entspannt mit ihnen. Besonders mit dem Priester. Er hat so einen schicken kleinen Bart. Im Wohnzimmer hat er sich neben mich auf die Couch gesetzt. Sie haben mir erklärt, dass der Körper in ihrer Religion nichts Sündiges wäre. Sondern dass er etwas Schönes ist, an dem man sich erfreuen soll. Und mein Körper fand das auch.«

Georgie biss in den Kuchen. Jessie und ich taten es ihr nach.

»Was dann passiert ist, erscheint mir wie ein seltsamer Traum. Der gut aussehende Priester hat meine Hand gehalten; ganz liebevoll hat er sie gestreichelt. Sehr liebevoll.« Georgie leckte sich Glasur aus dem Mundwinkel. »Und dann … sind wir zusammen ins Schlafzimmer gegangen. Die anderen beiden haben Stühle mitgenommen und sich hingesetzt. Sie haben Popcorn gegessen, als wären sie im Kino. Sie haben uns zugeguckt und abgewartet, was wir tun.«

Ich musste an die Spuren davon in ihrem Schlafzimmer denken und sah Jessie an.

»Und dann … und dann …« Georgie schloss die Augen. »Dann ist es passiert.«

»Was ist passiert?«, fragte Jessie.

»Er hat mich geküsst.«

»Oh!«, machte Jessie. »Jinne! Und dann?«

»Nichts«, sagte Georgie. »Sie haben den Rest vom Popcorn gegessen und sind gegangen. Aber der Kuss war schon was Besonderes.«

Sie nahm ein großes Kuchenstück in die Hand, wir ebenfalls, und gemeinsam futterten wir den Birnen-Haselnuss-Kuchen mit Ingwerglasur, als gäbe es kein Morgen.

Anschließend schaute Georgie auf ihren leeren Teller, dann zu Jessie und mir. Sie machte große Augen, als hätte sie uns gerade erst entdeckt. Im ersten Moment dachte ich, sie würde davonlaufen, doch sie sagte nur: »Ich begreife es nicht. Seit gestern Abend habe ich so großen Hunger.«

»Hmm«, machte Jessie und wischte sich die Krümel von den Lippen. »Das könnte ein Essflash sein.«

Fragend sahen Georgie und ich sie an.

»Ich nehme an, dass die Plätzchen, die sie dir gegeben haben, mit Dagga gebacken waren«, erklärte Jessie. »Marihuana kann einen total hungrig machen. Das nennt man Essflash.«

»Uuu-huu«, machte Georgie. »Satanisten, Ehebruch und jetzt auch noch Drogen. Die werfen mich raus! Uuu-huu. Ich hätte mir nie die Haare färben sollen.«

»Georgie«, sagte Jessie, »ein Kuss ist kein Ehebruch.«

»Aber ich … Sie haben mich nicht gezwungen. Als ich mit ihm ins Bett gegangen bin, war ich glücklich … Heute Morgen wurde mir natürlich klar, wie schlimm ich gesündigt hatte.«

»Du standest unter Drogen.«

»Ich werde zum Gespött der ganzen Stadt.«

»Wer weiß denn davon?«, fragte Jessie.

»Die Polizei. Die weiß Bescheid.«

»Hast du es denen erzählt?«, fragte ich.

»Nein, das … konnte ich nicht. Aber die Satanisten haben es mit Sicherheit gesagt. Deshalb war die Polizei doch bei mir! Das ist so … demütigend.« Sie hielt sich die Augen zu.

»Georgie, meine Liebe«, sagte Jessie. »Die haben bei der Polizei erzählt, sie hätten mit dir über die Bibel gesprochen.«

Die Priesterin schielte zwischen ihren Fingern hindurch. »Nicht, dass wir …?«

»Nein.«

Georgie ließ die Hand sinken. An ihrer Stirn klebte ein Klecks weißer Zuckerguss.

»Aber du könntest es der Polizei sagen«, schlug Jessie vor. »Die drei wegen sexueller Belästigung anzeigen.«

»O nein!«, rief Georgie. »Dann wüsste es ja jeder. Oh, wenn das Ende der Welt doch jetzt schon käme!«

»Ich war gestern Abend bei einem Treffen«, erklärte ich. »Da ist ein Mann umgebracht worden. Erschossen.«

»Uuu-huu.«

»Die drei Leute, die dich besucht haben, werden dieses Mordes verdächtigt.«

»Uuu-huu. In der Bibel heißt es: ›Wenn die Begierde dann schwanger geworden ist, bringt sie die Sünde zur Welt; ist die Sünde reif geworden, bringt sie den Tod hervor.‹«

»Sie haben ausgesagt, sie wären zum Tatzeitpunkt bei dir gewesen. Um halb neun Uhr abends.«

»Ja, das stimmt. Sie kamen um kurz vor acht. Und sind erst nach zehn gegangen.«

»Aber das wolltest du der Polizei nicht bestätigen?«

»Ich … nein … Ich habe gar nichts gesagt. Es ist alles so peinlich.«

»Wärst du denn bereit auszusagen, dass sie dich besucht haben? Du brauchst ja nicht zu erzählen, was ihr gemacht habt«, versuchte ich es.

Georgie holte ein Tuch und wischte die Kuchenkrümel vom Tresen.

»Ein guter Mann wurde umgebracht«, hakte ich nach. »Wir möchten, dass der Mörder gefasst wird. Ich will verhindern, dass die Polizei eine falsche Fährte verfolgt. Sie muss wissen, ob diese Leute zum Tatzeitpunkt bei dir waren.«

»Oh, es ist mir so peinlich, was hier passiert ist. Und das bei der Polizei zu beichten …« Georgie wischte über eine Stelle, die schon sauber war.

»Es ist doch nicht deine Schuld«, warf Jessie ein. »Und ihr habt wirklich über die Bibel gesprochen. Das ist doch die Wahrheit.«

»Oh, die Wahrheit, um Gottes willen! Und du bist Journalistin. Uuu-huu. Ich bin erledigt.«

»Georgie«, sagte Jessie, »das bleibt alles unter uns, versprochen.«

»Du erzählst das nicht weiter?«

Jessie schüttelte den Kopf.

»Ich kann die Polizei bitten, Stillschweigen zu bewahren«, bot ich an. »Du kannst eine Aussage abgeben, dass die drei bei dir waren. Du musst nicht erzählen, was geschehen ist.«

»Ich weiß nicht. Ich weiß es nicht. Wenn meine Kirche erfährt, dass ich Satanisten eingeladen habe ... Die malen es sich noch viel schlimmer aus, als es wirklich war. Auch wenn ich mir gar nicht vorstellen kann, was noch schlimmer sein könnte. Aber die schon! Adventisten haben eine blühende Fantasie.«

»Sie brauchen es nie zu erfahren«, bemerkte Jessie.

»Das Schlimmste ist ja ...« Georgie senkte den Blick auf ihren Schoß. »Es hat mir Spaß gemacht.«

»Es ist nicht schlimm, ein bisschen Spaß zu haben, Georgie«, sagte Jessie. »Wenn Religionen die Menschen nicht so unterdrücken würden ...«

»Psalm 37 sagt: ›Freu dich innig am Herrn! Dann gibt er dir, was dein Herz begehrt.‹«

Ich unterbrach die Bibelstunde: »Wir müssen los. Es gilt, einen Mörder zu fangen.«

61

»Diese Schweine!«, schimpfte Jessie, als wir in meinen Bakkie stiegen. »Eine einsame Frau so auszunutzen!«

»Wahrscheinlich kommen sie auch noch ungestraft davon.« Ich schüttelte den Kopf. »Kann mir nicht vorstellen, dass Georgie Anzeige erstattet.«

»Die Arme! Eine Frau wie sie muss unglaubliche Schuldgefühle haben … Bist du auch mit diesem religiösen Quatsch aufgewachsen, dass Lust eine Sünde ist?«

Ich ließ den Wagen an, in Gedanken schon wieder bei unserem Mordfall. »Wenn die Satanisten Tata nicht umgebracht haben«, sagte ich, »wer war es dann?«

»Du hast ihn gekannt«, erwiderte Jessie. »Was könnte das Motiv sein?«

Auf dem Weg zum Café an der Route 62 spendeten uns die großen Kareebäume Schatten.

»Er hat uns ein paar Sachen über sich erzählt, aber das sollte aus der Gruppe nicht nach draußen dringen …«

»Tannie M, er ist jetzt tot. Und wenn es um Mord geht, ist kein Platz für Geheimnisse.«

Ich schluckte und musste an meine eigenen Geheimnisse denken. »Ja, du hast recht. Tata gab sich die Schuld am Tod eines anderen Mannes. Er wurde in den Achtzigerjahren von der Polizei gefoltert und hat irgendwann den Namen eines Freundes verraten. Es könnte sein, dass sich die Verwandten oder die Kameraden dieses Mannes gerächt haben.«

»So viel später?«

»Damals wusste es keiner, aber vielleicht ist es jetzt erst herausgekommen.«

»Oder Dirk hat es verraten«, meinte Jessie.

»Mit dem hast du es aber.«

»Er ist ein Arschloch.«

»Weißt du, je länger ich über all das nachdenke … wegen des ganzen Rauchs in der Luft und so. Es kann genauso gut sein, dass Tata Radebe aus Versehen erschossen wurde.«

»Also dass der Mörder eigentlich jemand anders treffen wollte?«

»Vielleicht.«

»Und warum sollte jemand einen der anderen töten wollen?«, fragte Jessie.

»Tja, dazu müssten wir uns jeden einzeln vornehmen. Fatima hat in Somalia schlimme Dinge erlebt. Ihre Familie wurde im Bürgerkrieg getötet. Ihr Freund war früher Pirat. Ihr Onkel hat was gegen ihn. Dann hat sie auch in Kapstadt erlebt, wie jemand umgebracht wurde, und ist vor der Gewalt dort geflüchtet.«

»Sie hat hier einen Laden, nicht?«

»Ja, ich glaube schon.«

»Einen somalischen Laden? Es gibt einen am Eingang zum Township. Die Südafrikaner sind immer noch ziemlich fremdenfeindlich.«

»Auch in Ladismith?«

»Überall. Ich höre mich ein bisschen um, mal sehen, ob ich was rausfinden kann … Mein Onkel hat einen Spaza-Shop. Er weiß vielleicht was.«

»Lemoni aus unserer Gruppe wurde mit vorgehaltener Waffe in ihrem Haus in Jo'burg ausgeraubt. Sie hat auf einen der Einbrecher geschossen. Als er fliehen wollte.«

»Meinst du, die Einbrecher würden sich deshalb an ihr rächen?«

Wir erreichten das Café, ich parkte neben Jessies rotem Roller.

»Wer sonst könnte das eigentliche Ziel des Mörders gewesen sein?«, fragte Jessie.

»Na, Ricus natürlich. Wer weiß schon, wie viele Menschen ein Motiv haben, ihn umzubringen?«

Jessie lächelte. »Ja, dein Detective Kannemeyer könnte eifersüchtig auf ihn sein.«

»Ach, sei nicht albern!«

»Ricus hat wohl eine Menge Blödsinn gemacht, als er noch oben in Hotazel lebte. Vielleicht hat seine Ex jemanden angeheuert, der ihn erschießen soll. Das könnte erklären, warum sie so einen großen Aufwand betreibt, ein Alibi von der armen Georgie zu bekommen.«

»Wir können auch Ousies nicht ausschließen«, sagte ich. »Ich mag sie, aber sie redet nicht viel; es umgibt sie so was Geheimnisvolles. Und sie ist untergetaucht …«

»Vielleicht hat sie Angst um ihr Leben«, gab Jessie zu bedenken. »Und dann Johannes. Der verbirgt ebenfalls etwas.«

»Ja, aber er stand nicht mit uns im Kreis, sondern weiter weg, bei seinem roten Mini.«

»Und dich dürfen wir natürlich auch nicht vergessen.«

»Warum sollte mich jemand umbringen wollen?«

»Zum Beispiel gab es letztes Jahr diese Geschichte mit dem Mörder. Ohne dich wäre der jetzt nicht tot.«

»Vielleicht seine Exfrau? Oder jemand anders, der ihn geliebt hat?«

»Weißt du, wer ganz schön verschossen in ihn war? Marietjie, die Kassiererin vom Spar.«

»Jinne! Das hatte ich ganz vergessen«, sagte ich.

»Es ist nicht sehr wahrscheinlich, dass sie sich Monate später rächt, aber wir müssen alle Motive in Betracht ziehen.«

»Wenn ich jetzt darüber nachdenke, war sie in letzter Zeit ziemlich abweisend zu mir. Davor haben wir uns immer gut verstanden.«

»Jislaaik, Tannie M! Es gibt eine ganze Schlangengrube voller Motive, jeden Einzelnen von euch umzubringen!«

Als sie von Schlangen sprach, musste ich an den Mann mit dem zornigen Blick denken. Auf einmal wusste ich wieder, woher ich ihn kannte.

»Die Schwarze Mamba«, sagte ich. »Der war am Tatabend in einem schwarzen Golf unterwegs. Ich habe ihn in Oudtshoorn beim Straußen-Kochclub kennengelernt. Er heißt Nick.«

62

Jessie düste auf ihrem Roller davon, ich fuhr heim. Die spätnachmittägliche Sonne ließ meinen Bakkie einen langen Schatten werfen, der über das Veld huschte. Meine staubig-braunen Hennen kamen über den Gartenpfad auf mich zugelaufen. Bevor ich im Haus verschwand, warf ich ihnen eine Handvoll Mielies von der Veranda zu.

Ich wollte gerade Henks Nummer wählen, entschied mich aber, vorher noch Ricus anzurufen.

»Hier ist Maria van Harten.«

»Maria! Wie geht es dir?«, begrüßte er mich mit seiner vollen, tiefen Stimme.

»Gut, gut.«

»Ich wollte dich auch sprechen. Wir setzen unsere Gruppentreffen eine Zeit lang aus. Aber wenn du gerne mit mir sprechen oder mich besuchen willst, sag einfach Bescheid. Jederzeit.«

»Dieser Mann, der gestern Abend in einem schwarzen Golf von deinem Hof kam, der heißt doch Nick, oder? Hat der dich besucht?«

»Ja. Nick Olivier. Der war früher bei mir in Therapie.«

»In Oudtshoorn?«

»Kennst du ihn?«

»Ich habe ihn einmal bei Annemarie gesehen.«

»Ah, Annemarie … Ja, Nick wollte mich sprechen, aber ausgerechnet zu unserem Gruppentermin. Ich habe ihm gesagt, er könne gerne mitmachen, auch wenn er keine PTBS hat. Nick hat andere Probleme. Aber er bestand auf einem Gespräch unter vier Augen.«

»Ist er wütend geworden?«

»Ich habe ihn auf ein andermal vertröstet.«

»Er ist mir in seinem Auto entgegengekommen. Er sah ziemlich sauer aus.«

»Er hat eine geschundene Seele.«

»Auch als ich ihn zum ersten Mal gesehen habe, wirkte er böse.«

»Er hat viel durchgemacht.«

»Ist er stark … gestört?«

»Auf gewisse Weise sind wir alle gestört, das macht uns ja so menschlich. Aber es stimmt, er hat mehr als genug Probleme.«

»Könnte er auch … gefährlich werden?«

»Für sich selbst auf jeden Fall. Für andere …? Möglich. Denkst du, er könnte was mit dem Mord zu tun haben?«

»Ich weiß, das klingt verrückt, aber vielleicht will er die Gruppenteilnehmer loswerden, damit er dich ganz für sich allein hat …« Ich wickelte das Telefonkabel um meinen Finger. »Oder er hat versucht, auf dich zu schießen, und dich wegen des Qualms verfehlt.«

»Die Polizei konzentriert sich auf Ousies und meine Exfreundin …«

»Ich glaube, deine Freundin hat ein Alibi.«

»Hm, Satanisten lügen gerne.«

»Ist Ousies immer noch nicht aufgetaucht?«, fragte ich.

»Bisher wurde sie nicht gefunden.«

»Danke, Ricus.«

»Gerne, Maria. Jederzeit.«

Ich holte mir eine Tasse Kaffee und einen Müslizwieback, setzte mich wieder und rief Henk an.

Zum Glück war er im Büro. Ich erzählte ihm die Wahrheit über Georgie (nicht die ganze), legte ihm die Theorie dar, dass der Mörder es praktisch auf jeden von uns abgesehen haben könnte, und berichtete von Nick Olivier, der Schwarzen Mamba.

Detective Lieutenant Kannemeyer war höflich und korrekt, als sei ich eine ganz normale Bürgerin. »Vielen Dank für die Information«, sagte er.

»Ähm, ich wollte heute Abend eigentlich eine Cottage Pie machen. Mit Süßkartoffelpüree. Und ich habe einen Birnen-Ingwer-Kuchen da. Mit dem habe ich Georgie zum Reden gebracht. Hab ihr einen veganen gebacken.«

»Ich muss heute länger arbeiten.«

»Na gut.«

»Halte Fenster und Türen geschlossen. Entschuldige mich bitte, ich bekomme gerade noch ein Gespräch rein. Wiedersehen.«

»Tschüs, Henk«, sagte ich zu der toten Leitung.

Mir war die Lust vergangen, Cottage Pie zu machen. Und es war zu viel Kuchen da, der gegessen werden musste. Ich scheuchte die Hühner in den Stall, dann setzte ich mich auf die Stoep, trank Kaffee und aß ein Stück Kuchen. Die Vögel suchten sich Plätze im Gwarriebaum, der Himmel blutete von Blau über Orange zu Rot.

Henk war nicht ausgesprochen unhöflich zu mir gewesen, aber sehr distanziert. Ich verstand, dass ihm der Mord naheging, und machte mir Sorgen, wie sehr es ihn treffen würde, wenn er je erführe, was ich mit Fanie gemacht hatte. Es könnte ihn so weit von mir wegtreiben, dass er niemals zurückkehren würde.

Als es dunkler wurde, schien es gar keine schlechte Idee zu sein, Türen und Fenster zu schließen, wie Henk mir geraten hatte. Was, wenn der Mamba-Mann auf die Idee käme, tatsächlich alle Teilnehmer unserer Gruppe auszuschalten, damit er Ricus für sich allein hatte? Ob er wusste, wo ich wohnte? In kleinen Städten war das jedenfalls nicht schwer herauszufinden.

Ich schloss die Tür ab, zog mein Nachthemd über und wollte früh ins Bett gehen. Als das Telefon klingelte, zuckte ich zusammen.

»Ich hoffe, ich habe dich nicht aus dem Bett geholt, Tannie M«, sagte Jessie.

»Ich bin noch auf.«

»Ich wollte bloß nicht bis morgen warten.«

»Hast du was herausgefunden?«

»Ja. Somalis sind bei uns nicht besonders beliebt.«

»Fatima macht so einen netten Eindruck.«

»Tja, es sind auch nicht die Kunden, die sich beschweren. Die Somalis sind gute Kaufleute. Zu gute. Das ist das Problem. Die Konkurrenz ist nicht gut auf sie zu sprechen.«

»Das ist doch schäbig.«

»Kann sein. Aber dahinter steckt kein schlichter Fremdenhass. Manche somalische Läden verkaufen Grundnahrungsmittel zum Einkaufspreis.«

»Vielleicht kaufen sie im Großhandel ein?«

»Ich habe den ganzen Nachmittag recherchiert. Bei den Preisen, die die Somalis verlangen, kann man einfach keinen Gewinn machen.«

»Wie halten sie sich dann über Wasser?«

»Da wird es interessant. Das Einzige, was sie zum normalen Preis verkaufen, sind Zigaretten. In den letzten Stunden habe ich verschiedene Spuren verfolgt. Schließlich war einer der Händler bereit, inoffiziell mit mir zu reden. Es klingt einleuchtend, was er sagt.«

»Was denn?«

»Manche Ladenbesitzer kaufen ihre Zigaretten direkt in Simbabwe. Sie melden sie nicht beim Zoll an und zahlen daher keine Importsteuern. Und die sind gewaltig. Das heißt, die Somalis bekommen die Zigaretten zu enorm niedrigen Preisen. Das System funktioniert so, dass sie die Kunden mit ihren niedrigen Preisen für Lebensmittel anlocken und den Gewinn mit den Zigaretten machen.«

»Jinne! Das ist Schmuggel. Das muss doch verboten sein!«

»Ist es auch. Aber schwer zu beweisen. Überall im Land läuft das so, aber keiner will aussagen. Für manche Flüchtlinge ist es die einzige Möglichkeit zu überleben, wenn sich alles gegen sie wendet.«

Ich dachte an das Messer, das Fatima in ihren Haaren versteckte.

»Muss ein gefährliches Geschäft sein«, bemerkte ich.

»Nicht so gefährlich wie das, was manche von diesen armen Leuten mitgemacht haben.«

»Findest du es denn nicht schlimm, was sie tun?«

»Schon, aber es gibt Schlimmeres. Allerdings taugt es vermutlich als Mordmotiv. Ein anderer Ladenbesitzer vielleicht … Oder beim Schmuggeln ist was schiefgelaufen …«

»Ich habe Ricus auf Nick angesprochen, den Mamba-Mann.«

Ich berichtete Jessie, was Ricus gesagt hatte, auch von meinem Gespräch mit Henk.

»Er hat mir geraten, Fenster und Türen abzuschließen.«

»Bist du heute Nacht allein?«

»Er muss arbeiten.«

»Soll ich bei dir übernachten, Tannie M?«

»Nein, nein. Alles gut.«

63

Ich hatte Schwierigkeiten, einzuschlafen. Die Nacht war kühl, doch die geschlossenen Fenster machten es stickig im Raum. Hin und wieder hörte ich das Brummen eines Motors und malte mir aus, es sei ein Auto, vielleicht ein schwarzer Golf, der den Feldweg zu meinem Haus nahm, aber dann verblasste das Geräusch, und ich wusste, dass es nur ein Lkw auf der Route 62 gewesen war. Schließlich nickte ich ein, wurde jedoch von meinen Hühnern mit einem Heidenlärm geweckt. Ich öffnete das Fenster ein kleines Stück und rief »Voetsek!«, falls sie von einem Schakal oder einer Rooikat behelligt wurden.

Ich hatte Angst, rauszugehen und nach ihnen zu sehen. Ein Tier würde vor mir davonlaufen, aber ein Mensch?

Ach, das ist ja Blödsinn, dachte ich. Eins der wunderbaren Dinge in der Klein-Karoo ist, dass man nachts sicher in seinem Bett schlafen kann. Nick Olivier lag wahrscheinlich in seinem eigenen Haus in Oudtshoorn und kannte nicht einmal meinen Namen. Ich knipste das Licht an und machte mir eine heiße Milch mit Zimt und Honig, die ich am Küchentisch trank, dazu aß ich ein schmales Kuchenstück.

Ich ging wieder ins Bett und schlief am Sonntagmorgen tatsächlich ein bisschen länger. Als mich das Telefon weckte, schien draußen schon die Sonne. Da ich nicht besonders schnell bin, hatte es aufgehört, bis ich endlich am Apparat war. Ich zog den Morgenmantel über und ging nach den Hühnern sehen. Sie waren gesund und munter. Im Sand vor dem Hokkie waren Pfotenabdrücke, aber keine Spuren von Schuhen. Ich ließ die Tiere heraus, sie gackerten und flatterten umher. Wieder schrillte das Telefon, aber ich würde vermutlich auch diesmal nicht rechtzeitig im Haus sein, deshalb ließ ich es klingeln.

»Put, put, put«, rief ich meinen Hennen zu, und sie folgten mir zur Veranda, wo ich ihnen zwei Hände voll zerdrückter Mielies zuwarf. Hastig pickten sie die Körner auf, dann wanderten sie über den Rasen, kratzten im Gras. Ihnen zuzusehen beruhigte mich.

Ich öffnete die Küchenfenster und ging duschen. Als ich unter der Brause stand, meinte ich, ein Auto zu hören. Ich stellte das Wasser ab und lauschte, aber es war still. Ich ärgerte mich, die Haustür nicht abgeschlossen zu haben. Aber die Karoo ist kein Ort, wo man immer daran denkt, die Türen zu verriegeln. Ich stellte das Wasser wieder an, nahm aber erneut Geräusche wahr. Eine zuschlagende Tür vielleicht, dann Schritte im Kies. Ach, du bist nur ein bisschen schreckhaft, redete ich mir ein. Dennoch beeilte ich mich und griff nach dem Handtuch.

Dann hörte ich die Schritte ganz eindeutig. Im Haus.

Sie kamen näher. Mein Herz hämmerte wie ein Specht. Ich ließ das Handtuch fallen und hantierte mit nassen und zitternden Fingern an dem kleinen Riegel an der Badtür herum. Ich bemühte mich, ganz leise zu sein, aber als der Riegel endlich einrastete, machte es laut »klack«.

Die Schritte hielten direkt vor der Tür. Das Blut rauschte mir in den Ohren.

»Maria?«, sagte eine Stimme.

»Henk?«

Ich hob das Handtuch hoch und wickelte es um, ohne die Tür zu öffnen.

»Ist alles in Ordnung?«

»Ja, alles gut. Du hast mich nur erschreckt. Ich komme sofort.«

Er ging in die Küche. Ich huschte ins Schlafzimmer und zog Unterwäsche und mein braunes Baumwollkleid an. Dann lief ich barfuß in die Küche, wo Henk Kaffee kochte. Er trug eine beige Hose und ein langärmeliges cremefarbenes Hemd. Sein Schnurrbart war nicht gewachst, er wirkte ziemlich müde.

»Ich hab zwei Mal angerufen«, sagte Henk.

»Tut mir leid. Beim ersten Mal war ich noch im Bett, dann draußen.«

»Und ich habe ewig geklopft.«

»Hab ich nicht gehört, stand unter der Dusche.«

»Die Tür war nicht abgeschlossen.«

»Wegen der Hühner. Ich war kurz draußen, um …«

»Ich hab mir Sorgen um dich gemacht. Wir haben Olivier verloren, er ist uns entwischt, als er auf dem Weg nach Ladismith war.« Henk reichte mir meinen Kaffee.

»Du zitterst«, bemerkte er.

»Die Schritte im Haus haben mir ganz schön Angst gemacht.«

»Du hättest die Türen verschließen sollen.«

»Ja.«

»Nick Olivier hat eine Straußenfarm in Oudtshoorn.«

»Ja?«

»Er ist eins von sieben Kindern eines alleinerziehenden Vaters. Die Mutter ist bei seiner Geburt gestorben.«

»Hat er dir das erzählt?«

»Nein. Wir haben Nachforschungen angestellt. Sein Vater ist vor ein paar Monaten gestorben. Ein Herzinfarkt. Er hatte wohl ziemliche Probleme, die Straußenfarm über Wasser zu halten. Und Nick hat den Tod seines Vaters offenbar nicht gut verkraftet.«

»Hast du mit ihm gesprochen? Mit Nick?«

»Ja.«

Henk trank einen kleinen Schluck Kaffee. Er war heiß. Ich bot ihm die Dose mit Zwiebäcken an, er nahm einen, tunkte ihn ein und sah mich an.

»Ich bin froh, dass es dir gut geht«, sagte er.

Ich lächelte.

»Wir waren bei ihm«, fuhr Henk fort. »Er wohnt in einem kleinen Holzhaus am Rand der Farm. Sein Auto stand davor. Der schwarze Golf. Nick hat kein Alibi für die Mordnacht. Angeblich ist er durch die Gegend gefahren und spät nach Hause gekommen. Er hat zugegeben, sauer auf Ricus zu sein, weil der keine Zeit für ihn hatte.« Henk vertilgte den Rest des Zwiebacks und nahm sich noch einen. »Hab gestern Abend und heute Morgen nichts gegessen.«

»Soll ich dir ein paar Eier machen?«

»Das hier reicht schon.«

»Habt ihr was in seinem Haus gefunden? Eine Waffe?«

»Keine Waffe. Noch nicht. Als er uns aufmachte, hatte er einen Ziegelstein in der Hand und Blut an den Fingern. Auf dem Küchentisch lagen zerstörte Spielzeugautos. Er hatte sie kaputt geschlagen.« Henk schaute zum Fenster hinüber. Draußen sang ein Rotkehlchen. »Er hat uns ein kleines Zimmer gezeigt, das bis oben hin voll alter Sachen war. Bücher, Fotos. Hocker aus Straußenleder, Straußenfedern, Eier. Fotografien, auf denen Damen mit Straußenfedern am Hut in Pferdewagen sitzen. Medaillen. Er ist total stolz auf das verstaubte Zeug. ›Memorabilien der guten alten Zeit‹ nennt er es.«

»Also ist er ein Sammler.«

»Er ist nicht ganz richtig im Kopf, sage ich dir. Neben seinem Bett liegen getrocknete Pfoten von toten Tieren. Kaninchen, Mangusten, Wüstenluchse. Jinne! Und auf dem Nachttisch stehen drei Fotos: eins von Ricus, eins von seinem Vater und ein altes Schwarz-Weiß-Bild seiner Mutter.«

Ich nahm mir selbst einen Zwieback und knabberte daran.

»Das Schlimmste kam, als wir uns hinter seinem Haus umgesehen haben. Da hat er einen richtigen Friedhof mit vielen kleinen Kreuzen. Auf jedem stehen ein Name und ein Datum. An manchen Stellen war die Erde frisch ausgehoben. Wir haben gesagt, dass wir überprüfen müssten, ob er irgendwo eine Waffe vergraben hat.«

Henk schüttelte den Kopf. »Als wir angefangen haben zu graben, begann er zu weinen. Er hätte sie erst vor ein paar Tagen beerdigt, sie müssten in Frieden ruhen.«

»Oje.«

»Oje um die Tiere. Kleine Wildtiere. Mit zerquetschten Köpfen oder Körpern, als hätte jemand mit einem Ziegelstein draufgeschlagen.«

»Jinne!«

»Sieht aus, als würde er sie erst umbringen und dann begraben. Der Typ ist irre.«

»Habt ihr ihn verhaftet?«

»Wir haben keinen Beweis gefunden, der ihn mit dem Mord in Verbindung bringt. Nur Ricus' Foto, aber er behauptet, Ricus wäre sein Therapeut und wie ein Vater für ihn.«

»Und die zerquetschten Tierkadaver? Was hat er dazu gesagt?«

»Er hat sich geweigert, darüber zu sprechen. Tiere zu töten, ist kein Mord. Aber wir werden den Naturschutz benachrichtigen.«

»Und was habt ihr mit ihm gemacht?«

»Wir hatten keine Grundlage für eine Festnahme. Noch nicht. Olivier wollte seinen Anwalt anrufen und heute Vormittag zu einer Befragung erscheinen. Wir hatten einen Kollegen angesetzt, der ihn beschatten sollte. Heute Morgen ist Olivier in sein Auto gestiegen, der Kollege ist ihm gefolgt, mit ein bisschen Abstand. Olivier hat die Route 62 nach Ladismith genommen, und als sie über den Huisrivier-Pass fuhren, war er plötzlich weg. Er hatte gar nicht besonders viel Vorsprung und war trotzdem wie vom Erdboden verschluckt. Er muss einen Turbo oder so haben, sonst hätte er den Kollegen nicht abgehängt.«

»Oder er hat sich irgendwo in den Büschen versteckt.«

»Möglich. Jetzt wird die ganze Strecke noch mal abgesucht, ob wir etwas übersehen haben. Wir sind davon ausgegangen, dass er nach Ladismith fährt. Deshalb habe ich mir ja solche Sorgen gemacht, als du nicht ans Telefon gegangen bist und nicht aufgemacht hast.«

»Was sollte Olivier denn von mir wollen?«

»Er ist verrückt. Wie du schon gesagt hast: Er will Ricus für sich allein. Eins von sieben Kindern von einem alleinerziehenden Vater. Er will seinen Daddy mit niemandem teilen.«

»Jislaaik! Ist das nicht traurig?«

»Es ist schlimm. Und jetzt ist er verschwunden. Ich frage mich, ob er vielleicht bei Ricus auftaucht. Ich habe noch Leute dort, die die letzten Arbeiten am Tatort erledigen, daher kann dein Mechaniker Olivier nicht so einfach verstecken wie Geraldine … Wird übrigens Zeit, dass ich Kosie abhole.«

Henks Handy klingelte, er stand auf und zog es aus seinem Gürtel.

»Kannemeyer.« Er ging zum Fenster. »Ja … Nee. Wirklich? Wragtig? Fok … ja. In Ordnung … Also sind die Kollegen aus Oudtshoorn unterwegs? Und die sagen es den Angehörigen? Gut … Verdammt. Vielleicht ist es besser so … Bis später.«

Während er telefonierte, machte ich die Zwiebackdose zu, spülte die Kaffeetassen aus und wischte die Krümel vom Tisch. Henk fluchte nicht oft, das machte mir Sorgen.

Er legte auf und sah mich an. Die Spitzen seines Schnurrbarts hingen hinab. Draußen sang ein Bokmakiri ein Lied der Freude, doch ich spürte, dass Henks Nachrichten nicht fröhlich waren, selbst wenn es »besser so« sein mochte.

»Man hat Nick Oliviers Golf gefunden, er ist von einer Klippe gestürzt. Liegt verbrannt unten in der Schlucht.«

»Oh, jinne!«

Ich seufzte. Eine seltsame Welle durchlief mich und rann über meine nackten Füße hinaus. Erleichterung etwa? Henk gab mir ein Küsschen auf die Wange. Er roch wie Baumrinde nach dem Regen.

»Ich fahre jetzt zu Ricus«, sagte er.

Ich atmete ein, und eine zweite sonderbare Welle lief meine Beine hinauf bis in mein Herz.

»Ich komme mit.«

64

»Der arme Kerl«, sagte Ricus, als Henk ihm die Geschichte erzählt hatte.

Wir saßen in dem Zimmer mit den Schlangen. Eine dicke Python lag zusammengerollt zu Henks Füßen. Die Kobra und die Mamba waren in ihren Glaskästen und sonnten sich im Licht der Vormittagssonne, das durch einen Schlitz in den Vorhängen fiel.

Ich saß stumm dabei, damit Henk so tun konnte, als wäre ich nicht da oder hätte nichts damit zu tun. Ich weiß nicht genau, warum er einverstanden gewesen war, dass ich mitkam. Vielleicht hatte er keine Lust mehr, mit mir zu streiten. Oder er dachte, die Gefahr sei vorbei. Ich glaubte das eigentlich auch, fühlte mich aber nicht so.

»Und Sie meinen, dass es Nick war, der Tata Radebe erschossen hat?«, fragte Ricus. Er trug seinen blauen Overall.

»Wir haben noch keinen Beweis dafür, aber das ist unsere Annahme«, erklärte Henk.

»Ich hätte ihm so gern geholfen. Er hatte nur zwei Sitzungen besucht und war gerade dabei, sich zu öffnen, da habe ich Oudtshoorn verlassen …«

»Tja.« Henk betrachtete die Mamba im Glaskasten neben sich. Sie bewegte sich geringfügig, und ich entdeckte an ihrem glatten Körper eine Beule in Form einer Maus.

»Irgendeine Spur von Ousies?«, fragte Henk.

»Sie und Slimkat standen sich nahe.« Ricus folgte Henks Gedanken zurück zu Mord Nummer eins. »Sie hätte ihm niemals etwas angetan.«

»Aber wenn was passiert, ist sie immer schnell verschwunden.« Der Python zu Henks Füßen rührte sich.

»Seit Beginn des Prozesses haben Slimkat und Ousies Morddrohungen erhalten.«

»Hmm«, machte Henk.

»Sie könnte in Gefahr sein.«

»Sie glauben also, dass Geraldine Klappers nicht vor dem Gesetz davonläuft, sondern vor jemandem, der sie umbringen will?«

»Ja. Aber sie weiß auch, dass den Buschmännern gerne die Schuld in die Schuhe geschoben wird, wenn etwas schiefläuft. Dass unser Rechtssystem nicht immer die Unschuldigen schützt. Sie hält sich so lange versteckt, bis der Täter gefasst ist.«

»Oder bis er von einer Klippe in den Tod stürzt.«

»Sie ist bestimmt bald wieder da. Und wenn sich alles beruhigt hat, kehrt sie ins Reservat Kuruman zurück.«

»Was macht sie hier überhaupt?«

»Versteckt sich, wegen der Morddrohungen. Als Slimkat vergiftet wurde, hatte sie Angst, die Nächste zu sein.« Ricus stand auf und zog die Vorhänge weit auf. »Außerdem hilft sie mir beim Heilen. Ich lerne sehr viel von ihr.«

Henk räusperte sich.

»Kaffee?«, fragte der Mechaniker.

Henk schüttelte den Kopf.

»Johannes würde gerne wieder arbeiten«, sagte Ricus. Er hatte Esmeralda auf dem Arm, die sich um sein behaartes Handgelenk und den Kupferarmreif wand. »Wann sind Sie mit dem Tatort fertig?«

»In Kürze, soweit ich weiß.«

Eine Hintertür wurde geöffnet und geschlossen. Durch die Tür zur Küche sahen wir Ousies. Sie nickte uns zu und begann abzuwaschen.

Bevor Henk irgendetwas dazu sagen konnte, klopfte es an der Tür. Piet, Reghardt und Johannes stürmten ins Zimmer.

»Wir haben was gefunden!«, verkündete Reghardt.

Piets Augen leuchteten, er hüpfte herum, als stände er barfuß auf heißem Sand. Johannes hob und senkte die Schultern, als wollte er sprechen, doch das übernahm Reghardt: »Johannes hat es entdeckt. Zwischen den ganzen Ersatzteilen.«

Mit einem Satz war Henk auf den Beinen, sprang über den Python hinweg und eilte mit den drei Männern zur Wagenburg. Ricus, Esmeralda und ich folgten ihnen, in meinem Tempo. Der Vormittag heizte sich auf, unsere Schatten wurden kürzer.

»Johannes hat sie entdeckt«, erklärte Reghardt erneut.

»Ich kenne meine Ersatzteile«, sagte der junge Mechaniker. »Und mein Werkzeug. Und das gehört nicht dazu.«

Als wir die Polizisten eingeholt hatten, stand Henk vor einem gelben Bulli, im dornigen Schatten einer Akazie. Er hielt zwei durchsichtige Plastiktüten in die Höhe. In der einen befand sich ein schwerer Schraubenschlüssel, in der anderen ein dünnes Rohrstück.

»Ich glaube, wir haben die Tatwaffe gefunden«, sagte er. »Diese Sachen lagen hier, zwischen den Ersatzteilen des Bullis.«

Ich betrachtete Rohr und Schraubenschlüssel und verstand überhaupt nichts.

»Aber Tata wurde erschossen«, bemerkte ich.

»Genau. Und dies ist eine Pistole Marke Eigenbau«, erklärte Henk. »Man schiebt eine Kugel in dieses Rohrstück. Dann schlägt man mit dem Schraubenschlüssel hintendrauf und feuert sie dadurch ab.«

Ich sah Henk ungläubig an. »Und das funktioniert?«

Er zuckte die Achseln. »Ganz offensichtlich. Wenn die Entfernung nicht so groß ist.«

»Zumindest konnte der Mörder die Waffe so ganz leicht entsorgen«, ergänzte Reghardt und wies auf den Haufen mit Ersatzteilen. Unter einem alten Auspuffrohr spähte ein Gecko zu uns hoch.

»Die Patronenhülse steckt noch drin«, sagte Henk. »Das ändert alles.«

Ricus schaute auf Esmeralda an seinem Arm und sprach aus, was die anderen nicht sagen wollten: »Der Mörder ist einer von uns.«

65

»Warrant Officer Snyman«, sagte Henk zu Reghardt und reichte ihm Rohr und Schraubenschlüssel, »das muss sofort zur Untersuchung nach Oudtshoorn. Und dann setzen Sie sich an den Computer und suchen alles heraus, was über die Teilnehmer dieser Gruppe zu finden ist. Von Geburtsurkunden bis Strafzettel.« Er wandte sich an Piet: »Constable Witbooi, gehen Sie ins Haus und passen Sie auf, dass Ousies nicht noch mal verschwindet.«

Reghardt und Piet machten sich auf den Weg, Henk sah Ricus und mich an. »Ich möchte mit euch beiden sprechen. Unter sechs Augen.«

Der Mechaniker nickte und sagte: »Johannes, könntest du Esmeralda ins Haus bringen? Und dann mit der Kupplung von Mevrou van Stratens Mazda weitermachen?«

Johannes wand die Schlange von Ricus' Arm und zog los.

Eine Eidechse saß auf dem Dach eines rostigen grauen Bedfords und beobachtete uns.

»Zeigt mir bitte, wo die Teilnehmer der Gruppe standen, hier am Feuer«, forderte Henk uns auf.

»Ich war hier«, begann ich und stellte mich auf den entsprechenden Punkt. »Links von mir war Lemoni, rechts Fatima.«

»Ich stand hier«, erklärte Ricus, »neben Dirk, der wiederum links von Lemoni war. Zu meiner Linken war Ousies, dann Tata.«

»Das heißt, Tata Radebe war rechts von dir?«, fragte mich Henk. Die Eidechse hob ihren blauen Kopf und senkte ihn wieder.

»Ja, aber nicht direkt. Fatima war zwischen uns, dann kam Tata.«

»Nehmt mal diese Steine«, schlug Henk vor, »und legt sie dahin, wo die einzelnen Personen standen.« Er bückte sich und hob einen großen Stein hoch. Darunter huschte ein kleiner Skorpion hervor, der sich schnell unter einem Autoreifen versteckte.

Wir ordneten die Steine im Kreis um das Feuer an und gaben jedem einen Namen.

»Und da war Johannes.« Ricus legte einen schwarzen Stein neben den roten Lieferwagen, an dem sein Angestellter gearbeitet hatte. Als Ricus sich der Eidechse näherte, verschwand sie aus unserem Blickfeld.

»So wie Tata gefallen ist, nach dem Schuss in die Brust, kann es Ousies nicht gewesen sein. Sie war sofort hinter ihm und hat ihn aufgefangen. Dirk und ich waren auch direkt bei ihm. Die Kugel muss aus dieser Richtung gekommen sein.« Er wies auf die Steine, die mich, Lemoni und Fatima darstellten.

»Es sei denn, Tata hat sich vor dem Schuss bewegt«, wandte Henk ein. »Oder Ousies hat ihn gedreht. Piet meint, Tata Radebes Fußspuren zeigen, dass er eine plötzliche Bewegung gemacht hat.«

»Das heißt, wir können es nicht ausschließen?«, fragte Ricus. »Was ist mit Johannes? Er hatte keine freie Schussbahn. Dirk, Ousies und ich waren im Weg. Außerdem habt ihr das Rohr und den Schraubenschlüssel da gefunden, vor dem Bulli, also hinter Maria. Das ist ziemlich weit von Johannes entfernt.«

»Schon, aber hat er letzte Woche nicht mit einem Schraubenschlüssel einem Mann die Pistole aus der Hand geschleudert?«, fragte Henk. »Er kann also gut werfen …« Er zwirbelte seinen Schnurrbart. »Ich muss alles über die einzelnen Gruppenteilnehmer wissen. Alle Geheimnisse und Probleme.«

Ricus und ich betrachteten die schwarze Feuerstelle. Es war nicht meine Absicht, Henk auf diese Weise mein Geheimnis zu beichten. Ricus holte drei Klappstühle und stellte sie auf, als hätten wir eine Therapiesitzung. Wir nahmen Platz. Es gab nicht viel Schatten, die Sonne war heiß. Ricus trommelte mit den Fingern auf seine Oberschenkel, auf den blauen Stoff. Henk verschränkte die Arme vor der Brust, zerknitterte sein cremefarbenes Hemd. Ich zog mein braunes Kleid über die Knie.

Jetzt bereute ich, Henk die Geschichte mit Fanie nicht schon längst erzählt zu haben. In einer privateren Umgebung hätte ich sie ihm besser beibringen können. Wenn er milder gestimmt gewesen wäre. Jetzt agierte er knallhart. Und wenn er erfuhr, dass ich eine Mörderin war, würde er vielleicht sogar vermuten, dass ich Tata umgebracht hatte.

»Was möchten Sie wissen?«, fragte Ricus.

Er beantwortete Henks Fragen zu Ousies, erklärte noch mal, dass sie und Slimkat eine wichtige Rolle bei der Gerichtsverhandlung um die Landansprüche gespielt hatten. Nach seiner Aussage verstand sich Ousies gut mit Tata und hatte keinen Grund, ihn umzubringen. Ricus berichtete Henk von Fatimas schwerer Zeit in Somalia und ihren Problemen hier. Er gab Dirks Geschichte über die Armee und seine Familie wieder. Schilderte den Überfall auf Lemoni und Tatas Folter. Henk fand es interessant, dass Dirk und Tata Radebe im Anti-Apartheid-Krieg auf unterschiedlichen Seiten gestanden hatten. Vielleicht hatte er denselben Verdacht wie Jessie.

Noch einmal zu hören, wie viel Leid diese kleine Handvoll Menschen ertragen hatte, machte mich traurig. Die Welt hält einfach zu viel Schmerz bereit. Als sich das Gespräch allmählich mir näherte, vergaß ich die Sorgen der Welt, sondern machte mir meine eigenen.

»Und Tannie Maria …«, begann Ricus vorsichtig, »kann ihre Geschichte selbst erzählen.«

Er gab mir die Möglichkeit, das zu tun, was ich tun musste: Henk die Wahrheit über Fanie sagen. Jetzt und hier, mit Ricus' Hilfe. Konnte ich ihm alles beichten? Selbst Ricus wusste nicht, auf welch grausame Weise ich Fanie getötet hatte. Er war kein guter Mann gewesen; es tat mir nicht leid, ihn im Jenseits zu wissen, aber ich wusste nicht, ob ich mir die Art und Weise verzeihen konnte, wie ich ihn dorthin befördert hatte. Ich öffnete den Mund, um etwas zu sagen, doch meine Zunge war zäh wie Dörrfleisch. Sie brachte kein Wort heraus.

Die Schafe retteten mich. Kosie kam zwischen den Kastenwagen herangestürmt, blieb vor Henk stehen und stupste ihn am Knie.

»Sie können sehr gut Stimmen erkennen«, erklärte Ricus. »Kein Lamm vergisst die Stimme seiner Mutter.«

»Ich nehme ihn heute wieder mit.« Henk kraulte Kosie zwischen den Hörnern.

»Er darf gerne hier bleiben. Ein Mutterschaf hat ihn bereits adoptiert. Ihr Lamm ist bei der Geburt gestorben. Kosie ist hier sehr glücklich.«

»Ja, das sehe ich, aber wenn es so weit ist … Ich esse ja auch Lammfleisch, aber ich möchte nicht, dass das Böckchen im Kochtopf landet.«

»O nein!«, sagte Ricus. »Ich habe nur Merinoschafe. Die halte ich wegen der Wolle.«

»Ah. Aber schlachten Sie nicht trotzdem …?«

»Manche Bauern tun das. Für mich sind die Schafe wie Haustiere. Nein, sie haben hier alle ein schönes, langes Leben. Und ich könnte einen zweiten Bock gebrauchen. Ich kaufe Ihnen den Kleinen ab. In ein, zwei Jahren kommt der Colonel mit den ganzen Mutterschafen sowieso nicht mehr klar.«

»Aber Sie versprechen mir, dass er nicht geschlachtet wird?«

»Das ja. Aber ich kann nicht behaupten, dass ihm niemals ein

Härchen gekrümmt wird, denn das wäre gelogen; er wird jedes Jahr einmal geschoren, wenn das Wetter mitmacht.«

»Was meinst du, Kosie?«, fragte Henk.

Das Böckchen rieb den Kopf an seiner Hand, dann hoppelte es zu einem Schaf hinaus aufs Veld; gemeinsam mümmelten sie an einem graugrünen Busch hinter dem gelben Bulli.

»Das Futter hier ist gut.« Ich hatte meine Stimme wiedergefunden.

»Einverstanden«, sagte Henk. »Ich möchte kein Geld für ihn haben, aber er kann bleiben.«

»Sie dürfen ihn gern besuchen. Jederzeit«, bot Ricus an.

»Wir waren eben bei den Teilnehmern der Gruppe …«, nahm Henk den Faden wieder auf.

»Ich habe gesagt, dass Maria für sich selbst sprechen kann. Es sei denn, sie möchte lieber, dass ich das tue.«

»Ich kenne Marias Geschichte«, sagte Henk.

»Hat sie sie erzählt?«

»Ja.«

Ich holte tief Luft. »Vielleicht«, setzte ich an, »vielleicht wurde Tata ja versehentlich umgebracht. Bei dem ganzen Qualm und so …«

»Ja«, sagte Henk. »Daran habe ich auch schon gedacht. Dann würden wir nicht nur ein Motiv für den Mord an Tata Radebe suchen, sondern für einen Anschlag auf jeden einzelnen Gruppenteilnehmer. Außerdem: Wenn man es mit psychisch … ähm … verwirrten Menschen zu tun hat, ist das Motiv manchmal nicht so ganz einleuchtend. Wir versuchen so viel herauszufinden, wie möglich ist, dann spreche ich noch mal mit allen.«

»Detective Kannemeyer«, sagte Ricus. »Ich finde, die Gruppe sollte sich noch einmal treffen. Gleich heute Nachmittag?«

»Das ist zu gefährlich. Was ist, wenn wieder was passiert?«

»Das mit dem Qualm am Ende der Sitzung lassen wir sein. Sie könnten noch mehr Beamte dazuholen und der Gruppe sagen, es wäre zu ihrer eigenen Sicherheit. Sie könnten sogar an den Wagen hier Kameras installieren.«

»Hmm«, machte Henk.

»Ich hoffe auf ein Geständnis«, sagte Ricus. »Das wäre der Anfang vom Weg zur Heilung.«

»Jetzt ist nicht die Zeit für Ihren psychologischen … Kram.«

»Das könnte aber die schnellste Möglichkeit sein, den Mörder zu finden. Sie können so fleißig sein, wie Sie wollen, und überall suchen, aber die Wahrheit versteckt sich wahrscheinlich in einem von uns.«

Henk runzelte die Stirn und schaute auf einen steinigen Koppie in der Ferne. Darüber schwebte ein Raubvogel, auf der Jagd.

»Aber dafür alle in Gefahr zu bringen, ist zu waghalsig«, sagte er.

»Solange der Mörder nicht gefasst ist, sind wir ohnehin alle in Gefahr«, entgegnete Ricus.

»Maria, ich möchte dich einem solchen Risiko nicht aussetzen.«

»Wie Ricus gerade gesagt hat: Momentan sind wir alle in Gefahr«, erwiderte ich. »Wir müssen denjenigen finden, der Tata crschossen hat. Ist das nicht das Wichtigste?«

Für einen kurzen Moment wurde sein Blick weich, aber dann kehrte die gewohnte Härte zurück. Er presste die Lippen unter seinem Schnurrbart fest aufeinander.

»Ja, das ist am wichtigsten. Gut, machen wir es.«

Kosie kam zurück und schmiegte sich an Henks Hand, bevor er wieder davontollte.

»Versprechen Sie mir, sich um mein Lämmchen zu kümmern?«, fragte Henk.

»Nach bestem Wissen und Gewissen«, erwiderte Ricus.

»Das Lammetjie wird mir fehlen«, sagte Henk leise und schaute hinaus aufs Veld.

»Lamtietie, damtietie …« Sein Schlaflied ging mir durch den Kopf und ich verspürte einen kurzen Stich der Trauer, spitz wie ein Dorn. Keine Ahnung, warum; ich war mir sicher, dass Kosie bei Ricus glücklich sein würde.

66

Als Henk und ich durch das Buschland zurückfuhren, begriff ich, woher die Klein-Karoo ihren Namen hatte. Nicht das mit der Karoo – das bedeutet »Ort des Durstes«, weil es dort trocken ist –, sondern der Teil mit dem »Klein«. Alles wirkt klein. Die Schafe, die Koppies, die Bäume. Wir kamen an einem Gwarrie vorbei. Jahrhundertealt und verschrumpelt wie ein alter Mann. Nur der Himmel war groß. Und Henk neben mir. Seine Arme und sein Schnurrbart. Sein Schweigen. Alles an ihm war groß. Und je länger wir fuhren, ohne zu sprechen, desto kleiner fühlte ich mich. Ich war Teil der Klein-Karoo, er gehörte in die Groß-Karoo.

Henk sagte erst wieder etwas, als wir uns der Abbiegung zu meinem Haus näherten. Obwohl er direkt neben mir saß, klang es, als wäre er weit weg, in der Groß-Karoo.

»Maria, ich weiß, dass dir deine Gruppe wichtig ist. Du denkst, dass du helfen kannst, also, das kannst du bestimmt auch. Aber Ricus ist sehr erfahren. Die anderen werden auch reden, wenn du nicht dabei bist. Wäre es vielleicht möglich, dass du zu Hause bleibst? Dich raushältst?«

»Henk«, erwiderte ich aus der Klein-Karoo. »Wie soll ich dir das erklären? Ich sag's mal so: Wenn man dich bitten würde, den Fall aufzugeben und ihn jemand anderem zu überlassen, würdest du das tun?«

Ein Falke auf einem Telefonmast schaute uns nach.

Als wir in meine Zufahrt einbogen, hatte ich eine Idee: »Was hältst du davon, wenn ich Jessie frage, ob sie bei unserem Treffen dabei ist? Sie hat sehr gute Augen und Ohren, und die Leute sind in ihrer Gegenwart gesprächig. Das wäre eine zusätzliche Sicherheit.

Jessie ist schlau und hat immer … alles Mögliche dabei. Die Gruppe erfährt natürlich nicht, dass sie eine … ähm … Agentin ist. Sie kann ja ihre Entführungsgeschichte erzählen. Das hilft bestimmt.«

Henks kastanienroter Schnurrbart zitterte ein klein wenig, der Rest von ihm blieb reglos.

»Heute Abend mache ich die Cottage Pie«, erklärte ich. »Ich hab auch noch Birnenkuchen übrig. Du könntest mit reinkommen und ein Stückchen essen.«

Er schüttelte den Kopf.

»Na, dann eben später«, sagte ich. »Ich freue mich, dass Kosie ein neues Zuhause gefunden hat. Bei Ricus wird es ihm gut gehen. Das macht alles ein bisschen einfacher, für uns …«

Henk fuhr vor das Haus, aber parkte nicht im Schatten des Eukalyptusbaums. Er stellte den Motor aus.

»Maria«, sagte er. »Es klappt nicht … mit diesem ›uns‹.«

Es war seltsam, dass ich zwar wusste, was er sagen würde, es aber trotzdem ein furchtbarer Schock war. Er schaute auf seine Finger am Lenkrad. Sosehr er mich auch liebe, denn das tue er, könne er nicht mit jemandem zusammen sein, der sich andauernd in Gefahr begebe. Er könne die Vorstellung, mich zu verlieren, einfach nicht ertragen. All das hatte ich schon mal von ihm gehört. Was ich darauf antworten konnte, hatte ich bereits gesagt.

Ich betrachtete das Sonnenlicht im Eukalyptus, und ein Teil von mir war erleichtert, weil ich ihm nun nicht mehr erzählen musste, was mit Fanie geschehen war. Vielleicht brauchte niemals jemand die ganze Wahrheit über Fanie und mich zu erfahren. Und als ich Henk kurz anschaute und die Traurigkeit in seinen Augen sah, wusste ich, dass er immer noch um seine Frau trauerte, sie immer noch liebte. Sie hätte sich nie in einen Mordfall eingemischt. Und schon gar nicht war sie selbst eine Mörderin. Wahrscheinlich war sie eine typische Hausfrau gewesen. Vielleicht sogar eine bessere

Köchin als ich. Henks Ansprache dauerte nicht lange, aber lang genug, um in der Mittagshitze im Auto ins Schwitzen zu geraten. Mir war heiß, ich war durcheinander und vielleicht auch ein bisschen wütend, doch obwohl ich all diese Empfindungen hatte, fühlte ich mich seltsam leer. Mir wurde klar, dass ich Hunger hatte. Großen Hunger. Ich hatte nicht richtig gefrühstückt. Es war noch ein wenig Kuchen da, dazu konnte ich schnell ein paar Scones backen.

»Auf Wiedersehen, Henk«, sagte ich und überlegte, ob ich normale Scones oder welche mit Käse machen sollte.

Ich entschied mich für beide Sorten. Und aß sie mit Aprikosenmarmelade und Käse. Zusammen mit dem Kuchen ergaben sie ein dreigängiges Menü. Anschließend war das leere Gefühl verflogen.

Das Telefon klingelte, es war Ricus.

»Alle sind bereit«, verkündete er. »Sie kommen heute Nachmittag zu unserem Treffen.«

»Was ist mit dem Essen?«

»Dirk röstet Sandwiches auf dem Feuer.«

»Ich bringe Pudding mit«, erklärte ich, ohne zu wissen, welchen ich machen würde.

Ricus erzählte, dass Kannemeyer und zwei weitere Polizisten Dienst haben würden.

Ich hatte Schwierigkeiten, einen passenden Pudding auszusuchen, weil ich mich so elend fühlte, als wäre mein ganzes Leben auf den Kopf gestellt worden.

»Wirst du die anderen einweihen und ihnen sagen, dass einer von uns der Mörder sein muss?«, wollte ich wissen.

»Nein. Es ist besser, wenn es keiner weiß. Der Täter soll ruhig denken, dass er davonkommen wird. Ich habe aber angekündigt, dass Polizei da sein wird, um die Gruppe zu schützen.«

Ich schilderte ihm meine Idee mit Jessie, er fand sie gut.

»Ich habe mich gefragt, Ricus, was du sagen würdest …«, setzte ich an.

»Was denn?«

»Meinst du, ich kann gut kochen?«

»Tannie Maria, wie kannst du so was fragen! Du weißt doch, dass du die Beste bist.«

»Gut.«

»Ist alles in Ordnung?«

»Jetzt weiß ich es: Ich mache einen gestürzten Ananaskuchen! Ich habe ein Rezept mit Nüssen. Macadamia.«

Ich rief Jessie zu Hause an.

»Tannie M!«, freute sie sich. »Alles gut?«

»Hast du heute Nachmittag Zeit?«

»Wenn du mich brauchst, bin ich da. Worum geht's?«

»Kannst du mich zu unserer Therapiestunde begleiten?«

»Klar, wann?«

»Um vier bei Ricus. Aber komm vorher zu mir, dann erzähle ich dir alles.«

»Bin um drei bei dir.«

»Ich habe Scones gebacken.«

»Super! Ich komme um zwei.«

67

Auf der Fahrt zum Hof des satanischen Mechanikers hatte Jessie den Ananaskuchen auf dem Schoß. Er sah herrlich aus. Klebrig braun mit karamellisierter Ananas und Macadamianüssen auf der gestürzten Oberseite. So verlockend, dass ich meine Diätpillen genommen hatte, um nicht sofort ein Stück davon hinunterzuschlingen. Für alle Fälle hatte ich meine Handtasche mit weiteren Tabletten dabei.

Bei frisch gebackenen Scones und Tee hatte ich Jessie auf den neusten Stand der Ermittlung gebracht. Um ihr von Henk zu erzählen, wartete ich bis zum verrosteten Traktor mit dem Nummernschild *5474N*.

»Nein! Was soll das heißen: Er hat mit dir Schluss gemacht?«

Ich schluckte und versuchte es zu erklären: »Es hat mit seiner toten Frau zu tun. Ich gerate immer wieder in gefährliche Situationen, und er sagt, er könnte es nicht ertragen, mich zu verlieren.«

»Oh, nee, Mann. Ist das dämlich!«

Ich schaute aus dem Fenster und seufzte. »Er meint es ernst.«

»Was will er denn? Dass du den ganzen Tag zu Hause herumsitzt?«

»Vielleicht. Aber wahrscheinlich wäre er schon glücklich damit, wenn ich mich einfach nur aus Mordfällen raushalte.«

»Und du? Womit wärst du glücklich?«

»Die Frage stellt sich mir gerade nicht.« Ich umklammerte das Lenkrad fester. »Ich bin eher damit beschäftigt, was getan werden muss. Was jetzt das Richtige ist.«

»Ja, ich weiß, was du meinst. Manchmal kann das Richtige einen teuer zu stehen kommen.«

»Vielleicht ist es ja besser so. Vielleicht passen wir eh nicht zusammen. Er ist Polizist, und ich bin eine …« Aber ich war nicht bereit, Jessie zu gestehen, was ich war.

An dem Bogen aus Treibholz, Knochen und Hörnern stand der Kudu und wartete auf uns. Ich wurde langsamer, er sah uns mit seinen großen dunklen Augen unter den wunderschönen Wimpern an.

»Ich habe Slimkat nicht vergessen«, bemerkte ich.

»Nein, ich auch nicht. Ich denke oft über das Gift nach. Wer könnte das mit dem giftigen Schierling wissen?«

»Ein Heiler?«

»Oder jemand, der sich für Philosophie interessiert. Der die Geschichte von Sokrates kennt.«

»Ich sehe oft seine Augen vor mir«, sagte ich.

»Ich weiß, was du meinst.«

»Mir erscheint ständig ein Kudu, der Slimkats Augen hat.«

»Ja?«

Der Kudu trottete neben dem Bakkie her. Die schmalen vertikalen Streifen in seinem Fell blieben immer auf der Höhe meines Fensters.

»Ein wandernder Kudu?«, fragte Jessie. »Neben dir?«

Henk kam uns auf dem unbefestigten Weg entgegen. Mit erhobener Hand stoppte er uns, bevor wir zum Kreis aus Lieferwagen gelangten.

»Er will dir sagen, dass er es sich anders überlegt hat«, raunte Jessie.

Aber Henk schaute ziemlich finster drein. Seine Schnurrbartspitzen hingen nach unten. Er musste sie eine ganze Weile nicht gewachst haben. Als er vor meinem Fenster stand, kurbelte ich die Scheibe herunter. Henk nickte Jessie zu und sprach mit mir. Ich ließ den Motor laufen.

»Wir haben neue Informationen über die somalische Frau, die

du Fatima nennst«, berichtete er. »Der komplette Bericht liegt noch nicht vor, aber uns wurde mitgeteilt, dass in Somalia nach ihr gefahndet wird. Sie hat ein Verbrechen begangen, auf das dort die Todesstrafe steht.«

»Jislaaik!«, stieß Jessie aus. »Das ist heftig.«

»Sobald wir den Bericht haben, bestellen wir sie zu einer Vernehmung ein«, sagte Henk.

»Gut.« Ich machte Anstalten, weiterzufahren.

»Willst du wirklich an diesem Treffen teilnehmen?«, fragte Henk. »Sie hat ein Messer dabei.«

»Ich hab auch eins«, erklärte Jessie. »Und Pfefferspray.«

»Es gibt noch mehr Neuigkeiten«, fuhr Henk fort. »Die Kollegen konnten zu dem schwarzen Golf von Nick Olivier vordringen. Keine Spur von der Leiche.«

»Was?«, sagte Jessie. »Das ist ja seltsam.«

»Wir hatten keine Zeit mehr, Überwachungskameras zu installieren«, sagte Henk, »aber wir sind zu dritt in der Nähe. Piet arbeitet mit Johannes an den Wagen. Reghardt und ich sind direkt um die Ecke. Wenn es auch nur ein klein bisschen nach Ärger stinkt, ruft uns!«

»Ich hab eine Pfeife dabei.« Jessie zog sie aus ihrem Gürtel.

»Es wird also nicht aufgenommen, was wir in der Gruppe sagen?«, fragte ich.

»Nein. Aber wenn es ein Geständnis gibt, seid ihr Zeugen.«

Wir fuhren weiter und parkten direkt hinter den Lieferwagen.

»Wenn es nach Ärger stinkt«, wiederholte Jessie und grinste beim Aussteigen.

Ich sah sie an, sie zwinkerte mir zu.

In der Nachmittagssonne saßen wir im Kreis aus Plastikstühlen. Jessie hatte den Platz neben Fatima eingenommen, die wie immer ein langes Kleid und ein Kopftuch trug. Ich setzte mich zwischen Jessie und Lemoni und stellte meine Handtasche unter den Stuhl. Lemoni war wieder wunderschön in Schwarz und Türkis gekleidet und hatte ihre große Handtasche auf dem Schoß. Unter ihrem Sitz stand eine kleine silberne Auflaufform, mit Alufolie abgedeckt. Jessie trug ihr schwarzes Top und eine kurze Jeanshose, ich immer noch mein braunes Kleid. Ousies hockte vor dem Feuer, als wäre sie nie weg gewesen. Neben ihr lag mein Ananaskuchen auf flachen Steinen, in der Gesellschaft von großen Tupperschüsseln, die wahrscheinlich die Zutaten unseres Abendessens enthielten. Ousies trug ein geflochtenes Stirnband aus Leder und eine cremefarbene Kette aus Straußeneiperlen.

Der Schatten eines Akazienzweigs zeichnete ein spitzes V auf ihre Stirn. Sie schaute zu Ricus hinüber, und mir fiel auf, dass auch er eine Kette aus Straußeneiperlen trug. Für einen Augenblick dachte ich daüber nach, ob sie zusammen Satanisten gewesen waren. Oder immer noch waren? Hatten sie als Teil eines seltsamen Rituals gemeinsam zuerst Slimkat und dann Tata umgebracht?

Auf einmal stand Fatima neben mir. Ich zuckte zusammen. Sie bot mir eine Tasse Shaah-Tee an. Ousies warf eine Handvoll Kräuter ins Feuer, Funken stoben in die Luft. Es roch stark und süß. Jeder im Kreis erschien mir plötzlich verdächtig, und ich war froh, Jessie an meiner Seite zu haben.

»Herzlich willkommen euch allen und unserer neusten Teilnehmerin Jessie«, begrüßte uns Ricus. »Wir wollen die Stunde mit diesem köstlichen Tee beginnen und unser Bewusstsein auf unseren Körper und die Umgebung richten. Nehmt bewusst wahr, was ihr schmeckt.« Er trank einen Schluck. »Spürt die Kleidung auf eurem Körper, die Luft auf eurer Haut.«

Es war nicht kalt, trotzdem hätte ich gerne eine Jacke gehabt.

»Macht euch den Boden unter euren Füßen, den Himmel über euch bewusst«, sagte Ricus mit seiner warmen Stimme.

Ich schaute hinaus aufs Veld. Die Schatten waren jetzt viel länger als die Büsche. Mielie trieb ein verlorenes Lamm zurück zur Herde. Ob es Kosie war?

Johannes hantierte an dem kleinen roten Lieferwagen herum. Piet war in einem Blaumann auf der anderen Seite bei dem gelben Bulli. Reghardt und Henk bewegten sich langsam um den Kreis aus Autos herum, wie lauernde Löwen.

»Heute machen wir mit dem Thema Vergebung weiter«, sagte Ricus leise. »Damit es zur Heilung kommen kann, müssen wir uns nicht nur dem stellen, was uns angetan wurde, sondern auch dem, was *wir* getan haben. Die ganze Wahrheit muss ans Licht.«

68

Dirk rieb sich über die Knie und setzte sich aufrecht hin, um zu beginnen.

»Es hat mir echt geholfen. Sehr«, sagte er. »Dass ich euch das letzte Mal alles erzählt habe. Ich bin und bleibe ein Arschloch, das weiß ich.« Jessie nickte. »Aber diese Last liegt jetzt nicht mehr ganz so verdammt schwer auf meinem Herzen.« Er schlug sich mit der Faust gegen die Brust. »Ich hab euch gesagt, was für ein Arschloch ich wirklich bin, und die Welt ist nicht untergegangen.«

Dirk schaute hoch, um zu prüfen, ob tatsächlich nichts geschah. Am Himmel lösten sich ein paar lang gezogene Wolken auf. In der Karoo hat man es schwer als Wolke. Die meisten geben auf und verschwinden ins Blaue.

»Weißt du, was ich heute getan habe?«, sagte er zu Ricus. »Ich hab den Vormittag mit meinem Sohn verbracht.« Er sah uns alle an. »Ihr seid die Einzigen, die wissen, was ich meinem Sohn angetan habe, bevor er auf der Welt war. Halb Afrika weiß, was damals in Cuito passiert ist, und in ganz Ladismith ist bekannt, dass ich meine Frau geschlagen habe. Aber nur meine Frau und ich wussten das mit meinem Sohn. Als ich euch meine Geschichte erzählt habe, habe ich mir anschließend nicht verziehen, aber ich war wenigstens in der Lage, etwas zu tun. Ich konnte meinen Sohn besuchen und Zeit mit ihm verbringen. Zuerst wusste ich gar nicht, was ich tun soll. Aber nach einer Weile klatschte er ganz wild in die Hände, wie er es immer tut. Die Pflegerin hat gesagt, das macht er, wenn er sich freut. Aber das hätte sie mir gar nicht sagen müssen, versteht ihr? Ich wusste es …« Die Worte blieben ihm im Hals stecken. »Ich wusste selbst, dass er glücklich ist. Und ich … ich war auch glücklich.«

Ousies stand neben ihm und reichte ihm eine Serviette. Er wischte die Tränen aus seinen Augenwinkeln.

»Dirk, du hast einen wichtigen Schritt getan!«, lobte Ricus. »Du bist auf dem richtigen Weg.«

Wir hörten den sanften Ruf einer Turteltaube.

Dirk gab seltsam tierische Geräusche von sich, eine Mischung aus Weinen und Lachen, putzte sich die Nase und lehnte sich zurück.

Mir fiel auf, wie Jessie ihn betrachtete. Es war das erste Mal, dass sie ihn ohne zorniges Funkeln im Blick ansah. Es lag kein Interesse für Dirk als Mann darin, sondern es war eher so, als würde sie ein Wesen studieren, das sie noch nie gesehen hatte.

Ousies gab Dirk eine frische Serviette und warf die benutzte ins Feuer. Sie nahm den Besen und begann, den Sand hinter uns zu fegen.

Fatima räusperte sich. »Danke, Dirk«, sagte sie. Ihre Stimme war kräftiger als sonst, wenn sie schüchtern flüsterte. Dennoch sprach sie leise, vielleicht weil sie vermeiden wollte, dass die Polizisten um uns herum sie hörten. »Es braucht viel Mut, die ganze Wahrheit zu sagen.«

Sie zog den Stoff noch etwas enger um sich, als würde es winden. »Die Welt ist nicht immer bereit, die Wahrheit zu hören«, fuhr sie fort. »In meiner Heimat wäre die Wahrheit mein Todesurteil. Aber vielleicht kann ich euch hier, jetzt, sagen …«

»He, stopp!«, hörten wir Reghardt rufen.

»Stehen bleiben!« Das war Henk.

Wir schauten in ihre Richtung. Die beiden gingen auf einen großen, dünnen Mann zu, der über das Veld gehumpelt kam. Piet und Johannes standen auf, Schraubenschlüssel in den Händen.

Henk und Reghardt erreichten den Fremden und packten ihn

an den Armen. Er trug eine zerknitterte graue Hose und ein grünes T-Shirt voller Schweißflecken. Es war Nick Olivier.

»Bitte«, sagte Nick. »Ich möchte mit Ricus sprechen.«

»Durchsuch ihn!«, befahl Henk.

Reghardt gehorchte und schüttelte den Kopf. Piet sprang auf die Motorhaube des Defender, sein Blick flog wie eine Schwalbe über das Buschland.

»Ich setze mich zur Gruppe«, sagte Olivier. »Das stört mich nicht.«

»Lasst ihn herkommen«, schlug Ricus vor und erhob sich. »Er gehört zu uns.«

Die drei Beamten ließen ihn in den Kreis, folgten ihm aber auf dem Fuß.

»Wieso leben Sie noch?«, fragte Reghardt. »Ihr Auto …«

»Ricus!«, rief Nick und warf sich in dessen bärenstarke Arme. Ricus hielt ihn fest, und Nick schlotterte und weinte wie ein kleiner Junge. Er sah nicht aus wie ein Mann, der in seinem Golf von einer Klippe gestürzt und zu Asche verbrannt war, aber man merkte, dass er einen harten Tag hinter sich hatte.

»Es tut mir leid«, schluchzte Nick.

»Ist in Ordnung«, sagte Ricus zu den Polizisten.

Er führte Nick zu einem Stuhl und machte den Beamten Zeichen, sich zu entfernen. Sie traten einen Schritt zurück. Ousies brachte Nick eine Tasse Tee.

»Ich hab's getan«, sagte Nick.

Ich schaute Jessie an; sie machte große Augen.

»Nick, trink einen Schluck Tee«, forderte Ricus ihn auf. »Du weißt bestimmt noch, dass wir in der Gruppe keinen unterbrechen, der gerade spricht. Als du eben kamst, war Fatima an der Reihe. Wir lassen sie zu Ende erzählen, du trinkst solange deinen Shaah.«

Mit zitternden Händen hielt Nick seine Tasse. Ricus klopfte

ihm auf den Rücken und sah zu Fatima hinüber. »Entschuldigung, Fatima«, sagte er. »Sprich bitte weiter.«

Sie schüttelte den Kopf, als hätte sie eine Biene im Ohr. Ihre Augen waren noch größer als die von Jessie. Sie schaute zu den drei Polizisten hinüber, die hinter Nick standen.

»Na gut, Nick, Fatima überlässt dir netterweise den Vortritt.«

»Ich hab's getan«, wiederholte Nick, ließ seine Tasse fallen und stieß die Fäuste in die Luft. »Ich habe es getötet!«

69

Ricus kehrte zu seinem Stuhl zurück. »Was hast du getan, Nick?«

»Ich habe dem verdammten Automobil den Garaus gemacht. Dieser Teufelsmaschine. Habe die Handbremse gelöst und es über die Klippe geschoben. *Wumm!* Es hat *wumm* gemacht.« Er klatschte in die Hände. »Jetzt bringt es kein Lebewesen mehr um. Nie mehr.«

»Hat es Lebewesen umgebracht?«, hakte Ricus nach.

»Ja, einmal habe ich eine Ginsterkatze überfahren. Das war furchtbar. Ich hab sie in meinem Garten begraben und richtig beerdigt. Auf der Beerdigung von meiner Mutter war ich nicht dabei, da war ich gerade erst geboren. Aber die Ginsterkatze hatte eine richtige Feier. Mit Grabrede und allem Drum und Dran.« Nick zog den Kopf ein wenig ein und musterte uns, als müsse er entscheiden, ob er sein Geheimnis mit uns teilen solle. »Aber das war erst der Anfang. Jede Woche liegt ein totes Tier auf der Route 62. Überfahren von Automobilen.«

Ich schaute zu Jessie hinüber. Nick würde sich gut mit Oom Jan verstehen, dem Kaninchen-Mann. Sie nickte.

»Ich habe jedes Tier ordentlich beerdigt.« Nick schlug mit den Fäusten leicht auf seine Oberschenkel. »Und nachts halte ich ihre Hand. Zuerst haben sie Angst, wenn sie sterben, deshalb halte ich ihre Hand.« Seine Fäuste zerflossen zu zarten Fingern, die er ineinanderfaltete. »Sie bleiben an meinem Bett.«

Ich erinnerte mich an Henks Worte über die Tierpfoten und musste schlucken.

»Und dann, letztes Jahr, hat das Automobil meinen Vater umgebracht«, fuhr Nick fort. »Klar hieß es, er hätte einen Herzinfarkt gehabt. War auch so. Aber weshalb hat er den bekommen, frage ich euch? Natürlich hatte er es schwer als Engländer in einer afrikaansen Farmgegend. Und sicher hat die Vogelgrippe 2012 uns furchtbar zugesetzt. Wie mussten alle Vögel schlachten. Aber wir hatten so viele Federn. Kistenweise! Zu Lebzeiten meines Großvaters hätten wir damit die Krise überstanden. Damals waren Straußenfedern so wertvoll wie Gold und Diamanten. Ach, was haben die Damen herrliche Hüte getragen, wenn sie in ihren Pferdekutschen unterwegs waren! Das waren glorreiche Tage!« Nick schaute hoch in den Himmel, der von einem tiefen Nachmittagsblau war, und schien Dinge aus der Vergangenheit zu sehen. Ich sah das mit Erinnerungsstücken vollgestopfte Zimmer vor mir, von dem Henk mir erzählt hatte, mitsamt seinen wunderschönen Fotografien.

Böse funkelte Nick uns an, als wären wir seine Feinde. »Warum tragen Frauen nicht mehr diese herrlichen Hüte?« Dann merkte ich, dass er nicht uns ansah, sondern die Lieferwagen um uns herum. Er stampfte mit dem Fuß auf. »Warum?«

Niemand sagte etwas, deshalb beantwortete er seine Frage selbst. »Wegen der Erfindung des Automobils! Es war zu schnell. Die hübschen Federhüte wurden den Damen vom Kopf geweht!«

Er betastete seinen Schädel, den vermeintlich fehlenden Hut.

»Und bis heute«, sagte er, »bin ich selbst eins von diesen verfluchten Dingern gefahren. Aber das ist jetzt vorbei. Ich habe es umgebracht. Niemals wieder werde ich mich in ein Automobil setzen. Nie wieder werde ich Schuld am Tod eines armen Tieres haben, am Untergang der glorreichen Zeiten und am Tod meines Vaters.«

Er lehnte sich zurück und verschränkte die Arme. In der Ferne blökte ein Lamm.

»Bist du vom Huisrivier-Pass bis hierher zu Fuß gegangen?«, fragte Dirk.

»Ich bin am Fuß der Swartberge entlanggelaufen. Dann hat mich ein Eselskarren mitgenommen, auf einer Nebenstraße.«

Die Polizisten entfernten sich unauffällig, stiegen über den Ring aus Autoteilen und verschwanden zwischen den Wagen.

»Geht es dir jetzt besser?«, fragte Ricus.

»Ja«, antwortete Nick. »Viel besser. Ich weiß, dass die Zeit des Automobils noch nicht vorbei ist. Du reparierst sie ja sogar. Aber ich fahre nicht mehr damit. Dieser Widerspruch hat mich fast umgebracht. Jetzt bekomme ich wieder Luft.«

»Ich freue mich, dass du Frieden gefunden hast, Nick«, erwiderte Ricus. »Was du gesagt hast, liefert das nächste Stichwort: Lasst uns alle zusammen tief Luft holen. Beobachtet, wie euer Atem hinein- und hinausfließt. Ganz locker. Nehmt eure Sinne wahr.«

In einer Akazie trällerte ein Vogel, ein anderer tschilpte. Während wir dort saßen und atmeten, bemerkte ich nach und nach einen ganzen Chor von Vogelstimmen, der über dem Buschland zu hören war. Unglaublich, dass sie immer da sind, ich sie aber meistens gar nicht wahrnehme.

Henk, Reghardt und Piet standen direkt hinter den Lieferwagen und steckten die Köpfe zusammen. Sie waren außer Hörweite, was vielleicht der Grund war, dass Fatima bereit war zu sprechen, als Ricus sich an sie wandte: »Fatima, du hast eben gesagt, du wolltest uns die Wahrheit sagen …«

»Mein Mann und ich«, begann sie, »mussten um unser Leben laufen. Wir haben ein Verbrechen begangen, das in Somalia mit dem Tod bestraft wird. Ich bin nämlich …« Sie nahm das Kopftuch ab, ihre Stimme wurde tiefer und lauter. »… ein Mann.« Sie hatte immer noch Zöpfe, aber das übrige Haar war kurz, der Knoten fort.

»Fok«, stieß Dirk aus.

»Ich bin ein Mann und liebe einen Mann«, sagte Fatima mit

Männerstimme. »In meinem Herzen weiß ich, dass das kein Verbrechen ist.«

»Richtig so, Mädchen!«, sagte Jessie. »Ähm, ich meine, Junge!«

Fatima lächelte sie an. »Ich weiß, was du sagen willst. Danke!«

»Du bist sehr mutig, Fatima«, sagte Ricus.

»Fadhi. Ich heiße Fadhi.«

»Du bist sehr mutig, Fadhi. Das verlangt eine Menge Courage.«

»Ja«, sagte er. »Endlich bin ich mutig.«

70

»Wie geht es dir, Jessie?«, fragte Ricus, als die Gruppe sich wieder beruhigt hatte.

»Gut.«

»Möchtest du gerne etwas erzählen?«

»Irgendwann spreche ich über meine Entführung, aber nicht heute.«

»Du wurdest entführt?«, fragte Lemoni. »Haben sie den Typ geschnappt?«

»Ja«, entgegnete Jessie. »Er ist tot.«

»Gut«, sagte Lemoni. »Wenn Verbrecher mit ihren Taten davonkommen, das macht mich dermaßen wütend …«

»Du bist wütend, Lemoni?«, fragte Ricus.

»Ja, wegen dem, was hier beim letzten Mal passiert ist. Das ist einfach nicht richtig.«

»Der Mord an Tata Radebe.«

»Genau. Das hat alles wieder hochgebracht. Die Nacht, als wir überfallen wurden und mein Abendessen zunichtegemacht wurde. Mein schönes Psari me spanaki. Sie haben alles mitgenommen. Meinen ganzen Schmuck.« Ihre Finger strichen über die Henkel ihrer Tasche. Der türkisfarbene Nagellack glänzte im späten Nachmittagslicht.

»Wie geht es dir damit?«, fragte Ricus.

»Ich fühle mich so … verletzt.« Sie schaute zu Jessie hinüber, die nickte. »Manchmal kann ich es nicht ertragen … finde keinen Schlaf.«

»Das tut mir leid«, sagte Ricus.

»Das tut dir leid?«, wiederholte Lemoni. Sie hatte Tränen in den Augen. »Wie willst du auch nur ansatzweise verstehen, wie es mir geht? Selbst mein Mann kann das nicht, und der war dabei!«

»Ich habe nicht dasselbe erlebt wie du«, erwiderte Ricus, »aber wir alle hier haben eine Art von Verletzung erlitten. Und der Mord letzte Woche hat jeden von uns getroffen …«

»Ja, ja, entschuldige. Ich werde immer so … Ist schon gut.«

Sie kramte in ihrer Tasche herum, aber fand nicht, wonach sie suchte. Ousies reichte ihr eine Serviette. Lemoni betupfte vorsichtig ihre Augen, damit sie die Schminke nicht verwischte.

»Schon gut«, sagte sie noch mal. »Alles in Ordnung.« Sie machte eine abwehrende Handbewegung. »Sprecht weiter!«

»Wie geht es dir, Tannie Maria?«, fragte Ricus.

»Ich bin ein bisschen durcheinander.« Ich schielte zu meinem gestürzten Kuchen hinüber, der auch nicht mehr wusste, wo oben und unten war. »Ich weiß nicht, was ich tun soll. Beim letzten Mal haben wir gesagt, Vergebung ist mehr als nur ein Wort, es geht darum, was man *tun* kann, um etwas wiedergutzumachen. Versteht ihr, was ich meine? Fatima, ich meine Fadhi, war mutig; jetzt kann er sich verzeihen, dass er Angst gehabt hat.«

Fadhi lächelte.

»Dirk kann Zeit mit seinem Sohn verbringen«, fuhr ich fort. »Das hilft ihm zu verarbeiten, was … was er getan hat.« Dirk nickte. »Tata Radebe … tja, für den ist es zu spät.«

Ich schaute Ricus an. »Du, du kannst anderen mit ihren Problemen helfen. So machst du die Zeit wieder gut, in der du selbstsüchtig warst … Aber was ist, wenn das, was man getan hat … wenn man das nicht wiedergutmachen kann? Was ist dann?«

»Es gibt immer eine Möglichkeit«, sagte Ricus. »Möchtest du uns etwas erzählen, Maria?«

»Ich …«, stotterte ich. Ich hatte Jessie nicht erzählt, dass ich Fanie umgebracht hatte, geschweige denn, wie.

Erneut setzte ich an: »Was passiert ist …« Ich seufzte. »Entschuldigung, ich bin noch nicht so weit. Ich muss das noch ein bisschen länger mit mir herumtragen.« Vielleicht bis zu meinem Tod, dachte ich.

Jessie beugte sich zu mir herüber und klopfte mir auf die Schulter.

Die Sonne ging unter. »Sollen wir dann jetzt unsere Sandwiches rösten?«, fragte Ricus.

Dirk sprang auf und hockte sich neben Ousies. Sie packten den Inhalt der großen Tupperdosen aus und legten die Brote auf den Rost. Sie waren mit geriebenem Käse, Chili-Dörrfleisch, Bananenscheiben und Tomaten belegt. Von außen war das Brot mit Butter bestrichen, sodass es auf dem Grill goldbraun würde. Derweil drückte Lemoni Ousies ihre kleine silberne Auflaufform in die Hand.

»Das ist für dich«, sagte sie. »Weil dir mein Moussaka so gut geschmeckt hat.«

Auf Ousies' Lippen zeigte sich nur ein schmales Lächeln, aber um ihre Augen bildeten sich viele Fältchen, als sie die Form von Lemoni entgegennahm. Sie hob eine Ecke der Alufolie an und schnupperte mit geschlossenen Augen.

Dirk schob ein wenig Holz beiseite, um den Auflauf zu erwärmen.

»Sieh dir den Mond an!«, sagte Jessie.

Er war im blauen Himmel aufgegangen. Stumm und blass, wie ein Geist.

»Bald ist er voll«, bemerkte Dirk.

»Lemoni«, sagte ich, »könntest du mir das Rezept von dem Moussaka geben?«

»Kein Problem, Schätzchen«, entgegnete sie. »Mach ich sofort.« Sie suchte in ihrer Tasche herum und holte einen Stift und einen

Block heraus. »Es ist wichtig, dass du frisch geriebene Muskatnuss für die Béchamelsoße nimmst. Kein fertiges Pulver. Und ich gebe immer gerne ein bisschen Knoblauch hinzu, auch wenn das nicht im Originalrezept meiner Großmutter steht.«

Bald ging die Sonne unter, und die gerösteten Brote waren fertig. Dirk legte sie auf Emailleteller. Jessie half ihm; Ousies wartete begierig auf das Moussaka.

»Danke«, sagte ich, als Lemoni das Rezept aufschrieb. »Ich könnte übrigens auch ein gutes Fischgericht gebrauchen. Hier draußen in der Karoo bekommen wir zwar nicht viel Fisch, aber hin und wieder ... Du hast doch von dem leckeren Gericht gesprochen, das ihr essen wolltet, als die Einbrecher kamen.«

»Ja, sicher! Psari me spanaki. Fisch mit Spinat«, antwortete Lemoni. »Das wird auch mit Béchamelsoße gemacht.«

»Hm, ja«, sagte ich und erkannte etwas. Dann noch etwas. Und etwas anderes. Auf einmal purzelten alle Zutaten in der Schüssel meines Kopfes zusammen.

Ousies hob die kleine Auflaufform mit einem Tuch vom Grill und zog die Folie herunter. Mit einem großen Holzlöffel stieß sie durch die Käsekruste in die Auberginen und das Hackfleisch. Ich musste daran denken, wie sie das Gericht beim letzten Mal in sich hineingeschaufelt hatte.

Ich stand auf. Schon in guten Zeiten bewege ich mich nicht sehr schnell, aber jetzt schien alles besonders langsam abzulaufen.

»Ousies!«, rief ich. Sie sah mich an, den Löffel voll saftigem Moussaka.

Lemoni stand hinter mir, die Hand auf meiner Schulter.

»Iss das nicht!«, warnte ich Ousies.

»Hör nicht auf sie«, sagte Lemoni. »Sie ist einfach nur ein Leckermaul und will das Moussaka für sich selbst.«

Ich schaffte es rechtzeitig zu Ousies, Lemoni klebte an meiner

Schulter. Jessie hatte sich ihrerseits an Lemoni gehängt. Ich griff nach der heißen Auflaufschale. Sie verbrannte mir die Finger, aber ich ließ nicht los. Dann tat ich etwas, von dem ich niemals gedacht hätte, dass ich dazu fähig wäre: Ich kippte das Essen in den Sand.

Ousies machte Anstalten, es wieder aufzuheben.

»Nein, Ousies!«, rief ich. »Das ist vergiftet, mit demselben Gift wie bei Slimkat.« Da erschien der Kudu neben ihr. Seine schwarzen Augen glänzten.

Ousies sah ihn an, er nickte ihr zu und begann, um unseren Kreis herumzulaufen. Mit erhobenem Kopf, sodass seine langen dunklen Hörner eine parallele Linie zu seinem Rücken bildeten. Dann preschte er davon.

Ich hörte Jessie hinter mir, sie erklärte Reghardt irgendwas mit Schierling. Lemoni schrie: »Ihr Diebe! Ihr Diebe!« Sie wollte sich auf Ousies stürzen, doch Piet und Henk hielten sie zurück.

»Ihr habt meine Diamanten gestohlen!«, keifte sie. »Du und deine dreckigen Buschmänner! Mein Mann hat hart für das Land geschuftet. Und ihr habt es gestohlen. Ihr habt meine Juwelen geraubt.«

Der Kudu sprang auf die Motorhaube des Defender, dann auf das Dach. Im Himmel verschmolzen die Farben, von Rot zu Violett. Mit klappernden Hufen hüpfte der Bock von einem Autodach zum nächsten.

Mir war schwindelig, ich sackte zu Boden. Jessie wollte mir aufhelfen, aber ich bin ziemlich schwer, und der Sand war so bequem. Sie hockte sich neben mich.

»Tannie M«, sagte sie.

»Sie hat gelogen mit dem Überfall«, erklärte ich. »Als sie das erste Mal davon erzählt hat, hat sie behauptet, auf dem Tisch hätte ein Fischgericht namens Psari plaki gestanden. Das weiß ich genau. Gebratener Fisch mit Knoblauch und Tomaten. Und eben hat sie was anderes gesagt: Psari me spanaki. Irgendwas mit Spinat und Soße. Und den Knoblauch, den nimmt sie immer, selbst wenn er nicht im Rezept steht. So wie in der vergifteten Soße.«

»Und Schierling«, ergänzte Jessie. »Sie ist zwar keine Philosophin, aber sie ist Griechin. Also kennt sie die Geschichte mit Sokrates.«

»Nach dem Mord an Tata hat sie ihr Taschentuch ins Feuer geworfen. Sie hat ein Rohr und einen Schraubenschlüssel als Waffe benutzt und ein Taschentuch als Handschuh.«

»Und so Schmauchspuren an den Händen vermieden«, ergänzte Jessie.

»Aber warum Tata? Warum hat sie ihn umgebracht?«, fragte ich.

»Er ist in die Kugel gesprungen«, erklärte Ousies. »Um mich zu retten.« Sie hockte sich neben das Feuer. »Er hat sein Leben für mich gegeben.«

»Siehst du auch den Kudu?«, fragte ich Jessie und wies zu den Wagen hinüber. »Der immer im Kreis läuft? Ousies kann ihn sehen.« Doch die alte Frau schaute in die Flammen.

Inzwischen bewegte sich der Kudu so schnell, dass er verschwamm. Er hob ab und schwebte in der Luft, schraubte sich höher, querte die Bahn des Geistermonds und stieg noch weiter empor. Ich musste an die Gottesanbeterin denken, an Tata Radebes Gottesanbeterin, die in den Himmel entschwunden war.

Ich schloss die Augen. Bevor alles ganz schwarz und still wurde, war mein letzter Gedanke, dass Tata das getan hatte, was nötig war, um sich zu verzeihen und seinen Geist zu befreien. Er hatte sein Leben gegeben, um einen guten Menschen zu retten.

71

Die Dunkelheit blieb, dazu kamen dunkle Träume. Fanie, der mit rotem Kopf auf mir lag. Seine zusammengekniffenen Augen, die Anstrengung in seinem Gesicht, wenn er in mich stieß. Seine wie vor Überraschung hervorquellenden Augen. Seine schlaffe Haut wie dünner Teig, als sein Körper in sich zusammenfiel. Sein Gewicht auf mir wurde zu schwer.

»Nehmt ihn runter, nehmt ihn runter«, wimmerte ich.

»Schon gut«, sagte eine fremde Frauenstimme, und wieder versank ich in der Schwärze.

Ich hörte ein Piepsen, dann eine Stimme, die ich kannte. Henk. »Ist sie immer noch nicht aufgewacht?«

Eine andere Lieblingsstimme, die von Jessie: »Sie hat gestern Abend ein starkes Beruhigungsmittel bekommen. Da ist der Arzt ja wieder.«

Ich wollte etwas sagen, aber die Worte waren in der Dunkelheit gefangen.

»Sie wird doch wieder, oder Doktor?«, fragte Henk.

»Sie haben gesagt, sie hätte unter großer Anspannung gestanden?«, sagte ein Mann, wohl der Arzt.

»Sie war Zeugin eines Mordes. Zweier Morde«, entgegnete Henk.

Jessie fügte hinzu: »Und ihr Freund hat mit ihr Schluss gemacht. Er hat sie lieber aufgegeben, als das Risiko einzugehen, dass ihr vielleicht etwas zustößt.«

»Sie wurde von ihrem verstorbenen Ehemann misshandelt«, erklärte Henk. »Sie hat eine Posttraumatische Belastungsstörung. Deshalb hat sie an therapeutischen Sitzungen teilgenommen.«

»Sie sprachen von Halluzinationen?«, fragte der Arzt.

»Ja, ein Kudu«, antwortete Jessie. »Sie hat einen Kudu gesehen.«

»Und sie hatte Albträume«, ergänzte Henk. »Ich glaube, wegen ihres Mannes.«

»Nimmt sie Medikamente?«, wollte der Arzt wissen.

»Ja, ein Antidepressivum. Und Diätpillen«, antwortete Henk.

»Beides? Hat sie beides genommen?«, hakte der Arzt nach.

»Wissen Sie genauer, welche Medikamente das waren?«

»Vielleicht hat sie welche in der Handtasche«, erwiderte Henk.

»Wo ist die Tasche?« Das war der Arzt.

»Hier«, sagte Jessie.

»Hmm«, machte der Arzt. »Das ist ein altmodischer MAO-Hemmer ... Der kann Halluzinationen hervorrufen. Besonders in Verbindung mit Tyramin, was in bestimmten Lebensmitteln vorkommt, beispielsweise in Leber und Käse. Isst sie viel Käse? Dann noch diese Diättabletten dazu – nicht ohne! Diese Pillen gehören verboten!«

»Ich habe ihn umgebracht.« Das war meine Stimme. Sie überraschte mich selbst.

»Maria!«, rief Henk.

»Tannie M?«

Ich schlug die Augen auf und sah Henk. Er beugte sich über mich, die Augenbrauen zusammengezogen, das Baumwollhemd am Hals offen. Es war sehr hell. Alles war weiß: Wände, Decke, die Apparate. Grelles Sonnenlicht fiel durch die Fenster. Ich war im Krankenhaus.

»Ich habe ihn umgebracht«, wiederholte ich. »Ich habe meinen Mann Fanie umgebracht.«

Als ich den Namen aussprach, wurde aus dem Weiß wieder Dunkel.

72

Als ich meine Augen erneut öffnete, schwirrte die Luft; etwas tanzte darin herum, wie ein Boot auf den Wellen. Ein Mann mit einem Gesicht und Händen so schwarz wie ein gusseiserner Topf. Sein Kittel und seine Zähne waren weiß.

»Guten Morgen, Mrs van Harten. Ich bin Dr. Tom«, stellte er sich vor.

»Hallo.« Ich erkannte ihn wieder. Es war der freundliche Arzt, der auch Jessie behandelt hatte.

»Wie geht es Ihnen?«, fragte er.

»Ich bin froh. Weil ich es Henk erzählt habe. Und Jessie. Wo ist sie?«

»Ich bin hier, Tannie M.« Sie drückte meine Hand, und ich sah ihr warmes, rundes Gesicht vor mir, wie ein frittierter goldener Krapfen.

»Jessie, ich habe ihn umgebracht. Ich habe meinen Mann getötet.«

»Er war ein mieses Schwein, Tannie M – wäre nicht schlimm, wenn du ihn umgebracht hättest. Hast du aber nicht; er hatte einen Herzinfarkt.«

»Ja«, bestätigte Dr. Tom, »ich habe in der Krankenakte nachgesehen, während Sie geschlafen haben. Es war sein Herz.«

»Ja, aber eigentlich war ich es«, sagte ich. »Ich habe ihn vergiftet.«

»Es gab keine Anzeichen für eine Vergiftung, Mrs van Harten. Seine Herzprobleme waren bekannt.«

»Ich weiß. Wir sind hier zusammen beim Arzt gewesen, das ist lange her. Ein weißer Arzt.«

»Dr. Vlok.«

»Ja, genau. Er hat mir zwei Listen gegeben. Auf der einen standen Lebensmittel, die gut für Fanie waren, zum Beispiel Fisch und Olivenöl. Auf der anderen Sachen, die er nicht essen sollte. Der Arzt hat gesagt, sie wären Gift für einen Menschen mit Herzproblemen: rotes Fleisch, Sahne, Butter, Eier … Aber ich habe es genau andersherum gemacht: Ich habe für Fanie nur Sachen von der verbotenen Liste gekocht.«

»Mrs van Harten, in den letzten Jahren haben sich die Erkenntnisse, was gut und schlecht fürs Herz ist, erheblich geändert.«

»Das Essen war so gut, dass ich auch nach Fanies Tod nicht damit aufhören konnte. Jetzt mache ich oft dieselben Sachen für Henk. So werde ich ihn auch noch umbringen.«

»Mein Herz ist kerngesund.« Henk klopfte auf seine Brust. »Ich war erst letzten Monat beim Check-up.«

»Ich habe Fanie umgebracht«, wiederholte ich. »Er war kein guter Mensch, deshalb kann ich es mir verzeihen. Aber unverzeihlich ist, dass ich ihn mit Essen getötet habe. Mit Nahrung.«

»Mrs van Harten«, sagte Dr. Tom. »Sie hören mir nicht zu. Mittlerweile gibt es Beweise, dass eine fettreiche Kost tatsächlich sehr gut fürs Herz ist. Durch all die Sahne und Butter ist er vielleicht sogar länger am Leben geblieben.«

»Oh.« Ich war mir nicht sicher, ob die Last auf meinen Schultern so einfach beseitigt werden konnte. »Aber trotzdem habe ich Essen, gutes Essen, als Mordwaffe verwendet. Dafür ist es nicht gedacht.«

»Einer der Männer, die Maria hat sterben sehen, wurde vergiftet«, erklärte Henk. »Mit der Soße zu einem Kudu-Spieß.«

»Gestern Abend hat Tannie Maria aber einer Frau das Leben gerettet, die mit Essen vergiftet werden sollte«, wandte Jessie ein.

»Wirklich?«, fragte ich.

Sie gab mir ein Glas Wasser, ich trank einen Schluck. »Du hast Ousies vor dem Moussaka bewahrt, weißt du nicht mehr?«

»Ja, stimmt.«

Ich hatte tatsächlich einen Menschen vor dem Tod gerettet. Das war mein Werk. Es war ein Anfang. Vielleicht konnte ich mir doch irgendwann verzeihen, Lebensmittel aus Hass zum Töten eingesetzt zu haben. Damit das mit dem Vergeben wirklich klappte, musste ich von nun an eins tun: nur noch mit Liebe kochen. Allein mit Liebe.

»Ich verordne Ihnen Kohletabletten, Mrs van Harten«, sagte der Arzt. »Die sorgen dafür, dass die Toxine aus ihrem Körper transportiert werden. Möchten Sie etwas essen?«

»Das wäre schön. Ein getoastetes Sandwich mit Dörrfleisch und Käse und ein Stück gestürzten Ananaskuchen.«

Der Arzt grinste. »Ich glaube, sie wird wieder gesund, Detective Kannemeyer.«

73 Am darauffolgenden Tag, einem Dienstag, war ich wieder in der *Gazette*. Jessie hatte die jüngsten Polizeiberichte vorliegen; einen Großteil des Vormittags verbrachten wir damit, Hattie die ganze Geschichte zu erzählen. Sie trug eine weiße Bluse mit goldenen Knöpfen, die zu ihren Haaren passten, dazu einen blauen Rock in der Farbe ihrer Augen. Bei Hattie war immer alles ordentlich und geregelt. Nachdem es bei mir drunter und drüber gegangen war, fühlte es sich gut an, in ihrer Nähe zu sein. Während Jessie redete, sortierte ich die Briefe auf meinem Schreibtisch und legte die letzte Zuschrift meiner schottischen Freundin oben auf den Stapel.

»Nur damit ich es richtig verstehe«, sagte Hattie. »Ousies war genau wie Slimkat einer der führenden Köpfe im Kampf um das Land in Kuruman. Slimkat hat sie zusammen mit Ystervark an einen Ort gebracht, den sie für sicher hielten: bei Ousies' Freund Ricus und ihrem Neffen Johannes.«

»Genau«, bestätigte Jessie. »Sie kennen sich alle aus dem Norden. Johannes hat nur geleugnet, Ystervark und Slimkat zu kennen, weil er Ousies nicht in Gefahr bringen wollte. Niemand sollte wissen, wer sie wirklich ist.«

»Und diese Lemoni, die das Moussaka mit Schierling vergiftet hat«, sagte Hattie, »die war also mit dem Geschäftsführer der Diamantmine verheiratet, ja? Die Fingerabdrücke auf Slimkats vergifteter Soßenflasche stammten demnach von ihr. Wird sie allein für die Morde verantwortlich gemacht oder auch das Unternehmen?«

»Ich würde mich freuen, wenn Hardcore auf der Anklagebank landet«, sagte Jessie, »aber dazu wird es wohl nicht kommen. Die

Buschmänner gehen davon aus, dass die Mine hinter den Todesdrohungen steckt, die sie vor dem letzten Prozess erhalten haben. Aber ich nehme an, dass Hardcore nach dem endgültigen Urteilsspruch die Sache fallen gelassen hat. Die wollten keine negative Publicity. Da trat dann Lemoni auf den Plan, die im wahren Leben Stella Cooke heißt. Sie hatte das Gefühl, von ihrem Mann verraten worden zu sein. Sie wollte Rache.«

»Oje. Und was sagt ihr Gatte dazu?«, fragte Hattie.

»Mir gegenüber nur ›kein Kommentar‹, aber bei der Polizei hat er angegeben, dass er schon vor einiger Zeit die Scheidung eingereicht hat. Seine Anwälte haben das bestätigt.«

»Hmm«, machte ich. »An Lemonis, ich meine, an Stellas Finger war ein weißer Streifen, wo sie wohl sonst ihren Ehering getragen hat.«

»Wie hat Stella denn Ousies gefunden?«, fragte Hattie. »Slimkat war ja einfach aufzustöbern, er stand im Programmheft des KKNK und so, aber die alte Frau war doch versteckt.«

»Stella ist Slimkat gefolgt«, erklärte Jessie. »An dem Tag, als Slimkat und Ystervark bei uns im Büro waren, saß Ousies hinten im Auto. Stella hat gesehen, dass sie zu Ricus gefahren sind, hat Ricus bei Facebook aufgespürt und sich uns als angebliche PTBS-Patientin vorgestellt.«

»Sie hat eine Geschichte über einen bewaffneten Raubüberfall erfunden«, ergänzte ich. »Hat so getan, als wäre sie untröstlich, weil ihr Schmuck gestohlen wurde und sie auf einen der Räuber geschossen hat.«

»Die Liebe dieser Frau zu Juwelen hat zu zwei tragischen Morden geführt.« Hattie schüttelte den Kopf. »Komm, ich mache dir noch einen Kaffee, Liebes.« Hattie bemutterte mich immer noch, obwohl sie gesagt hatte, ich sähe putzmunter aus.

»Ich hab noch, danke«, sagte ich. Hatties Kaffee bekam ich wirklich nur schwer hinunter. Solange ich meinen Zwieback hineindippen konnte, war es immerhin halbwegs in Ordnung.

Das Telefon klingelte, es war Ricus. Für mich.

»Maria, wie geht es dir?«

»Gut, danke.«

»Als ich endlich ins Krankenhaus konnte, warst du schon entlassen.«

»Ich bin putzmunter«, sagte ich mich Blick auf Hattie.

»Ich habe gedacht, wir könnten alle eine Pause gebrauchen, deshalb habe ich die Sitzung für heute Abend abgesagt. Aber ich habe überlegt, ob wir uns am Wochenende treffen wollen. Nur so. Alle Gruppenmitglieder mit ihren Freunden.«

»Ich hätte nichts gegen eine kleine Feier.«

»Jeder kann etwas zu essen mitbringen.«

»Nein, das übernehme ich«, erklärte ich.

»Ousies verlässt uns nächste Woche. Es wird also eine Art Verabschiedung.«

»Geht sie zurück ins Reservat?«

»Ja. Nick war die ganze Zeit hier, Ousies hat mit ihm über Straußeneier gesprochen. Daraus kann man Perlen für Ketten machen. Die sind beliebt bei Touristen.«

»Touristen mögen bestimmt auch Rührei. Ein Straußenei entspricht vierundzwanzig Hühnereiern.«

»Vielleicht eröffnen sie sogar ein kleines Lokal. Nick arbeitet bereits mit Ousies an einem Geschäftsplan. Das hat ihm gutgetan.«

»Was ist nun mit Samstag? Sollen wir feiern?«

»Gerne. Ich kümmere mich um das Feuer. Willst du wirklich nicht, dass ich auch was besorge, vielleicht Boerewors oder so?«

»Nein. Ich übernehme das alles. Das ist für mich eine Möglichkeit, etwas wiedergutzumachen.«

»Na gut. Ich rufe die anderen Teilnehmer an und sag ihnen, dass sie ihre Freunde mitbringen können.«

»Ich muss nur wissen, wie viele kommen.«

»Wir feiern also eine Party?«, fragte Jessie, als ich aufgelegt hatte. Ihre Hand streichelte die Geckos auf ihrem Arm.

»Ja. Die Gruppenteilnehmer und alle, die wir einladen wollen.«

»Und, lädst du Henk ein?« Ihr Finger umkreiste die sternförmige Narbe über den Geckos, unter dem Träger ihres schwarzen Tops. Dort war sie von einem Pfeil getroffen worden.

»Nein«, sagte ich. »Wir haben uns getrennt. Ich lade Hattie ein. Kommst du mit, Hats?«

»Gerne! Ich freue mich darauf, all die Menschen kennenzulernen, von denen ich schon so viel gehört habe.«

»Ich habe gesehen, wie er dich angeschaut hat, als du im Krankenhaus lagst«, sagte Jessie. »Der Mann will dich nicht verlieren.«

»Ich habe nichts von ihm gehört.«

Ein Leopard kam durch die offene Tür der *Gazette* herein und schlich wieder hinaus. Ich war aufgewühlt. Nicht so sehr wegen des Leoparden – der Arzt hatte mir schon gesagt, dass ich möglicherweise noch etwas länger Halluzinationen haben würde –, sondern beim Gedanken daran, was ich für all die Leute kochen sollte. Was war das richtige Essen für so ein besonderes Fest?

Ich vertagte die Frage und öffnete den Brief mit der krakeligen Handschrift.

Liebe Tannie Maria,

Sie sind mir inzwischen richtig ans Herz gewachsen. Vielen Dank für die Saamgooibredie – die junge Frau hat den Eintopf gemacht, er war einfach köstlich. Danke auch für das Rezept für den Likör, den

hat sie ebenfalls angesetzt. Wie sich herausgestellt hat, ist sie eine wunderbare kleine Köchin. Ich habe ein schönes Rezept von ihr, das ich Ihnen gerne geben würde.
Aber zuerst möchte ich mich bei Ihnen ganz herzlich bedanken für alle Rezepte und Ihr offenes Ohr. Und ich möchte mich verabschieden. Ich schreibe diesen Brief in meinem Bett. Der Mond scheint durchs Fenster herein. Morgen komme ich ins Hospiz. Ich erspare Ihnen Genaueres, nur so viel: Ich werde nicht zurückkehren. Die Ärzte wollten mich schon seit Längerem einweisen, aber ich war noch nicht so weit. Meine neue Familie hat mir angeboten, mich hier zu pflegen, bis zum Ende, aber ich möchte den Tod nicht ins Haus holen.
Ich wollte Ihnen noch sagen, dass ich keine alte Närrin bin. So wenig wie jeder andere, der liebt. Ich weiß, dass der junge Mann bezahlt wird, um sich um mich zu kümmern. Aber Liebe kann man sich nicht erkaufen. Und er gibt mir Liebe. Sie ist in seinen zärtlichen Händen, wenn er mich wäscht. In seinem strahlenden Lächeln. Ich spüre sie in seiner Frau und dem Kind, die er zu mir gebracht hat und die mich behandeln, als gehörte ich zur Familie.
Auch das letzte Mahl, das seine Frau für uns gekocht hat, war voller Zuneigung. Ich konnte nur wenig essen, aber es war das beste Gericht meines Lebens. Sie müssen es mal probieren. Es ist ein Hühnergericht aus Westafrika, mit Erdnussbutter zubereitet. Und mit ganz viel Liebe.
Nur weil ich geliebt habe und geliebt werde, bin ich bereit zu gehen. Es wäre sehr traurig gewesen, zu sterben, ohne das erlebt zu haben.
Ihre schottische Freundin
Leben Sie wohl!

Sie hatte ein Rezept für Hühner-Mafé beigelegt. Schon beim Lesen lief mir das Wasser im Mund zusammen. Beim Gedanken daran, dass die alte Dame im Sterben lag, wurde mir das Herz schwer. Aber ich war froh, dass sie Liebe gefunden und angenommen hatte, so wie eine Wildblume den Sonnenschein aufsaugt. Außerdem freute ich mich, weil ich nun eine Idee hatte, was ich für das Fest kochen würde.

74

»Jislaaik, Tannie M!«, rief Jessie. »Dieses westafrikanische Gericht ist der Wahnsinn! Wie heißt es noch mal?«

»Mafé«, antwortete ich.

»Und es wird mit Erdnussbutter gemacht?«, fragte Dirk, der seinen Sohn mit dem Löffel fütterte. »Kein Wunder, dass es Jamie so gut schmeckt.«

Die blauen Augen des Jungen strahlten, sein blondes Haar war ordentlich gekämmt. Fröhlich klatschte er in die Hände. Neben seinem Rollstuhl saß ein kleiner Mann in weißer Uniform – der Pfleger aus dem Heim. Auch er stopfte das Essen in sich hinein.

Wir saßen in unserem vertrauten Kraal aus Lieferwagen und Akazien. Die Stühle waren nicht im Kreis aufgestellt, sondern standen kreuz und quer herum, wo auch immer sie hingerückt wurden. Es war ein ruhiger Herbstabend, die Sonne dachte langsam ans Untergehen.

Henk und Reghardt hatten in einigem Abstand zu uns Platz genommen, tranken Bier und unterhielten sich mit Ricus, der Esmeralda um den Hals trug. Ricus machte einen Witz, Henk lachte.

Wir hatten uns zu Beginn höflich begrüßt, und ich hatte Jessie einen strengen Blick zugeworfen. Sie hatte mit einem Zwinkern geantwortet. Diese Jessie! Sie musste ihn eingeladen haben.

Neben den Gesprächen und dem Lachen der Gäste hörte man die Vögel. Kurz vor Sonnenuntergang scheinen sie immer eine Menge erzählen zu müssen. In der nächsten Akazie saß ein Bokmakiri, der aus tiefster Brust ein wunderschönes Lied schmetterte. Ich hörte keine Antwort von seiner Partnerin.

»Dieses Gericht kenne ich«, sagte Fadhi. »Das hast du gut gemacht.«

Er aß mit einer Hand, die andere hielt hingebungsvoll sein Mann Ahmed. Fadhi trug ein violettes Hemd und eine gebügelte schwarze Hose. Ahmed war zu sehr damit beschäftigt, ihn zu bewundern, um auf etwas anderes zu achten.

Piet und Oom Jan (in seiner Weste mit dem Kragen aus Kaninchenohren) hockten am Feuer und unterhielten sich mit Nick und Ousies. Jessie berichtete, sie wälzten Pläne für das Reservat der Buschmänner.

»Hab mir schon gedacht, dass sie sich gut verstehen würden«, sagte sie. Jessie war vermutlich auch diejenige, die Jan eingeladen hatte.

Als die Sonne unterging und der Himmel das Rostrot annahm, das man in der Savanne findet, trieb Mielie die Schafherde herein, damit die Tiere Gute Nacht sagten. Das Licht ließ ihre Wolle rosa leuchten. Kosie steuerte auf Henk zu, der Colonel kam zu mir. Auf einen Pfiff von Ricus scheuchte Mielie die Schafe weiter.

Als sich der Staub gelegt hatte, stand ich auf, um den Nachtisch zu holen, der noch in meinem Bakkie war. Er war ebenfalls nach einem Rezept meiner schottischen Freundin gemacht. Bevor ich das Wagenlager verließ, wies Ousies nach oben, und Ricus sagte: »Schaut mal, der Mond!«

Alle hoben den Blick und sahen zu, wie ein dicker gelber Mond über einem flachen Hügel aufging. Er beleuchtete das Buschland der Karoo und die Hänge der Swartberge. Sein Licht reichte sogar bis in die Langeberge. Die Akazien, die Autos, wir alle wurden in Mondlicht getaucht.

Ich ging zu meinem Wagen und nahm die Keksdose vom Beifahrersitz. Als ich die Tür zudrückte und mich umdrehte, stand Henk vor mir.

»Jessie hatte recht«, sagte er. »Es ist dumm, dich aufzugeben, nur weil ich Angst davor habe, dich zu verlieren.«

Er trat vor und nahm mir die Dose aus der Hand.

»Kannst du mir verzeihen?«, fragte er.

Die Dose war mit herzförmigen Shortbread-Plätzchen gefüllt.

Der Vollmond der Vergebung schien auf uns herab.

Ich war vor Henk bei mir zu Hause. Er brachte Piet heim und wollte anschließend zu mir kommen. Alles, was ich gekocht hatte, war auf dem Fest verputzt worden. Mit dem leeren Topf und meiner leeren Keksdose saß ich auf der Veranda und fühlte mich alles andere als leer.

Ich schaute in den Garten, auf die mondbeschienenen Blätter des Zitronenbaums und hinaus aufs Veld, auf den Schatten, der wie ein dunkler Tümpel neben dem Gwarriebaum lag.

Ein Leopard betrat meinen Rasen. Sein gelb-schwarz gemustertes Fell wirkte weicher als Samt. Ich fand, es wäre gar nicht übel, diese Tabletten ein wenig länger zu nehmen, damit ich so etwas noch öfter erlebte. Henks Wagen kam näher, der Leopard sah ihm entgegen, rührte sich jedoch nicht vom Fleck.

Henk kam im Mondlicht auf mich zu.

»Maria!« Er griff nach der Waffe an seinem Gürtel.

Der Leopard verschwand.

»Hast du den nicht gesehen?«, fragte Henk. »Den Leoparden?«

»Doch, aber ich dachte, er wäre nicht wirklich da. Dass es an den Pillen liegt …«

Henk trat auf die Veranda und nahm mich in die Arme.

»Ich habe Glück gehabt«, sagte ich.

»Ja. Stell dir vor, nach allem, was du mitgemacht hast … dann zu Hause von einem Leoparden getötet zu werden.«

»Da sieht man's mal: zu Hause bleiben und nichts tun ist auch gefährlich. Nein, eigentlich wollte ich damit sagen, dass ich großes Glück hatte, so ein wunderbares Wesen aus der Nähe zu sehen.«

Henk umarmte mich fester und sah mir in die Augen. »Mein wunderbares Wesen.«

Ich legte die Hand auf seine Brust, wo sich sein Hemd öffnete. Sein Herz schlug schnell. Eine Pfeifnachtschwalbe trällerte. Ihr helles, perlendes Lied rieselte durch meinen Körper.

»Ich habe mir überlegt«, sagte ich, »dass du heute Abend auch Glück haben könntest.«

Wir gingen ins Haus.

Wir liebten uns.

Mannomann.

TANNIE MARIAS REZEPTE

Eines Tages schreibe ich ein richtiges Kochbuch, dann muss ich mich am Schluss nicht immer auf eine Auswahl an Rezepten beschränken. Denn wie soll ich sie auswählen, wenn sie doch alle so lecker sind? Ich möchte mit ihnen gern das Aroma der Karoo in die Welt tragen – den Geschmack von Kaffee, Zwieback, Aprikosenmarmelade und Brandy, den Duft des Herbstes nach Kürbis, Süßkartoffeln, Granatäpfeln, Feigen ... Und natürlich müssen Kuchenrezepte dabei sein, Kuchen sind so freundlich und klug. Dann gibt es noch viele köstliche Gerichte, die aus weiter Ferne in meine Küche gelangt sind, aus Schottland, Somalia, Griechenland und New York. Ach, all meine wunderbaren Lieblingsrezepte haben hier keinen Platz, aber zumindest eine Handvoll von ihnen.

Natürlich braucht man für ein hervorragendes Ergebnis auch hervorragende Zutaten. Fleisch und Milchprodukte sollte man von einem Bauern mit Freilandhaltung kaufen, wo die Tiere glücklich sind, draußen in der Natur. Was die Eier angeht, so verwende ich für alle Rezepte die Größe L (Large).

VERWENDUNG DER HOTBOX

Mit einer Hotbox kann man das Essen wunderbar langsam garen, und noch dazu stromsparend. Sie besteht eigentlich nur aus einem großen, meist mit Schaumstoff gefüllten Kissen mit einem Loch in der Mitte für den Topf und einem zweiten Kissen als Deckel. Mein schönes Exemplar, das mit einem Shweshwe-Tuch abgedeckt wird, habe ich vor einiger Zeit bei einem Gemeindefest erstanden. Nicht in allen Ländern findet sich so eine Hotbox im Handel, aber man kann sie auch ganz einfach selbst machen: Man stellt den heißen

Topf auf ein Schneidebrett aus Holz und umwickelt ihn mit einem Handtuch und einer Decke. Das funktioniert genauso gut. Am besten eignet sich ein schwerer gusseiserner Topf.

Zuerst bringt man den Topf auf dem Herd zum Kochen. Dann packt man ihn warm ein oder stellt ihn in die Hotbox. So gart das Essen ungefähr vier Stunden lang weiter und wird bis zu zehn Stunden warm gehalten. Bei manchen Gerichten (insbesondere bei Currys) koche ich das Fleisch gerne ganz langsam, über vierundzwanzig Stunden lang. Ich lasse es über Nacht in der Hotbox und erhitze es tagsüber ungefähr alle fünf Stunden für fünf bis zehn Minuten auf dem Herd.

Das Gericht simmert in der Hotbox nur dann, wenn es mit Flüssigkeit bedeckt und der Topf so gut wie voll ist (ein halb voller Topf bleibt zwar warm, gart aber nicht). Die Hotbox ist perfekt zum Zubereiten von Suppen, Eintöpfen, Currys, Reis und anderen Getreidesorten. Das Fleisch wird darin unglaublich zart und fällt von selbst vom Knochen. Bei dieser Garmethode geht keine Flüssigkeit verloren. Wenn die Soße deshalb am Schluss zu dünn ist, kann man den Topf noch mal auf dem Herd erhitzen und die überschüssige Flüssigkeit verkochen lassen. Bei Getreide muss man darauf achten, dass man nicht zu viel Wasser nimmt, sonst verkocht es.

FLEISCH

LEMONIS MOUSSAKA

(8–10 Portionen)

3 EL Butter
1 mittelgroße Zwiebel, gewürfelt
750 g Hackfleisch
125 ml Tomatenketchup
125 ml Weißwein
1 Prise Salz
½ TL schwarzer Pfeffer, gemahlen
½ TL frisch geriebene Muskatnuss
2 EL frischer Oregano, gehackt, oder 1 TL Oregano, getrocknet
120 g Cheddar, gerieben
4 mittelgroße Auberginen
2 EL Salz für die Auberginen
Sonnenblumenöl zum Braten
30 g Paniermehl

BÉCHAMELSOSSE

4 EL Butter
6 EL Speisestärke
1 l Milch
1 Prise Salz
schwarzer Pfeffer, gemahlen
frisch geriebene Muskatnuss
2 Eidotter, verquirlt

KRUSTE

1 EL Paniermehl
180 g Cheddar, gerieben
1 EL Butter

Die Butter in einer großen Pfanne erhitzen und die Zwiebelwürfel darin anbräunen. Das Hackfleisch hinzugeben und unter Rühren anbraten.

Tomatenketchup, Wein, Salz, Pfeffer, Muskatnuss und Oregano ergänzen. 30 Minuten köcheln lassen, dann den Käse unterrühren.

Die Auberginen der Länge nach in Scheiben schneiden und mit Salz bestreuen. 30 Minuten ziehen lassen, um die Bitterstoffe zu entfernen. Gründlich abspülen und mit Küchenpapier trocken tupfen. In heißem Öl goldbraun braten.

Für die Béchamelsoße die Butter in einer Kasserolle zum Schmelzen bringen, vom Herd nehmen, die Stärke zugeben und zu einer dicken, weichen Paste rühren. Bei mittlerer Hitze nach und nach die Milch unterschlagen. Am Schluss Gewürze und Eigelb unterheben.

Den Ofen auf 180 °C vorheizen. Eine große ofenfeste Form

(ca. 30 × 40 cm) einfetten und dünn mit Paniermehl bestreuen. Mit gebratenen Auberginen auslegen, darauf eine Schicht Hackfleisch geben. Paniermehl, Auberginen und Hack abwechselnd schichten. Die Béchamelsoße darübergießen.

Mit Paniermehl und geriebenem Cheddar bestreuen und die Butter in Flocken daraufsetzen.

20–30 Minuten im Ofen backen, bis die Kruste schön braun ist.

OUMAS KAROO-LAMMPASTETE

(6–8 Portionen)

TEIG

380 g Mehl
1 TL Salz
250 g kalte Butter, gewürfelt
250 ml saure Sahne

Das Mehl mit dem Salz dreimal in eine große Schüssel sieben, dann die in kleine Stücke geschnittene Butter hinzugeben. Die Butterwürfel sollten ungefähr Erbsengröße haben.

Die saure Sahne mit einem Messer unterarbeiten. Wenn alles gut vermischt ist, den Teig kneten, bis er sich zu einer Kugel formen lässt. Keine zusätzliche Flüssigkeit zugeben, einfach nur locker weiterkneten. Der Teig wird irgendwann geschmeidig und fällt nicht mehr auseinander.

Anschließend eine halbe Stunde oder länger ruhen lassen, am besten über Nacht.

Den Teig auf einer bemehlten Fläche ausrollen und zweimal auf die Hälfte zusammenklappen. Das Päckchen so drehen, dass die offene Seite zum Koch oder zur Köchin weist.

Wieder ausrollen und erneut zweimal falten. Den Teig nochmals eine halbe Stunde ruhen lassen.

Das Ausrollen und Falten noch zweimal wiederholen, dann ist der Teig fertig zum Verarbeiten. Er kann drei Tage im Kühlschrank aufbewahrt oder drei Monate eingefroren werden.

FÜLLUNG

2 kg Lammfleisch
(Schulter, Nacken, Haxen oder eine Mischung von allem)
500 ml Wasser
1 ganze Zwiebel, geschält und mit 10 Nelken gespickt
1 Lorbeerblatt
5 Pfefferkörner
1 TL Koriander, gemahlen
1 Knoblauchzehe, zerdrückt
½ TL rote Chiliflocken oder Cayennepfeffer
2 TL Senfpulver
2 TL Zucker
2 EL Essig
2 TL Salz
½ TL schwarzer Pfeffer, gemahlen
5 TL Stärke oder Kartoffelmehl,
mit kaltem Wasser zu einer Paste verrührt
1 ganze Zwiebel, geschält und mit 5 Nelken gespickt
1 Ei, verquirlt

Das Lammfleisch zusammen mit Wasser, der einen Zwiebel, Lorbeerblatt und Pfeffer in einem großen Topf zwei Stunden vorsichtig köcheln lassen, bis es ganz zart ist und vom Knochen fällt. (Es wird noch zarter, wenn man den Topf anschließend für eine Stunde in die Hotbox stellt.) Den Topf vom Herd nehmen und das Fleisch in der Brühe abkühlen lassen. Anschließend Fett, Knochen und Knorpel entfernen. Das Fleisch zerzupfen und zurück in die Brühe geben. Zwiebel, Lorbeerblatt und Pfefferkörner entfernen.

Koriander, Knoblauch, Chiliflocken, Senfpulver, Essig, Zucker, Salz und Pfeffer in die Brühe geben und zum Kochen bringen. Gegebenenfalls mit der verquirlten Stärke andicken.

Den Ofen auf 190 °C vorheizen. Das Fleisch mit der Soße in eine runde Auflaufform von ca. 24 cm Durchmesser geben. Die zweite gespickte Zwiebel in die Mitte setzen, damit der Teigdeckel nicht einsinkt. Abkühlen lassen.

Den Teig sehr dünn ausrollen und die Auflaufform damit bedecken. Den überstehenden Rand abschneiden, den Teigdeckel mit dem verquirlten Ei bestreichen. Aus dem Rest Blätter schneiden und die Pastete damit dekorieren. Den verbliebenen Teig für andere Zwecke aufheben.

Die Pastete eine Stunde goldbraun backen.

TIPPS

Saure Sahne kann man selbst herstellen, indem man Sahne mit 2 EL Zitronensaft verrührt. Man kann auch Sahne und Naturjoghurt zu gleichen Teilen miteinander vermischen.

Man kann den Teig gleichermaßen für süße wie für herzhafte Gerichte verwenden.

So vorbereitet, eignet sich die Lammpastete gut zum Einfrieren. Vor dem Backen auftauen.

FATIMAS LAMMLEBER MIT REIS

(4 Portionen)

80 ml Sonnenblumenöl oder 5 EL Ghee
1 Zwiebel, gewürfelt
1 Tomate, klein geschnitten
½ grüne Paprika, entkernt und klein geschnitten
1 grüne oder rote Chili, gehackt, oder ½ TL Chilipulver
geriebene Schale und Saft von einer Zitrone
1½ TL Koriander, gemahlen
3 EL frischer Koriander oder glatte Petersilie, gehackt
Salz und gemahlener schwarzer Pfeffer zum Abschmecken
500 g Lammleber, in dünne Streifen geschnitten

Öl oder Ghee in einer Pfanne erhitzen und die Zwiebelwürfel darin hellbraun andünsten. Die Tomatenstücke hinzugeben und bei mittlerer Hitze köcheln lassen. Paprika, Chili, Zitronenschale und -saft sowie frischen und gemahlenen Koriander beziehungsweise Petersilie, Salz und Pfeffer unterrühren.

Anschließend die Leber hineingeben und kochen, bis sie zart ist. Nach 10 Minuten ein Stück herausnehmen und probieren. Mit somalischem Reis servieren.

SOMALISCHER REIS

125 ml Oliven- oder Sonnenblumenöl
1 Stange Zimt
½ TL Kreuzkümmel, gemahlen
2 Knoblauchzehen, gehackt
2 Nelken
3 Kardamomkapseln

1 Würfel oder 2 TL Hühnerbrühe
¼ TL frisch geriebene Muskatnuss
¼ TL Safran
1 kleine Zwiebel, in dünne Scheiben geschnitten
400 g Basmatireis, gewaschen, bis das Wasser klar ist
1¼ l Hühnerbrühe oder Wasser
75 g TK-Erbsen

Zum Garnieren:
1 kleine Zwiebel, gewürfelt
2 EL Butter oder Butterschmalz

Das Öl in einem Topf erhitzen. Zwiebeln und Knoblauch zusammen mit allen Gewürzen glasig dünsten.

Den Reis hineingeben und 3 Minuten anbraten. Die Erbsen und Hühnerbrühe oder das Wasser zufügen und kochen, bis sich die Flüssigkeit reduziert hat.

Zum Garnieren die Zwiebelwürfel 2 Minuten in Butter andünsten und auf dem Reis verteilen.

TIPP

Man kann auch Ziegen-, Rinder- oder Schafleber verwenden.

WESTAFRIKANISCHES HÜHNER-MAFÉ

(8–10 Portionen)

2 scharfe Chilischoten, klein geschnitten
1 TL Salz
2 EL frischer Ingwer, gerieben
1 EL Paprikapulver
2 kg Hühnerflügel oder -beine
Erdnuss- oder Sonnenblumenöl zum Braten
4 Knoblauchzehen, gehackt
2 Zwiebeln, grob gewürfelt
4 reife Tomaten, grob gewürfelt
400 g Dosentomaten mit Saft, in Stücken
2 EL frischer Oregano, gehackt, oder 1 EL Oregano, getrocknet
6 EL Erdnussbutter (Crunchy, mit Nussstückchen)
200 ml Hühnerbrühe, aus 50 ml Wasser und 150 ml Kokosmilch
3 mittelgroße Süßkartoffeln, gewürfelt
50 ml Stärke, mit kaltem Wasser zu einer Paste verrührt
2 Zitronen oder Limetten, in Achtel geschnitten

Chili, Salz, Ingwer und Paprika in einer Schüssel mischen und die Hühnerflügel darin wälzen, dann in einer Pfanne mit erhitztem Öl portionsweise anbraten (ca. 5 Stück zusammen).

Anschließend Knoblauch und Zwiebeln in derselben Pfanne leicht rösten. Zuerst das Fleisch, dann die Tomaten, Oregano, Erdnussbutter, Hühnerbrühe und Süßkartoffeln hinzugeben.

Die Mischung zum Kochen bringen und 30 Minuten köcheln lassen. Gut 100 ml Flüssigkeit abschöpfen, mit der angerührten Stärke vermischen und wieder zum Andicken in das Mafé geben.

Fünf Minuten kochen lassen, dann mindestens eine Stunde warm stellen, am besten in der Hotbox (dort auch gerne länger).

Mit Reis und Zitronenstücken servieren.

TIPPS

Der Reis wird besonders lecker, wenn man ihn in Hühnerbrühe kocht und anschließend 2 EL Öl unterhebt. Westafrikanische Rezepte verwenden Palmöl, aber Erdnuss- oder Sonnenblumenöl gehen genauso gut.

Man kann den Reis auch in der Hotbox kochen. Anleitung siehe Seite 379.

SÜSSES

VENUSKUCHEN

(10–12 Stücke)

350 ml heißer starker Kaffee
380 g Mehl
550 g feiner Zucker
4 TL Natron
½ TL Salz
110 g Kakaopulver
300 ml Sonnenblumenöl
350 ml Buttermilch
3 Eier
1 TL Vanilleextrakt
ca. 9 EL Erdnussbutter (Crunchy)
ca. 3 EL Aprikosenmarmelade

SCHOKOLADENGLASUR

1½ TL Instantkaffee
180 g Zartbitterschokolade, in kleinen Stücken
60 g Butter
3 EL Milch

Zur Dekoration:
1 TL Instantkaffee, zu feinem Pulver zerdrückt

Den Kaffee kochen, schön stark. Den Ofen bei Umluft auf 180 °C vorheizen. Zwei Backformen von 20 cm Durchmesser einfetten und den Boden mit Backpapier auslegen.

Mehl, Zucker, Natron, Salz und Kakao in eine große Schüssel sieben und mit der Hand oder einem Mixer gründlich durcharbeiten. So kommt Luft hinein.

Vorsichtig das Öl hinzugeben, dann die Buttermilch und nacheinander die Eier einrühren. Jede Zutat gründlich unterarbeiten, am Schluss auch den Vanilleextrakt.

Den heißen Kaffee in eine Kanne geben, vorsichtig über den Rand der Schüssel in den Teig laufen lassen und verquirlen.

Den Teig auf die beiden Formen verteilen und 20 Minuten backen, dann die Temperatur auf 160 °C absenken und weitere 25–35 Minuten backen. Zur Probe mit einem Holzstäbchen in die Mitte stechen. Klebt kein Teig mehr daran, ist er gar.

Mindestens 20 Minuten abkühlen lassen, dann den Teig aus den Backformen nehmen und auf einem Gitter ganz auskühlen lassen. Falls sich auf der Oberfläche Blasen gebildet haben, diese mit einem Brotmesser abschneiden. (Der untere Boden muss ganz glatt sein.)

Großzügig die Erdnussbutter mit einem Messer auf dem Boden verteilen, dann eine Schicht Aprikosenmarmelade darauf verstreichen. Den zweiten Kuchen daraufsetzen.

Für die Glasur alle Zutaten – außer dem zerdrückten Instantpulver – im Wasserbad schmelzen. Mit einer Gabel gründlich vermengen.

Die Mischung abkühlen und eindicken lassen, dann den Kuchen oben und an den Seiten damit überziehen.

Weiter abkühlen lassen (man kann den Kuchen auch eine Weile

in den Kühlschrank stellen), anschließend mit zerdrücktem Instantpulver bestreuen.

TIPPS

Die Zartbitterschokolade sollte ungefähr 40% Kakao enthalten; 70% sind zu trocken und zu bitter. Wer es nicht so süß mag, nimmt einfach etwas weniger Zucker.

Wenn man eine Schwäche für makellose Kuchen hat, kann man bei beiden Böden die obere Kruste komplett abschneiden und die glatte Seite als Decke verwenden. Dann wird der Kuchen schön ebenmäßig. Wer möchte, kann ihn mit Aprikosenspalten oder Kirschen garnieren.

Damit die Glasur perfekt wird, sollte der Kuchen vollständig ausgekühlt sein, bevor man sie aufträgt. Ich weiß, dass das schwer ist, weil man es nicht abwarten kann, diesen umwerfenden Kuchen zu probieren.

CANDYS KÄSEKUCHEN

(10–12 Stücke)

BODEN

200 g Paranüsse, gehackt
75 g Vollkornkekse, zerdrückt
100 g Kokosraspel
fein abgeriebene Schale von 2 Orangen (ca. 4 TL)
1 EL feiner Zucker
150 g Butter, geschmolzen

TEIG

750 g Frischkäse, glatt gerührt
abgeriebene Schale von 2 Orangen (ca. 4 TL)
abgeriebene Schale von 1 Zitrone (ca. 2 EL)
200 g feiner Zucker
3 Eier
60 ml Zitronensaft
180 ml saure Sahne

BELAG

240 ml saure Sahne
2 EL feiner Zucker
2 TL Zitronensaft
Orangenzesten zum Garnieren

Die Paranüsse mit Mörser und Stößel oder in einer Küchenmaschine zerkleinern (ich mag es lieber, wenn die Stücke nicht ganz so klein sind). Die Plätzchen in einen Gefrierbeutel geben und mithilfe eines Nudelholzes zerdrücken. Zusammen mit den Kokosraspeln, der Orangenschale und dem Zucker zu den Nüssen geben. Mit der geschmolzenen Butter gründlich verkneten.

Eine Springform von 24 cm Durchmesser einfetten. Die Mischung auf dem Boden verteilen und festdrücken. Am Rand leicht hochdrücken. Der Kuchenboden sollte ziemlich dünn sein (5–7 mm). Es macht nichts, wenn die Mischung am Rand nicht überall gleich hoch ist. Eine halbe Stunde in den Kühlschrank stellen.

Den Ofen auf 180 °C vorheizen.

Für die Füllung den Frischkäse, Orangen- und Zitronenschale und Zucker in einer großen Schüssel verquirlen, dann ein Ei nach dem anderen gründlich unterrühren. Zuletzt Zitronensaft und saure Sahne unterheben.

Den Teig auf den abgekühlten Boden gießen. 75 Minuten backen, aus dem Ofen nehmen und 15 Minuten abkühlen lassen.

Für den Belag die saure Sahne, den Zucker und den Zitronensaft in einer Schüssel verrühren. Auf dem Käsekuchen verteilen und noch einmal 20 Minuten backen, bis der Belag fest ist.

Zum Abkühlen bei leicht geöffneter Tür im Ofen stehen lassen. Danach mindestens 3 Stunden in den Kühlschrank stellen. Mit Orangenzesten garnieren.

TIPP

Dieses Rezept vereint die Aromen der Karoo mit denen von New York. Es ist der beste Käsekuchen, den ich je gegessen habe. Für eine besonders ausgefallene Version kann man den Kuchen mit in Weinbrand eingelegten Muskatellertrauben garnieren (dafür Muskatellerrosinen in einer Mischung aus Weinbrand, Wasser, Honig und Zucker kochen).

SÜSSKARTOFFELKUCHEN

(10–12 Stücke)

250 g Mehl
1 EL Backpulver
1 TL Zimt
frisch geriebene Muskatnuss
1 Prise Salz
400 g feiner Zucker
350 ml Sonnenblumenöl
60 ml kochendes Wasser

4 Eier, getrennt
200 g Süßkartoffeln, geschält und grob gerieben
100 g Walnüsse, gehackt
1 TL Vanilleextrakt

GLASUR

250 g Puderzucker
50 g Butter (Zimmertemperatur)
250 g Frischkäse
Zimt zum Bestäuben
50 g Walnüsse, gehackt

Den Ofen auf 180 °C vorheizen. Zwei Springformen von 24 cm Durchmesser einfetten, mit ein wenig Mehl bestäuben, das überschüssige Mehl auskippen.

Mehl, Backpulver, Zimt, Muskatnuss und Salz mischen und sieben.

In einer großen Schüssel Zucker und Sonnenblumenöl verrühren. Kochendes Wasser hinzugeben und gründlich aufschlagen. Eigelbe und Mehlmischung zufügen und vermengen. Die Süßkartoffelstücke, Walnüsse und den Vanilleextrakt dazugeben.

Das Eiweiß in einer sauberen Schüssel steif schlagen und vorsichtig unter die Teigmasse heben.

Den Teig auf die beiden Formen verteilen und glatt streichen. Auf der mittleren Einschubleiste ungefähr 40 Minuten backen. Mit einem Holzstäbchen prüfen, ob die Kuchen gar sind. Ein wenig in der Form abkühlen lassen, dann vorsichtig aufs Gitter stürzen, um sie vollständig auskühlen zu lassen. Der Teig ist bröckeliger als Biskuitboden, deshalb behutsam sein.

Für die Glasur Puderzucker und Butter mit dem Mixer verrühren; es sollten kleine Streusel entstehen. Die Hälfte des Frischkäses esslöffelweise hinzugeben und sorgfältig vermischen, bis keine Klümpchen mehr vorhanden sind.

Den übrigen Frischkäse auf beide Böden streichen. Die Glasur auf den Frischkäse geben und die Böden aufeinandersetzen. Den Kuchen mit Zimt bestäuben und mit Walnüssen verzieren. Vor dem Servieren in den Kühlschrank stellen. Reste ebenfalls gekühlt aufbewahren.

TIPP

Dieser Kuchen ist ein wenig bröckelig, aber umwerfend lecker. Die Gäste werden sich den Kopf zerbrechen, woraus er gemacht ist.

Einen Tag nach dem Backen schmeckt er noch besser.

HENKS LEIBSPEISE

(8–10 Portionen)

4 Eier, getrennt
425 g feiner Zucker
500 ml Milch
70 g Mehl
150 ml Orangensaft
4 TL geriebene Orangenschale
2 EL Zitronensaft
150 ml Naartjie-Likör (Rezept siehe S. 402)

Den Ofen auf 180 °C vorheizen und eine ofenfeste Form von ungefähr 25 × 25 cm einfetten.

Eigelbe und Zucker in einer großen Schüssel schaumig aufschlagen. Milch unterrühren, Mehl sieben und zugeben. Alles gut vermengen, bis keine Klumpen mehr vorhanden sind. Orangensaft, Orangenschale und Zitronensaft zufügen. Als Letztes den Likör unterrühren.

In einer sauberen Schüssel das Eiweiß steif schlagen und vorsichtig unter die Eigelbmasse heben.

Die Mischung in die gefettete Form geben und ungefähr 45 Minuten backen. Wenn der Pudding fertig ist, hat er eine braune Kruste und ist darunter weich.

PIKKIE SE PAMPOENPAAI

(Pikkies Kürbiskuchen, 8–10 Portionen)

500 g Kürbispüree (z. B. Butternut-Kürbis)
2 TL Olivenöl
2 Eier
250 ml Sahne
200 g brauner Zucker
1 TL Salz
250 ml Milch
50 g geschmolzene Butter
125 g Mehl
2 TL Backpulver
Zimt zum Bestäuben

Den Kürbis kochen, besser noch mit 2 Teelöffeln Olivenöl beträufeln und auf einem Backblech garen. Anschließend in einem Sieb abtropfen und auskühlen lassen. Den Kürbis pürieren.

Den Ofen auf 180 °C vorheizen. Eine ofenfeste Form von ungefähr 23 × 23 cm einfetten.

Eier, Sahne, Zucker, Salz und Milch vermengen, dann die Butter unterschlagen. Mehl und Backpulver mischen und gründlich unterrühren. Als Letztes das Kürbispüree unterheben.

Die Mischung in die gefettete Form geben und 50–60 Minuten backen. Der Kuchen sollte schön braun sein. Wenn man ihn schüttelt, wackelt er wie Gelee. Wenn er abkühlt, wird er fester. Vor dem Servieren mit Zimt bestäuben.

TIPPS

Wenn man eine süßliche Kürbissorte wie Butternut verwendet, kann man den Zucker auf 160 g reduzieren. Es ist wichtig, dass der Kürbis so trocken wie möglich ist, deshalb ist es am besten, ihn im Ofen zu garen. Man kann ihn aber auch in sehr wenig Wasser oder Öl kochen und gründlich in einem Sieb abtropfen lassen.

Dieser Kürbiskuchen kann heiß oder kalt als Pudding serviert werden, mit Sahne oder Vanillesoße. Er passt aber auch sehr gut als Beilage zu allen Fleischgerichten.

GROSSTANTE SANDRAS MALVAPUDDING

(8–10 Portionen)

100 g Zucker
1 EL Butter (Zimmertemperatur)
1 Ei
140 g Mehl
1 TL Natron
½ TL Salz
125 ml Milch
1 EL Essig
1 EL Aprikosenmarmelade

SOSSE

250 ml Milch
150 g Zucker
6 EL Butter
1 kleiner Schuss Vanilleextrakt

Den Ofen auf 180 °C vorheizen und eine ofenfeste Form von ungefähr 23 × 23 cm einfetten.

Zucker und Butter in einer großen Schüssel schaumig schlagen, dann das Ei unterrühren.

In einer zweiten Schüssel das Mehl zusammen mit Natron und Salz sieben. Abwechselnd diese Mischung und die Milch unter die Butter-Ei-Creme rühren. Schließlich Essig und Marmelade zufügen und gut vermengen.

Den Teig in die gefettete Form füllen und 40–45 Minuten backen. Wenn er eine goldene Kruste hat, ist er fertig.

Für die Soße Milch, Zucker und Butter in einem Topf unter Rühren zum Kochen bringen. 5 Minuten kochen lassen, dann vom Herd nehmen und den Vanilleextrakt zugeben.

Die heiße Soße über den Pudding gießen, wenn er aus dem Ofen kommt. Eine Weile warten, bis der Sirup eingezogen ist.

Heiß servieren.

SCHOTTISCHES SHORTBREAD

(ergibt ca. 50 Stück)

375 g Mehl
110 g Stärke
1 TL Backpulver
250 g Butter (Zimmertemperatur)
100 g Zucker
1 Eigelb

Den Ofen auf 150 °C vorheizen. Ein Backblech von ca. 20 × 30 cm leicht einfetten.

Mehl, Stärke und Backpulver in einer Schüssel mischen.

In einer anderen großen Schüssel Butter und Zucker cremig schlagen. Das Eigelb unterrühren, dann nach und nach die Mehlmischung untermengen und zu einem weichen Teig verarbeiten.

Mit den Händen durchkneten, bis sich eine glatte Kugel formen lässt. Auf ein bemehltes Holzbrett geben und mit einem Nudelholz ungefähr 2 cm dick ausrollen. Der Teig sollte das Backblech ausfüllen. Mit einem Messer Kerben für ungefähr 2 × 6 cm große Kekse einritzen und den Teig mehrmals mit einer Gabel einstechen.

25–30 Minuten backen. Das Blech aus dem Ofen nehmen.

Das Shortbread noch heiß entlang der eingeritzten Linien durchschneiden und das Blech in den noch warmen Ofen zurückstellen. Bei leicht geöffneter Klappe eine Stunde oder über Nacht trocknen lassen. Luftdicht verschlossen aufbewahren.

TIPP

Mit einem Ausstecher erhält man Plätzchen in unterschiedlichen Formen.

NAARTJIE-LIKÖR

(Mandarinenlikör, ergibt ca. 1 l)

5 Nelken
½ frische Muskatnuss
2 Zimtstangen
2 EL klein geschnittene Mandarinenschalen,
vorzugsweise von Mandarinen aus Südafrika (Naartjie)
750 ml guter Weinbrand
60 ml Rum

SIRUP

200 g Zucker
100 ml heißes Wasser

Mit Mörser und Stößel die Nelken, die Muskatnuss und die Zimtstangen zerdrücken, aber nicht zermahlen. In ein sauberes Mulltuch geben und zuschnüren.

Das Weiße aus der Mandarinenschale kratzen, die Schale klein schneiden, dann erst abmessen. Die Gewürze (im Mulltuch) und die Schale in ein großes, sauberes Glas geben und den Weinbrand einfüllen. Mit dem Deckel verschließen und das Glas vorsichtig jeden Tag schütteln. (Es macht nichts, wenn man es mal vergisst.) Wenn man es beim Schütteln gegen das Licht hält, sieht man, wie das Aroma in Schlieren aus dem Mulltuch austritt.

Nach einem Monat sollte sich ein schönes Aroma gebildet haben. Wenn man die Gewürze zu lange ziehen lässt, kann der Likör bitter werden. Den Weinbrand durch ein Mulltuch seihen.

Zucker und Wasser zum Kochen bringen und zu einem dicken

Sirup einkochen. Kalt werden lassen und in den Brandy rühren. Den Rum hinzugeben und noch ein, zwei Wochen ziehen lassen.

TIPPS

Wer keine Naartjies bekommt, kann auch Mandarinen oder Clementinen nehmen. Sind die nicht erhältlich, tut es auch eine schmackhafte Apfelsine (z. B. eine Valencia-Orange).

Die Gewürze müssen aber unbedingt frisch sein.

Der Likör ist einfach in der Zubereitung und lohnt das Warten. Er ist sehr, sehr lecker.

BROT UND ZWIEBACK

MOSBOLLETJIE-BROT UND -ZWIEBACK

(ergibt 3 Brote)

250 g Rosinen
(vielleicht finden Sie sogar welche mit Kernen und Stängeln)
750 ml gekochtes Wasser, auf Zimmertemperatur gekühlt
1 EL Zucker
oder: 750 ml Tresterwein
2,5 kg Mehl, gesiebt
1 EL Salz
320 g Zucker
1 EL Anis
frisch geriebene Muskatnuss
250 g Butter
250 ml heiße Milch
500 ml abgekochtes Wasser, auf Zimmertemperatur gekühlt
3 EL geschmolzene Butter zum Einpinseln
Zuckerwasser aus 3 EL Zucker, aufgelöst in 3 EL warmem Wasser

»Mos« heißt »Most«, und »bolletjies« sind »kleine Brötchen«. Wenn man in einer Weingegend lebt, kann man vielleicht Tresterwein besorgen. Wenn nicht, stellt man selbst welchen her oder nimmt zur Not einen leichten aromatischen Weißwein. Die Rosinen mit dem Löffelrücken flach drücken und mit 750 ml Wasser und 1 EL

Zucker in ein Glas geben. Mindestens 24 Stunden an einem warmen Ort stehen lassen, bis die Rosinen an die Oberfläche steigen und das Wasser zu gären beginnt. Den Inhalt des Glases durch ein mit einem Mulltuch ausgelegtes Sieb gießen.

So viel Mehl (ca. 50 g) in die Flüssigkeit geben, dass ein flüssiger Teig entsteht, den man gießen kann. Abgedeckt an einem warmen Ort gehen lassen, bis er voller Blasen ist und schaumig wird (kann ungefähr zwei Stunden dauern). Einen Teil von diesem Teig als »Starterkultur« für andere Sauerteigbrote abnehmen (siehe Tipps unten).

Den Rest des Mehls mit Salz, Zucker, Anis und Muskatnuss in einer großen Schüssel vermengen und ein Loch in die Mitte drücken. 250 g Butter in heißer Milch auflösen und die Flüssigkeit zusammen mit dem Vorteig unter das Mehlgemisch arbeiten. Noch mindestens 500 ml Wasser zugeben, um einen knetbaren Teig zu erhalten.

Den Teig auf eine bemehlte Fläche geben und gründlich mit den Händen durchkneten. Immer wieder dehnen und falten. Und noch etwas mehr dehnen und falten. Ungefähr eine Dreiviertelstunde lang. Freunde zum Helfen einladen. Dabei Positives denken oder den Lieblingssender im Radio hören.

Anschließend den Teig an einem warmen Ort erneut gehen lassen, bis er sein Volumen verdoppelt hat. Man kann ihn jetzt auch problemlos länger stehen lassen. Über Nacht ist gut. Wenn es eine kalte Nacht ist, sollte man ihn einpacken und eine Zeit lang mit ins Bett nehmen, anschließend in die Hotbox stellen.

Am nächsten Morgen den Teig wieder sanft kneten und zu 24 Kugeln formen. Eng nebeneinander in drei gefettete Brotbackformen setzen (jeweils 8 Kugeln). Mit geschmolzener Butter einpinseln und noch einmal gehen lassen, bis sich das Volumen verdoppelt hat. Das kann ein bis drei Stunden dauern.

45–55 Minuten bei 200 °C backen. Mit einem Holzstäbchen in der Mitte prüfen, ob der Teig gar ist. Wenn man auf die Kruste klopft, sollte es hohl klingen. Die Brote mit dem Zuckerwasser einpinseln und weitere fünf Minuten backen.

Einen Teil des frischen Mosbolletjie-Brots mit guter Butter essen, aus dem Rest Zwiebäcke machen. Dafür die einzelnen Brötchen abtrennen und senkrecht in dünne Scheiben schneiden. Auf Ofenbleche verteilen und über Nacht in der Wärmeschublade liegen lassen oder bei niedriger Temperatur (80–100 °C) vier bis sechs Stunden backen, bis sie hart und trocken sind.

TIPPS

Das Backen dauert ein paar Tage, aber es lohnt sich. Es ist nicht so kompliziert, wie es klingt; der Großteil besteht aus Warten, ein bisschen muss geknetet werden, aber das alles ist ungemein beruhigend. Das Kneten ist harte Arbeit, daher ist es gut, einen Helfer zu haben, wenn die Arme mal eine Pause brauchen.

Am besten verwendet man unbehandelte Bio-Rosinen, damit die Hefe von den Trauben noch lebt.

Feuchtwarmes Wetter bietet perfekte Voraussetzungen für Mosbolletjie-Teig. Wenn es kalt ist und es keinen warmen Ort in der Küche gibt, kann man den Teig auch in die Hotbox stellen oder in ein dickes Handtuch, eine Decke wickeln und Wärmflaschen darauf und darunter legen. Die Wärmflaschen dürfen dem Teig allerdings nicht zu nahe kommen, weil er nur warm sein darf, nicht heiß, um schön aufzugehen.

Man kann den flüssigen Teig als Starterkultur für jede Art von Sauerteigbrot verwenden. Ein bisschen Milch und Mehl hinzugeben, über Nacht gehen und Blasen werfen lassen, dann im Kühlschrank aufbewahren. Wenn man den Starter alle paar Wochen mit Mehl und Milch füttert, hält er ewig. Es kann sogar sein, dass er wilde Hefen aus der Luft aufnimmt (man kann ihn auch zum Ernten wilder Hefen nach draußen in den Garten stellen). Dadurch bekommt der Teig einen besonderen Geschmack. Sauerteigbrot ist schwerer und sättigender als Brot aus Instanthefe.

DANKSAGUNG

All den Menschen und Verlagen, die mich unterstützt, gefördert und beraten haben, bin ich unglaublich dankbar. Dazu gehören:

Meine Agentin Isobel Dixon und ihr fantastisches Team von der Blake Friedmann Literary Agency. Isobel hat hervorragende Lektoratsarbeit geleistet und die erste Strophe von Langenhovens Wiegenlied ins Englische übersetzt. Louisa Joyner (Canongate Books, GB) ist eine erstklassige Lektorin und Ailsa Bathgate eine wunderbare Korrekturleserin. Umuzi (Imprint von Penguin Random House, Südafrika) hat die Wörter in Afrikaans geprüft und sehr wertvolle Hinweise gegeben. Bronwen Maynier hat den Rezeptteil aufpoliert. Großen Dank an Mandy Brett (Text Publishing, Australien), Bridget Read (Ecco, Imprint von HarperCollins, USA) und Iris Tupholme (HarperCollins, Kanada) für ihre Anmerkungen.

Meine Eltern Bosky und Paul Andrew haben die frühen Kapitel dieses Buchs zuerst gelesen. Ihre Freude daran hat mich angetrieben. Mein Mann Bowen Boshier unterstützt mich jeden Tag mit seiner Liebe und hat mir bei Themen wie Waffen, Natur und Tierarten geholfen. Peter van Straten hat verschiedene Handlungsabläufe mit mir durchgespielt. Wie Bowen Boshier und Andrea Nixon gehört Peter zu meinen persönlichen Paparazzi, die mich mit Fotos und Videos für meine Homepage versorgen. Von Brian Rogers (Buddy Care SA) bekam ich nützliche Informationen über PTBS. Fulla Planets war so lieb, mir alle griechischen Wörter aufzuschreiben, die ich brauchte. Ronél Gouws hat sich für mich eine Redewendung ausgedacht (die mit den Antilopen, die im Schatten grasen). Petra Vojnova versorgte mich mit einem Computer, als meiner den Geist aufgab. Wayne Boshier hat mir bei meinen Computerproblemen geholfen und mir gezeigt, wie ich arabische Wörter und Namen finde. Leif Peterson hat mir in groben Zügen die Schattenwirtschaft in Südafrika erklärt.

Der Verlag KvN Publishers war so nett, mir die Erlaubnis zum Abdruck von Kurt Darrens Bierzeltliedern zu erteilen (»Eiland Vol Meisies«, »Kaptein«, »Sê Net Ja« und »Alleen – Leen – Leen«, Texte von Kurt Darren, Don Keilly, Robin Keilly und Marc Brendon). Das wunderschöne Wiegenlied »Lamtietie, damtietie« stammt von dem verstorbenen südafrikanischen Dichter und Liedtexter C. J. Langenhoven.

Die Rezepte für dieses Buch auszusuchen und zu perfektionieren, war unglaublich spannend. Dabei habe ich den wahren Grund entdeckt (eigentlich drei Gründe), warum ich geboren wurde: um den Venuskuchen und Candys Käsekuchen zu essen und Naartjie-Likör zu trinken.

Beim Ausprobieren und Kreieren meiner Rezepte habe ich mich der Hilfe von wahren Küchengöttinnen bedient: Die Nummer eins ist Verushka Louw (Fan von kulinarischen Geheimnissen und Worttattoos). Sie hat alle Rezepte durchprobiert, in manchen Fällen abgeändert oder neu erdacht.

Viele Köche haben mir die Erlaubnis gegeben, tolle Rezepte aus ihren Büchern zu übernehmen. Lemonis Moussaka heißt in Wirklichkeit Pennys Moussaka und stammt von der legendären Ina Paarman (*Cook with Ina Paarman*, Struik, 1987). Novuyani Dingalubala hat ein paar kleine Änderungen vorgeschlagen. Das Rezept ist so umwerfend, dass ich extra eine passende Figur erfunden habe, um es in dieses Buch aufnehmen zu können. Oumas Karoo-Lammpastete ist ebenfalls aus dem Buch von Ina Paarman. Fatimas Lammleber mit Reis basiert auf der somalischen Lammleber und dem somalischen Reis von Sydda Essop in *Karoo Kitchen* (Quivertree, 2012). Das westafrikanische Hühner-Mafé wurde von mehreren traditionellen Rezepten inspiriert, von Karen Hultzer entwickelt und von Verushka perfektioniert.

Der Venuskuchen ist eine Erfindung meiner Figur Tannie Maria, weil sie gerne Schokoladenkuchen, Kaffee, Erdnussbutter und Aprikosenmarmelade isst. Er baut auf dem perfekten Buttermilch-Schokoladenkuchen von Martin Mössmer in *Rezepte für Liebe und Mord* auf. Von Martin stammt auch der Vorschlag, eine Schicht Erdnussbutter auf den Kuchen zu streichen. Verushka hat den ersten göttlichen Venuskuchen gebacken. Dann stürzte sich Tova Luck auf die Aufgabe – fast zu wörtlich. Als die ganze Küche voller Buttermilch und Kakao war, hat ihre Mutter sie aus dem Haus geworfen. Da hat sie einfach in den Küchen ihrer Nachbarn weiterexperimentiert. Das Ergebnis (Version Nummer neun) ist phänomenal. Wirklich überirdisch.

Candys Käsekuchen habe ich zum ersten Mal in einem Kohleofen in der Karoo gebacken (Verushka hat ihn weiter verfeinert). Viele traditionelle Rezepte standen dafür Pate. (Wer weiß schon, dass die alten Griechen ihren Sportlern bei den Olympischen Spielen vor dem Wettkampf Käsekuchen gegeben haben? Und dass William Lawrence und Albert Reuben aus New York im neunzehnten Jahrhundert den »modernen« Käsekuchen erfanden?) Es ist der beste Käsekuchen, den ich und alle, denen ich ihn vorgesetzt habe, kennen.

Mein Rezept für Süßkartoffelkuchen stammt aus Annette Humans *Winning Recipes 2 From Huisgenoot* (Human and Rousseau, 1987), ich habe es noch ein klein wenig abgeändert (und nehme Frischkäse statt Hüttenkäse). Henks Leibspeise heißt eigentlich Trix se Likeurpoeding und stammt aus Dine van Zyls *Agter die Lekker aan*

(Dine van Zyl Publikasies, 2007). Pikkies Kürbiskuchen kommt aus demselben Buch (Pikkie se Pampoenpaai), auch die diesbezüglichen Anekdoten (zum Beispiel dass ein Kürbiskuchen einen erwachsenen Mann zum Weinen bringen kann) finden sich dort. Den himmlischen Naartjie-Likör und die Inspiration für das Mosbolletjie-Brot und die Zwiebäcke (auch den Hinweis, dass Mosbolletjie-Teig am besten bei Gewitter geht) habe ich Dines Buch *Nog 'n Stukkie* (Dine van Zyl Publikasies, 2010) entnommen. Einige Ideen dazu sind von Hildegonda Duckitt (*Hilda's ›Where is it‹ of Recipes*, 1891). Das endgültige Rezept wurde von Verushka entwickelt. Tante Sandras Malvapudding ist ein Rezept von Martin Mössmer (Verushka hat die Menge der Soße noch einmal angepasst). Das Shortbread-Rezept stammt von meiner neunzigjährigen schottischen Freundin Jean Salmon, die es wiederum von ihrer Mutter hat.

Die Idee für Botterkluitjies mit Brandysoße hatte Rita Trafford (mit Dank an ihre Mutter Rosa von Thelemann und ihre Großmutter Ouma Griets). Ich bin den Autorinnen aller oben angeführten Bücher dankbar für ihre sonst noch in diesem Buch erwähnten Rezepte. Ebenfalls inspiriert haben mich *Knuppeldik aan Koningskos* vom Pretoria Polisie Offisiersvroueklub (Selbstverlag, 1988), *Kook en Geniet* von S. J. A. De Villiers (Selbstverlag, 1955), *Bakboek: Huisgenoot Wenresepte* von Carmen Niehaus (Human and Rousseau, 2010), *Fig Jam and Foxtrot* von Lynn Bedford Hall (Struik, 2003), *Veld to Fork* von Gordon Wright (Struik, 2013), *Cooked in the Karoo* von Justin Bonello und Helena Lombard (Penguin Books, 2014) und *Tjailaresepte 2* von Amore Bekker (Naledi, 2013).

Zum Schluss möchte ich mich herzlich bei den Lesern meines ersten Buchs, *Tannie Marias Rezepte für Liebe und Mord*, bedanken, die mir ihre Freude daran schilderten und um Nachschlag baten.